Kathia Krüss

unfinished

*Bibliografische Information der Deutschen Nationalbibliothek:
Die Deutsche Nationalbibliothek verzeichnet diese Publikation
in der Deutschen Nationalbibliografie; detaillierte bibliografische Daten sind im Internet über http://dnb.dnb.de abrufbar.*

© *2015 Kathia Krüss*

*Coverbild: Kathia Krüss
Umschlaggestaltung: Kathrin Schroeder*

*Herstellung und Verlag: BoD – Books on Demand, Norders-
tedt*

ISBN: 978-3-7392-1174-9

Danke an Attila für die Ermutigung und Unterstützung.

Danke an Maverick für die in mich investierte Kraft.

Und danke an cami. Für alles.

01. Intro

Die eigenwilligen aber opportunen Basstöne dröhnten durch den Raum, nutzten den Sound der Drums regelrecht als Spielwiese. Rhythmus- und Leadgitarre korrespondierten gekonnt miteinander und über all diesem ergoss sich ein Gesang, der zwar nicht immer jeden Ton perfekt traf, jedoch vor Leidenschaft nur so strotzte.

Katsu wippte schon die ganze Zeit unwillkürlich mit dem Fuß zum Takt der Musik, während sein wacher Blick die fünf jungen Männer auf der Bühne musterte. Neben ihm am Tisch saß eine junge Frau, bei der es sich um seine beste Freundin Aki handelte. Diese hatte, genau wie Katsu, vor sich ein Cocktailglas mit himmelblauem Inhalt stehen, welchen sie mit Hilfe eines Strohhalmes kontinuierlich verringerte.

Katsu hingegen kam kaum zum trinken, da er seine Aufmerksamkeit vollständig der unbekannten Band auf der Bühne verschrieben hatte. Somit war sein Glas auch noch halbvoll, als besagter Act schon mit der Zugabe begann.

„Die Jungs sind wirklich gut", kommentierte Aki die heutige Show, während sie mit dem Strohhalm die Flüssigkeit in ihrem Glas umrührte.

Katsu hätte ihr sicherlich beigepflichtet, vergaß jedoch zu antworten. Er hörte inzwischen nicht mehr einer Band zu, die er „cool" fand – er hörte einer Band zu, die ihn *begeisterte*! Besonders der Bass hatte es ihm angetan. Katsu spielte selbst Bass und es hatte ihn schon immer gestört, dass viele Bassisten einen verhältnismäßig angepassten Stil spielten, anstatt das volle Potential aus ihrem Instrument herauszuholen. Bei dieser Band war es anders: Hier hatte sich der Bass eine ganz eigene Position ergattern können, ohne aus dem Rahmen des Gesamtkonzeptes zu fallen oder die anderen Elemente zu behindern. Es war ein Stil, der ihn in seinen Bann zog und sein Musikerherz überzeugte.

Aber da war noch mehr, was sein Herz zu überzeugen schien, und das betraf nun nicht mehr ausschließlich die Akustik: Es war der Typ, der den Bass spielte. Ein schlanker Kerl mit fransigen, weißblondgeblichenen Haaren, die ihm bis knapp über die Schulter gingen. Seine Finger waren auffallend lang und Katsu schätzte ihn auf etwa sein Alter, irgendwas erste Hälfte Zwanzig.

Die Leute um ihn herum begannen zu klatschen, manche zu jubeln, und da begriff Katsu erst, dass das Konzert vorüber war. Etwas irritiert blickte er vor sich auf sein Glas: Es war noch zur Hälfte gefüllt. Er hatte das Trinken zum Schluss hin komplett vergessen. Und das hier war sein Lieblingscocktail!

Aki hingegen saß nur da und grinste. „Dir gefällt der Bassist, was?" Als beste Freundin wusste man die Verhaltensweisen des Anderen ja schließlich zu deuten.

Katsu wand seinen noch immer leicht verdutzten Blick vom Glas hinüber zu Aki. „Klar! Hast ihn doch spielen gehört", erwiderte er, ohne auf die Anspielung einzugehen.

Die junge Frau mit den vollen, roten Lippen schmunzelte wissend.

Zu viel mehr hätte sie eh keine Gelegenheit mehr gehabt, denn schon im nächsten Augenblick sprang Katsu plötzlich von seinem Stuhl auf und ging zielstrebig zum Seitenbereich der Bühne. Dort hatte er nämlich besagten Bassisten entdeckt, wie er gerade dabei war, seinen Bass im dafür vorgesehenen Koffer zu verstauen. Katsu sah dies als Chance, ihn in ein Gespräch zu verwickeln, und ohne weiter darüber nachzudenken, sprach er ihn auch schon an. „Hey, ihr wart cool!"

Der Angesprochene, der vor seinem Koffer kniete und diesen gerade schloss, hob den Kopf und blinzelte durch ein paar verirrte Haarsträhnen hoch zu Katsu. „Danke."

Ein Freund vieler Worte schien er wohl nicht gerade zu sein. Doch so schnell gab Katsu nicht auf. „Kann ich dich zu was einladen?"

Der Blonde stand auf. „Womit hab ich das denn verdient?" Er wirkte etwas überrascht, aber nicht abgeneigt.

„Sieh es als Anerkennung für euren Auftritt an." Seine Augen waren erwartungsvoll auf sein Gegenüber gerichtet. Für gewöhnlich war Katsu nicht der Typ, der Wildfremden spontan Einen ausgab. Aber dieser Kerl reizte ihn und somit war er auch bereit, zu ungewöhnlichen Mitteln zu greifen, um ihm näher kommen zu können. Er spürte, wie sein Herzschlag langsam zunahm, als der fremde Bassist ihm noch immer keine eindeutige Antwort gab.

Dieser legte den Kopf ein wenig schief, ohne seinen Blick von Katsu abzuwenden. „Mit wem hab ich denn das Vergnügen, dass ich heute Abend nicht verdursten muss?"

„Ich bin Katsu", stellte er sich verspätet vor.

„Shiro", verriet der Blonde nun auch seinen Namen.

Doch noch bevor das Gespräch zwischen ihnen vertieft werden konnte, näherte sich aus dem Hintergrund eine weitere Person. Katsu erkannte in ihm den Drummer wieder. Ein ebenfalls sehr schlanker, fast hagerer Typ, der jedoch ein auffallend weibliches Aussehen an den Tag legte. Katsu erinnerte sich: Als die Band auf die kleine Club-Bühne getreten war und jeder seine Position eingenommen hatte, hatte er ihn anfänglich für ein Mädchen gehalten.

Nun legte der Drummer eine Hand auf Shiros Schulter. „Die Anderen wollen gleich noch ins 'Hot Shots', kommst du mit?"

Schlagartig breitete sich ein flaues Gefühl der Enttäuschung in Katsus Magengegend aus. Sollte ihm der Junge jetzt etwa direkt vor der Nase weggeschnappt werden?

Shiro wand sich zu seinem Kollegen um. „Beim nächsten Mal. Ich hab heute schon ein Date." Er zwinkerte.

Der Drummer grinste, tätschelte ihm kurz die Schulter und begab sich, ohne jeglichen Kommentar, wieder zurück zu den drei Anderen, um die restlichen Instrumente von der Bühne zu befördern.

Die Flauheit in Katsus Magen wechselte in Sekundenbruchteilen zu einem aufgeregten Kribbeln. Auch, wenn Shiro den Begriff 'Date' nur humorvoll gemeint haben sollte, zeigte es doch sein Interesse an ihm.

Keine zwei Minuten später saßen Katsu und Shiro zusammen mit Aki an der Bar. Nachdem auch Aki die Gelegenheit gegeben wurde, sich mit Shiro vertraut zu machen, kam man schnell auf das Thema Bands zu sprechen.

„Wie lange gibt's euch schon?", wollte Katsu von Shiro wissen.

„Wir haben FreaX vor dreieinhalb Jahren gegründet." FreaX, das war der Name der Band, deren Auftritt Katsu noch bis vor wenigen Minuten beigewohnt hatte.

„Wow", machte Katsu in einem Ton ehrlicher Anerkennung. „Komisch, ich hab von euch vorher noch nie was gehört."

Shiro nahm sein Glas in Empfang, welches der Barkeeper vor ihm auf den Tresen abstellte. „Wie bist du dann auf unseren heutigen Gig aufmerksam geworden?"

„Aki hat von einem ihrer Kunden euren Flyer in die Hand gedrückt bekommen. Da dachten wir uns, wir schauen uns euch mal an", erklärte Katsu.

Shiros Blick wurde leicht irritiert und er schwenkte ihn von Katsu zu Aki und wieder zurück. „Einem ihrer Kunden?", wiederholte er. „Wo arbeitet sie denn?"

Katsu ahnte, in welche Richtung Shiros Gedanken gingen. Da Aki mit ihren hüftlangen, hellroten Haaren und ihrem natürlich-weiblichen Äußeren auf viele Männer sehr attraktiv wirkte, konnte man bei der Erwähnung eines Kunden schnell den Eindruck gewinnen, sie arbeite bei einem Begleitservice oder ähnlichem. „Uhm, nein, nicht das, was du jetzt vielleicht denkst!", versuchte Katsu rasch das Ruder herumzureißen. „Sie ist selbstständig und hat eine kleine Schneiderei. Sie schneidert nach Aufträgen oder nimmt auch mal Änderungsarbeiten vor."

„Och, was anderem wäre ich jetzt auch nicht abgeneigt gewesen", grinste Shiro und nahm einen Schluck.

Katsu erwiderte das Grinsen etwas unbeholfen; die Zweideutigkeit seitens Shiro irritierte ihn ein wenig. Hatte er etwa ein Auge auf Aki geworfen?

„Und was machst du so? Spielst du auch in einer Band oder hilfst du bei Aki aus?", riss Shiro seinen Gesprächspartner aus der Grübelei.

„Ich bin Bassist bei Alive", antwortete Dieser, registrierte jedoch aus dem Augenwinkel, wie Aki bei der Erwähnung ihren Kopf abwandte. Er wusste warum.

Shiro schien für einen kurzen Moment zu überlegen. „Hm, noch nichts von gehört."

„Wundert mich nicht", entgegnete Katsu. „Wir hatten auch noch nicht viele Auftritte."

„Habt ihr Demos?"

„Keine Offiziellen."

„Warte mal", meinte Shiro, rutschte von seinem Barhocker runter und verschwand im Backstagebereich.

Katsu und Aki sahen sich daraufhin gegenseitig fragend an, warteten aber geduldig, bis der Andere wiederkam.

Das tat Shiro auch schon nach kurzer Zeit, jedoch nicht allein: Als er die Bar wieder erreicht hatte, hielt er Katsu eine dünne CD-Hülle vor die Nase. „Leider noch ohne Cover; das ist noch in Arbeit."

Katsu nahm die Hülle entgegen. Durch das durchsichtige Plastik erkannte er die darin platzierte CD, welche die Aufschrift 'FreaX – VAGABOND' trug.

„Ist unsere aktuelle Single", gab Shiro als Erklärung ab.

Katsu und Aki beugten sich beide interessiert über die CD in Katsus Hand. „Cool, danke!"

Das Gespräch der Drei wurde noch eine gute Stunde lang fortgeführt, bis Shiro sich schließlich von ihnen verabschiedete.

Die beiden Freunde wünschten ihm einen schönen Abend und blieben noch eine Weile an der Bar sitzen. Bis Katsu plötzlich auffiel, dass er mit Shiro keine Nummern ausgetauscht hatte.

Hochkonzentriert – so schien es – stach Katsu die Nähnadel durch den Jeansstoff sowie dem Kunststoff der äußeren Reißverschlussränder, immer und immer wieder. Seine Augen starrten stur auf den kleinen Bereich, den es zu bearbeiten galt, während sein Atem ziemlich flach ging. Als akustische Begleitung schallte die, auf Repeat programmierte, Single durch den Raum, die er am Vortag von Shiro bekommen hatte. Es war eine sehr rockige Nummer, mit dynamischen Arrangements und cleveren Einsätzen, welche-.

„Verflucht!"

Frustriert pfefferte Katsu die Jeanshose mitsamt des, nur zur Hälfte, dafür schief, eingenähten Reißverschlusses von sich. Die leicht verbogene Nähnadel und ihr Faden folgten.

Ebenso frustriert ließ er sich anschließend mit dem Rücken auf sein Bett fallen. Näharbeiten waren einfach nichts für ihn! Ihm fehlte die Geduld für diese Fummelei. Musste sich Aki halt später wieder mit seiner Hose befassen. Es wäre nicht das erste Mal, dass sie ihm seine Kleidung reparierte.

Katsu schloss die Augen. Er lenkte seine Aufmerksamkeit weg vom Frust und hin zur Musik. Dieses Lied hatten sie gestern auch gespielt gehabt. Ihm hatte es schon auf dem Konzert gefallen. 'VAGABOND' war eine wirklich gute Wahl für eine Single, der Song war eingängig und doch eigen. Aber noch bevor er weiter über das Lied philosophieren konnte, riss ihn plötzlich das Klingeln des Telefons aus seinen Gedanken.

Katsu blinzelte zunächst nur mit einem Auge, bevor er sich murrend erhob und in den kleinen Wohnungsflur schlurfte, wo sich sein Telefon auf einer Kommode befand. Er hatte noch eines der alten Modelle, bei denen der Hörer mit einer Strippe am Apparat verbunden war. Katsus Hand griff nach eben diesem Hörer und hielt ihn sich ans Ohr.

„Ja, hallo?"

„Katsu, du bist raus."

Trotz der knappen Worte erkannte er die Stimme und wusste sofort, mit wem er es zu tun hatte: Es war Akira, Bandleader von Alive. Der Gruppe, in der er Bass spielte. Oder gespielt hatte, Akiras Worten nach zu urteilen.

„Ich habe die Schnauze gestrichen voll. Gestern bist du schon wieder nicht zu den Proben erschienen und du gehst nie an dein Handy. Man weiß nie, wie man dich erreichen soll und du tauchst nur auf, wenn's dir gerade gefällt. So jemand Unzuverlässigen können wir nicht gebrauchen."

Ohne die Reaktion seines Gesprächspartners abzuwarten, legte Akira schon wieder auf.

Katsu hielt sich den Hörer noch für einige Sekunden lang stumm ans Ohr, jedoch nicht, weil er darauf hoffte, Akiras Stimme erneut zu hören. Es war lediglich das erste Mal, dass er seinen Rausschmiss aus einer Band am Telefon erfuhr. Sonst hatte man ihm das immer persönlich mitgeteilt.

Aber so wirklich geschockt war Katsu von dieser Nachricht nicht, weshalb er den Hörer schließlich auch recht gelassen wieder zurück auf den Apparat legte. Und wenn er einmal ehrlich zu sich selbst war, hatte er es bei Alive auch auf einen Rauswurf angelegt. Er war nicht lange in der Band gewesen, nur ein paar Monate, aber er hatte sich dort irgendwie nie so richtig wohl gefühlt. Als hätte er den Anschluss nicht finden können.

Gemächlichen Schrittes kehrte Katsu zurück in sein Zimmer, wo der sich stets wiederholende 'VAGABOND' auf ihn wartete.

02. FreaX

Shigeki legte seine Drumsticks auf der Snare ab und blickte hinüber zu Shiro, der mit verschränkten Armen vor der Brust und mit dem Rücken zur Wand dastand. Er musterte den Freund. „Seit wann stehst du schon da?"

Mit einem Grinsen auf den Lippen löste sich Shiro aus seiner Haltung und schlenderte langsam auf die Kaffeemaschine am anderen Ende des Proberaums zu. „Lang genug", antwortete er und griff nach der Kaffeedose. Obwohl er Shigeki schon so viele Jahre kannte, fand er es jedes Mal aufs Neue faszinierend, ihn bei seiner Obsession – dem Drummen - zu beobachten. Der feminine Bandleader wurde dabei mit seinem Instrument eins, die Sticks waren dann ein Teil seines Körpers und der zusammengetrommelte Sound seine Seele. Die bedingungslose Hingabe dieser Leidenschaft konnte im Extremfall zu absoluter körperlicher wie geistiger Erschöpfung führen und mit einem Zusammenbruch Shigekis enden, doch das passierte nur gelegentlich auf der Bühne und diente auch teilweise als Showeinlage. Im Proberaum kam das normalerweise nicht vor, außer Shigeki hatte einen schlechten Tag erwischt und benutzte sein Instrument zum Frustabbau.

„Mach mir bitte auch einen", kam es aus der Richtung der Drums und bezog sich auf den Kaffee, der von Shiro gerade zubereitet wurde.

Dieser kam der Bitte kommentarlos nach.

Shigeki stand unterdessen von seinem Hocker auf und begab sich zum großen Tisch, der sich etwas abseits von den ganzen Instrumenten befand und auf dem sich aktuell diverse Unterlagen kreuz und quer stapelten. „Hast du mit dem Artwork für das Album-Cover schon begonnen?", erkundigte er sich, während er gezielt nach einer bestimmten Notiz suchte.

„Nein. Ich hab dir doch gesagt, ich muss den Titel wissen um mich auf Motiv und Stil einstellen zu können." Shiro griff nach zwei Bechern, die auf der Ablage standen. „Was bringt es uns, wenn ich etwas zeichne, was am Ende gar nicht zum Titel passt?"

Nach kurzem, energischem Wühlen schien Shigeki gefunden zu haben wonach er suchte: Eine Liste mit diversen Titeln, die seiner Meinung nach für das bevorstehende Album ihrer Band in Frage kämen. „...es soll irgendwas mit Aussage und starkem Nachdruck sein", nuschelte der Drummer, während er seine Liste studierte.

Shiro verdrehte die Augen. „Das kann alles sein. Wir können auch einfach nur ein fettes Ausrufezeichen auf das Cover pappen – hat auch Aussage."

Shigekis Blick flog über die Reihen von notierten Titeln, von denen die meisten fett durchgestrichen waren. Bei Zweien blieb er jedoch hängen und die waren seinem Durchstreichwahn noch nicht zum Opfer gefallen. „'Xclamation' oder 'Xplosion'."

Der Bassist hielt kurz inne und ein erneutes Grinsen wurde auf seiner Mundpartie sichtbar. „Dann kann ich ja tatsächlich bei meinem Ausrufezeichen bleiben...!"

Shigeki schwieg. Er verstand die Anspielung offenbar nicht. Sein Kopf ratterte und war gerade einzig und allein damit beschäftigt, den passenden Titel herauszukristallisieren.

„Oder wir nennen das Album 'Main Attraction'!", ergänzte Shiro seinen Vorschlag, nicht ohne ironischen Unterton, während er sich mit den Händen auf der Küchenzeilenablage aufstützte und darauf wartete, dass die Kaffeemaschine mit ihrer Arbeit fertig wurde.

„...da ist kein X drin...", kam die abwesend genuschelte Antwort des Anderen.

Shiro seufzte innerlich, sagte jedoch nichts. Shigeki schien gegen Humor und Ironie immun zu sein, wenn er über bandinterne Angelegenheiten grübelte.

Der Drummer mit den honigblonden, gecrimpten Haaren stand noch mehrere Minuten lang fast bewegungslos über seine Liste gebeugt, lediglich Daumen und Zeigefinger der linken Hand zwirbelten geistesabwesend die Spitze einer Haarsträhne. Um so verdutzter schaute er drein, als sich plötzlich ein blauer, bauchiger Kaffeebecher in sein Sichtfeld schob und ihm somit den Blick auf seine bis eben noch innig studierte Liste versperrte.

„Mach mal 'ne Pause", schlug Shiro seinem langjährigen Freund vor und demonstrierte die Idee mit dem eigenen Becher, den er sich zum trinken des Kaffees an die Lippen führte. Aber der gut gemeinte Ratschlag schien so ungehört zu bleiben, als hätte man gegen den Wind geflüstert. Shigeki griff zwar nach dem Kaffeebecher, jedoch mit einer mechanisch wirkenden Handbewegung, während sein Blick wieder auf die Liste geheftet war. Die gesamte Organisation rund um die Band ging bei ihm vor, auch vor das eigene Wohl. Er war ein hoffnungsloser Workaholic.

Kijo, Junichi und Harakiri befanden sich im gemütlichen Wohnbereich in Kijos Wohnung. Während Kijo, auf dem Fußboden, und Junichi, auf dem kleinen Sofa sitzend, ihre Gitarren spielten, wippte Harakiri mit dem Kopf zum Takt mit. Sie gingen den Song bereits zum vierten Mal durch und bei jedem Durchgang fiel ihnen noch etwas Neues ein, was man verändern oder gar hinzufügen könnte.

„Ich fand den Rhythmus vom letzten Durchgang passender", meinte Harakiri, der es sich neben Kijo auf dem Fußboden gemütlich gemacht hatte. Trotz seines Postens als Sänger der Band beteiligte er sich auch gelegentlich an den Kompositionen.

Kijo brach ab, ordnete seine Finger auf dem Griffbrett neu an und wartete auf Junichi, bis auch dieser bereit für einen weiteren Durchgang war.

Junichi folgte und Harakiris wippender Kopf kam immer mehr in Fahrt, dass seine blonden Haare mit den roten und grünen Strähnen bald schon umherwirbelten.

„Das ist es, das ist super!", rief der Sänger schließlich begeistert aus.

„Gut, dann haben wir uns ja eine kleine Stärkung verdient", meinte Kijo und legte seine Fernandes MG-X beiseite, bevor er sich vom Boden erhob und in die angrenzende, kleine Küche verschwand.

Auch Junichi nahm sein Instrument aus der Hand und lehnte es neben sich an das Sofa. Er streckte seinen Oberkörper durch, um diesen vom Spiel zu lockern, bevor er Harakiri ansah. „Und wie liefen die letzten Wohnungsbesichtigungen?"

Der Angesprochene blinzelte zu ihm hoch und grinste zufrieden. „Sieht gut aus. Mit etwas Glück bekomm' ich die Eine. Der Vermieter will sich die Tage bei mir melden, stehen noch zwei andere Interessenten auf der Liste. Aber ich hab ein gutes Gefühl." Harakiri, der von seinen Freunden meist nur Kiri genannt wurde und seinen eigentlichen Namen 'Ishi' hasste, hatte schon seit einiger Zeit mit dem Gedanken gespielt, bei seiner Familie auszuziehen. Nun wollte er das Vorhaben endlich in die Tat umsetzen. Denn seine akute Wohnsituation bedeutete, täglich mit seiner, als „verwirrt" geltenden Mutter, die von seiner Tante gepflegt wurde, konfrontiert zu werden und sich ein Zimmer mit seinem achtjährigen Bruder zu teilen. Er mochte seinen kleinen Bruder, er mochte auch seine Mutter und er bewunderte seine Tante für ihren selbstlosen Einsatz, doch für sich selbst hatte er entschieden, zukünftig nicht mehr so leben zu wollen. Auch weil es sich zunehmend schwerer mit seinen Aktivitäten bei FreaX vereinbaren ließ.

„Dann sag uns rechtzeitig Bescheid, dass wir dir beim Umzug helfen können", kam es plötzlich von Kijo, der nun wieder auf der Bildfläche erschien. In den Händen hielt er einen großen, flachen Teller, auf welchem grüne, lila- und orangefarbene Mochi gestapelt waren.* Er hielt seinen Gästen den Teller hin und ließ sie zugreifen, bevor er sich als Letzter bediente und den Teller in ihre Mitte stellte. Kijo, welcher grundsätzlich behauptete, dies sei sein einziger und richtiger Name, liebte es, seine Gäste mit kulinarischen Köstlichkeiten zu verwöhnen.** Es war keine Seltenheit, dass er Besuchern die unterschiedlichsten Speisen servierte und auch vor der Aufwendigkeit selbiger nicht zurückschreckte. Als er sich nun wieder auf dem Fußboden neben Kiri niederließ und seinen Mochi aß, stupste er den Sänger an. „Sag mal, wie wäre es, wenn *du* den Text zu dem Song schreibst?"

Kiri wand ihm verwundert das Gesicht zu.

Aber nicht nur Kiri wunderte sich über diesen Vorschlag, sondern auch Junichi. Denn obwohl Kiri der Sänger ihrer Band war, war es doch meist Shigeki, der die Songtexte verfasste. Und nicht nur die Texte, sondern auch einen großen Teil der Kompositionen. Zwar schrieben auch die übrigen Mitglieder immer mal wieder Songmaterial, doch wurden nur die wenigsten ihrer Ideen letztendlich auch von Shigeki angenommen.

Kiri zögerte. „Ich würde schon ganz gerne, aber...“

Kijo legte den Kopf schief. „Aber was?“

Kiri setzte neu an. „Der Song ist echt super, ich kann mir vorstellen, dass Shigeki bereit ist, ihn aufzunehmen. Aber wenn ich auch noch die Lyrics dazu schreibe, stammt ja noch weniger von ihm. Nachher ist das der ausschlaggebende Punkt, weswegen er das Lied ablehnt.“

„Einen Versuch wäre es wert.“ Kijo griff nach einem weiteren Mochi.

Junichi beobachtete die beiden aufmerksam, ohne sich einzumischen.

Wieder kurzes Zögern von Kiris Seite, bevor er schließlich doch noch mit dem Kopf nickte. „Okay, einverstanden.“

* Mochi sind kleine, runde Kuchen aus Klebreis, die oftmals eine süße Füllung verschiedenen Geschmacks enthalten.

** Kijo (鬼女) ist das japanische Substantiv für Dämonin, Hexe, Teufelin oder auch Ungeheuer.

03. First longing

In unregelmäßigen Abständen war das Rattern der Nähmaschine zu hören, bevor eine längere Pause eintrat – bis das dominante, arbeitswütige Geräusch erneut erklang. An der Maschine saß Aki und fingerte abwechselnd am einzunähenden Reißverschluss, der Jeanshose sowie dem Handrad des Arbeitsgeräts herum. Ihre Hände wussten ganz genau was sie taten und ihre Augen verfolgten jede einzelne Bewegung wachsam.

Auf einem Sofa an der gegenüberliegenden Wand lag Katsu, die Füße über die Armlehne baumelnd. Einer davon wippte im Takt zu „Poison" von Alice Cooper, dessen Klänge durch den Raum schallten. Seine Arme waren locker hinter dem Kopf verschränkt und die Augen geschlossen. Wäre das Fußwippen nicht gewesen, hätte man meinen können, er würde schlafen.

Über der ganzen Szenerie lag eine Atmosphäre der Besonnenheit, der Ausgeglichenheit und Sorglosigkeit, bis...-

„Ach scheiße...!" Aki fluchte leise und rümpfte die Nase. Die Nadel war abgebrochen. Für wenige Augenblicke ließ sie von der Maschine ab, beugte sich hinunter zu einer Schublade und suchte in dieser gezielt nach dem Döschen mit den intakten Nähnadeln. Sie fand sie schnell, begab sich wieder auf Augenhöhe mit ihrem Arbeitsgerät und machte sich ans Auswechseln. „Hast dich eigentlich schon bei ihm gemeldet?", fragte Aki irgendwann in den Raum, nachdem sie von Katsu schon eine ganze Weile lang nichts mehr gehört hatte, wand sich dafür jedoch nicht extra um sondern schraubte statt dessen die neue Nadel in die dafür vorgesehene Halterung.

„Hmm...? Bei wem?", brummte Katsu abwesend, ohne mehr als seine Lippen zu bewegen.

„Blondie", half Aki ihm auf die Sprünge, während sie mit zusammengekniffenen Augen den Faden neu einfädelte.

„Hab seine Nummer nicht", antwortete er knapp.

„Als ob das ein Hindernis sei", entgegnete die Freundin. „Frag doch mal Akira, ob der jemanden kennt, der mit FreaX im Kontakt steht. Er kennt doch tausend Leute." Der Faden war eingefädelt und so ratterte die Maschine fleißig weiter.

Katsu blinzelte. Sein Fuß hörte auf zu wippen. „Ich glaube nicht, dass Akira nochmal mit mir reden will."

Knack.

Die Nadel war den Zähnen des Reißverschlusses zu nahe gekommen und brach erneut.

Im Zeitlupentempo hob Aki ihren Kopf und richtete ihren Blick auf Katsu. „Sag nicht, du bist schon wieder geflogen", kam es von ihr in einem monotonen Ton.

Katsu sah sie mit einer Mischung aus Verlegenheit und Trotz an. „Na und? Alive war eh nicht die richtige Band für mich!"

Die junge Schneiderin schenkte wieder ihrem Arbeitsgerät die nötige Aufmerksamkeit und machte sich erneut ans Nadel-auswechseln. „Man, Katsu... Wie oft willst du das noch machen...?"

„Was?" Das Unverständnis in dem Jungen wuchs.

„Das ist jetzt schon die dritte Band infolge, die dich raus-geschmissen hat. Wenn du so weiter machst, wird dir dein Ruf irgendwann voraus sein und keiner wird dich mehr nehmen wollen." Aki musste feststellen, dass ihr die Nähnadeln langsam auszugehen drohten. Sollte der aktuelle Verschleiß anhalten, müsste sie sich rasch Neue besorgen.

„Als ob ich mich selbst rauskatapultieren würde." Katsu setzte sich auf und verhakte seine Beine in einer schneidersitz-ähnlichen Position. Er hasste dieses Thema. Aki wusste, dass er es hasste. Er fühlte sich jedes Mal auf ein Neues ungerecht behandelt, wenn sie darüber sprachen.

„Gewissermaßen tust du das auch", entgegnete sie, legte die zweite kaputte Nadel auf den Tisch neben die erste.

„Stimmt doch gar nicht!" Katsu wurde lauter als beabsichtigt. „Ich hab Akira doch nicht darum gebeten, mich zu feuern!" Wieso bekam immer er die Schuld, wenn es mit seinen Bandprojekten wieder mal nicht so lief wie geplant? Wieso wurde immer er zum Sündenbock gemacht? Seine Augen hafteten trotzig auf den Hinterkopf der Freundin.

„Was soll man mit 'nem Bassisten anfangen, der nie erscheint? Der diverse Proben ins Wasser fallen lässt und zu Auftritten zu spät kommt – *wenn* er denn mal kommt? Mit so jemanden kann man einfach nicht zusammen arbeiten. Das könnte ich auch nicht."

Die Worte der Rothaarigen ließen Katsus Trotz immer weiter in die Höhe schnellen. Er *hasste* es, wenn sie so mit ihm sprach. Als sei er der Verbrecher, der hingerichtet werden sollte. „Sag mal, habt ihr euch irgendwie abgesprochen? Bist du jetzt auf Akiras Seite? Wollt ihr mich beide fertig machen?" Seine Stimme erhielt einen hysterischen Anstrich.

Aki setzte zu einer Antwort an, doch Katsu lies sie gar nicht mehr zu Wort kommen.

„Du redest von Sachen, von denen du keine Ahnung hast! Du spielst noch nicht mal in einer Band! Du arbeitest alleine und ohne irgendwelche Kollegen oder einem Team! Was weißt *du* denn schon von *meinen* Angelegenheiten?! Du hast keine Ahnung! Null!!" Der aufbrausende Junge hatte sich vom Sofa erhoben und griff nach seiner Jacke, die auf dem Boden lag. Mit großen Schritten stapfte er an Aki vorbei. „Kümmere dich um deinen eigenen Scheiß."

Das war das Letzte, was die Schneiderin vom Anderen vernahm, bevor dieser die kleine Nähwerkstatt durch die Eingangstür verließ. Selbige laut hinter sich zuschlagend. Dass es seine Hose war, an der die Freundin die ganze Zeit herum genäht hatte, schien er vergessen zu haben.

Aki blieb allein zurück. Mit zwei kaputten Nähnadeln und Alice Cooper.

Es war jedes Mal das Selbe, es war jedes gottverdammte Mal das Selbe! Es schien ihn niemand verstehen zu wollen, immer gaben sie ihm alle nur Schuld. Schuld dafür, dass es mit dieser und jener Band nicht funktionierte, dass die bandinterne Stimmung nicht harmonierte, dass Auftritte nicht wie geplant zu absolvieren waren, dass niemand ihre Demos hören wollte. Ständig bekam er diese Vorwürfe an den Kopf geworfen, von seinen jeweiligen Kollegen – und von Aki. Und aus unerklärlichen Gründen gab es auch in jeder Band, in der er bisher gespielt hatte, mindestens ein Mitglied, das ihn nicht mochte. Bei Alive war es einer der Gitarristen gewesen. Und zum Schluss auch ihr Leader, Akira. Davon war er überzeugt. - Herrgott, es konnte doch nicht so schwer sein eine Band zu finden, mit der sich vernünftig spielen ließ! In der es keine gegenseitigen Anfeindungen gab und mit denen er auch gerne umging und die Live-Auftritte nicht nur bewältigte, um einen mickrigen Lohn einzuheimsen. Musik war so etwas Fantastisches; es musste doch möglich sein, dies artgerecht ausleben zu können! Warum geriet er nur immer an die falschen Leute?

In Frust und Selbstmitleid vertieft, bog er unachtsam um die nächste Ecke und stieß daraufhin frontal mit einem anderen Passanten zusammen. „Fuck off! Kannst du nicht auf-?!" Doch noch bevor er den Satz zu Ende gesprochen hatte, brach er selbigen ab. Er schaute sein Gegenüber an und sofort fielen ihm die langen, blonden Haare auf. „Shiro!"

Der Angesprochene nahm seine Wayfarer-Sonnenbrille ab und blickte in ein Gesicht, das sich binnen Sekundenbruchteilen von Ablehnung und Aggression zu Überraschung und Freude gewandelt hatte. „Hey...! Rennst du jeden so stürmisch über den Haufen?" Ein heiteres Lächeln begleitete die Frage.

„Uhm...eigentlich nicht..." Und Katsu suchte in Windeseile eine Möglichkeit, seine aufkeimende Scham zu ersticken. „Was machst du hier?"

„Unseren nächsten Gig organisieren." Shiro setzte die Brille mit den dicken Rändern und den getönten Gläsern wieder auf und machte eine nickende Kopfbewegung. „Es müssen noch ein paar Dinge geklärt werden."

Katsu blickte ihn verwundert an. „Macht so etwas nicht euer Leader?"

Shiro grinste. „Arbeitsteilung."

Katsu liebte dieses Grinsen.

„Wenn du magst, kannst du ja mitkommen. Ist gleich da drüben, im 'Black Cat'."

Irgendetwas in Katsu machte gerade einen Freudensprung; er wusste nur noch nicht so genau, was es war. Aber er nahm das Angebot natürlich an. Und so schritten sie gemeinsam den

Gehweg entlang, fast in die selbe Richtung, aus welcher der aufbrausende Junge zuvor erst gekommen war.

„Und wie läuft's mit deiner Band?", erkundigte sich Shiro.

Katsus eben noch fröhliches Gesicht wechselte abermals abrupt seine Emotionen und präsentierte nun ein ziemlich gequält aussehendes Lächeln. „Gar nicht", antwortete er nur knapp.

„Ach, pausiert ihr?"

Katsu faszinierte es, wie unschuldig Shiros Vermutung war. Aber woher sollte Dieser auch wissen, was sich bei ihm in den vergangenen vierundzwanzig Stunden abgespielt hatte? „Ich spiele nicht mehr bei Alive."

Shiro hob eine Augenbraue, was hinter den hohen Rändern der Sonnenbrille jedoch nur ansatzweise zu erkennen war. „Bist du abgehauen?" Verwunderung schwang in seiner Stimme mit.

Katsu zögerte. „Abgehauen"...das klang irgendwie besser als „gefeuert worden zu sein". Es klang selbstbewusster, nicht so...passiv. Er nickte. „Ja."

Shiro nahm das zur Kenntnis. „Und schon was Neues gefunden?"

„Ne..." Der selbsternannte Ausreißer verschränkte die Arme hinter dem Kopf und verengte die Augen zu schmalen Schlitzen, blinzelte nur noch durch die Wimpern hindurch. „Erst mal sehen, was sich so ergibt. Irgendeine Band sucht immer 'nen Bassisten. Ich werde schon was finden."

Es dauerte nicht lange, bis sie das 'Black Cat' erreicht hatten und betraten den Laden durch einen Seiteneingang. Es war noch mitten am Tag und der Club öffnete erst am frühen Abend, doch Shiro hatte vor seinem Aufbruch den Hinweis mit dem Seiteneingang erhalten. Mit Katsu im Schlepptau schritt er nun durch einen dürftig beleuchteten, schmalen Gang, stand bald jedoch schon mitten in dem Raum, in dem ab einer bestimmten Uhrzeit die Bässe dröhnten und sich das Publikum drängte. Jetzt war es noch ganz ruhig.

Anfänglich suchend blickte Shiro sich nach dem Personal um und entdeckte schließlich aus der gegenüberliegenden Ecke einen dicken, freundlich grinsenden Glatzkopf auf sie beide zukommen. Der Geschäftsführer.

Während Shiro mit eben Diesem die noch zu klärenden Dinge besprach, erwischte Katsu sich dabei, wie er den Blonden immer wieder heimlich musterte. Wie auch schon am vorgestrigen Abend glitten seine Augen über den Körper des Jungen, der nun neben ihm stand, und sein Gehirn bemühte sich, sich jedes noch so winzige Detail einzuprägen. Die Bewegungen seiner Hände und Finger, wenn er mit ihnen gestikulierte, der Fall seiner langen Haare bei jeder Kopfbewegung die er machte, der veränderte Faltenwurf seines T-Shirts bei jeder Bewegung seines Körpers... Er konnte nicht leugnen, dass ihn dieser Kerl reizte. Jedoch war es ein Reiz der besonderen Art. Viele Menschen waren für Katsu nur aus sexueller Sicht interessant. Sie machten ihn heiß, aber das war oft auch schon alles. Bei Shiro spielte noch etwas Anderes eine Rolle. Dieser Mensch strahlte irgendetwas aus, was Katsu einfach faszinierte, was ihn sprichwörtlich in den Bann zog. Irgendetwas war da, eine unsichtbare Macht, ein undefinierbares Bild seiner Gefühle – was auch immer es war, aber es fesselte seine Aufmerksamkeit an diesen Menschen.

Als das Gespräch zwischen dem Bassisten und dem Geschäftsführer beendet war, schreckte Katsu plötzlich aus seiner heimlichen und stummen Schwärmerei auf. Was würde nun als nächstes passieren? Wohin würde Shiro gehen? Was würde er machen? Die Angst, ihn so schnell wieder aus den Augen zu verlieren, wuchs rasend schnell in ihm und auf dem Weg zurück auf die Straße durchkramte er seinen Kopf nach allen möglichen Mitteln, Shiro am verschwinden zu hindern. Als sie schließlich wieder vor dem 'Black Cat' standen, fragte Katsu ziemlich hilflos, und mehr um überhaupt etwas zu sagen: „Und was machst du jetzt noch so?"

Shiro, der seine Jacke im Club ausgezogen hatte, schlüpfte nun wieder in Selbige; war der März doch noch ziemlich frisch. „Nachher hab ich noch 'ne Bandbesprechung. Bis dahin bin ich freigestellt."

„Wollen wir in ein Café? Zwei Ecken weiter ist Eines."
Katsu stellte diese Frage, ohne darüber nachgedacht zu haben.

Das fiel ihm selbst erst im Nachhinein auf. Seit wann bevorzugte er *Cafés*? Kneipen, Schnellrestaurants, Imbissstuben – das war sein Terrain, dort hielt er sich oftmals auf. Aber ein Café? Doch in seiner geistigen Hektik war er gedanklich einfach nur jede Lokalität im näheren Umkreis abgegangen und besagtes Café lag schlichtweg mit am dichtesten.

Zu seinem Glück schien Shiro dieses Angebot jedoch gar nicht so abwegig zu finden wie der Fragesteller selbst, denn er willigte lächelnd ein.

So gingen sie die Straße entlang und nahmen keine zehn Minuten später an einem Tisch im Café platz. Während sie auf ihre Bestellung warteten, fielen Katsu Shiros Blicke auf, die eindeutig verrieten, dass er sich das erste Mal in diesem Laden aufhielt. Und plötzlich schoss ihm die Erkenntnis durch den Kopf, dass er überhaupt nicht wusste, wo Shiro überhaupt wohnte. „Kommst du eigentlich von hier?"

Shiro richtete seinen aufmerksamen Blick auf sein Gegenüber. „Ne, ich wohne in Yokohama. Wir sind jetzt nur wegen den Gigs öfters hier in Yokosuka."

Katsu hob unwillkürlich eine Augenbraue. Yokohama war nicht schlecht, eine klasse Stadt. Hundert Mal besser als seine Heimatstadt Yokosuka. Die hasste er inzwischen nur noch. Er wollte schon lange von hier weg. Nur geschafft hatte er es bisher noch nicht. Meistens scheiterte es am Geld.

Da Katsu auf seine Antwort hin nichts erwiderte, stellte Shiro nun eine Frage: „Und Aki? Wohnt die auch hier?"

Noch bevor Katsu, aus seinen Gedanken gerissen, darauf antworten konnte, kam auch schon die Bedienung und servierte ihnen beiden den Kaffee, den sie bei ihrer Ankunft bestellt hatten. „Ja, tut sie", entgegnete er, während er nach dem Zuckerschälchen griff und zwei gehäufte Löffel Zucker in seine Tasse schaufelte. Dann führte er sich die Tasse zu den Lippen, nahm einen Schluck – und verbrühte sich den Mund. Mit leicht vor Schmerz verzerrtem Gesicht stellte er das Geschirr wieder ab.

Shiros erster Kontakt mit der heißen Flüssigkeit verlief offenbar weniger schmerzhaft. Vielleicht lag es daran, dass er vorher gepustet hatte. „Schneidert Aki eigentlich auch Bühnenoutfits?"

Katsu grinste. „Wenn deine Band neue Klamotten braucht, kannst sie gerne fragen. Aber rechne mit etwas längerer Wartezeit; sie arbeitet immerhin vollkommen allein." Er pustete seinen Kaffee nun etwas an und nahm dann einen erneuten Schluck. Und verbrühte sich abermals. War sein Kaffee heißer als der von Shiro? „Sag mal, wann hast du eigentlich angefangen Bass zu spielen?", lenkte Katsu das Thema um. Wenn er schon die Gelegenheit hatte, sich mit diesem Kerl gemütlich auf einen Kaffee zu treffen, wollte er auch mehr über ihn in Erfahrung bringen.

„Mit acht", antwortete Shiro, ohne lange überlegen zu müssen.

„Wolltest du oder musstest du?" Katsu hatte schon von einigen Kollegen gehört, die im Kindesalter von den Eltern dazu genötigt worden waren, gegen ihren Willen irgendein Musikinstrument zu erlernen. Wobei Bassgitarre für solche Zwangslehrstunden für gewöhnlich nicht oft dabei war.

Ein Schmunzeln der Erinnerung spielte um Shiros Lippen und sein Blick driftete für einige Sekunden zurück in die Vergangenheit. „Ich wollte." Kurze Pause. „Kennst du Simon Gallup von The Cure?" Seine noch immer leicht verträumten Augen hefteten sich nun an Katsu.

„Klar!"

„Ich wollte damals als kleiner Knirps ein zweiter Gallup sein", gab er seine Kindheitsträume preis. „Ich war so vernarrt in den Typen und sein Spiel, dass ich meine Eltern ständig damit genervt habe, mir einen Bass zu kaufen. Den hab ich damals zwar nicht bekommen, aber zu Unterricht haben sie sich breit schlagen lassen. Den hatte ich dann zwei Mal die Woche. Das waren immer meine zwei Lieblingstage."

Katsu lauschte den Schwärmereien des Anderen gespannt. Seine Gesichtszüge sahen dabei noch weicher aus, dass er sie am liebsten berührt hätte. Er spürte die Sehnsucht in sich wachsen, dieses Gesicht einmal zu streicheln. „Und spielst du immer Ibanez, so wie bei eurem Gig vor zwei Tagen?"

Shiro nickte. „Und was spielst du?", erkundigte er sich prompt im Gegenzug.

„Killer", verriet Katsu seine Bassmarke.

Shiros Augen wurden groß. „Ehrlich? Kann ich mir den mal angucken?"

Der Killer-Besitzer war am überlegen, ob er sich das nur einbildete oder ob tatsächlich ein Hauch von Ehrfurcht in Shiros Stimme mitschwang. „Uhm, klar, kein Ding! Jetzt gleich?"

Shiro zog sein Handy aus der Brusttasche seiner Jacke und warf einen Blick auf das Display. „Ne, das wird zu knapp..."

Katsu fiel es wieder ein. „Ach ja, deine Besprechung." Bei der Erinnerung an den bevorstehenden Termin seines vermeintlich neuen Kumpels spürte er ein kleines, seltsames Gefühl im Herzen. Es war kein Stich, aber ein leichter Druck der Betrübnis. Er wollte sich nicht so früh schon wieder von ihm verabschieden müssen. Sie waren doch noch gar nicht lange zusammen gewesen.

Shiro, der auf Katsus Gesicht ablesen konnte, dass diesem sein Termin im Moment ebenso unliebsam im Weg lag wie ihm selbst, versuchte die Situation noch zu retten. „Aber kann ich vielleicht morgen bei dir vorbei kommen? Morgen hab ich den ganzen Tag frei."

Und schon wich die Betrübnis der Vorfreude. „Klar, gerne! Warte mal kurz..." Ohne auf eine Reaktion Shiros zu warten war Katsu von seinem Stuhl aufgesprungen, lief zum Tresen und bat die Bedienung um einen Stift. Mit diesem kam er zurück zu Shiro, welchem er sogleich ungefragt den Ärmel seines rechten Arms hochschob und damit begann, ihm seine Nummer auf die blasse Haut zu schreiben. Natürlich hätte er ihn Diese auch einfach ins Handy eintippen lassen können, aber hiermit hatte er die Chance, Shiro körperlich ein wenig näher zu kommen. Es hatte etwas von Oldschool-Romanze.

FreaX' Bassist war von dieser Aktion anfangs überrascht, ließ ihn jedoch gewähren. Als Katsu den Stift wieder zurück brachte, betrachtete sich Shiro sein 'Pseudo-Tattoo'. Die Handschrift des Anderen spiegelte seinen vermeintlichen Charakter bestens wieder: stürmisch und chaotisch. Ein kleines, heimliches Lächeln flog über Shiros Lippen. Er mochte den Typen.

Nachdem Katsu sich ihm kurz darauf wieder gegenüber gesetzt hatte, tranken beide noch ihren Kaffee aus, dann bezahlten sie und verließen den Laden. Die Zeit drängte, Shiros Termin rückte näher und so begleitete Katsu ihn bis zur Kurihama-Station, wo sie auf den Zug warteten, der den Besucher zurück nach Yokohama bringen sollte. Zu Katsus Bedauern mussten sie jedoch nicht lange warten; der Zug fuhr bereits wenige Minuten nach ihrer Ankunft in den Bahnhof ein.

„Dann bis morgen", verabschiedete sich Shiro von ihm und es klang so, als kannten sie sich schon ewig.

„Ja, bis morgen..." Katsu war für einen kurzen Moment versucht, ihn zu umarmen, ließ es dann aber doch sein. Sie kannten sich ja kaum. Und dennoch fühlte er sich mit ihm so seltsam vertraut und zu ihm hingezogen. Er sah ihm nach wie er in den Zug einstieg, sah, wie sich die Türen schlossen und wie der Zug abfuhr. Wieder war da dieser seltsame Druck in seinem Herzen.

Katsu machte auf dem Bahnsteig kehrt, noch ehe der Zug außer Sichtweite war, und verließ den Bahnhof. Seine Hände steckten tief in den Hosentaschen, sein Blick war auf den Boden gerichtet. Er vermisste ihn, obwohl sie bis eben gerade noch zusammen gewesen waren. Er vermisste jemanden, den er erst seit zwei Tagen kannte. Und doch hatte er das Gefühl, mit dem Zug sei soeben ein Teil seiner Selbst davongefahren.

04. unexpected

Seine Augen blickten von der gegenüberliegenden Wand hinüber zur Digitalanzeige des Weckers, in den dunklen Flur hinein (wo das Telefon stand) und wieder zurück zur Wand.

Seit Stunden.

Schon den halben Vormittag war Katsu mit nichts anderem beschäftigt gewesen, als seinen Blick in dieser Dreieckskonstellation wandern zu lassen. Dabei lag er auf seinem Bett, den Kopf ans Fußende platziert und das erste Album der L.A. Guns in Dauerschleife hörend. Seit er heute morgen aufgewacht war, hatte er nur einen Gedanken im Kopf gehabt. Und jener Gedanke galt Aki. Er sollte sich bei seiner Freundin entschuldigen. Gestern konnte er die Gedanken daran noch gut verdrängen, war da ja auch noch die unerwartete Begegnung mit Shiro gewesen, die seine Gedanken- und Gefühlswelt ebenfalls in Aufruhr versetzt hatte. Aber dann war die Nacht gekommen und irgendwann brach ein neuer Tag an – und der gestrige Streit war wieder in seinem Kopf präsent.

Die leuchtenden Zahlen des Weckers zeigten 11:01 Uhr an.

Eigentlich kam es selten vor, dass er sich mit Aki wirklich fetzte; meistens handelte es sich nur um Meinungsverschiedenheiten zwischen ihnen, die in den seltensten Fällen einen höheren Lärmpegel erreichten. Aber in letzter Zeit hatte sich was geändert...hatten sich ihre Auseinandersetzungen geändert. Es ging inzwischen eigentlich nur noch um ein Thema: Er und die Band. Die Band, in der er zum jeweiligen Zeitpunkt involviert war. Oder eben auch nicht war.

11:02 Uhr.

Er hatte sie nicht anschreien wollen, als er gestern Hals über Kopf aus der Werkstatt geflüchtet war. Er hatte sie nicht kränken wollen, doch fühlte er sich zu dem Zeitpunkt selbst gekränkt. Er hatte einfach nicht darüber reden wollen, aber Aki schien das nicht mehr zu interessieren. Sie wurde jedes Mal energischer, hatte er das Gefühl. Sie meinte es nur gut, das wusste er. Sie war seine Freundin und Freunde meinen es immer nur gut. Aber es gab Dinge, mit denen wollte er einfach alleine sein und zu denen wollte er keine Ratschläge hören. Auch nicht von ihr.

11:04 Uhr.

Katsu drehte leise stöhnend den Kopf zur Wand neben sich und starrte das eintönige Weiß an.

Shiro wollte heute vorbei kommen. Wann, das hatte er nicht gesagt. Ob er vorher nochmal anrufen würde? Oder ob er plötzlich vor seiner Haustür stünde? Er konnte es nicht einschätzen. Aber vielleicht wäre es wirklich besser, sich vorher bei Aki zu entschuldigen, bevor ihn sein Besuch nur wieder ablenkte und er darüber den Tag vergaß. Trotz dieser Erkenntnis zögerte er. Katsu drehte sich wieder um, sah sein Handy auf dem Fußboden liegen, machte jedoch keinerlei Anstalten danach zu greifen. Ließ seine Blicke weiter über den Boden Richtung Flur wandern, in die Ecke, in der sein Telefon stand. Starrte eine ganze Weile regungslos in die schummrigen Lichtverhältnisse des angrenzenden Nebenraums und wünschte sich, das verdammte Telefon würde klingeln und Aki wäre am anderen Ende der Leitung. Aber diesen Gefallen taten sie ihm beide nicht. Weder das Telefon, noch Aki.

Ein weiterer Blick auf die Uhr.

11:11 Uhr.

Gottverdammt, es half alles nichts! Katsu stieß sich von seinem Bett ab und tappste in den Flur, griff etwas unsanft nach dem Telefon und setzte sich damit im Schneidersitz auf den Boden seines Zimmers. Er wählte Akis Nummer. Er kannte sie auswendig. Er presste sich die Muschel ans Ohr und lauschte. Und es dauerte auch gar nicht lange, bis jemand am anderen Ende abnahm.

„Ja?", erklang die Stimme des Mädchens leicht verfremdet.

„Hey...ich bin's...", begann Katsu das Gespräch, mit der Vorsicht eines geprügelten Hundes.

„Ich weiß", kam es nur zurück. Sie schien über seinen Anruf nicht überrascht zu sein. Zu oft hatten sie diese Szenerie schon durchgespielt.

Katsu seufzte leise. „Hör zu, Aki...ich weiß, es war dumm von mir, was ich dir gestern an den Kopf geworfen habe..." Er kratzte sich am Eigenen, ein Zeichen seiner Verlegenheit. Zu seiner Enttäuschung kam von Aki daraufhin jedoch nichts, keine Reaktion, kein Wort. Das machte es nur noch schwerer. „Ich wollte dich nicht beleidigen, es ging gar nicht gegen dich", versuchte er zu erklären, „ich wollte nur einfach nicht darüber reden."

„Das willst du nie. Aber damit machst du es dir auch nicht leichter." Ihre Stimme war noch immer emotionslos, distanziert.

Für mehrere Momente sagte keiner von beiden ein Wort. Lediglich die L.A. Guns drangen im Hintergrund leise zu Aki durch.

Katsu überlegte was er erwidern könnte, ohne dass seine geplante Entschuldigung in einen neuen Streit ausartete. Doch noch bevor ihm etwas Gescheites einfiel, hatte Aki schon das Wort ergriffen:

„Ich gehöre sicherlich mit zu den letzten Personen, die dir sagen werden „Such dir endlich einen vernünftigen Job!" Aber wenn du das mit deinen Bands nicht auf die Reihe kriegst, solltest du vielleicht wirklich mal überlegen, dich umzuorientieren. Ich kann dir nämlich auch nicht *jede* letzte Woche im Monat Geld für Essen auslegen. Ich lebe selbst nicht auf der Sonnenseite des Lebens."

Katsu schluckte. So deutlich hielt Aki ihm seine Fehler selten vor Augen. Und insgeheim wusste er ja auch, dass sie Recht hatte. Was er jedoch nicht wusste war, wie er die Probleme mit „seinen Bands" in Zukunft besser bewältigen sollte. Denn sie tauchten immer wieder auf, wie ein Bumerang, der nicht abzuschütteln war.

Und Aki sprach weiter: „Ich hab dich wirklich sehr gern, Katsu, das weißt du. Und ich werde dir bei allem helfen, soweit ich nur kann. Aber erwarte nicht von mir, dass ich mein Leben aufgebe, weil du dein eigenes nicht auf die Reihe bekommst."

Dass Akis Ton inzwischen etwas sanftere Züge gewonnen hatte, beruhigte Katsu im Moment überhaupt nicht, denn die soeben vernommenen Worte erschraken ihn. „Das würde ich nie von dir verlangen!" Panik in seiner Stimme, in seinem Gesicht. Wie war sie nur auf solch eine Idee gekommen? War er inzwischen tatsächlich schon so weit abgedriftet, dass sein Verhalten diesen Eindruck erweckte? „Ich verspreche dir, es wird alles anders! Ich krieg' mein Leben in den Griff!", versicherte er hastig.

Aber die Freundin war nicht blauäugig. „Du musst mir nichts versprechen; es ist *dein* Leben." Das war das Letzte was sie sagte, bevor sie auflegte.

In der Leitung war nur noch ein monotoner Ton zu hören.

Katsu presste den Hörer noch einige Momente lang gegen sein Ohr, wollte nicht glauben, dass er diesen Ton hörte, wollte nicht glauben, dass Aki aufgelegt hatte. Aber so war es. Schließlich legte auch er auf. Das Telefon stand schweigend vor ihm auf dem Boden. Die noch immer laufende Musik im Zimmer vernahm er schon gar nicht mehr. Irgendwic hatte er sich das Gespräch anders vorgestellt gehabt. Seine Beine lösten sich aus dem Schneidersitz, er streckte sie aus, winkelte eines wieder an. Eine Hand fuhr durch sein knallrotes, zottiges, langes Haar. Kurz darauf wurde die Stirn von eben dieser Hand gestützt sowie der Ellenbogen vom angewinkelten Knie. Sein Blick driftete ins Nichts.

Er fühlte sich verlassen.

Einsam.

Unverstanden.

Als spräche er eine andere Sprache als alle Anderen. Er wollte doch auch nur sein Leben leben, er wollte doch auch nur glücklich sein. Warum schien ihm das verwehrt zu bleiben? Manchmal hatte er das Gefühl, alle um ihn herum seien taub. Als würden sie seine Worte nicht hören. Als befände sich eine undurchdringbare Schutzwand zwischen ihm und seinen Freunden. Sie konnten sich sehen, sie wussten, was jeder andere tat, aber er konnte seine Entscheidungen, seine Erklärungen niemandem verständlich machen. Dabei empfand er seine Entscheidungen stets als gerechtfertigt und selbstverständlich; er konnte nicht begreifen, warum das außer ihm scheinbar niemand so sah. Was war daran verkehrt, eine Band zu verlassen, mit der man nicht arbeiten konnte? Was machte es für einen

Sinn mit Leuten, von denen man das Gefühl hatte, sie würden einen auf den Mond wünschen, etwas gemeinsam erreichen zu wollen? Wenn man ständig das Gefühl hatte, man sei in Wirklichkeit unerwünscht? Müll, Abschaum, Dreck? - Erwartete man das wirklich von ihm? Dass er sich herum treten ließ wie ein Straßenköter, nur um nicht arbeitslos zu sein?

Katsu merkte nicht, dass er eine gute halbe Stunde lang so dasaß, bis ihn das Klingeln des Telefons wieder zurück in die Gegenwart rief. Sein Blick wanderte zum Apparat vor sich. Es klingelte zwei Mal, drei Mal. Aber irgendwas stimmte hier nicht. Sein Telefon klang doch sonst ganz anders... Bis er den Ton des geduldigen Klingelns endlich erkannte: Es war sein so selten benutztes Handy. Dieses lag nur wenige Schritte von ihm entfernt auf dem Fußboden und er krabbelte hinüber, griff danach.

Eine fremde Nummer war auf dem Display zu erkennen. Katsu überlegte gar nicht erst, sondern nahm ab. „Ja?"

„Hey, hier ist Shiro!"

Katsus Herz machte einen Sprung.

„Ich steh hier gerade an der Kurihama-Station. Holst du mich ab?"

Selten hatte der Bassist den Weg zum Bahnhof in so kurzer Zeit zurück gelegt wie heute. Jedoch hatte er es bisher auch selten so eilig gehabt wie heute. Gleich nach Shiros Anruf hatte Katsu die Wohnung so überstürzt verlassen, dass er ganz vergessen hatte, sich eine Jacke überzuziehen. Aber was kümmerte ihn die kühle Frühlingsluft in Anbetracht der Tatsache, dass er bald schon wieder vor der Person stehen würde, die seit Neuestem für sein gelegentliches Herzklopfen verantwortlich war?

Katsu hastete den Gehweg entlang, achtete nicht wirklich auf den Verkehr und schenkte generell allem um sich herum wenig Aufmerksamkeit. Und als er endlich um die letzte Ecke bog, sah er Shiro schon von Weitem vor dem Bahnhofseingang stehen. Das wasserstoffblonde Haar leuchtete ihm regelrecht entgegen. In seinem Bauch breitete sich ein angenehmes Kribbeln aus, während seine Füße nochmals einen Zahn zulegten. Und als Shiro nun den Kopf noch ein Stück in seine Richtung bewegte, konnte Katsu in seinem Gesicht ein Grinsen erkennen.

Der Streit mit Aki war schon längst vergessen. Die zahlreichen Probleme mit irgendwelchen Bands waren im Moment nicht existent. Katsus Augen waren auf den Jungen vor sich gerichtet und sein Kopf blendete vorübergehend alles aus, was nicht mit diesem Bild in Verbindung stand. Shiro sah genauso aus wie gestern, als sie sich auf dem Gleis getrennt hatten: Das selbe blaue T-Shirt, die selbe lässige Jeansjacke, die selbe große Sonnenbrille, ja selbst sein Haar schien heute genau so zu fallen wie gestern. Und dieses kecke Grinsen...

Diesmal ließ Katsu es sich nicht nehmen, ihn zur Begrüßung in die Arme zu schließen. Er dachte über diese Geste nicht mehr nach, er ergab sich einfach seinem Drang. Und zu seiner Überraschung erwiderte Shiro die Umarmung sogar ohne jede Scheu. Er spürte, wie die Arme des Anderen sich um ihn legten und wie angenehm, ja fast liebevoll, es sich anfühlte. Ohne jegliche Absprache schien eine geheime Vertrautheit zwischen ihnen beiden zu herrschen, trotz der kurzen Zeit, in der sie sich erst kannten.

Als sie die Umarmung wieder auflösten, sah Katsu ihm ins Gesicht, erkannte durch die dunklen Brillengläser ansatzweise die Augen, die dahinter verborgen lagen. „Hey, cool, dass du gekommen bist!"

„Klar, war doch so abgemacht." Shiro grinste noch ein bisschen mehr und nickte ihm knapp zu.

Gemeinsam begaben sie sich anschließend zu Katsus Behausung. Kaum dort angekommen, dirigierte der Rothaarige seinen Gast in den Wohn- und Schlafbereich. Katsu selbst verschwand kurz in einem kleineren Nebenzimmer, in welchem er, abgesehen von seinem Bass und seinem Verstärker, diversen anderen Kram aufbewahrte, den er nirgendwo anders unterzubringen wusste. Seine „Rumpelkammer", wie Aki sie immer nannte. Es dauerte nicht lange bis er zu Shiro zurück kam, der sich inzwischen auf dem Stuhl vor dem Schreibtisch niedergelassen hatte.

Und als Shiro ihn erblickte, oder vielmehr den Bass in Katsus rechter Hand, wurden seine Augen so groß wie die eines

Kindes, das die größte Eistüte seines Lebens vor sich hatte. „Oh mein Gott, du hast ja wirklich..." Weiter kam er gar nicht, denn die Faszination für das Instrument raubte ihm sprichwörtlich den Atem.

„Natürlich hab ich! Dachtest du, ich erzähl dir Märchen?" Und prompt hielt Katsu ihm den Bass anbietend vor die Nase.

Shiro blinzelte kurz zu ihm hoch. „Ich hab schon ganz andere Methoden erlebt, jemanden abzuschleppen." Dann richtete sich sein Blick aber auch schon wieder auf den Bass und seine Hände nahmen ihn fast ein bisschen ehrfürchtig entgegen. Staunend sah er ihn sich nun vom Nahen an, sanft strichen seine Finger über den lilanen Korpus und die vier Saiten. Shiro nickte anerkennend. „Klasse Teil. Ich hätte mir damals auch fast so Einen gekauft, bin dann aber doch irgendwie bei Ibanez gelandet", erzählte er und schenkte dem Bass nochmals einen liebevollen Blick, bevor er ihn Katsu wieder zurück gab. „Vielleicht wird mein Nächster ja auch ein Killer."

Katsu nahm seinen elektrischen Liebling wieder an sich. „Sag mir Bescheid, wenn's soweit ist", forderte er ihn grinsend auf, bevor er den Bass zurück in die Rumpelkammer brachte. Auf dem Weg dorthin machte sich plötzlich ein altbekanntes Gefühl in seiner Magengegend bemerkbar: Er hatte heute noch nichts gegessen. „Hast du eigentlich Hunger?", fragte er daher aus dem anderen Zimmer heraus.

„Was hast du denn im Angebot?", lautete Shiros Gegenfrage.

Es dauerte einen Moment bis Katsu die Küche erreicht und seinen Kühlschrank inspiziert hatte, als er schließlich im Gefrierfach fündig wurde. „Pizza?", erklang es nun aus diesem Raum.

„Klingt gut!"

„Vegetarisch oder Hühnchen?"

„Hühnchen!"

Kaum zwanzig Minuten später saßen die beiden Jungs mit Pizza und Bier auf Katsus Bett und ließen es sich gut gehen. Nachdem sie aufgegessen hatten, spülten sie sich die Kehlen mit den Resten des Bieres durch. Mit den Rücken an die Wand gelehnt saßen sie nebeneinander und genossen das befriedigende Gefühl eines gefüllten Magens. Dabei ließ Shiro seine Blicke durch Katsus Zimmer schweifen und blieb irgendwann an einem Filmplakat hängen, das an der gegenüberliegenden Wand hing und von einem vollgestellten Regal halb verdeckt wurde. Was er von dem Motiv noch erkennen konnte waren ein ausgestreckter Arm und ein ausgestrecktes Bein einer, scheinbar in die Luft springenden, schwarzen Person mit Dreadlocks. Zwischen den gespreizten Beinen prangte in roten Lettern der Filmtitel. Und obwohl nur besagte Hälfte des Plakats zu sehen war, ahnte Shiro, um welchen Film es sich hierbei handelte. „Jumpin' Jack Flash?", fragte er und deutete mit seiner fast leeren Flasche zum Plakat.

Katsus Augen folgten dieser Geste und er lächelte. „Ja...ich mag Whoopi Goldberg. Die Frau ist echt klasse!"

„Und Jumpin' ist dein Lieblingsfilm?"

Der Rothaarige nickte. „Der Film ist geil. Aber in 'Eddie' war sie auch super! Oder 'Sister Act' – beide Teile." Katsu überlegte kurz. „Die 'Beverly Hills Cop'-Reihe mag ich auch."

Shiro blinzelte. „Hat sie da auch mitgespielt?"

„Nein, aber Eddie Murphy hat einen echt heißen Knackarsch."

FreaX' Bassist grinste. „Kleiner Sexist..."

„Was'n? Hast du noch nie gesehen, was für enge Jeans er da trägt? Da kann man doch gar nicht anders als ihm auf den Arsch zu glotzen. Oder auf den Schwanz..."

Shiro schüttelte grinsend den Kopf und nahm den letzten Schluck, während er sich innerlich über Katsus kindliche Direktheit amüsierte.

Katsu selbst ahnte nichts von den Gedanken, die er bei seinem Gast hervorrief. Statt dessen wendete er nun das Blatt der Frgerunde und blickte den Anderen interessiert an. „Und was magst du für Filme?"

Shiros Blick war für einen kurzen Moment abwesend, als müsse er selbst erst mal überlegen. „Ich mag die Filme mit Leslie Cheung und Jackie Chan gerne", antwortete er dann schließlich und stellte seine leere Bierflasche vor dem Bett ab.

Katsus Hirn suchte nach verwertbaren Informationen zum erstgenannten Namen. „Leslie Cheung... Der aus 'He's a woman, she's a man'?"

„Genau!" Shiro hätte nicht leugnen können, dass er überrascht darüber war, dass Katsu diesen Film zu kennen schien, nachdem er US-Action-Komödien als seine Lieblingsfilme genannt hatte.

Katsus Finger spielten mit dem Kronkorken, während er nachzudenken schien. „Ich glaube, außer 'He's a woman' kenne ich gar keinen Film mit Cheung..."

„Ich kann dir ja mal Welche zeigen. Hab zu Hause Mehrere mit ihm", lautete Shiros Vorschlag, während er Katsus spielende Finger beobachtete.

Der Rotschopf nickte sofort willig und seine Augen leuchteten. „Klar, gerne!" Das war ja schon eine indirekte Einladung zu einem Gegenbesuch. Besser konnte es kaum noch laufen.

„Er hat auch öfters in solchen Filmen mitgespielt wie diesem...", merkte Shiro noch an und ein sensibles Ohr vermochte die geheime Faszination heraus zu hören, welche in dieser Aussage verborgen lag.

Inzwischen war auch Katsu bei seinem finalen Schluck angelangt und seine Lippen schenkten der Flaschenöffnung eine letzte Berührung, bevor er das geleerte Behältnis ebenfalls auf dem Boden abstellte. „Ah! Ich hab letztens auch 'nen Film gesehen – den hat mir Aki gezeigt – der war auch cool! Und strange! So 'ne Kombination aus Horror und Mystery von den Pang Brothers, wo-!" Doch weiter kam er mit seiner Erzählung gar nicht. Denn kaum hatte er sich, nach dem Abstellen der Flasche, wieder zurück gelehnt, spürte er völlig unerwartet ein weiches Lippenpaar auf seinen eigenen und keine Sekunde später eine fremde Zunge in seiner Mundhöhle. Katsu seufzte leise und überrascht auf, leistete jedoch keine Gegenwehr sondern erwiderte nach der ersten Irritation den Kuss wohlwollend. Es war ein dominantes, bestimmendes und doch liebevolles Zungenspiel, welches er in Empfängnis nahm und innerlich war er verblüfft darüber, wie gut sich ein Kuss doch anfühlen konnte.

05: doubts

„Und plötzlich hat er mich geküsst! Einfach so! Aber richtig – nicht nur auf die Wange oder Lippen! - Oh Gott, und *wie* er geküsst hat...!" Katsu beschrieb das Ereignis vom Vortag nun schon zum dritten Mal in Folge, doch seine Stimme klang noch immer so aufgeregt wie beim ersten Durchgang.

„Dein Cappuccino wird kalt", kommentierte Aki die Erzählungen des Freundes nüchtern.

Rasch griffen Katsus Hände nach dem Becher, der tatsächlich nur noch eine lauwarme Temperatur vorwies, und führte ihn sich an die Lippen. Normalerweise war er immer der Erste, der seinen Cappuccino, den er bei so ziemlich jedem Besuch bei Aki zu Hause serviert bekam, ausgetrunken hatte. Doch im Moment setzte die Normalität bei ihm aus. Da er in der Nacht kaum ein Auge zugetan und auch der darauf folgende Morgen seinem hormongesteuerten Hirn keine wirkliche Entspannung gebracht hatte, hatte er es nicht länger ausgehalten und Aki um ein Treffen gebeten. Den dummen Streit zwischen ihnen ignorierend. Zu seiner Erleichterung hatte Aki dem Treffen ohne zu zögern zugestimmt und somit befand er sich nun an diesem Vormittag in ihrem Wohnzimmer auf dem Sofa - und konnte keine Minute lang still sitzen.

Aki hatte Katsu die ganze Zeit über beobachtet und konnte ihr zunehmendes Schmunzeln inzwischen nicht mehr verbergen. „Du benimmst dich, als seist du noch nie zuvor geküsst worden", bemerkte sie.

Katsu sah sie mit wachen Augen an. „*So* bin ich auch noch nie geküsst worden!", verteidigte er sich und nahm eifrig ein paar weitere große Schlucke des koffeinhaltigen Getränks. „Ehrlich, ich hätte nie geglaubt, dass sich küssen so gut anfühlen kann..." Sein Blick drifteten in Abwesenheit ab. „Und er schmeckte so gut..."

„Nach Bier", vollendete Aki den Satz.

„Ach quatsch, ich meine seinen eigenen Geschmack!"

„Den hast du noch wahrgenommen, kurz nachdem ihr euch mit Pizza und Bier vollgefuttert habt?" Sie mochte es, ihn ein wenig zu triezen.

Katsu jedoch fühlte sich inzwischen nicht mehr ernst genommen und schenkte ihr einen genervten Blick. „Du kannst ihn ja mal küssen, dann weißt du wovon ich rede."

Das patente Mädchen ging auf den Vorschlag ein. „Damit er anschließend mehr Gefallen an mir findet als an dir?"

„AKI!" Katsu hasste es, nicht für voll genommen zu werden.

Aki beendete die kleinen Sticheleien mit einem Grinsen und griff nach etwas, was neben dem Sofa auf dem Boden platziert lag. „Ich hab hier übrigens deine Jeans. Reißverschluss ist eingenäht und passt", wechselte sie das Thema, während sie ihm die Hose aushändigte.

Schlagartig wurde Katsu wieder leise und beinahe verirrte sich ein blasser Rotschimmer auf seinem Gesicht. Denn die Hose erinnerte ihn wieder an den Streit, den ihm Aki aber scheinbar auch schon wieder verziehen hatte, denn sie lenkte das Gespräch nicht auf das Thema. „Danke", nuschelte er dennoch etwas zurückhaltend und nahm die Hose entgegen, betrachtete sich kurz die bearbeitete Region. Man sah kaum, dass der Reißverschluss nachträglich eingesetzt worden war. Einwandfreie Arbeit. Wie er es von Aki gewohnt war.

„Ich habe gehört, in der Nähe von Mikey's hat ein neuer Gitarrenladen aufgemacht", drang Akis Stimme plötzlich durch die eingetretene Stille.

Mikey's war eine Imbissbude, die Katsu gelegentlich aufsuchte. Und Katsu liebte es, Gitarrengeschäfte zu durchstöbern. Denn wo Gitarren waren, waren auch Bässe. Und auch wenn er sich, abgesehen von ein paar neuen Saiten für seinen Killer, nie etwas in solchen Läden leisten konnte, liebte er die Atmosphäre und die Gelegenheit, verschiedenste Modelle auszuprobieren und unter die Lupe zu nehmen. „Dann lass uns da hin!" Hastig trank er seinen Becher aus.

„Jetzt gleich?"

„Na klar, wann denn sonst?!" Und im nächsten Augenblick sprang Katsu auch schon vom Sofa auf und steuerte die Wohnungstür an.

Als Shigeki diesmal an Shiro vorbei ging, blieb er stehen und neigte den Kopf ein Stück zur Seite, musterte den Freund ausgiebig. „Alles okay bei dir?"

Der Angesprochene, der mit einem Stück Papier und einem Stift am Tisch saß, blickte leicht irritiert auf. Ein deutlich verwirrtes „Huh?" war das Einzige, was ihm über die Lippen kam und zudem verriet, dass er mit seinen Gedanken die ganze Zeit woanders gewesen war als er eigentlich hätte sein sollen.

Diese Reaktion bestätigte den Bandleader nur in seiner Skepsis und für ihn stand ohne jeden Zweifel fest, dass er hinter das Geheimnis der geistigen Abwesenheit seines langjährigen Freundes kommen musste. „Du sitzt jetzt schon seit zehn Minuten da wie eine Statue. Ich hab mich schon gefragt, ob du neuerdings mit offenen Augen schläfst."

Shiro senkte wieder den Blick, ließ ihn blind über die Tischfläche gleiten, ohne die Gegenstände zu registrieren, die in seinen Sehkreis traten. Eine Antwort blieb aus.

„Wenn dir die Erstellung der Setlist für den nächsten Gig zu schwer fällt, sag Bescheid. Dann mach ich das, wäre kein Thema." Obwohl Shigeki für seinen Kontrollfanatismus bezüglich der Band bekannt war, hatte Shiro hierbei einen gewissen Sonderstatus. Vielleicht lag es daran, dass sie seit Kindertagen die besten Freunde waren und Shigeki ihm ein Vertrauen entgegen brachte, welches er keinem anderen Menschen schenkte. So überließ er dem Bassisten auch schon mal die eine oder andere organisatorische Entscheidung.

„Es ist nicht die Setlist", nuschelte Shiro und ließ sich nach hinten gegen die Stuhllehne sinken, nun das weiße, unbeschriebene Blatt Papier vor sich mit den Augen fixierend.

Shigeki platzierte seine linke Pobacke auf einen freien Bereich des Tisches da er ahnte, dass dieses Gespräch etwas mehr Zeit in Anspruch nehmen würde. „Was ist los?", fragte er mit warmer, ruhiger Stimme.

„Erinnerst du dich an den Jungen, von dem ich dir erzählt hab? Der, der auch auf unserem letzten Gig war?" Shiro behielt seinen Blick auf dem Blatt Papier.

„Der, mit dem du dich treffen wolltest?"

Der Bassist nickte.

„Was ist mit ihm?" Und plötzlich veränderte sich Shigekis Mimik schlagartig; seine Augen wurden schmaler, seine Gesichtszüge schärfer. „Macht er etwa Ärger?"

Shiro beförderte seinen Oberkörper wieder nach vorne, stützte seine Ellenbogen auf der Tischplatte ab und verbarg verzweifelt seufzend das Gesicht in den Händen. „Wenn hier jemand Ärger macht, bin das höchstens ich", drang seine Stimme undeutlich aus dem Verborgenen hervor.

Jedoch nicht undeutlich genug, um von Shigeki nicht wahrgenommen zu werden. Auch er beugte sich nun ein Stück nach vorne und strich dem Freund beruhigend über die Schulter. „Erzähl schon, was ist passiert?"

Wieder Zögern. Wenn auch nur für einen Moment. Dann gab Shiro sein Gesicht frei. „Ich hab ihn geküsst."

Der Drummer gab einen Laut von sich, der Erleichterung und Belustigung vereinte. „Shiro Baby, du tust die ganze Zeit so, als hättest du jemandem ungewollt ein Kind gemacht. - Und dabei dreht sich alles nur um einen einfachen Kuss?"

Shiro schien das Ganze nicht halb so lustig zu finden, als er den Freund mit Verzweiflung in den Augen ansah.

„Süßer, mal ehrlich: Warum machst du dir wegen dieser Sache solch einen Kopf? Ich mein, selbst wir beide haben uns schon mal geküsst und das hat dich nicht mal ansatzweise so durcheinander gebracht. Was ist also das Problem?"

„Ich weiß gar nicht, ob er es überhaupt wollte", maunzte Shiro unbeholfen und die Verzweiflung seiner Augen übertrug sich nun auch auf seine Stimme. Es kam nicht oft vor, dass er sich von einer Sache so dermaßen verunsichern ließ; seine eigene Aktion vom Vortag zählte eindeutig mit zu den Ausnahmen.

„Hat er denn was dazu gesagt?" Shigeki war inzwischen dazu übergegangen, mit seinen Fingern die Haare des Anderen zu kämmen. Eine liebevolle Geste, die er gelegentlich anwendete um seinen Freund zur Ruhe zu bringen.

Wieder ein Seufzen. Ein schweres Seufzen. „Wir haben beide nicht darüber gesprochen.....es ist einfach so passiert...“ Er platzierte seine Hände diesmal seitlich an den Kopf, seinem Gesicht die Freiheit gewährend.

Für einen Augenblick schwiegen beide.

„Meinst du denn, es hat ihm nicht gefallen?“, hakte Shigeki schließlich nochmal nach.

Eine Frage, die schon die ganze Zeit im Kopf des blonden Bassisten herum schwirrte. „Ich weiß es nicht“, erwiderte er mit monotoner Stimme. Und kurz darauf fügte er noch hinzu: „Er hat ihn erwidert.“

Shigeki schmunzelte. „Sagt das nicht schon alles...?“

„Aber...er...wir haben...!“ Shiro rang nach den richtigen Worten. „Wir haben die ganze Zeit über Filme geredet und er sah so niedlich aus und ich konnte nicht anders und hab ihn geküsst! Ich hab nicht darüber nachgedacht was ich tue, es ist einfach passiert! - Und danach haben wir weiter über Filme geredet, so als sei nichts geschehen!“ Was anfänglich noch stockend verlief, glich nun einem Wasserfall.

„Und hätte er es nicht gewollt, hätte er dir Eine reingehauen“, ergänzte der Dummer. Ein wissender Blick ließ sich in seinen Augen nieder. „Sag mal, kann es sein, dass du dich einfach in ihn verschossen hast?“

Blitzartig riss Shiro den Kopf hoch und starrte sein Gegenüber entgeistert an.

Eigentlich war er fest entschlossen gewesen, diese Sache durchzuziehen. Er wollte es. Doch nun nagten die Zweifel an ihm. Ließen ihn seine Entscheidung nochmals überdenken. Obwohl sie sprichwörtlich schon auf dem Weg waren, den ursprünglichen Plan umzusetzen. „Meinst du, es ist wirklich so eine gute Idee...?“, erklang Junichis Stimme, während er und Kijo die Straße entlang gingen.

„Es war *deine* Idee. Und ich finde sie gut!“ Kijo behielt seinen Blick nach vorne gerichtet und machte keine Anstalten, Verständnis für die Zweifel des Anderen zu zeigen.

„Ja, aber...“ Junichi druckste herum. „Wenn die Schmerzen doch zu stark sind und ich es nicht aushalte? Dann habe ich drei schwarze Striche im Nacken – das sieht doch bescheuert aus...“

So zielstrebig wie Kijos Gang die ganze Zeit war, so abrupt blieb er plötzlich stehen, sodass Junichi die Vollbremsung seines Weggefährten erst nach einigen Schritten bewusst wurde und ihn fragend ansah.

„Ich bin doch bei dir und halte Händchen. Das hältst du schon aus, so schlimm ist das nicht“, versprach Kijo und zwinkerte ihm aufmunternd zu.

Die lockeren Worte des Anderen schienen Junichi zwar noch immer nicht ganz zu überzeugen, doch wollte er nun auch nicht als Feigling dastehen und ließ seine weiteren Zweifel unausgesprochen.

Wenig später traten sie durch die Tür des 'Pleasure & Pain' und Kijo steuerte, wie selbstverständlich, den Tresen im vorderen Ladenbereich an. Im Schlepptau einen immer noch etwas zögernden Junichi.

Hinter dem Tresen stand ein bulliger Mann europäischen Ursprungs mit dunkler, wirrer Lockenmähne und Vollbart. Seine muskulösen Arme waren übersät mit unzähligen Tattoos im westlichen Stil. Aus dem Ausschnitt seines Tanktops lugten gekräuselte Brusthaare hervor. „Womit kann ich euch helfen?“, brummte er und sah erst Kijo an, bevor er einen kurzen Blick auf Junichi warf, von dem man hätte denken können, er versuche gerade, sich hinter seinem Freund zu verstecken.

„Wir sind wegen ihm hier“, antwortete Kijo, griff Junichi am Arm und zog ihn nun unmittelbar neben sich.

Junichi warf dem Lockenmann einen verlegenen Blick zu. Irgendwie war ihm die ganze Situation gerade unangenehm. Es war ihm unangenehm, dass er Angst zeigte, obwohl es doch seine Idee gewesen war, sich ein Tattoo stechen zu lassen. Und es war ihm unangenehm wie Kijo ihn vorführte (zumindest fühlte er sich vorgeführt).

Der Tätowierer musterte Junichi. „Will er das denn auch? Er sieht mir noch recht unentschlossen aus...“ Obwohl der Typ mit seiner Statur locker als Türsteher hätte durchgehen können, machte er doch eher einen gemütlichen als bedrohlichen Eindruck.

„Er ist immer etwas schüchtern", lachte Kijo und zwinkerte.

Er *führte* ihn vor und das gefiel Junichi ganz und gar nicht! Er hasste es, wenn Kijo ihm das Gefühl gab, er würde ihn bevormunden. Tat er das eigentlich mit Absicht?

„Wir hatten auch schon ein Informationsgespräch mit einem ihrer Mitarbeiter; heute soll dann der Tag der Wahrheit sein", drang Kijos Stimme abermals in Junichis Bewusstsein. Er sah seinen Freund von der Seite an. Dieses Grinsen auf den Lippen...machte er sich gerade über seine Angst lustig?

„Na dann kommt mal mit!" Der Bärtige verließ seinen Tresen und führte seine zwei jungen Kunden in den etwas verwinkelten, hinteren Bereich des Ladens.

Auf dem Weg dorthin kamen sie an einem anderen Tätowierer vorbei, der gerade den Oberarm eines jungen Mannes bearbeitete. Junichi warf einen kurzen Blick auf das frisch entstehende Werk. Ein Herz, umschlungen von einem Spruchband mit der Aufschrift 'Ken & Chiharu'. Er sah dem vermeintlichen Ken kurz und prüfend in das vor Schmerzen zuckende Gesicht. Ein Mann von höchstens Anfang Dreißig. Junichi fragte sich, was der Typ wohl machen würde, wenn es mit seiner Chiharu eines Tages mal vorbei wäre. So ein Tattoo war schließlich was fürs ganze Leben und das war in vielen Fällen länger als die meisten Beziehungen hielten. Er hatte noch nie verstanden, warum sich Menschen solche Motive – die Namen ihrer zeitweiligen Partner – unter die Haut jagen ließen. Aber er hatte auch gar nicht mehr die Zeit, sich noch länger darüber den Kopf zu zerbrechen denn die Dreierkarawane aus ihm, Kijo und dem Bärtigen stoppte auf einmal und der Bärtige machte ihm vor einem freien Stuhl die Geste, sich dort hinzusetzen. In diesem Moment wurde Junichi klar, dass es keinen Weg mehr zurück gab. Zögerlich nahm er platz, wartete, was als Nächstes geschah.

Der Bärtige verschwand wieder, brummte noch was davon, er sei gleich wieder da.

Kijo schwang sich lässig auf den Stuhl neben Junichi und ließ seinen Blick zufrieden durch den Raum schweifen. „Ist doch schön hier", kommentierte er die unzähligen Muster und Bilder, die als Tattoo-Vorlage oder auch einfach als Inspiration im gesamten Laden an den Wänden verteilt hingen.

Junichi hingegen schenkte weniger der Inneneinrichtung Aufmerksamkeit als vielmehr dem nervenzermürbenden, konstanten Geräusch der Tätowiermaschine, die derweil Kens Arm malträtierte. Und dieses Geräusch sollte ihn auch erwarten, nur dass er es noch viel intensiver wahr nehmen würde. Zumal sich die Maschine auch wesentlich dichter in der Nähe seiner Ohren befinden würde. In diesem Zusammenhang wirkte Kijos Aussage absolut abstrakt.

Der Bärtige kam zurück getappt, platzierte einige Arbeitsutensilien auf der Ablage neben Junichi und ließ seinen bulligen Körper auf einem kleinen Hocker nieder. „Und es soll dieses Motiv sein?", fragte er nochmal nach und hielt ihm die Kopie des Bildes vor die Nase, welches Junichi vor wenigen Wochen noch selbst entworfen hatte. Kijo hatte die Zeichnung bereits bei ihrem Informationsgespräch dem Kollegen ausgehändigt gehabt und Junichi wurde klar, dass es ein Fehler gewesen war, diese Aktion mit Kijo zusammen zu starten. Warum hatte er nicht Kiri um Begleitung gebeten? Oder Shiro? Doch auf die Frage seines Gegenübers hin nickte er nur stumm.

„Dann wollen wir mal...", brummte der Tätowierer und bat seinen Kunden, sich mit dem Gesicht zur Lehne zu setzen, bevor er die langen, hellbraunen Haare Junichis hochsteckte und damit begann, dessen Nacken mit Hilfe eines Rasierapparats vom leichten Haarflaum zu befreien.

Junichi starrte unentwegt auf die Stuhllehne vor sich und erschauderte unter den Tätigkeiten des Rasierers.

Kijo beobachtete das Geschehen neugierig.

Als der Rasiervorgang abgeschlossen und die kleinen Härchenreste beseitigt worden waren, spürte Junichi kurz darauf eine kalte Flüssigkeit auf seinen Nacken sprühen. Das musste das Desinfektionsmittel sein. Als nächstes nahm er wahr, wie ein Stück Papier – die Kopie seines Motivs auf Pauspapier –

auf seinen Nacken gepresst und kurz darauf wieder abgezogen wurde.

Kijo erhob sich von seiner Sitzgelegenheit und beugte sich neugierig über den Nacken des Freundes. Auch wenn es sich hierbei bloß um eine abwaschbare Vorlage handelte, so gefiel ihm das Bild bereits jetzt schon. „Das sieht cool aus...", staunte er.

Junichi blieb regungslos auf seinem Stuhl sitzen. Wagte nicht, sich zu rühren. Wusste er doch, was als Nächstes kam. Rauschten ihm bis eben noch unzählige Gedanken durch den Kopf, so schien dieser plötzlich wie leer gefegt zu sein. Nur eine Frage hatte darin noch Platz: Wann kamen die Schmerzen? Warum ließ der Typ sich so viel Zeit? Sollte er doch endlich mit der Schändung seiner Haut beginnen! Je schneller es begann, desto schneller würde es vorbei sein. Die Zeit kam dem Jungen ewig vor und jede einzelne Sekunde schien das Zehnfache ihrer selbst zu sein. - Und plötzlich spürte er sie.

Die Nadeln.

Ein erschrockenes Keuchen flüchtete aus seinem Mund. Das Gefühl ging ihm sprichwörtlich unter die Haut. Es war völlig fremdartig, ein Empfinden, wie er es noch nie zuvor hatte – aber es war schmerzhaft. Verdammt schmerzhaft! Und das waren bloß die ersten paar Stiche! Wie lange würde er das aushalten? Junichi presste die Augen zusammen, kämpfte gegen die aufkommenden Tränen an. „Kijo...!", ächzte er heiser.

Doch die Aufmerksamkeit Kijos lag schon längst nicht mehr auf seinen Freund. Denn eines der Tattoo-Vorlagen, schräg gegenüber an der Wand, hatte ihn wenige Sekunden zuvor vollkommen in den Bann gezogen und das leidvolle Keuchen und Stöhnen Junichis drang kaum noch zu ihm durch. „Habt ihr noch 'nen Stecher frei...?", wand er seine Frage an den Bärtigen, während seine Augen sich von dem Bild an der Wand nicht losreißen konnten.

„Charlie hat gerade keinen Kunden...", kam die gebrummte Antwort, während der Bärtige konzentriert und mit sicherer Führung die Tätowiermaschine die vorgegebenen Konturen auf Junichis Nacken nachstechen ließ. „Du findest ihn im Nebenraum, rechts."

Wie ferngesteuert stand Kijo auf und machte sich auf die Suche nach Charlie.

Junichi registrierte das und Panik stieg in ihm auf.

„Kijo...!" Er wollte noch mehr als nur seinen Namen rufen, doch die Schmerzen hinderten ihn daran. Und die ersten Tränen zwangen sich durch seine Wimpern.

Mit einem zufriedenen Grinsen auf den Lippen drückte Kiri die Gespräch beenden-Taste des Telefons und stellte es zurück in die Ladestation. Soeben hatte der Vermieter seiner jüngsten Wohnungsbesichtigung angerufen und ihm das Objekt zugesagt. Schon nächste Woche konnte er dort einziehen. Früher als geplant. Aber das war Kiri nur recht.

Mit dem beflügelten Gefühl eines bevorstehenden Aufbruchs begab er sich in das Zimmer, welches er sich mit seinem kleinen Bruder Ryotaro teilte.

Dieser saß an einem Tisch und malte.

Kiri setzte sich auf dem Boden neben ihn. „Hey Ryo, so wie's aussieht, hast du bald ein ganzes Zimmer für dich allein."

Der Achtjährige sah von seinem Bild auf und schaute dem großen Bruder, dessen Wachstum bei einer Körpergröße von 1,59 Meter aufgehört hatte, ins Gesicht.

„Warum? Wo bist du dann?"

„Ich werde nächste Woche ausziehen. Ich habe dann eine eigene Wohnung", erklärte er mit sanfter Stimme.

Ryotaro wirkte nachdenklich. „Sehen wir uns dann gar nicht mehr?"

Kiri war gerührt von dieser Frage. „Natürlich sehen wir uns dann noch! Sicherlich nicht mehr jeden Tag, aber ich komm euch besuchen und ihr könnt mich besuchen kommen." Er strich dem Jüngeren über den Kopf.

Ryotaro sah trotzdem noch nicht ganz glücklich aus. „Wird seltsam sein, ohne Onii-chan."*

Kiri spürte einen kleinen Kloß im Hals wachsen. Er hatte nicht damit gerechnet, dass sein Bruder die Nachricht so aufnahm. Er bedeutete ihm, sich auf seinen Schoß zu setzen und der Kleine kam dieser Aufforderung nach. Sanft schloss Kiri seine Arme um Ryotaro. „Das wird es sicherlich, aber nur für die erste Zeit. Dann wirst du es genießen, ein eigenes Zimmer und ganz viel Platz für deine Spielsachen zu haben. Und außerdem bin ich ja nicht aus der Welt. Ich bleibe immer dein Onii-chan, auch wenn wir nicht mehr zusammen wohnen."

Es brauchte wohl tatsächlich diese Worte, um Ryotaro zu überzeugen. Auch er schloss nun seine Arme um Kiris Hals und der melancholische Schatten wich aus seinem Gesicht. „Ich bring dir dann immer was zu Essen von Oba-san mit, wenn ich dich besuchen komme!"**

Der Kloß in Kiris Hals schwoll noch mehr an, trotzdem musste er lachen. „Ja, mach das, mein Kleiner!"

* Onii-chan ist die respektvolle Bezeichnung für den eigenen großen Bruder und wird meist von kleinen Kindern verwendet.

** Oba-san ist die respektvolle Bezeichnung für die Tante.

06. Invitation

Regalauffüller. – Pizzabäcker. – Kloputzer. – Tellerwä-
scher. - Keines dieser Jobangebote gefiel Katsu. Aber wenn er
ehrlich zu sich selbst war, hatte er auch gar nicht erwartet bei
den Stellenanzeigen einen Job zu finden, der ihm zusagen würde. Und wenn er noch ehrlicher war, tat er das hier auch nicht
weil er sich ernsthaft um einen Job bemühte, sondern lediglich
um den Vorwürfen des Nichtstuns entgegenzutreten. Alibi-
Bemühungen sozusagen.

Diese hielten jedoch kaum länger als fünf Minuten an,
dann ließ Katsu die aufgeschlagene Tageszeitung achtlos zu
Boden sinken und legte sich mit dem Rücken auf das Bett, auf
welchem er bis eben noch gesessen hatte. Leise seufzend blickte er zur Decke. Nie würde er als Regalauffüller arbeiten. Geschweige denn als Kloputzer. Nicht, weil er sich als etwas Besseres definierte als die Menschen, die diese Tätigkeiten tatsächlich ausübten, sondern weil er ganz genau wusste, dass er keinen dieser Jobs lange aushalten würde. Schon in frühester Jugend hatte er sich geschworen, in keinem Beruf tätig zu werden, hinter dem er nicht aus vollster Überzeugung stand. Deshalb war er Musiker geworden.

Katsu atmete tief ein und wieder aus, während sein Blick
weiterhin die eintönig weiße Decke studierte. Er war mit seiner
Situation selbst nicht zufrieden. Es gefiel ihm nicht, sich alle
paar Wochen in einer anderen Band wiederzufinden, weil er
durch diesen stetigen Wechsel gar keine Chance hatte, mit anderen gemeinsam etwas zu entwickeln, etwas aufzubauen.
Heimlich wünschte er sich die eine Band, zu der er passen und
mit der er gemeinsam etwas erreichen würde.

Sein Blick wanderte von der Decke zum Fußboden. Dort
erblickte er einen Flyer herumliegen, den er vor wenigen Tagen
auf der Straße von einem Verteiler in die Hand gedrückt bekommen hatte. Es war die Ankündigung des Auftritts einer jungen Rockband. Und hätte er nicht seinen Kaffee über den Flyer

verschüttet, könnte er auch noch den Bandnamen erkennen. Aber Ort und Zeit des Gigs waren noch lesbar und Katsu überlegte, ob er sich die Band mal ansehen sollte. Auftritte neuer Künstler waren im Grunde ideale Voraussetzungen für seine aktuelle Situation, denn bei solchen Events traf man eigentlich immer auf irgendwen, der über irgendwen anderen jemanden kannte, der noch ein Mitglied oder eine vorübergehende Aushilfe suchte. Oder einen Roadie. Zur Not würde er auch das machen.

Sein Handy klingelte.

Katsus Blick wechselte vom Fußboden zum Regal, in welchem das bimmelnde Ding auf der zweituntersten Etage lag – umgeben von alten Postkarten, Plektren und CDs. Der Junge erhob sich mit einem Schwung und steuerte das Regal an, griff nach dem Handy und warf, bevor er abnahm, einen kurzen Blick auf das Display.

Shiro.

Er lächelte. Und drückte den Knopf, um das Gespräch anzunehmen. „Ja?"

„Hi, Shiro hier. Sag mal, hättest du Lust bei unserer Bandprobe nachher dabei zu sein?"

Katsus Herzschlag legte einen Zahn zu. Diese Einladung kam unerwartet, aber es freute ihn zugleich, dass Shiro ihm solch ein Angebot machte. „Klar, gerne!"

„Okay, ich hol dich dann um 14:00 Uhr am Bahnhof ab. Passt dir das?"

„Mir passt alles! Ich bin da!"

„Dann bis nachher!"

Und nachdem Katsu die knappe Verabschiedung erwidert hatte, war das Gespräch auch schon beendet. Vorfreude breitete sich in seinem ganzen Körper aus. Vorfreude darauf, Shiro wiederzusehen. Und auch Vorfreude auf die Bekanntschaft mit seinen Kollegen. Denn zur Probe einer Band eingeladen zu werden, mit der man bisher kaum was zu tun hatte, war schon ein Privileg.

Obwohl Junichi und Kijo an diesem Tag gemeinsam den Proberaum betraten, war ihre jeweilige Erscheinung doch von

Grund auf verschieden: Während Kijo, wie üblich, mit großen, wippenden Schritten und einem aufgeweckten Ausdruck im Gesicht durch die Tür trat, schlich Junichi regelrecht hinter ihm her, mit Argwohn in den Augen. Er war wütend auf seinen Kollegen. Und enttäuscht.

Kijo schien das jedoch überhaupt nicht zu registrieren, schob er die Laune des Freundes offenbar auf die nachhaltigen Schmerzen des frisch gestochenen Tattoos. Waghalsig schwang der Gutgelaunte seine mitgebrachte Gitarrentasche ein paar Mal hin und her, bevor er sie, fast demonstrativ, auf einen der Tische ablegte. Unmittelbar vor Kiris Nase, an welcher die Tasche kurz zuvor nur haarscharf vorbeigesaust war.

„Willst mir damit die Zähne ausschlagen oder was wird das?", wollte dieser daraufhin wissen und beäugte erst das Transportbehältnis aus festem Stoff, dann seinen Träger.

„Ne, ich will was ausprobieren", entgegnete Kijo, öffnete den Reißverschluss der Tasche und beförderte eine Akustik-Gitarre ans Tageslicht. „Ich hab da was gelesen, das will ich mal testen..." Er setzte sich mit seinem Instrument auf einen Stuhl nahe des Tisches und begann, sowohl die hohe als auch die tiefe E-Saite auszuspannen. Zwischendrin ließ er kurz seinen Blick durch den Raum huschen und fragte: „Wo ist Shiro?"

„Der holt noch jemanden ab", kam es von Shigeki, der etwas abseits in einer Ecke saß und bleistiftkauend über mehrere Listen grübelte.

„Mmmh, 'ne heiße Schnitte?", gurrte Kijo. „Na, ob wir uns dann noch auf die Proben konzentrieren können...?"

„Das wirst du können, denn es ist ein Kerl", kommentierte Shigeki die Andeutungen des Anderen, ohne dabei von seinen Unterlagen aufzusehen.

„Hat dieser Kerl zufällig was mit 'nem Label zu tun?" Kijo witterte schon ihre Chancen auf einen festen Plattenvertrag.

Shigeki schien sich bei der anhaltenden Fragerei nicht mehr sonderlich gut konzentrieren zu können und so ließ er den Stift lieblos aufs Papier fallen und wand sich den anderen zu. „Nein, leider nicht", musste er Kijo enttäuschen, während er die Arme hob und sich streckte. Offenbar saß er schon eine

Weile über dem Schreibkram. „Er spielt Bass und hat unseren letzten Auftritt gesehen."

Kiri schmunzelte. „Zwei Bassisten in einer Band wären auch mal interessant", fand er.

„Mir reicht Shiro schon", lachte Shigeki und stand auf, um die Kaffeemaschine anzusteuern. Dabei kam er an Junichi vorbei, der sich ein wenig abseits von den anderen niedergelassen hatte und recht unbeteiligt, wenn nicht gar ein wenig abwesend, wirkte.

„Hey...", nickte Shigeki ihm zu und musterte ihn kurz. „Ist alles okay bei dir?"

Junichi hob nur minimal den Kopf, blinzelte den Boss trübe an. Sagte jedoch nichts.

Der Drummer fütterte derweil die Kaffeemaschine mit Pulver und Wasser und stand dadurch nun mit dem Rücken zu seinem Gesprächspartner. „Ist es wegen deinem neuen Tattoo? Gefällt es dir nicht?"

„Das Tattoo gefällt mir – etwas anderes gefällt mir nicht...", erwiderte Junichi und wand den Blick ab.

Shigeki hatte der Maschine ihren Arbeitsauftrag erteilt und setzte sich daraufhin dem Anderen gegenüber. Manchmal kam er sich vor wie ein guter Engel. Dann hörte er sich all die Probleme seiner Jungs an und versuchte ihnen Mut zu machen und sie aufzumuntern. „Erzähl Jun, was ist passiert?"

Junichis Blick schob sich noch weiter nach außen, erkannte Kijo, wie er in einigen Metern Entfernung an einem anderen Tisch mit Kiri zusammen saß und schnatternd an seiner Gitarre herumfummelte. „Er hätte gar nicht mitkommen brauchen...", nuschelte er mit einem gewissen Anteil von Enttäuschung in der Stimme. „Anstatt bei mir zu bleiben, ist er einfach nach nebenan gegangen und hat sich selbst ein Tattoo stechen lassen."

Shigeki hob eine Augenbraue. „Kijo hat sich was stechen lassen?" Damit hatte er nun doch nicht gerechnet.

„Am Oberarm." Junichi bettete sein Kinn auf die Stuhllehne, zu der er seitlich saß. Der junge Gitarrist war noch immer verletzt. Nicht nur an der Haut, die mit Nadeln und Farben bearbeitet worden war und nun unter Frischhaltefolie verborgen lag, sondern auch in der Seele. Unter Freundschaft stellte er sich wirklich etwas anderes vor. Er hatte schon mehrere Tage vor dem geplanten Tattoo-Termin Angst gehabt und Kijo genau aus dem Grund zum mitkommen ausgewählt. Damit er ihn unterstützte, damit er ihn ablenkte oder ihm Mut machte. Kijo schien aber die Notwendigkeit seines geistigen Beistands gar nicht erkannt zu haben und nutzte statt dessen die Umstände für sein eigenes Vergnügen aus. Wie konnte man als Freund nur so blind sein?

Es war die Vorfreude, die das Kribbeln in seinem Bauch verursachte, als Shiro vom Bahnsteig aus die Treppe ansteuerte und die Stufen hinab eilte. Und er empfand selten eine Vorfreude auf jemanden, den er erst so kurze Zeit kannte. Aber Katsu faszinierte ihn. Der Typ hatte ihn unwissentlich in seinen Bann gezogen und ließ ihn nun nicht mehr los. Er fand die chaotische Art des Rothaarigen attraktiv und er mochte seine rebellische Ausstrahlung. Schon ziemlich schnell waren Shiro diese Dinge am Anderen aufgefallen, doch hatte er sie anfänglich für Sympathiepunkte gehalten. Aber inzwischen war im klar geworden, dass das mehr war als einfache Sympathie. Und dennoch verdrängte er Shigekis ausgesprochenen Verdacht, er hätte sich verliebt.

Noch bevor er den Ausgang des Bahnhofs erreicht hatte, kam ihm Katsu entgegen. Und kaum hatte er ihn erblickt, wurde das Kribbeln in seinem Bauch für einen kurzen Moment noch stärker. Als sie sich schließlich gegenüberstanden, spürte er auch schon die Arme des Rotschopfs um seinen Oberkörper schlingen und Shiro erwiderte diese Geste wohlwollend. Heimlich sog er dabei den Geruch des Anderen ein, als sich seine Nase kurzzeitig im Haargestrüpp Katsus befand. Er roch gut. Dann gingen beide wieder hinauf zu den Bahnsteigen und warteten auf den Zug, der sie nach Yokohama bringen würde.

Während der Fahrt redeten sie viel, aber kein einziges Mal über den Kuss. Als sie in Yokohama ankamen, trennten sie nur noch ein paar Straßen von ihrem endgültigen Ziel, durch welche Shiro seinen Gast sicheren Schrittes führte. Schließlich befanden sie sich vor dem Proberaum und betraten selbigen und die erste Begrüßung, die sie zu hören bekamen, war: „Die

Groupies werden auch immer flachbrüstiger." Unverkennbar Kijo.

„Dann brauche ich mir ja keine Gedanken darüber zu machen, dass du ihn mir wegschnappst", konterte Shiro sogleich und steuerte, ohne Umwege, das Lieblingsobjekt der Band in diesem Raum an – die Kaffeemaschine.

Katsu blieb derweil nahe der Tür stehen.

Kijo ging auf diese Andeutung ein und trat schlendernd und mit prüfendem Blick auf den unbekannten Gast zu. „Sei dir da mal nicht zu sicher.... Was er an einer Stelle nicht hat, kann er sicherlich an anderer Stelle ausgleichen." Beim letzten Teil des Satzes blieb der Blick Kijos provokant an Katsus Schritt hängen, der sich das ohne jeglichen Protest gefallen ließ.

„Finger weg, Kijo! Das ist mein Fang", erwiderte Shiro und bewarf seinen Kollegen daraufhin mit Zuckertütchen.

Katsu konnte nur grinsen, zum Teil auch um die eigene Verlegenheit zu überspielen. Jedoch waren es weniger Kijos Späße, die Diese aufkommen ließ, als vielmehr Shiros Worte. Er wusste, es waren nur Albereien, und dennoch fragte er sich heimlich, ob Shiro ihn nicht tatsächlich als „seinen Fang" ansehen könnte. Ihm kam der Kuss wieder in den Sinn. Und der hatte sich ganz und gar nicht wie eine Alberei angefühlt.

„Jetzt verscheucht doch nicht gleich schon wieder unseren neuen Fan", schaltete sich inzwischen auch Shigeki aus seiner Ecke ein. „Der Junge ist kaum angekommen, und ihr treibt schon eure Spielchen mit ihm."

„Ach, ich steh auf Gangbang!", warf Katsu plötzlich ein, hatte er doch kein Interesse daran, aus dieser Neckerei als Unterlegener rauszugehen.

„Wirklich...?" Kijos laszive Blicke schienen sein Gegenüber auszuziehen zu wollen. „Dann kann ich mir also doch noch Hoffnungen machen..." Als Nächstes bekam er den harten Druck eines bestimmenden Armes zu spüren, der sich auf seine Schultern legte und mit seiner Dominanz unverkennbar zum Ausdruck brachte, dass er aufpassen sollte was er sagte. Es war Shiros Arm.

„Dieser Lustmolch ist unser Leadgitarrist Kijo", begann Shiro dem Gast seine Kollegen vorzustellen und damit auch schlagartig das Thema zu wechseln. Er drehte sich zur Seite, um einen Blick auf die übrige Band zu werfen und zog Kijo durch diese Bewegung automatisch mit. „Hier vorne haben wir Harakiri, unseren Schreihals, wobei er sich selbst als Sänger bezeichnet."

Kiri streckte Shiro die Zunge entgegen, konnte sich ein Grinsen aber doch nicht verkneifen.

„Unser zweiter Gitarrist sitzt da hinten und hört meistens auf den Namen Junichi."

Der Gemeinte hob nur kurz die Hand zum Gruß.

„Und unser Perfektionist sowie unsere Bandmama ist Shigeki, verantwortlich für die Drums und dass der Laden hier überhaupt läuft."

Shigeki schenkte seinem besten Freund ein säuerliches Lächeln. Er hasste es, als Bandmama bezeichnet zu werden. Und Shiro wusste das.

„Und wie heißt deine Zuckerschnecke?", mischte sich Kijo wieder ein, der noch immer der Beanspruchung von Shiros Arm unterlag.

„Katsu", antwortete Katsu selbst und warf Kijo einen kecken Blick zu. Den Typen mochte er auf alle Fälle schon mal. Die Frechheit und Anzüglichkeit machte ihn sympathisch für den Rotschopf.

Da die Band inzwischen vollständig anwesend war, machten sie sich auch sogleich daran mit den Proben zu beginnen. Im Laufe der Zeit hellte sich Junichis Stimmung auch wieder auf und der Missmut schien, wenigstens vorübergehend, vergessen.

Katsu hatte es sich in der Zwischenzeit gemütlich gemacht und beobachtete die Jungs aufmerksam bei ihrer Arbeit. Und dabei spürte er etwas, was er bisher nur selten erlebt hatte: Es herrschte innerhalb der Band eine ausgewogene Harmonie. Jeder Einzelne schien auf den Anderen abgestimmt zu sein und alle ergänzten sich untereinander. Es war ein klares „Miteinander" und nicht das bloße Folgen einer Leitfigur. Auch wenn Shigekis Position als Bandleader deutlich zu spüren war, doch gewährte er seinen Leuten offenbar genügend Freiheiten. Wenn Katsu im Vergleich dazu an Akira und Alive dachte, schienen beide Bands für ihn zwei unterschiedliche Welten zu präsentieren.

Die Proben dauerten bis in den Abend hinein und im Anschluss daran gingen Shiro und Katsu noch gemeinsam etwas essen. Shiro hatte einen Verkaufsstand für Ramen, ganz in der Nähe des Proberaums, vorgeschlagen; dort gab es, seiner Meinung nach, die besten Ramen in ganz Yokohama.* Und als sie sich wenig später mit ihren Futtertüten vor besagtem Stand befanden, musste Katsu ihm Recht geben: Es waren die besten Ramen, die er bisher in seinem Leben gegessen hatte.

Schnell waren ihre Portionen verzehrt und sie schlenderten noch durch die Straßen, vorbei an Leuten die von ihrer Arbeit kamen und auf dem Heimweg waren oder sich ebenfalls nach einer Essgelegenheit umsahen. Oder für die jetzt erst die Arbeit begann.

Es wurde bereits dunkel und die bunten Lichter der Reklametafeln und Ampeln verliehen der ganzen Szenerie das typische Großstadt-Feeling. Katsu hatte die Hände tief in den Hosentaschen vergraben und genoss die Atmosphäre. „Hier müsste man wohnen...", nuschelte er gedankenverloren und mit einem leicht sehnsüchtigen Blick.

Shiro sah ihn fragend an. „Wie kommst du da jetzt drauf?"

„Na, weil das hier so eine geile Stadt ist!" Die Antwort war sicherlich nicht die detaillierteste Erklärung, jedoch vorerst die einzige, die Katsu zu Stande brachte.

„Yokosuka ist doch auch nicht schlecht", fand Shiro und beobachtete seinen Kompagnon aufmerksam.

Dieser schien mit der Behauptung Shiros jedoch ganz und gar nicht einverstanden zu sein und sein Gesicht verzog sich. „Yokosuka ist ein Drecksloch...", murrte er und warf seinen Blick kurz zu Boden, bevor er ihn wieder auf die bunte Menge von Menschen richtete. „Ich mag die Leute dort nicht und die Stadt ist beschissen."

„Gibt es denn etwas, was dich da hält?", wollte Shiro wissen.

Katsu zögerte kurz, ohne ihn dabei anzuschauen. „...eigentlich nicht." Es gab tatsächlich nicht viel, was ihm in Yokosuka etwas bedeutete. Zu seinen Eltern hatte er nur sehr unregelmäßigen Kontakt und wirkliche Freunde besaß er dort auch nicht. Außer Aki. Und im Grunde genommen war Aki die Einzige, die ihm in der Stadt noch etwas wert war.

„Dann kannst du doch eigentlich wohnen wo du willst."

Katsu grübelte. Der Andere hatte Recht. Letztlich hatte er wirklich die freie Wahl wohin er ging. Er hatte sein bisheriges Leben durchgehend in Yokosuka gelebt und zufrieden war er mit der Situation schon seit Jahren nicht mehr. Aber noch bevor er weiter darüber nachdenken konnte, spürte er plötzlich Shiros Hand seinen Oberarm ergreifen und ihn sanft mit sich ziehen.

Der Blonde hatte nämlich einen kleinen Laden erspäht, der seine Aufmerksamkeit erregte. „Magst du Yuki Ichigo?", fragte Shiro, ohne sein Tempo zu zügeln.**

„Klar, wer nicht?!" Sofort hielt Katsu nach den angesprochenen Leckereien Ausschau, bis auch er endlich den Laden erkannte, auf den Shiro zusteuerte. Sie betraten ihn, kauften sich beide jeweils zwei Yuki Ichigo und verschlugen sich damit in eine etwas abgelegene, ruhige Seitengasse. Auf den Stufen des Eingangs eines leerstehenden Ladengeschäfts machten es sich die Zwei gemütlich und genossen ihre süßen Köstlichkeiten.

„Und? Wie hat es dir bei uns gefallen?", wollte Shiro wissen. Sie hatten bisher überhaupt noch nicht über das heutige Tagesereignis geredet.

„Ich habe mich in einem Proberaum noch nie so wohl gefühlt", gestand Katsu mit halbvollem Mund und sein Blick war glücklich.

Shiro freute sich sichtlich das zu hören. „Wenn du magst, kannst du ja öfter mal dabei sein."

Katsu sah ihn aufmerksam an. „Muss ich dafür Eintritt bezahlen?"

„Quatsch! Du wirst unser neues Maskottchen!"

Der Himmel war an diesem Abend wolkenfrei und da man sich im März noch recht früh im Jahr befand, war die Luft dementsprechend kühl. Katsu, der außer eines rot-schwarz gestreiften, übergroßen Strickpullovers obenrum nichts trug, schien diese Tatsache jedoch nicht zu stören. Oder er kaschierte es.

„Frierst du eigentlich gar nicht?", fragte Shiro, als sie beide ihre Süßigkeiten aufgegessen hatten.

„Nö." Katsu zuckte nur mit den Schultern, fixierte dann aber Shiros Gesicht. „Du hast da noch was..." Und bevor Shiro etwas sagen konnte, beugte sich der Rotschopf auch schon ein Stückchen vor und leckte mit der Zunge geschickt etwas Puderzucker von Shiros Oberlippe. Süß...seine weichen Lippen *und* der Zucker... Anschließend nahm er wieder seine alte Position ein und grinste nur verschmitzt, als Shiros leicht irritierter, aber nicht abgeneigter Blick ihn traf.

Er hatte ihn küssen wollen.

Katsu hatte es gespürt. Wie Shiro die Lippen leicht geschürzt hatte und ihm mit der Zunge schon entgegen gekommen war. Obwohl dessen Mundhöhle gar nicht Katsus Ziel gewesen war. Er hatte nur den Puderzucker weg lecken wollen und Shiro wollte mehr... Innerlich freute sich Katsu, was äußerlich nur ein kleines Grinsen verriet.

„Magst du noch mit zu mir kommen oder willst du lieber nach Hause?", fragte Shiro plötzlich, ohne auf das vorherige Ereignis einzugehen.

„Und ob ich mit zu dir mag! Will doch auch mal sehen, wie *du* wohnst. Meine Bruchbude kennst du ja schon."

Shiros Wohnung bot die ideale Kombination aus Ordnung und Chaos. Viele Ecken und Winkel wirkten auf dem ersten Blick wie ein haltloses Durcheinander, doch konnte man bei genauerer Betrachtung rasch alles finden, was man suchte. Wie auch Katsu, hatte Shiro Schlaf- und Wohnbereich in einen Raum vereint. Als Katsu am Schreibtisch vorbei kam, hielt er inne und warf einen Blick auf die Arbeitsfläche. Es lagen mehrere Blätter mit Zeichnungen darauf verstreut, teilweise lockere Bleistiftskizzen, teilweise aber auch schon ausgearbeitete Entwürfe. Am häufigsten wiederholte sich das Motiv einer katzenähnlichen Gestalt mit großen, buschigen Ohren, langen, schwarzen, zu einem Zopf gebundenen Haaren, einem blauen Jinbei und einem langen Schwanz.*** Oftmals war diese Figur in Kampfposition dargestellt, mit gezückten Katanas.**** Auf einem anderen Bild saß sie im Schneidersitz und grinste dem Betrachter frech entgegen. Alle Bilder hatten jedoch gemeinsam, dass sie eine gewisse Dynamik ausstrahlten.

„Du zeichnest?", fragte Katsu in den Raum, den Shiro erst kurz nach ihm betrat.

„Ja. Was du da siehst sind die Entwürfe für das 'Vagabond'-Cover."

Katsu stutzte. „Die Single ist noch gar nicht offiziell draußen?"

„Ne, wir verteilen derzeitig nur schon Exemplare bei unseren Auftritten. Die offizielle Veröffentlichung zieht sich leider noch ein bisschen hin. Wir hatten ewig kein Label gefunden, das uns nehmen wollte. Jetzt sind wir bei Einem, das sich eigentlich auf Punkrock spezialisiert hat. Aber der Inhaber ist ein guter Kumpel eines wiederum guten Freundes von Shigeki und der hat jetzt eine Ausnahme für uns gemacht", erklärte Shiro, während er sich, scheinbar leicht erschöpft, mit den Händen durch die Haare fuhr.

„Wow, und ich dachte, ihr seid schon offiziell im Geschäft", gestand Katsu, der sich inzwischen auf das Bett plumpsen ließ.

„Leider noch nicht", seufzte Shiro und man konnte ihm deutlich anhören, dass er sich diesen Status auch bereits sehnlichst herbeiwünschte. „Bisher haben wir bei dem Label auch nur einen Vertrag über die Single, das heißt, für unser Album müssen wir uns noch was einfallen lassen. Wird unter Umständen doch auf Eigenvertrieb hinauslaufen..."

Das Leben im Musikbusiness war hart, das wurde Katsu durch Shiros Erzählungen abermals bewusst. „Und wie weit seid ihr schon mit dem Album?", fragte er, während seine Hand nach einem Buch griff, welches neben dem Bett auf dem Boden lag. 'Tränen sind immer das Ende', las er den Buchtitel. Von Akif Pirinçci.

„Im fortgeschrittenem Stadium, aber ein paar Aufnahmen fehlen noch. Und letztens kamen Kiri und Kijo mit 'nem neuen Song an; keine Ahnung, ob wir den noch mit aufs Album nehmen." Shiro begab sich nun ebenfalls zum Bett und setzte sich dicht neben Katsu, welcher derweil eine beliebige Seite des Buches aufgeschlagen und zu lesen begonnen hatte. Daher bekam er auch nicht mit, dass Shiro ihn eingängig musterte.

Der schlanke Körper, der trotz des Schlabberpullis zu erkennen war, reizte Shiro. Die langen, zerzausten, roten Haare ließen ihn so wild aussehen. - Dazu wirkte sein entspanntes Gesicht gerade wie ein starker Kontrast; wie die nichts ahnenden Augen naiv und konzentriert den gedruckten Buchstaben und Wörtern folgten, die sich ihnen auf der aufgeschlagenen Seite präsentierten. Und die leicht geöffneten Lippen...verdammt, diese Lippen...! Er hatte sie ein Mal gespürt und er wollte sie wieder spüren. Wollte sie wieder schmecken. Ohne mit seinen Händen Katsus Gesicht auch nur zu berühren, schob er sein eigenes vor jenes und ließ seine Zunge mit sanfter Bestimmtheit in Katsus Mundhöhle eindringen. Shiro registrierte das perplexe Zögern des Anderen, wurde nach wenigen Sekunden aber schließlich doch willig von Katsus Zunge in Empfang genommen. Das veranlasste seinen Geist, ihn einen gewissen Triumph empfinden zu lassen. Aber schon nach wenigen Momenten des Züngelns wollte er mehr. Im fließenden Übergang gelang es ihm, Katsu mit dem Rücken aufs Bett zu drücken, ohne dabei den Kuss aufzulösen. Irgendwo entfernt hörte er ein dumpfes Geräusch, als das Buch aus Katsus Fingern glitt und zu Boden fiel. Kurz darauf spürte er die Hände des Anderen über seinen Rücken gleiten. Shiros Hände traten nun auch verstärkt in Aktion, streichelten sanft und hungrig zugleich über Katsus Brust – erst oberhalb des Pullovers, bevor sie kurz darauf auch den Weg unter den Stoff fanden und die fremde Haut berührten. Flüchtig streiften seine Fingerspitzen die Nippel. Sie waren bereits dabei, hart zu werden. Shiro verlagerte den Kuss von den Lippen über das Kinn und hinüber zum Ohr, woraufhin er ein zittriges Keuchen Katsus vernahm. Und schon im nächsten Moment befanden sich seine Finger an der Gürtelschnalle des Anderen.

* Ramen sind dünne Nudeln, die oftmals zu Nudelsuppe weiter verarbeitet werden und in diversen Geschmacksrichtungen erhältlich sind. In der japanischen Esskultur eines der am häufigsten auftretenden Gerichte.

** Yuki Ichigo ist eine japanische Süßspeise aus mit Puderzucker bestäubtem Klebreisteig, gefüllt mit einem Kuchenboden, Sahne und einer Erdbeere. Yuki Ichigo bedeutet wörtlich übersetzt „Schnee-Erdbeere".

*** Jinbei ist ein traditionelles, japanisches Kleidungsstück, bestehend aus einem Oberteil und einer dazugehörigen Hose. Das Oberteil ist kurzärmelig oder ärmellos und wird in der Taille zusammengebunden.

**** Das Katana ist ein leicht geschwungenes Langschwert.

07. Without Sugar

Shiros Finger waren lang, schlank und wendig. Das bekam Katsu in diesen Momenten so deutlich zu spüren wie noch nie zuvor. Sie stießen immer wieder in seinen Arsch und gingen dabei nicht gerade zimperlich vor. Katsu keuchte bei jedem Stoß. Diese Finger waren ideal dafür, jemanden verrückt zu machen! Die andere Hand Shiros spürte er auf seinem rechten Schenkel, welcher bestimmend hochgedrückt wurde und sein Bein in eine angewinkelte Pose, mit dem Knie zur Brust, zwang.

Shiro wusste was er wollte und wie er es bekam. Und Katsu gefiel das.

Plötzlich wurden die Finger in seinem Inneren jedoch abgelöst und etwas Anderes drängte sich in ihn. Katsu biss die Zähne zusammen. War er in letzter Zeit einfach keine Schwänze mehr gewöhnt oder war dieser hier wirklich so groß, wie er sich anfühlte? Er verspürte Schmerzen. Es tat ihm weh, wie sich das harte Fleisch in seinen Körper bohrte. Natürlich hätte er das nie freiwillig zugegeben und so ließ er es geschehen, zwang sich die Schmerzen auszuhalten. Als Shiro ihm jedoch den nächsten Kuss aufdrängte, war es vorbei mit dem Zähne zusammenbeißen und er leitete seine Kompensation in ersticktes Keuchen um, welches von der Mundhöhle des Anderen gnadenlos geschluckt wurde. Der Typ fickte wie er küsste: zielstrebig und dominant, jedoch nicht brutal oder rücksichtslos.

Katsu klammerte sich am Rücken Shiros fest. Der Schmerz in seinem Hintern begann sich langsam in Lust zu wandeln, Stoß für Stoß. Er spürte wie ihn Shiros Zunge verließ und vernahm ein keuchendes Grollen aus dessen Kehle. Der Unterlegene blinzelte aus lustverhangenen Augen, erkannte das Gesicht des Anderen über sich schweben, konnte jedoch kaum klare Konturen ausmachen. Als läge ein Schleier über seinen Augen, sah er alles nur verschwommen. Dass es daran lag, dass er die Lider nur einen schmalen Spalt weit geöffnet hatte, registrierte er nicht. Generell registrierte er immer weniger, nur die Geilheit nahm zu. Strömte inzwischen durch seinen gesamten Körper und ließ ihn sich winden wie eine Schlange. Er konnte nicht mehr zuordnen, wem von ihnen das Stöhnen gehörte, welches er vernahm. Er fühlte sich wie in einem Strudel, der ihn gnadenlos mit sich riss. Die Zunge, die ihn immer wieder neckte und zu sprichwörtlich atemraubenden Küssen einlud...die Hand, die seinen Schenkel bedingungslos festhielt und ihn zu einer sich anbietenden Stellung zwang... Wieso tat ihm der Kerl das an? Es war so furchtbar schön......

Und plötzlich spürte er die heiße Flüssigkeit, die in seinen Körper schoss! Shiro hatte ihn markiert...und Katsu glaubte, der Saft würde sich unaufhaltsam in ihm ausbreiten, würde bis in seine Adern vordringen und ihn innerlich verbrennen. Dieses Gefühl und diese Vorstellung reichten aus um ihn selbst kommen zu lassen. Katsu verbog sich, schrie und bohrte seine Fingernägel unwillkürlich tief in Shiros Haut. Er atmete viel zu schnell und ihm wurde schwindelig, verlor sich für einige Momente in sich selbst.

Erst als er irgendwann später – Katsu konnte es zeitlich nicht einordnen – das zärtliche Streicheln seines Gesichts spürte, fand er zurück ins Hier und Jetzt.

„Alles okay?", erklang Shiros Stimme.

„Mmmh", brachte Katsu nur hervor, was einer positiven Antwort gleichkommen sollte. Er zögerte noch etwas, seine Augen wieder zu öffnen, genoss die Streicheleinheiten, die so angenehm und doch so ungewohnt waren. Als würde jemand auf ihn aufpassen... Schließlich flatterten seine Lider, seine Augen suchten einen optischen Anhaltspunkt und fanden diesen im Gesicht des Anderen. „Was machst du nur mit mir?", fragte Katsu mit heiserer Stimme. Seine Lippen bebten.

„Ich bring dich ziemlich laut zum stöhnen", war die Antwort, die von einem Grinsen begleitet wurde.

Das Erste was er hörte, noch bevor er die Augen aufgeschlagen hatte, war das leise Klappern der PC-Tastatur. Das war aber auch das einzige Geräusch, welches er vernahm. Träge zwang Katsu sich die Augen zu öffnen und blinzelte mehrere Male, bis er eine klare Sicht erlangte. Sein Blick fiel auf Shiros Rücken.

Dieser saß am Schreibtisch vor dem Computer und war unentwegt am tippen.

Woran er arbeitete, konnte Katsu von seiner Position aus nicht sehen, jedoch interessierte ihn das im Moment auch weniger. Vielmehr versuchte er sich gerade zusammen zu reimen, wie er in dieses Bett gekommen war. Nur langsam kehrten die Erinnerungen wieder zurück, während er zwei Mal gähnte und sich am Kopf kratzte.

Das Gähnen zog nun Shiros Aufmerksamkeit auf ihn. Er hielt im Tippen inne und drehte sich mit dem Bürostuhl in die Richtung seines Gastes. „Guten Morgen! Ich hoffe du magst das, was ich dir zusammengestellt habe", und er machte eine kurze, weisende Kopfbewegung neben das Bett.

Katsu, noch nicht ganz wach, schaute den Anderen zuerst fragend und verständnislos an, bis er die Geste endlich mal verstand und seinen Blick ebenfalls neben das Bett warf.

Auf dem Fußboden stand ein Tablett mit drei Scheiben Toast in einem Körbchen, einem kleinen Schälchen Marmelade sowie einer Thermoskanne, in welcher er Kaffee vermutete. Mehrere Augenblicke lang beschaute sich der Rotschopf dieses Bild. Er hatte es noch nie erlebt, dass sich jemand so viel Mühe machte und ihm das Frühstück ans Bett brachte. Außer wenn er als kleines Kind bei seinen Großeltern zu Besuch gewesen war. Aber das war etwas anderes.

Katsu wühlte sich aus den Laken. „Ich muss erst mal pissen", murmelte er und schlurfte Richtung Bad.

„Wenn du duschen willst, da liegen Handtücher!", rief Shiro ihm noch hinterher.

Dass Dieser ihm noch sekundenlang auf den nackten Hintern starrte, bis er ihm aus dem Sichtfeld wich, bekam Katsu gar nicht mehr mit.

Gute zehn Minuten später kam Katsu, mit einem Handtuch um die Hüften gewickelt, zurück und machte einen deutlich klareren Eindruck als vorher. Er setzte sich im Schneidersitz auf das Bett, schenkte sich Kaffee ein und begann zu frühstücken. Dabei ließ er seinen Blick gemächlich durch den Raum schweifen, während Shiro noch immer scheinbar wichtige Dinge an seinem Computer zu erledigen hatte.

Katsu wusste nicht ob es am Tageslicht lag, doch plötzlich fielen ihm diverse Dinge ins Auge, die er gestern Abend noch gar nicht wahrgenommen hatte: Eine im Regal stehende Betty Boop-Figur in bekannt koketter Pose zum Beispiel, ein an der Wand hängendes und handsigniertes Tour-Shirt von The Cure, oder die – in einem anderen Regal platzierte – CD einer Band namens City mit dem seltsam exotischen Titel „Glastraum" - und der Bass! Wie konnte er den gestern nur übersehen haben?! Zugegeben, wie er da in der schmalen Ecke zwischen Regal und Schrank stand, wirkte er nicht gerade repräsentativ. Aber er sah toll aus... Der Korpus glänzte in einem strahlenden Königsblau und Katsu spürte, wie es ihm in den Fingern juckte, dieses Instrument in Selbigen zu halten. Er futterte schneller. Dabei stolperten seine Blicke über ein weiteres Instrument: In einer anderen Ecke, nahe des Schreibtisches, erkannte er ein Keyboard. Damit hatte er jetzt gar nicht gerechnet. „Du bist Tastenstreichler?", fragte er zwischen zwei Bissen Toast und einem Schluck Kaffee.

„Huh?" Shiro sah von seiner Arbeit auf und warf Katsu einen verwirrten Blick zu.

Dieser nickte in die entsprechende Richtung. „Na da, das Keyboard."

„Ach das! Ja, ich versuche gerade es mir selbst beizubringen. Manchmal zeigt mir Shigeki ein paar Tricks."

„Ach, der spielt auch?" Das letzte Stück Toast verschwand in Katsus Futterluke.

„Ja, aber mehr privat. Bei FreaX haben wir bisher kaum Keyboards eingebaut." Shiro warf einen kurzen Blick auf die Uhr. „Du, ich muss gleich um elf nochmal weg und das kann etwas länger dauern. Aber wenn du magst, können wir uns heute Abend wieder treffen. Wir können was trinken gehen; ich kenne da eine Kneipe, ich glaub, die wird dir gefallen."

Katsu spülte die letzten Essensreste mit mehreren großen Schlucken Kaffee runter, bevor er das Angebot annahm.

Die beiden Jungs redeten noch eine Weile miteinander, auch über Nichtigkeiten, Katsu durfte Shiros Bass ausprobieren - doch wie auch schon kurz nach ihrem ersten Kuss, verloren sie keine einzige Silbe über ihre letzte gemeinsame Tat. Fast so, als hätte sie nicht stattgefunden.

Später fuhr Katsu mit dem Zug zurück nach Yokosuka, jedoch begab er sich vom Bahnhof aus nicht auf direktem Wege zu seiner Wohnung. Statt dessen schlug er den Weg zu Akis Schneiderwerkstatt ein. Als er dort angekommen war, durfte er freudigst feststellen, dass die Freundin anwesend war (was man bei Aki nie so genau wusste; manche Aufträge erledigte sie auch außer Haus). Er betrat den Laden und steuerte zielstrebig den Tisch an, an welchem sie gerade vor einer ihrer Nähmaschinen saß und mit den Ziernähten eines hellen Oberteils kämpfte. Für andere etwas plump, für Aki gewohnt, beförderte Katsu eine Plastiktüte mit drei Packungen Cappuccino auf den Arbeitstisch, die er auf dem Weg hierher in einem Combini gekauft hatte. „Waren im Angebot", kommentierte er seine Geste nur.*

„Danke", kam es sogleich, wenn auch etwas abwesend, aus ihrem Mund, da ihre Hauptaufmerksamkeit gerade auf dem orangefarbenen Faden lag, der nicht so wollte wie sie. „Hab gerade frischen Kaffee gemacht", fügte sie noch hinzu, was einer Aufforderung gleichkam.

Katsu wuselte in den Nebenraum, der auch eine kleine Küchenzeile beherbergte, und goss sich einen Becher von der heißen Brühe ein, mit dem er anschließend schlürfend zurück zu Aki trabte. Aber irgendwas schien heute mit seinen Geschmacksnerven nicht zu stimmen; schon vorhin bei Shiro hatte der Kaffee so anders geschmeckt...

„Mir ist leider der Zucker ausgegangen; ich hoffe, das geht auch so", entschuldigte sich das Mädchen, die nun das, was sie mit der Maschine nicht gemeistert bekam, per Hand versuchte.

Zucker.

Das war's! Er trank den Kaffee gerade vollkommen ungesüßt! Schon bei Shiro hatte er keinen Zucker in den Kaffee befördert, schlicht und einfach weil ihm kein Zucker beigestellt worden war und er nicht auf die Idee gekommen war zu fragen. Denn normalerweise landeten in jedem seiner Becher mindestens drei Löffel Zucker, an manchen Tagen auch vier. Aber heute war er irgendwie zu abgelenkt, um an den süßen Stoff zu denken. Zu sehr kreisten seine Gedanken um etwas ganz anderes, was er ebenfalls durchaus appetitlich fand. Oder besser gesagt, um *jemand* anderen. „Mmh...kann man sich dran gewöhnen", nuschelte er schließlich.

Aki schaute nun das erste Mal, seit Katsu die Werkstatt betreten hatte, von ihrer Arbeit auf und starrte ihn an. „Bist du krank?" Normalerweise war sie ein kurzes aber unzufriedenes Jammern des besten Freundes gewöhnt, wenn dieser seinen Kaffee ohne Zucker trinken musste. Die aktuelle Gelassenheit hingegen passte überhaupt nicht zu ihm.

Katsu antwortete nicht, sah sie nur stumm an.

Und Aki konnte in diesem Blick lesen. „Du hattest Sex mit ihm." Ihr anfänglich ernstes Gesicht wandelte sich zu einem Grinsen. „Na wurde ja auch langsam mal Zeit..." Und sie wand sich wieder ihrer Arbeit zu.

Nun war es Katsu, der etwas perplex dastand. „Wie, was soll das heißen „Wurde ja auch langsam mal Zeit"?"

„Für gewöhnlich brauchst du nicht so lange, um jemanden in die Kiste zu bekommen."

„Es war auch mehr er, der mich in die Kiste bekommen hat...", ergänzte Katsu kleinlaut und schlürfte seinen Kaffee weiter.

Aki hob eine Augenbraue, behielt ihren Blick diesmal aber auf den Stoff des Kleidungsstückes gerichtet, welches sie zu bezwingen versuchte. „Du lässt dir die Zügel aus der Hand nehmen? Dich muss es ja richtig erwischt haben..." Jetzt hatte der Faden schon wieder Knoten gebildet, wo sie keine Knoten gebrauchen konnte. Ihre Augen suchten die Schere.

Endlich setzte das verspätete Quengeln ein. „Mich hat es nicht „erwischt" – hör auf, so etwas zu sagen!" Katsu konnte es nicht ausstehen, als liebestoll hingestellt zu werden. Er stand zu seiner Vorliebe für Sex, aber Dinge wie Verliebtheit, oder, wie er es nannte, „Gefühlsduselei", umging er weiträumig.

Aki wusste, dass sie damit einen empfindlichen Punkt bei ihrem besten Freund getroffen hatte. Und sie wusste auch, dass sie mit ihrer Vermutung Recht hatte. Das Grinsen behielt sie daher bei, nur das Triezen stellte sie ein. Leider ließ sich ihre Schere dadurch aber auch nicht wieder anfinden und sie begann, unter den Stoffresten, welche auf dem Tisch verteilt lagen, zu suchen.

Katsu, der auch ohne Erklärung wusste was Aki suchte, griff nach der Schere, die er auf dem Bügelbrett erblickt hatte, und reichte sie ihr wortlos.

Später begab sich Katsu doch noch in seine Wohnung. Als er sein Zimmer betrat, fiel ihm als erstes die Tageszeitung von gestern ins Blickfeld, die noch immer, mit den Jobanzeigen aufgeschlagen, auf dem Boden lag. Jedoch schenkte er dieser Tatsache keine weitere Beachtung und ignorierte sie fortan konsequent. Statt dessen holte er seinen Bass sowie den Verstärker aus dem kleinen Nebenraum und begann zu spielen. Ohne auf die Idee zu kommen, dem ein oder anderen Nachbar damit gehörig auf die Nerven zu gehen.

In Katsu kam der leise Wunsch auf, mit Shiro einmal zusammen zu spielen. Bei der nächsten Gelegenheit würde er ihn fragen.

Später setzte er sich an seinen PC, surfte durch das Internet und fand dabei heraus, dass es sich bei 'City' um eine deutsche Band handelte. Er stolperte über ein paar Hörproben, unter denen sich auch der Titel „Glastraum" befand, und Katsu fragte sich, wie der Andere auf diese Gruppe aufmerksam geworden war. Mehrfach versuchte er das für ihn immer noch seltsam aussehende Wort „Glastraum" auszusprechen. Die Ergebnisse klangen in seinen Ohren grotesk, wobei er sich nicht sicher war, ob es an seiner Aussprache oder an dem Wort selbst lag.

Am Abend, um kurz nach Sieben, klingelte sein Handy. Natürlich war es Shiro. Er bestellte ihn zum Bahnhof in Hodogaya und Katsu machte sich auf den Weg.**

Wie immer war Shiro pünktlich und inzwischen war anlässlich ihrer Begrüßung auch keinerlei Scheu mehr im Spiel.

Sie streunerten durch die Straßen, bis sie schließlich vor ihrem Ziel standen: Eine Kneipe namens MAVERICK. Sie betraten das Lokal und Katsu fühlte sich von der allererersten Sekunde an in diesen Räumlichkeiten wohl. Das Licht war gedimmt, trotzdem konnte man noch ausreichend sehen. Aus den Boxen erklangen Deep Purple und obwohl der Laden gut besucht war, schlängelte Shiro sich zielstrebig an den Gästen vorbei, bis er einen freien Tisch in einer der hinteren Ecken erreicht hatte und sich auf die Bank sinken ließ. Katsu vermutete, dass es sein Stammplatz war und ließ sich neben Shiro nieder.

Es dauerte keine zehn Sekunden, da stand auch schon eine Bedienung vor ihnen. „Kann ich euch etwas bringen?", erkundigte sich die Frau, die von Katsu auf Anfang Dreißig geschätzt wurde.

Bevor Shiro ihr antwortete, wand er seinen Blick Katsu zu und fragte: „Verträgst du was?"

„Willst mich auf die Probe stellen? Natürlich vertrage ich was!" Katsus selbstbewusste Antwort kam vielleicht ein wenig zu voreilig, denn dass der Andere daraufhin zwei Jack Daniels bestellte, damit hatte er nicht gerechnet. Er bereute seine Worte fast schon wieder. Ausgerechnet Whiskey. Im Whiskey trinken war er wirklich nicht sonderlich geübt, doch er wollte sich jetzt auch keine Blöße geben – schon gar nicht vor Shiro! - und hielt deshalb vorerst die Klappe. Statt dessen wechselte er galant das Thema. „Und das hier ist also eure Stammkneipe?"

Shiro nickte. „Den Laden haben Shigeki und ich vor Ewigkeiten mal durch Zufall gefunden. Hier fand gewisserweise auch die Geburtsstunde von FreaX statt", berichtete er und erinnerte sich: „Damals waren wir mit Kijo lediglich zu dritt; Jun und Kiri kamen erst später dazu."

Katsu lauschte dem Anderen neugierig und während er seine Blicke so umherschweifen ließ, erschien abermals die Bedienung und lud die zwei bestellten Whiskey auf ihrem Tisch ab. Katsu schielte sein Glas an. Vielleicht konnte er die Tatsache, von Hochprozentigem schnell betrunken zu werden, damit verbergen, indem er nur möglichst kleine Schlucke nahm. Aus den Augenwinkeln heraus sah er, wie Shiro zu seinem Glas griff. Er hoffte inständigst, der Typ war kein Freund von Wettsaufen.

Plötzlich schwang die Tür des Lokals auf und eine weiße Jeansjacke schob sich herein. Und noch während sich der Neuankömmling nach einem freien Platz umsah, konnte dieser seinen Namen rufen hören.

„Kiri!", drang es aus Shiros Mund, als er den Sänger erblickte, und winkte ihn heran.

Der Angesprochene folgte dieser Aufforderung und setzte sich wenige Augenblicke später Katsu und Shiro gegenüber. Nach einer kurzen Begrüßung fiel seine Aufmerksamkeit auf die Getränke der Beiden. „Ich seh' schon", begann er zu grinsen und blinzelte Shiro zu, „du willst ihn besoffen machen."

Innerlich zuckte Katsu. Diese Bemerkung bestätigte seinen Verdacht, dass Shiro wohl ziemlich trinkfest zu sein schien.

„Spar dir den Blick, Kiri. Ich krieg ihn auch nüchtern in die Kiste", konterte Shiro. „Erzähl mal lieber, wie es mit deinem Umzug vorangeht."

Bei dem Thema war der Kleine nun wieder Feuer und Flamme! Schließlich war es sein erster eigener Umzug. „Dai hat mir seinen Kleintransporter überlassen und Jun fährt ihn, weil Dai an dem Tag nicht kann. In drei Tagen geht's los! Gepackt habe ich das Meiste schon – ist ja nicht viel. Oh, und Ryotaro freut sich schon auf sein eigenes Zimmer!"

„Und deine Mutter...?"

Kiris Grinsen wurde ein bisschen schief. „Ich glaube nicht, dass sie wirklich versteht was gerade passiert, aber meine Tante hilft ihr schon dabei. Bisher hat sie das immer geschafft."

Katsu, der nichts über den mentalen Zustand von Kiris Mutter wusste, wunderte sich zwar etwas über diese Bemerkung, verzichtete jedoch darauf nachzufragen. Statt dessen plauderten die Drei nun vom bevorstehenden Album, geplanten Gigs und dem seit jeher existenten Label-Problem. Schon bald gesellte sich noch ein drittes Glas auf dem stabilen Holztisch hinzu und der Inhalt aller drei Gläser wurde im Laufe des Abends mehrfach nachgefüllt. Und obwohl Katsu sich anfänglich noch extra bemüht hatte langsam zu trinken, machte sich der Alkohol in seiner Blutbahn inzwischen bemerkbar.

Den beiden Anderen erging es ähnlich, nur dass zumindest Shiro diese Tatsache gut zu verbergen wusste. Jedenfalls war er der einzige aus der kleinen Gruppe, dessen Worte noch ohne größere Probleme zu verstehen waren. Auch gebar er sich weniger albern als seine Kollegen.

Irgendwann wurde Katsu auf ein Lied aufmerksam, das aus den Boxen drang. Der Rhythmus war reggaelastig, während die Gitarre in hohen Tönen vor sich dahinplätscherte. Der gesamte Sound des Liedes trug ihn in eine ganz andere Atmosphäre und er wusste, er kannte dieses Stück. Da ihm sein vernebeltes Hirn aber weder den Titel noch den Interpreten verraten wollte, musste er auf anderen Wegen des Rätsels Lösung erlangen. Wortlos verschwand er unter dem Tisch, nur um darunter durch zu krabbeln und auf der anderen Seite wieder zum Vorschein zu kommen. Er schlängelte sich an den Nachbartischen vorbei und erreichte schließlich den Tresen, hinter welchem sich ein gläserputzender Wirt befand. Katsu beugte sich ein wenig vor. „Was hör'n wir denn da gerade?"

Der Wirt deutete mit einer Hand schräg hinüber zur Jukebox, die für die musikalische Untermalung der Szene zuständig war. An ihr lehnte ein hagerer Mann. „Musst du ihn fragen."

Katsu folgte dieser Anweisung und torkelte die wenigen Schritte zur Jukebox. Um anschließend nicht das Gleichgewicht zu verlieren, hielt er sich an Dieser fest. „Hey Meister...", lallte er, „was hast du uns denn da rausgesucht?"

Die Augen des Mannes waren warm und glänzten. Sein schmales Gesicht zeigte eine Reihe von Falten auf und ließ ihn somit ein ganzes Stück älter erscheinen, als er vermutlich war. Seine schmalen Lippen lächelten, bevor sie die Antwort Preis gaben: „10cc...'Dreadlock Holiday'."

Mit diesen Informationen wuselte Katsu zurück zu seinen beiden Freunden und teilte sie ihnen sogleich mit, ungeachtet dessen, dass er sie dadurch mitten im Gespräch unterbrach.

„10cc..." Shiro überlegte. „Ich kenne da jemanden, der müsste was von denen haben. Wenn du magst, kann ich dir die ein oder andere CD besorgen", bot er an.

„Cool~...", war das Letzte, was Katsu über die Lippen bekam, bevor sich sein schwerer Kopf auf Shiros Schulter ausruhte.

Kiri beobachtete das Ganze schmunzelnd. „Ihr seid niedlich..." Er konnte Shiro ansehen, dass er die körperliche Nähe des Anderen genoss denn das, was Shiro in diesen Momenten ausstrahlte, sah er nicht oft bei ihm.

Erst spät in der Nacht verließen sie schließlich das MAVERICK. Kiri trennte sich schon bald von den beiden, da seine Wohnung in einer anderen Richtung lag.

So torkelten ein Rothaar und ein Blondschopf eingehakt durch die Straßen. Shiro dirigierte ihn in die Richtung seiner Wohnung und obwohl Katsu seinen Körper, dank des Alkohols, nur schwer unter Kontrolle hatte, war es Shiro, der Probleme hatte, mit dem Anderen Schritt zu halten. Trotz der Tatsache, dass sie eingehakt nebeneinander her gingen, fiel der Blonde immer wieder ein Stückchen zurück und er musste erneut aufholen, um auf gleicher Höhe mit Katsu zu bleiben. Seine Beine waren schwer wie Blei.

„Warte doch mal...", maunzte er schließlich und blieb einfach stehen.

Katsu schaute ihn mit naiven Augen an. Den Status, der den Körper durch Alkohol träge und müde werden ließ, hatte er schon längst überschritten. „Zu schnell?", fragte er fast unschuldig.

Shiro nickte.

Sie setzten sich an den Straßenrand – sie befanden sich inzwischen in einer ruhigen Seitenstraße, durch welche um diese Zeit kaum ein Auto fuhr – und noch ehe Shiro sich versah, lag er mit dem Oberkörper auf Katsus Schoß.

Katsu gewährte ihm die Erschöpfung und legte ihm eine Hand in den Nacken, um ihn gleichmäßig zu kraulen. Er konnte spüren, wie entspannt Shiro atmete und während er den schläfrigen Freund auf seinen Schenkeln beobachtete, keimte in ihm der Beschützerinstinkt auf.

* Ein Combini ist eine Art kleiner Supermarkt, in welchem man diverse Artikel für das tägliche Leben erwerben kann. Combinis werden oftmals über Ketten vertrieben und verfügen über lange Öffnungszeiten.

** Hodogaya ist ein Stadtteil in Yokohama.

08. not easy to handle

Es war purer Zufall gewesen, dass er seinen Blick auf den Gehweg gerichtet hatte, als er das Lederarmband sah. Shiro stoppte, kniete sich nieder und hob das Band auf. Es war eines dieser Freundschaftsbänder, die sich besonders junge Mädchen gerne um die Handgelenke banden. Dieses hier war aus hellbraunem Leder und auf der Außenseite war der Schriftzug 'Forever Together' eingraviert. Und obwohl er solche Versprechen eigentlich immer als etwas kitschig empfand, spürte er ein gewisses Mitgefühl in sich aufkeimen. Vielleicht stammte das Band von einem Mädchen, welches es von seinem ersten Freund geschenkt bekommen hatte. Ob es jetzt ein schlechtes Zeichen war, dass es das Band verloren hatte? Ob das Versprechen, 'für immer zusammen', nun nicht mehr galt? Shiro wendete das Lederschmuckstück mehrfach in seinen Fingern und fragte sich, was die Leute eigentlich unter 'für immer zusammen' verstanden. War es der reine, naive Glaube, wenn man sich ein Mal in eine Person verliebt hatte, dass man den Rest seines Lebens mit eben dieser verbrachte? Oder ging diese Verbundenheit noch weit über das Leben hinaus, wenn man physikalisch gar nicht mehr existent war? Wenn man starb? Konnte man noch jemanden lieben, der bereits tot war? Und konnte jemand, der bereits tot war, selbst noch lieben? Womöglich einen Lebenden?

Shiro erhob sich wieder und band den Lederschmuck auf Augenhöhe am grobmaschigen Drahtzaun fest, der den Gehweg vom anliegenden Basketballplatz trennte. Vielleicht kam der ehemalige Besitzer noch ein Mal hier vorbei und entdeckte sein verlorengegangenes Versprechen.

Shiro hingegen setzte seinen ursprünglichen Weg fort. Dieser führte ihn zu einem kleinen Lokal, in welchem er mit Katsu verabredet war. Dort angekommen, fand er seine Zielperson auch direkt vor: Katsu saß an der Bar und unterhielt sich lachend mit seinem Sitznachbarn, wirkte dabei sorglos wie eh und je. Er konnte nicht abschätzen, ob der Typ neben ihm einer von Katsus Kollegen aus der Band trial'n'error war, in welcher er neuerdings spielte; er hatte von denen bisher noch keinen zu Gesicht bekommen. Shiro trat näher an die Bar heran, machte neben Katsu Halt und griff ungefragt nach dem Glas, welches vor ihm stand. „Whiskey-Cola?", lautete seine Begrüßung, nachdem er einen Schluck genommen hatte. „Der arme Whiskey..."

„Ey, ich brauch' das für meinen Blutzucker!", witzelte Katsu und riss ihm das Glas etwas überschwänglich aus der Hand.

„Spinner", kam nur die Antwort, jedoch nicht ohne Grinsen. „Trink aus und dann komm."

Katsu tat diesmal ausnahmsweise wie ihm gesagt wurde, wusste er doch, dass Shiro heute nicht viel Zeit und ihn zwischen zwei Termine geschoben hatte. Das fast noch halbvolle Glas wurde mit nur wenigen Schlucken geleert und Katsu legte den fälligen Betrag auf den Tresen, bevor er sich von seinem Hocker schwang und das Lokal gemeinsam mit Shiro verließ.

Und damit erhielt eben Dieser auch schon die Antwort auf seine ungestellte Frage, ob Katsus Sitznachbar ein Kollege oder ein Fremder war: Da Katsu sich nicht die Mühe gemacht hatte, sich von ihm zu verabschieden und er das bei Fremden, mit denen er spontan ins Plaudern kam, öfters tat, konnte es kein Bandmitglied sein.

Katsu wusste nicht, wo der Andere mit ihm hin wollte. Auf seine Fragen erhielt er keine Auskunft und so folgte er ihm neugierig mit einer leicht tänzelnden Gangart – der Alkohol.

Nur wenige Minuten später betraten sie einen CD-Laden und Shiro steuerte zielsicher die Rock-Abteilung an. Vor dem Regal mit dem Buchstaben 'F' blieb er stehen, fingerte unbeirrt eine der CDs heraus und hielt sie Katsu wortlos vors Gesicht.

Der sah zuerst einmal nicht viel, da die wenigen Zentimeter Abstand zwischen CD-Cover und seinen Augen zu gering waren. Er nahm dem Anderen den Tonträger aus der Hand und hielt ihn im angemessenen Abstand vor sich. Dabei sprang ihm der Name der Band nun regelrecht entgegen: *FreaX*. Katsu starrte. Erst auf den Namen, dann in Shiros Gesicht. „Scheiße, ist heute echt schon der 21.?"

Shiro grinste. „Du verpennst echt alles." Nach drei Monaten harter Arbeit, diversen Terminverschiebungen, Schlafman-
gel, Verzweiflung und Schweiß hatten es FreaX schließlich geschafft, ihr Debüt-Album durch ein befreundetes Label zu veröffentlichen. Das Endergebnis hielt Katsu gerade in der Hand.
Und das nach wie vor mit einer gewissen Fassungslosig-
keit. Seine Augen lasen immer und immer wieder den Bandnamen 'FreaX' sowie den Albumtitel 'Xclamation'. Das Cover
präsentierte eine düstere Nachtszene: Die fünf Bandmitglieder,
überwiegend von hinten erkennbar, saßen oder standen auf einem Dach, von wo aus sie beobachteten, wie eine einzelne Person in einem Hinterhof von einer Gruppe übler Schläger einge-
kesselt wurde und ihr keine Fluchtmöglichkeit mehr blieb. Das
Bild war aus der Vogelperspektive gezeichnet worden.
„Kann ich mal dein Handy haben?", vernahm Shiro plötzlich die an ihn gerichtete Frage. Er hatte sich inzwischen daran
gewöhnt, dass Katsu sein eigenes Handy nur äußerst selten bei
sich trug und so reichte er ihm sein eigenes.
Katsu wählte mit flinken Fingern eine Nummer, die er
selbst im Schlaf auswendig konnte, und presste sich das kleine
Mobiltelefon ans Ohr. Er musste nicht lange warten, bis sein
Gesprächspartner abnahm. Kaum hörte er Akis Stimme, setzte
er auch schon an. „Rate mal, was ich hier gerade in der Hand
habe!"
„Das erste Album von FreaX?", erklang die gelassene Frage der Freundin.
„Woher weißt du das?" Bereits zum zweiten Mal binnen
weniger Minuten präsentierte Katsus Gesicht reine Verblüffung.
„Weil heute der Veröffentlichungstermin ist. Ich hab's mir
schon heute früh gekauft."
Man hörte es ihrer Stimme nicht an, doch Katsu war sich
sicher, dass sie sich innerlich gerade über ihn amüsierte.

Am Folgetag war Shiros fünfundzwanzigster Geburtstag.
Den hatte Katsu ausnahmsweise nicht vergessen. Allerdings
auch nur, weil er sich gemerkt hatte, dass Dieser einen Tag
nach der Album-Veröffentlichung war. Und da er Letztere nicht

rechtzeitig auf dem Plan gehabt hatte, konnte er die Proben mit trial'n'error, die auf den Tag des Geburtstags fielen, auch erst kurzfristig absagen. Der Leader der Band war darüber zwar nicht gerade glücklich, ließ es jedoch vorerst auf sich beruhen. Shiro bekam diese Aktion am Rande mit und obwohl er sich auf der einen Seite freute, dass Katsu seinen Geburtstag mit ihm feiern wollte, fand er es auf der anderen Seite bedenklich, wie sein Freund mit seinen Bandkontakten umging. In den drei Monaten, in denen er Katsu nun schon kannte, hatte dieser bereits in vier verschiedenen Bands gespielt. Bei trial'n'error war er mit knapp einem Monat bisher am längsten am Ball geblieben. Die anderen Bands hatte er hingegen schon nach wenigen Tagen oder Wochen wieder verlassen – oder er wurde rausgeschmissen.

Shiro verstand nicht, warum Katsu sich das antat. Er war ein wirklich guter Bassist, das hatte er selbst mehrfach erleben dürfen. FreaX und er hatten sogar ein Mal eine gemeinsame Jamsession gehalten, mit beiden Bassisten, und das Ergebnis war besser als erwartet. Katsu hatte Potential, war begabt und lernwillig. Dennoch machte er sich das Leben unnötig schwer, verbaute sich regelrecht seine eigenen Möglichkeiten. Und genau diese selbstdestruktive Art, dieses gegen sich selbst arbeiten, konnte Shiro nicht nachvollziehen.

Die Geburtstagsfeier fand schließlich am Abend im MAVERICK statt. Es waren viele Gäste gekommen, Freunde und Kollegen. Für Letztere war besonders Shigeki verantwortlich gewesen und er hatte heimlich den ein oder anderen Überraschungsgast eingeladen, mit dem Shiro gar nicht gerechnet hatte. Selbst Aki ließ sich im Verlauf des Abends blicken. Nachdem Katsu ihr anfänglich immer mal wieder den ein oder anderen Song von FreaX vorgespielt hatte, hatte sie schließlich begonnen, Blut zu lecken. Und seit sie die Liaison zwischen Katsu und Shiro erkannt hatte – auch wenn beide diesen Status nie offiziell bestätigt hatten! -, war sie automatisch in den neuen Freundeskreis gerutscht.

Es wurde ein langer Abend mit viel Musik, viel Spaß und nicht wenig Alkohol. Gegen morgens um halb fünf verließen

Shiro und Katsu schließlich gemeinsam das Lokal, obwohl manche Gäste sogar noch weiter feierten.

Da der Geburtstag so spät in Katsus Gedächtnis getreten war, hatte er auch keine Zeit mehr gehabt, ein vernünftiges Geschenk für den Anderen zu besorgen. Von daher entschied er sich kurzerhand für ein Geschenk in Naturalien: Als sie in Shiros Wohnung angekommen waren, ließ er diesen sich sein Shirt ausziehen und mit dem Bauch auf das Bett legen. Anschließend setzte er sich breitbeinig auf dessen Becken und massierte ausgiebig den nackten Oberkörper Shiros. Allerdings ließ der Alkohol in Katsus Blut bald schon eine gewisse Trägheit zu Tage kommen und er schlief schließlich auf Shiros Rücken ein. Shiro selbst driftete zu einem ähnlichen Zeitpunkt ins Traumland ab.

Als Katsu am folgenden Vormittag aufwachte, lag er neben Shiro im Bett; er musste während des Schlafens irgendwann von dessen Rücken heruntergerutscht sein. Müde und schlaftrunken blinzelte er eine Weile das wirre, blonde Haar an, welches sich unmittelbar vor seinen Augen auf dem Kissen ergoss, bevor er sich auf den eigenen Rücken drehte und sich gähnend reckte und streckte. Er hatte weder Ahnung von der aktuellen Uhrzeit, noch vom aktuellen Tag. Aber dafür hatte er keinen Kater.

Durch die akute Unruhe im Bett wurde nun auch Shiro langsam wach. Allerdings geschah das wesentlich unspektakulärer als bei seinem Bettgenossen. Schließlich drehte er sich langsam um und wand Katsu das Gesicht zu. „Morgen", drang es warm und freundlich, wenn auch noch etwas träge, aus seinem Mund.

Katsu blickte ihn an. Er mochte es, neben ihm aufzuwachen. „Hey, alter Mann...", begrüßte er ihn neckend und spielte damit auf sein Alter von nun fünfundzwanzig Jahren an.

Shiros Augen verengten sich zu schmalen Schlitzen. „Fick dich..." Doch den Lippen blieb das Lächeln erhalten.

Der Rothaarige wand seinen Kopf wieder ab, ließ seine Blicke ziellos durch das Zimmer schweifen, um irgendeinen Anhaltspunkt für die aktuelle Zeit zu finden. Irgendwann streiften seine Augen die türkisfarbenen Digitalzahlen des Radio-weckers, der auf einem kleinen Tisch neben dem Bett stand.

11:09 Uhr.

Katsu überlegte. Die '11' erinnerte ihn an irgendetwas. Sein träges Hirn setzte sich langsam in Bewegung, versuchte eine Verbindung zu dieser Ziffer herzustellen. Da war doch was... Plötzlich traf es ihn wie ein Schlag: Für 11:00 Uhr war die heu-tige Bandprobe angesetzt worden! Es war schon nach elf und zum Proberaum brauchte er von hier aus bestimmt eine Stunde! „Fuck!" Katsu schloss die Augen.

Shiro, der von diesem Termin nichts wusste, schaute ihn verwirrt an. „Was ist?"

„Proben. Heute. Haben schon angefangen." Der Jüngere sparte es sich, in ganzen Sätzen zu reden. Sparte es sich auch, wenn schon nicht pünktlich, wenigstens überhaupt bei den Pro-ben zu erscheinen. Sein Körper lag bewegungslos da und machte nicht den geringsten Eindruck, als würde er innerhalb der nächsten Sekunden panisch aufspringen und versuchen, die verlorene Zeit wenigstens ansatzweise wieder aufzuholen.

Und genau diese Tatsache irritierte Shiro. „Solltest du dann nicht hingehen?" Mit einer liebevollen Handbewegung schob er dem Anderen eine lange, rote Haarsträhne aus dem Gesicht.

„Wozu?", erklang nur die Gegenfrage.

Shiro stockte.

„Ich bin eh nicht mehr pünktlich. Bis ich da angekommen bin, haben wir Mittag. Dann kann ich's für heute auch ganz sein lassen." In seiner Stimme schwang eine gewisse Gleich-gültigkeit mit.

Und es war eben diese Gleichgültigkeit, die in Shiro Ag-gressionen aufkommen ließ. „Das ist jetzt nicht dein Ernst, oder?", murrte er entgeistert.

Katsu sah ihn sichtlich überrascht an. „Hm? Was meinst du?"

Shiro erwiderte den Blick nicht, wand seinen Kopf ab. „Dass die Anderen vielleicht auf dich warten, so weit denkst du nicht."

„Wieso? Gestern haben sie doch auch ohne mich proben können."

Der Gastgeber hielt es nicht mehr aus, erhob sich und stieg aus dem Bett. War der Junge ernsthaft so naiv oder tat er nur so? Shiro konnte es im Moment wirklich nicht einschätzen. „Sobald es droht ungemütlich zu werden, ziehst du den Schwanz ein", knurrte er.

Nun erhob auch Katsu seinen Oberkörper und stemmte sich mit den Ellenbogen ab. Was hatte der Andere nur auf einmal? Bis vor wenigen Minuten schien die Welt noch in Ordnung und plötzlich sah er sich mit Vorwürfen konfrontiert, für die er kein Verständnis aufbringen konnte. „Es sind doch nur Proben..."

„Ja – Proben mit einer Band, in der *du* spielen willst. Mit der *du* auftreten willst. Um *dein* Leben finanzieren zu können." Mit diesen Worten verließ Shiro den Raum und suchte das Badezimmer auf.

Katsu blieb verstört zurück. Versuchte zu begreifen, was hier gerade geschehen war - und konnte es nicht.

Junichi stand mit Kijo in der Küche von Kiris neuer Wohnung. Seine Blicke schweiften ziellos durch die Räumlichkeiten. „Du wohnst jetzt schon seit drei Monaten hier und hast immer noch nicht alles ausgepackt?", fragte Junichi schließlich mit leichtem Unverständnis in der Stimme. Er sprach damit auf die Umzugskisten an, die in der Küche und ihm Wohnbereich herumstanden und die Harakiri seit Minuten einzeln durchging weil er irgendetwas suchte, was er ihm zeigen wollte.

Kijo schien die ganze Aktion weniger zu stören als seinen Kollegen; er hatte auf der Küchenablage eine offene Packung mit Keksen erspäht und fummelte bereits ungefragt an selbiger herum. Wo Süßkram war, waren Kijos Finger nicht weit von entfernt.

„Hatte bisher keine Zeit dazu", kam es aus dem Nebenzimmer, in welchem Kiri gerade den Kopf in einen weiteren Karton steckte, der mit diversem Krimskrams gefüllt war.

Junichi ließ sich leise seufzend auf einem der Küchenstühle nieder. „Hey, wenn du es heute nicht findest, ist es nicht schlimm. Läuft ja nicht weg", rief er in den Wohnbereich rüber. Ursprünglich hatten sie geplant, zu Starbucks zu gehen, um dort Kijos Koffeinsucht zu stillen und über ein paar neue Songs zu diskutieren. Sein Blick fiel schließlich auch auf eben diesen Freund. „Hey, das sind nicht Deine!", ermahnte er ihn.

Kijo war nämlich gerade dabei, die Kekspackung gänzlich zu leeren. „Zur Not kauf ich ihm Neue", entgegnete er mit vollem Mund und damit war das Thema für ihn auch schon sprichwörtlich gegessen.

„Ich hab es!", ertönte es plötzlich triumphierend aus dem anderen Zimmer und kurz darauf kam Kiri mit seinem hoch in die Luft haltenden Fund durch die Küchentür auf Junichi zu. Er reichte es dem Anderen und wartete gespannt seine Reaktion ab.

Junichi hielt mit einem Mal ein Scorebook von Faith No More in Händen. Aber damit nicht genug: Es war *das* Scorebook, welches er selbst schon seit Ewigkeiten suchte und nie gefunden hatte. „Wo hast du das her?", fragte er völlig verblüfft.

„Aus 'nem Musikladen hier ganz in der Nähe", kam die stolze Antwort und Kiri freute sich, dass er seinem Freund und Kollegen damit eine Freude machen konnte.

Wenig später saßen sie zu dritt an einem der Tische im Außenbereich der bekannten Kaffee-Handelskette und diskutierten über die bevorstehende Arbeitsweise bei FreaX. Hierbei ging es überwiegend um die Aufteilung des Songwritings. Kiri entwickelte nämlich inzwischen eine immer größer werdende Obsession im Texte schreiben und da er die meisten seiner Werke als gut bis sehr gut empfand, wollte er sie nicht in der hintersten Schublade verstauben lassen. Besonders der Song 'Phantom', den Kijo und Junichi gemeinsam komponiert hatten und der es gerade noch eben mit auf das aktuelle Album geschafft hatte, hatte ihm vor Augen geführt, wie sehr ihm das Schreiben lag. Zuvor war Shigeki für die meisten Texte und auch einen Großteil der Kompositionen zuständig gewesen. Aber inzwischen wollte Kiri als Sänger aktiver agieren. Er wollte nicht einfach nur singen – er wollte seinen *eigenen* Texten eine Stimme geben.

Kijo erging es da ähnlich, wenn es bei ihm auch um die Kompositionen als um die Lyrik ging. Bevor er bei FreaX angefangen hatte, hatte er schon in mehreren anderen Bands gespielt und auch dort oftmals die Musik geschrieben. Als er dann FreaX beitrat, hatte das mit einem Mal drastisch nachgelassen – weil Shigeki das Meiste schrieb.

Junichi war der Einzige aus dem Trio, der nicht so ein gesteigertes Interesse daran hatte wie seine zwei Kollegen; ihm war es relativ egal, ob er nun eigenes oder vorgegebenes Material spielte. Er war glücklich, wenn er überhaupt spielen durfte. Er brauchte eine Bühne, seine Gitarre und seine Freunde – das war für ihn das Wichtigste im Leben. Somit war er auch der Einzige, der zu Kijos und Kiris Plänen seine Bedenken äußerte. „Meint ihr wirklich, der Boss lässt sich so einfach das Ruder aus der Hand reißen?"

„Von reißen ist doch gar nicht die Rede", fand Kiri und zog an seiner Zigarette.

„Außerdem wollen wir FreaX ja nicht komplett ummodeln, sondern lediglich um etwas mehr Vielfalt bereichern", erklärte Kijo, dessen Blick bereits die ganze Zeit am Firmenlabel seines großen Bechers Caffè Mocha festklebte. „Wie viele Songs auf 'Xclamation' sind von Shigeki?"

„Abgesehen von 'Phantom', den zwei Songs von Shiro und dem Einen, an dem du mitgeschrieben hast..." Junichi rechnete sich alles im Kopf zusammen, kam jedoch nicht mehr zur Vervollständigung seines Satzes.

„Eben! Und das ist ein bisschen viel, findest du nicht?" Erst jetzt wand Kijo nach mehreren Minuten den Blick von seinem Becher ab und richtete ihn auf Junichi. „FreaX ist immerhin eine Band, und keine schlechte. Und bei einer Band erwarte ich, dass sich auch jeder am Songwriting beteiligen kann, der daran Interesse hat."

„Beteiligen kann sich ja auch jeder – ist nur die Frage, was Shigeki am Ende davon nimmt."

„Und genau darum geht's uns!" Kijo drehte den Becher mit seinen Fingern auf der Tischfläche. „Du brauchst ja nicht mit Shigeki sprechen; das Reden übernehmen Kiri und ich schon."

Daraufhin machte der kleinwüchsige Sänger eine humorvoll übertrieben salutierende Geste mit der Hand.

„Es wäre nur ganz praktisch, wenn du zumindest dabei wärst, damit erkennbar ist, dass du unser Interesse teilst."

Junichi spürte schlagartig, wie sich sein Magen zusammenzog. Wieder diese Bevormundung von Kijo. Es hörte nicht auf. Abwesend fuhr seine Hand in den Nacken, strich sich über das kreisförmige, mandalaähnliche Tattoo, welches inzwischen vollständig abgeheilt war. Die fortschreitende Nachmittagssonne spielte in seinem hellbraunen, langen Haar und ließ es bronzefarben erscheinen. Brauchte Kijo ihn eigentlich nur als Freund, um das Gefühl zu bekommen, über ihm zu stehen?

09. obstinate

Ein hysterischer, von Todesangst durchtränkter Aufschrei hallte urplötzlich durch den Raum!

Shiro riss die Augen auf und saß binnen weniger Millisekunden senkrecht im Bett. Hektisch blickte er sich um. Das unerwartete Geräusch war ihm durch Mark und Bein gefahren. - Umso verständnisloser wurde sein Blick, als er einen breit grinsenden Katsu auf dem Fußboden hocken sah. „Was glotzt du so blöd? Hast du das eben nicht gehört?"

Daraufhin wurde das Grinsen von Katsu nur noch breiter – und triumphierender. „Hätte nicht gedacht, dass man einen The Cure-Fan tatsächlich mit so etwas noch schocken kann."

Shiros Hirn war noch nicht in der Lage, dieser Aussage geistig folgen zu können. Es passte überhaupt nicht zusammen – erst dieser gellende Schrei, der vor durchlebter Panik nur so triefte, und im starken Kontrast dazu Katsus dämliches Grinsen und das Gerede von...! - Langsam, ganz langsam machte es Klick. In seiner Erinnerung tauchte mit einem Mal das 'Boys don't cry'-Album auf... Auf dessen Tracklist befand sich unter anderem der 'Subway Song' und dieser war bekannt für seine nachhaltige, schockende Wirkung. Katsu hatte ihn reingelegt. Und das äußerst erfolgreich.

„Du Miststück...!" Shiro griff sich ein Kissen, sprang damit aus dem Bett und stürzte auf Katsu, der zu langsam reagiert hatte und im nächsten Moment das Kissen auf sein Gesicht gedrückt bekam. „Das zahl ich dir heim!", drohte Shiro lachend, während er auf dem Bauch des zappelnden Freundes saß und ihn nicht entkommen ließ.

„Nicht, wenn du mich vorher erstickst...!", klang es dumpf unter dem Kissen hervor. Katsu versuchte, das große, weiche Ungetüm von seinem Gesicht wegzudrücken, doch Shiro war stärker. „Verdammt, hör auf! Ich krieg' keine Luft mehr!", japste er mit ersticktem Lachen und wedelte hilflos mit beiden Armen umher.

Shiro erbarmte sich und nahm das Kissen wieder von ihm weg.

Katsu lag noch immer unter ihm. Das freche Grinsen war trotz der gegnerischen Attacke noch nicht erloschen. „Soll ich dir den Song als Klingelton einrichten?"

Zack – sofort presste Shiro das Kissen erneut auf Katsus Gesicht. „Hast du noch nicht genug?" Doch diesmal stoppte er die Attacke frühzeitig, beugte sein Gesicht hinunter und machte erst kurz vor dem des Anderen halt. „Du bist ein Biest, weißt du das?", raunte er in dunkelster Tonlage, bevor er sich wieder von ihm erhob und Richtung Badezimmer tapste, ohne auf eine Reaktion Katsus zu warten.

Dieser blieb mit ausgestreckten Gliedern auf dem Fußboden liegen und sah ihm nur lächelnd hinterher.

Eineinhalb Stunden später betrat Shiro das Fernsehstudio, in welchem FreaX schon bald für eine Interview-Aufzeichnung Frage und Antwort stehen sollten. Bloß war von den Jungs nicht viel zu sehen, als Shiro eintraf und die ihm zugeteilte Garderobe betrat – lediglich Shigeki tigerte im Raum herum. Etwas verdutzt blickte Shiro sich um. „Wo sind denn die Anderen?"

Shigeki, der ihn erst jetzt registrierte, hielt mitten in der Bewegung inne und warf ihm einen kurzen Blick zu, bevor er sein energisches hin und her Gestapfe fortführte. „Irgendwo nebenan, keine Ahnung", knurrte er. Es war eindeutig: Er hatte schlechte Laune.

Shiro kam näher und lehnte sich mit dem Hintern gegen die Kante des Schminktisches. Er spürte die Spannungen, die in der Luft lagen. Er kannte nur nicht ihre Herkunft. „Was ist passiert?"

Diesmal blieb Shigeki nicht stehen; dadurch, dass sein Körper ständig in Bewegung war, versuchte er seine Aggressionen halbwegs abzubauen – aber am liebsten hätte er jetzt irgendetwas kaputt gemacht. „Die sind doch alle verrückt", murmelte er und strafte den Boden mit seinen Blicken. Zuerst sah es so aus, als wollte er mit der Sprache nicht herausrücken, doch plötzlich begann es aus seinem Mund zu sprudeln, wie aus einer Quelle. „Was glauben die eigentlich, wer sie sind? Wollen *mir* Vorschriften machen, wie ich die Band zu leiten und die Arbeit aufzuteilen habe! Als ob ich mich nicht schon um genügend Dinge kümmere!"

„Wer sagt das?", fragte Shiro ruhig.

„Kiri und die Anderen!" Shigeki war nun endlich wieder stehen geblieben und starrte seinen besten Freund beinahe schon vorwurfsvoll an.

Nun wandelte sich auch Shiros Miene und man konnte Verwunderung und Unglaube in ihr entdecken. „Wie meinst du das? Was haben sie denn genau gesagt?"

„Dass sie mehr Mitspracherecht in der Band verlangen! Dass ihre Arbeiten stets zu kurz kommen und ich ihnen zu viel aufdrängen würde!"

Irgendwie roch das Ganze hier nach Missverständnis. „Glaubst du, dass sie das auch so gemeint haben?", begann Shiro ruhig aber eindringlich. Wenn Shigeki sich in solcher Aufruhr befand, musste man seine Worte sehr gewählt aussuchen, ansonsten riskierte man eine Explosion des Drummers. Das wusste Shiro aus langjähriger Erfahrung.

„Wie sollen sie es denn sonst gemeint haben?!" Seine Wut machte sich zunehmend in der Lautstärke bemerkbar. Er setzte sich wieder in Bewegung. „Ich reiß mir für uns alle den Arsch auf und zum Dank bekomme ich zu hören, dass sich hier keiner ausreichend in seiner Kreativität ausleben kann...!"

Shiro stieß sich vom Tisch ab und steuerte gemächlich auf den Leader zu, hielt ihn an den Armen fest, als dieser vor ihm zum stehen kam.

Die ruhige, gelassene Art Shiros begann sogleich, sich auf Shigeki zu übertragen, fast so, als hätte man einen Hebel umgelegt.

Shiro lächelte. „Die Visagistin hätte dich noch nicht so früh schminken sollen." Er sprach damit auf das verschmierte Augen-Make-up an, welches Shigekis Gesicht zierte. In seiner gesteigerten Erregung über die Aussagen der anderen Bandmitglieder musste er sich mit den Händen mehrfach über das Gesicht gefahren haben. „Komm, setz' dich hin, ich mach's dir neu." Mit diesen Worten schob er Shigeki die wenigen Schritte hinüber zum Schminktisch und drückte ihn sanft auf den davor stehenden Hocker. Mit routinierten Griffen begann er nun, das Gesicht des Freundes abzuschminken, um im Anschluss daran neues Make-up aufzulegen.

Shigeki ließ all das bedingungslos über sich ergehen und seine Wut schien dabei regelrecht zu verpuffen. Er wurde binnen weniger Augenblicke mucksmäuschenstill und wehrte sich gegen keine einzige Handlung, welche die Hände des Bassisten an ihm vollzogen.

Obwohl Shiro sich privat fast nie schminkte und selbst auf der Bühne meist nur dezentes Make-up trug, besaß er doch das Talent, andere Gesichter entsprechend ihres jeweiligen Trägers passend zu gestalten. Außerdem war dies auch eine bewährte Möglichkeit, Ruhe in solch eine aufgebrachte Situation zu bringen. Shiro war sich ziemlich sicher, dass Shigeki irgendetwas in den falschen Hals bekommen haben musste. Dass die drei anderen Jungs mit ihm über interne Aktivitäten geredet haben sollen, war zwar durchaus möglich, aber nicht in dem Maße, wie Shigeki sie ihm beschrieben hatte. Der Einzige aus der Band, der in der Lage wäre, den Mund gegen Shigeki etwas zu voll zu nehmen, wäre Kijo. Kiri hingegen handelte und sprach viel zu überlegt und auch wenn er einer der kreativsten Köpfe von FreaX war, würde er Shigeki nie in seiner Handlungsweise korrigieren. Und Junichi wäre mit Abstand als Letzter in der Lage, gegen Shigeki zu rebellieren.

„Hey Katsu, warte mal." Der lockenmähnige Sänger und Leader von trial'n'error, Joe, folgte dem Neuzugang in den Flur vor dem Proberaum.

Katsu war gerade im Begriff zu gehen, die Bandprobe war für heute beendet. Als er jedoch Joes Stimme hörte, blieb er stehen. Erwartungsvoll sah er ihn an.

Joe war ein ruhiger und zurückhaltender Zeitgenosse und so blieb er gut eineinhalb Meter vor Katsu stehen. „Du, deine Absagen und Verspätungen in letzter Zeit...das kann so nicht weiter gehen."

„Ich weiß, das lief blöd letztens!", gestand Katsu. „Ich krieg's in den Griff, versprochen."

Joe schien davon jedoch noch nicht ganz überzeugt zu sein. Seine Hände schoben sich in die Taschen seiner Jeanshose. „Das will ich hoffen. Wir können nämlich nicht gemeinsam proben, wenn immer jemand fehlt. Und dieser Jemand bist ausnahmslos du. Die anderen kriegen ihren Terminplan nämlich alle geregelt."

Katsu seufzte, kratzte sich am Hinterkopf und wich dem Blick des Anderen kurzzeitig aus. „Ehrlich, ich hatte verschlafen. Und ein Tag davor hatte ein Freund von mir Geburtstag." Diese Erklärung taugte nicht wirklich als Entschuldigung, das merkte er selbst.

„Wenn so etwas mal passiert, ist das kein Ding. Vorletzte Woche bin ich ja auch zu spät gekommen weil mein Auto gestreikt hatte. Aber bei dir kommt es fast jede Woche vor und das ist einfach nicht gut." Obwohl seine Position innerhalb der Band die des Leaders war, erschien er in diesem Gespräch durch seine ruhige Stimme vielmehr wie ein Vermittler. „Wir brauchen zwar einen Bassisten und du spielst ziemlich gut. Aber wenn du nie zuverlässig erscheinst, nützt du uns nichts."

Katsu erlebte gerade ein Déjà vu. Irgendwie hatte er diesen oder einen ähnlichen Satz in der Vergangenheit schon mal zu hören bekommen. Mehrfach. Manchmal hatte er das Gefühl, die Bands, bei denen er spielte, sprachen sich untereinander ab. Wieso bekam er sonst ständig das Gleiche zu hören? „Es tut mir Leid, Joe. Es kommt in Zukunft nicht mehr vor." Er mochte den Sänger, doch er hoffte, ihn mit diesem Versprechen endlich zufrieden stellen zu können. Katsu hatte keine Lust auf Endlosdiskussionen, bei denen er für gewöhnlich stets den Kürzeren zog.

Joe sah den Bassisten an. Auch er hegte Sympathien für ihn, doch konnte er seine Zweifel inzwischen nicht mehr verbergen. „Ich hoffe es", schloss er schließlich ihr kurzes Gespräch ab.

Damit war Katsu für heute befreit. Das spürte er und sogleich platzierte sich wieder sein typisches Grinsen auf den Lippen. „Okay, wir sehen uns dann morgen!" Er wand sich ab, hob noch kurz die Hand zum Abschied und stapfte den Flur entlang Richtung Ausgang.

Joe blieb allein zurück, sah ihm nachdenklich hinterher. Doch er sollte nicht lange alleine bleiben. Denn kaum war Katsu aus seinem Blickfeld verschwunden, betraten zwei lange, dünne Beine die Szene, gekleidet in schwarzem Lack. Es war Mika, der Gitarrist. Sein Blick folgte dem von Joe. „Hast du mit ihm geredet?"

Joe behielt seinen Blick in den inzwischen leeren Flurgang. „Ja."

„Und was hat er gesagt?"

„Dass es ihm Leid tut und es nicht mehr vorkäme." In seiner Stimme klang leichte Resignation mit.

Mika verbarg seine Skepsis nicht. „Und das glaubst du ihm?" Er sah Joe prüfend an. „Ich hab über Katsu inzwischen so einiges gehört. - Willst du wissen, in wie vielen Bands er allein in diesem Jahr schon gespielt hat?"

Joes fragender Blick traf seinen Gitarristen.

Katsu war inzwischen in Hodogaya angekommen und befand sich in der Straße, die hinter dem Haus verlief, welches Shiros Wohnung beherbergte. Er schaute hinab auf den schmalen Seitenfluss, der von hohen Mauern gelenkt wurde, während seine Hände locker auf dem Geländer lagen. Das Wasser floss gemächlich vor sich hin und der laue Sommerwind lies die einzelnen Halme des Ufergrases tanzen. Er war kurz davor in diesem Anblick zu versinken, als er plötzlich seinen Namen rufen hörte. Katsu drehte sich um und sah Shiro auf sich zukommen.

Dieser schwenkte mit einer Hand eine Papiertüte. „Fang!", rief er mit einem Mal und warf sie ihm zu.

Katsu fing die Tüte auf und erkundete sogleich ihren Inhalt. Zum Vorschein kam ein Nougat-Croissant. Er liebte diese Dinger.

„Wollen wir noch in den Park gehen?", fragte Shiro, als er ihn schließlich erreicht hatte. Die Sonne schien noch und es war warm an diesem Junitag und nach umfangreichen Interviews, Proben und Besprechungen bot sich eine Entspannung regelrecht an.

Das fand auch Katsu und so willigte er ein, während er sein Croissant verschlang.

Sie stiegen die Treppe nebst einer alten Brücke hinab, gingen ein Stück an den Bahngleisen entlang und bogen dann in einen kurvigen Seitenweg ein, bis sie schließlich den Park erreicht hatten. Er war nicht besonders groß, bot aber mehrere Wiesenflächen, auf denen man es sich gemütlich machen konnte. Auf einer dieser Flächen ließen sie sich im Gras nieder. Shiro ließ seinen Blick über das friedvolle Grün streifen, während Katsu sich schon mit verschränkten Armen hinter dem Kopf hingelegt und die Augen geschlossen hatte. Eine Weile lang sprach keiner von beiden ein Wort.

„Wie war das Interview?", erklang es irgendwann von Katsu, wenn auch leicht schläfrig. Die entspannende Pose und die Ruhe begannen bereits auf ihn zu wirken.

Shiro warf einen kurzen Blick auf den Jungen neben sich und lächelte. „Ist soweit ganz gut gelaufen. Wird gute Promotion geben. Nur kurz vor den Aufzeichnungen hat Shigeki wieder die Drama-Queen heraushängen lassen..."

Katsu blinzelte mit einem Auge, suchte mit diesem den Älteren. „Wieso, was war passiert?"

Shiro berichtete ihm von dem, wie er glaubte, Missverständnis, der innerhalb der Gruppe aufgekommen war.

Währenddessen hatte Katsu nun beide Augen geöffnet und sah den Schwalben am Himmel zu, wie sie laut kreischend ihr Abendessen jagten. „Shigeki scheint ein ziemlicher Kontrollmensch zu sein", äußerte er seine Schlussfolgerung, nachdem Shiro mit seiner Berichterstattung geendet hatte. „Wieso darfst du dann überhaupt so viel in der Band übernehmen?"

„Wir kennen uns schon ewig und er vertraut mir", erklärte Shiro. „Und er ist kein Kontrollmensch, ihm ist die Band nur einfach sehr wichtig." Kurz zögerte er. „Würde FreaX eines Tages auseinanderbrechen, wäre das eines der schlimmsten Dinge, die in seinem Leben passieren könnten."

Katsu schwieg. Beobachtete weiterhin die Schwalben. Und innerlich spürte er fast ein bisschen Neid aufkommen, dass die Anderen in einer Band involviert waren, die ihnen so wichtig war. Die ein Teil ihres Lebens, ihrer Existenz war. Ein mentaler Ort, an den sie hingehörten.

„Und was haben deine Leute zu deinen letzten paar Verspätungen gesagt?", riss Shiro ihn aus seinen Gedanken heraus.

„Nichts. Die sehen das alles ziemlich locker", spielte er die
Tatsachen runter.

Shiro legte sich dicht neben Katsu seitlich ins Gras und
platzierte seinen Kopf auf dessen Bauch. „Schade, dass wir
nicht zusammen in einer Band spielen", seufzte er mit leichter
Sehnsucht in der Stimme.

Katsu schielte zu ihm hinunter und begann ihm über die
blonden Haare zu streicheln. „Hey, dafür bin ich doch dein
Groupie", meinte er aufmunternd und konnte ein Lächeln auf
den Lippen des Anderen erkennen. Jedes Mal, wenn Shiro sich
ihm körperlich hingab, verspürte er sofort das Bedürfnis, sich
Seiner anzunehmen und ihn zu beschützen. Es war wie eine un-
ausgesprochene, natürliche Ergänzung zwischen ihnen beiden.
Und das obwohl Shiro älter war und ein beständigeres Leben
führte als er selbst. Katsus Hand fuhr ein Stück abwärts, über
die Schulter, bis zum Rücken und führte dort die gleichmäßigen Streicheleinheiten fort. Seine Fingerspitzen konnten durch
den dünnen T-Shirt-Stoff die Rippen spüren. Er mochte ihn
gerne anfassen. Es fühlte sich gut an. Trotz der sommerlichen
Temperaturen genoss er Shiros Körperwärme. Sie war für ihn
wie eine Bestätigung dafür, dass er hier war, dass sie zusammen waren.

Shiro hatte ihn die ganze Zeit aus halb geschlossenen Augen beobachtet und auch die Veränderung in seinem Gesicht
wahrgenommen. „Jetzt siehst du richtig glücklich aus", kommentierte er dies schließlich.

Katsu, der mit solch einer Bemerkung überhaupt nicht gerechnet hatte, wand den Blick ab. Er fühlte sich in seinen Gefühlen ertappt. Was in dieser Situation an und für sich nichts
Schlimmes war. Er war es bloß nicht gewöhnt, sich jemanden
gegenüber so weit zu öffnen, dass dieser ohne Weiteres seine
Empfindungen lesen konnte. Bedingungslosigkeit war dafür
verantwortlich. Bedingungslosigkeit, die er in dieser Form bisher nur Shiro entgegen gebracht hatte.

Es hatte sich im Laufe der Zeit dahingehend entwickelt, dass Katsu immer häufiger bei Shiro übernachtete und so war es auch dieses Mal. Katsus Proben mit trial'n'error fanden heute erst am Nachmittag statt und auch Shiro hatte noch etwas Zeit, bis er mit seiner Band verabredet war. So gingen beide den Vormittag in Shiros Wohnung gemütlich an, auch wenn jeder von ihnen darunter etwas Anderes verstand: Während Katsu ein ausführliches Frühstück nahm und sich damit auch reichlich Zeit ließ, saß Shiro am Schreibtisch und schrieb. Irgendwann wurde Katsu neugierig und er schob seinen Kopf über Shiros Schulter, um einen Blick auf den Bogen Papier zu werfen, welcher mit blauer Tinte beschrieben wurde. Es schien sich um einen Songtext zu handeln, stellte er daraufhin fest. Ein Songtext über Liebeskummer. „Warum schreibst du über so etwas gewöhnliches wie Liebeskummer?", wunderte er sich, als er die Zeilen las. Shiros Gedankenwelt konnte durchaus komplex aussehen, das hatte Katsu inzwischen schon gelernt. Und gerade deswegen überraschte ihn die verhältnismäßig simple Lyrik, die der Ältere niederschrieb.

Shiro drehte seinen Kopf in Katsus Richtung, blickte zu ihm hoch. „Weil sich viele Menschen mit solchen Gefühlen identifizieren können. Sie durchleben diese Gefühle selbst und wenn sie sie auch noch von jemand anderen vorgetragen bekommen, fühlen sie sich für einen Moment mit dieser Person verbunden, weil diese die Gefühle ebenso kennt. Sie fühlen sich weniger allein."

Gegen Mittag, als Katsu, im Gegensatz zu Shiro, immer noch Zeit hatte, fuhr er zurück nach Yokosuka und wollte ursprünglich Aki in ihrer Schneiderwerkstatt aufsuchen. Doch dort fand er sie nicht vor. Also ging er zu ihrem Appartement, welches nur wenige Gehminuten von der Werkstatt entfernt lag. Hier musste er nicht lange vor verschlossener Tür warten; Aki öffnete ihm und ließ ihn hereinkommen. Allerdings widmete sie sich im Anschluss daran sofort wieder dem guten Meter Stoff, den sie auf dem Fußboden ihres Wohnbereiches ausgebreitet hatte, und bearbeitete ihn mit einer großen Schere.

„Warum bist du nicht in der Werkstatt?", lautete Katsus erste Frage, während er sich in der winzigen Küche selbst mit Kaffee versorgte.

„Ich wollte mir auch mal was gönnen und was für mich selbst nähen."

Diese Antwort bot zwar keine wirkliche Erklärung, aber Katsu hakte nicht weiter nach. Statt dessen stapfte er mit seinem frisch befüllten Becher zurück zur Freundin und ging ihr gegenüber in die Hocke. Sein Blick schweifte flüchtig über das noch unförmige Textil mit dem wilden Leomuster. Akis zögerliches Ausführen des Schneidens an der vorgezeichneten Linie verriet ihm, dass sie mit irgendetwas nicht zufrieden war.

Schließlich ließ sie die Schere aus der Hand gleiten und starrte mit großer Skepsis auf die von ihr selbst gemachten Markierungen. „Irgendwas stimmt da nicht...", murmelte sie und wühlte nun in den verschiedenen Teilen des Schnittmusters herum, welche gleich neben ihr lagen.

„Kann dein eigener Kleiderschrank auch noch etwas warten?", fragte Katsu.

Aki warf ihm einen kurzen Blick zu. „Inwiefern?"

Katsu nahm einen Schluck Kaffee, bevor er mit der Sprache herausrückte. „Ich hab 'nen Auftrag für dich."

Sofort hielt Aki in ihrer Bewegung inne und starrte ihn an. Gezielte Aufträge an eine kleine ein-Mann-Schneiderei wie ihrer wurden nicht oft vergeben und sie musste um jeden Kunden kämpfen. „Erzähl!"

Katsu konnte die Gier, diesen Auftrag zu bekommen, in Akis Augen lesen und er grinste. „Im September starten FreaX doch ihre erste nationale Tour. Und das Team, das ursprünglich für die Kostümherstellung engagiert worden war, ist kurzfristig abgesprungen. Da gab's irgendwelche Probleme, was weiß ich." Er machte absichtlich eine Pause.

Akis Augen wurden immer größer.

„Und jetzt sollst du das machen."

Als nächstes drang ein lauter, spitzer Schrei durch die gemütliche Wohnung. Aki krabbelte auf allen Vieren über den Stoff und warf ihre Arme um den Hals Katsus. „Ist das dein Ernst? - Oh man, du hast was gut bei mir!"

Katsu erwiderte die Umarmung und freute sich, dass Aki sich freute. „Wegen den Modellen musst du Shigeki fragen. Er hatte da schon irgendwelche Ideen, die teilweise auch schon umgesetzt wurden. Aber dann sprangen die Leute, wie gesagt, ab."

So schnell wie Aki ihm um den Hals gefallen war, ließ sie nun wieder von ihm ab und griff nach ihrem Handy, um im Adressbuch Shigekis Nummer ausfindig zu machen.

Es war inzwischen später Nachmittag geworden und Katsu kaute energisch auf der Unterlippe herum, während seine Finger die Bass-Saiten zupften. Sein Körper war angespannt, sein Blick verbissen. Er war frustriert. Und das änderte sich auch nicht, als Joe den Song, den sie gerade probten, zum dritten Mal infolge abbrach.

„Stopp stopp stopp, so geht das nicht!" Der Sänger wand sich an Katsu. „Was ist denn heute mit dir los? Du machst bei dem Stück immer den selben Fehler. Du kommst mit dem Rhythmus völlig ins Stolpern."

„Das merk' ich selber!", fauchte der Angesprochene nur giftig zurück. Sein Blick traf dabei kaum den Sänger.

Joe hatte sich ziemlich schnell an die gelegentlichen Stimmungsschwankungen ihres neuen Bassisten gewöhnt, darum nahm er dessen Tonlage nicht persönlich. „Geht's dir nicht gut? Sollen wir 'ne Pause machen?"

„Ich brauch' keine Pause", stöhnte Katsu leicht genervt und setzte seine Finger auf dem Griffbrett wieder auf Anfangsposition. „Also nochmal..."

Mika, der Gitarrist, stand daneben und ahnte, dass auch der nun kommende Durchgang nicht viel anders enden würde als die drei vorherigen. Und er sollte Recht behalten.

„Verdammte Scheiße, das geht einfach nicht!" Katsu hatte abgebrochen, nachdem er abermals den Rhythmus nicht halten konnte. Wütend legte er den Bassgurt ab.

Mikas Augen verengten sich ein Stück. Allmählich gingen ihm Katsus ständige Ausraster auf die Nerven.

Drummer Tomo, der Ruhigste aus der Runde, legte seine Sticks beiseite. So wie Katsu aktuell drauf war, würden sie so schnell eh nicht mehr zum Einsatz kommen.

„Der Part mag nicht einfach sein, aber er ist auch nicht unmöglich", erklang wieder Joes Stimme.

„Nein, wenn man 'nen zweiten Gitarristen hätte, wäre er das bestimmt nicht!", fuhr Katsu ihn an.

„Was soll das denn nun heißen?", mischte sich Mika empört ein, der inzwischen nicht mehr ruhig bleiben konnte.

„Das frag ich mich auch." Joe sah Katsu an. „Wir haben schon die ganze Zeit nur einen Gitarristen."

„Das ist ja das Problem!" Katsu stellte seinen Bass etwas unsanft zur Seite. „Wie soll ich den Rhythmus halten, wenn ich an der Stelle nur 'ne Leadgitarre neben mir fiedeln höre? Außer der Drums hab ich dort null Anhaltspunkte!"

Tomo hielt sich aus den verbalen Auseinandersetzungen grundsätzlich raus.

Joe hingegen war die Verwirrung deutlich anzusehen. „Seit wann ist das ein Problem für dich?"

„Seit dieses verfluchten Songs!" Katsu wurde immer lauter, ohne dass es ihm wirklich bewusst war. „Ich *kann* spielen, aber nicht so 'nen unprofessionellen Scheißdreck!"

„Der einzig Unprofessionelle hier bist du", brummte Mika.

Katsu funkelte ihn an. Dieser Vorwurf verletzte sein Ego. Der bereits hauchdünne Geduldsfaden riss. „Fickt euch doch", fauchte er und stampfte mit großen Schritten aus dem Raum.

10. blind bird in cage

Schon von Weitem sah Shiro eine Person auf dem Geländer der Flussmauer sitzen, doch erst als er näher kam erkannte er, dass es sich um Katsu handelte. Und seine Körperhaltung deutete darauf hin, dass er in keiner besonders guten Verfassung war. Den Kopf hängen lassen sah er ihn nur selten. „Hey, Katsu!", begrüßte er ihn, als er die Flussmauer fast schon erreicht hatte.

Der Angesprochene hob nur langsam den Zottelkopf, sah ihn mit unzufriedenem Blick an.

Da schien etwas passiert zu sein, waren Shiros erste Gedanken. Das hieß, er war entweder hierher gekommen, weil er mit ihm darüber reden wollte, oder weil er Ablenkung suchte.

„Alles okay bei dir?"

Katsu antwortete nicht sofort, wich seinem Blick für einen Moment sogar aus. „Stress in der Band", nuschelte er schließlich, als würde er seine Zähne kaum auseinander bekommen.

So etwas ähnliches hatte Shiro schon vermutet. „Na komm erst mal mit", schlug er vor und schob ihm sachte eine Hand in den Rücken, um ihn zum Aufstehen zu bewegen. „Ich hab vorhin im CD-Laden was entdeckt, das könnte dir gefallen."

Und so ließ Katsu sich langsam vom Geländer runterrutschen und schlenderte neben Shiro her, dessen Wohnung sich gleich um die Ecke befand.

„Kennst du die?" Shiro hielt seinem Gast eine CD-Hülle vor das Gesicht.

Katsu erfuhr dadurch, dass es sich um das 'Crystal Planet'-Album eines gewissen Joe Satriani handelte. Weder der Titel noch der Name kamen ihm jedoch bekannt vor und er verneinte die Frage mit einem Kopfschütteln.

Shiro entnahm der Hülle die Disk und legte sie in den CD-Player ein. „Ich hab von dem vorher auch noch nichts gehört.

Unser Tontechniker hat mich heute auf ihn aufmerksam gemacht."

Schon im nächsten Augenblick preschte eine vor Energie überladene Akkordreihenfolge mit dominantem Gitarrensound aus den Boxen. Es war dieser typische Mitreiß-Charakter, der einen in den Bann zog, noch bevor man wusste, worum es eigentlich ging.

Shiro schaltete seinen PC ein und wartete, bis dieser hochgefahren war. Dann ging er seine E-Mails durch.

Katsu hatte sich derweil mit ausgestreckten Gliedern auf das Bett gelegt – eine für ihn typische Pose, wenn er gestresst oder erschöpft war - und ließ die Klänge dieser neuen Musik auf sich einwirken. Schon nach kurzer Zeit stellte er fest, dass ihm gefiel was er da hörte. Es war reine Instrumentalmusik, aber diese war so umfang- und facettenreich, dass sie gar keinen Gesang benötigte. Während er zu dieser Feststellung kam, wanderten seine Blicke zu Shiro. Er beobachtete, wie Dieser seine neu eingetroffenen E-Mails aufrief und manche von ihnen beantwortete. Er konnte aus diesem Blickwinkel zwar nur einen Teil des Monitors sehen, doch er glaubte zu erkennen, dass es sich unter anderem auch um geschäftliche E-Mails handelte. Ein seltsames Gefühl keimte in ihm auf. Shiro wirkte oftmals so professionell. Er schien sein Leben voll im Griff zu haben und jederzeit zu wissen, wo es für ihn lang ging. Er wirkte niemals verloren oder orientierungslos. Das bewunderte Katsu heimlich an ihm. Für ihn selbst, der das Leben oftmals als einzige, große Hürde empfand, schien dieser Status fast unerreichbar zu sein. Er fühlte sich oft genug unverstanden und allein gegen alle anderen kämpfend. Und selten gewinnen.

„Können wir spazieren gehen?", erklang es plötzlich vom Bett her.

Shiro wand sich kurz zu ihm um. „Gleich. Muss nur noch eine Mail beantworten. Geht schnell", versprach er und lächelte aufmunternd.

Eine halbe Stunde später schlenderten die beiden Jungs durch die umliegende Gegend. Katsu blieb immer noch recht wortkarg. Seine Blicke waren ruhelos.

Diese Anspannung blieb Shiro natürlich nicht verborgen. Er konnte sich ausmalen, was den Jüngeren beschäftigte. Irgendwann stupste er ihn sachte mit dem Ellenbogen an. „Hey...ich dachte, die Leute aus deiner Band sind ganz in Ordnung." Seine Augen beobachteten Katsu.

Dieser erwiderte den Blick jedoch nicht, ließ ihn statt dessen über den Gehweg oder die naheliegenden Gebäude gleiten. Auch mit der Antwort ließ er sich Zeit. „Die Jungs sind okay...", murmelte er schließlich irgendwann, „nur scheine ich wieder mal das schwarze Schaf zu sein."

Ein typischer Fall von Minderwertigkeitskomplexen. Auf dem ersten und auch dem zweiten Blick würde man nicht auf die Idee kommen, Katsu mit jeglicher Art von Minderwertigkeitsgefühlen in Verbindung zu bringen. Doch der freche, wilde, haltlose Charakter, der einen manchmal regelrecht zu überrollen drohte, verbarg in Wirklichkeit jede Menge Unsicherheiten und Ängste. Für Shiro schon lange kein Geheimnis mehr. Auch wenn er darüber schwieg.

„Du bist kein schwarzes Schaf, du bist einfach nur ungeduldig", antwortete er und legte ihm locker einen Arm auf die Schultern. „Du willst heute schon Dinge erreicht haben, die einfach ihre Zeit benötigen."

„Woher soll ich diese Zeit nehmen, wenn ich sie nicht habe? Ich gehöre doch nie lange irgendwo zu", entgegnete Katsu und starrte verzweifelt auf die Spitzen seiner Schuhe, während sie weiter gingen.

„Liegt ja wohl zum Teil auch an dir selbst", meinte Shiro. „Du musst für deine Wünsche und Ziele auch mal etwas tun. Du kannst nicht immer erwarten, dass alles von alleine kommt."

Katsu wollte abermals etwas darauf erwidern, holte sogar schon Luft. Doch fiel ihm kein handfestes Gegenargument ein und so ließ er es.

Die Abendsonne war bereits dabei, alles in ein goldenes Rotorange zu tauchen und dem sanft sterbenden Tag einen harmonischen Ausklang zu gewähren. Katsu mochte solche Abende. Er mochte das Licht zu dieser Tages- und Jahreszeit. Im Laufe ihres Spaziergangs verließen seine Blicke den Boden und drangen endlich in die fantastische Farbwelt ein, die die Natur ihnen zeitweilig bot. In den Nebenstraßen, durch welche sie schlenderten, waren nicht viele Fußgänger unterwegs und so blieben sie überwiegend ungestört. Es waren Momente der Ruhe, Momente des sich fallen lassens, wenn sie solche Spaziergänge machten. Plötzlich spürte er, wie sich Shiros Arm von seinen Schultern löste und sich im nächsten Moment eine Hand in seine Gesäßtasche schob. Es war eine stumme Geste, der Andere kommentierte sie nicht, aber Katsu musste innerlich schmunzeln. Es waren oftmals solche stummen Gesten, mit denen Shiro ihm seine Zuneigung und sein Vertrauen demonstrierte. Der Blonde war kein Freund davon, seine Gefühle verbal zu äußern und im Grunde ging es Katsu damit nicht viel anders. Die einzige Person, der er seine Gefühlswelt gelegentlich offenbarte, war Aki. Und so erwiderte er diese nonverbale Sprache und schob seine Hand in die Gesäßtasche des Anderen. Spürte die sich bewegenden Muskeln Shiros bei jedem Schritt, den er tat.

Gepresstes Stöhnen drang durch die Dunkelheit des Raumes. Gelegentlich mischte sich ein verzweifelter Seufzer hinzu. Finger krallten haltsuchend in zerwühlte Laken. Und verweilten doch nie lange an einer Stelle. Shiros Gesichtszüge waren verzerrt, wirkten mitunter gar panisch. Seine Atmung ging unregelmäßig. „Wenn du Scheißkerl mich nicht endlich durchfickst, verschwinde ich und hol mir im Bad Einen runter", brachte er mühevoll gepresst über die Lippen.

Katsus Finger schoben sich derweil immer wieder sachte und bewusst nur bis zur Hälfte in Shiros Hintern, wanden sich und schienen es mit ihrer Tätigkeit in keinster Weise eilig zu haben. Die Finger der anderen Hand tänzelten verspielt über die Kuppe des Leidenden, berührten die empfindliche Haut nur minimal. Zufrieden grinsend beobachtete er seine eigene Tat. Er liebte es, ihn auf diese Weise zu triezen. „Dafür musst du erst ins Bad?", fragte er neckisch.

Shiro blinzelte aus schmalen Augenschlitzen, fixierte ihn verbissen. „Ja, damit du nichts davon hast!" Er lag seit einer gefühlten Ewigkeit unter ihm auf dem Bett und ließ diese grauenhafte Tortur über sich ergehen, ohne Aussicht auf Befriedigung. Und für einen kurzen Moment überlegte Shiro, ob er seine Drohung wahr machen sollte. Doch da spürte er plötzlich, wie sich die Finger aus ihm entfernten und er hoffte innigst, dass sie durch etwas Dickeres ersetzt werden würden. Darum betteln würde er jedoch auf keinen Fall! Lieber biss er sich die Zunge ab.

Katsu hatte sich inzwischen erbarmt – oder er hielt es selbst nicht mehr länger aus. Er rieb die Kuppe seines eigenen, bereits harten Schwanzes ein paar Mal am gereizten Eingang des Anderen und entlockte ihm somit noch einige weitere klägliche, ungeduldige Laute, bevor er sich endlich in ihn versenkte. Beinahe erschrocken keuchte er auf, als er die enge Hitze zu spüren bekam. Shiros Körper schien innerlich zu brennen! Das hatte er so intensiv mit den Fingerspitzen zuvor kaum wahrgenommen, doch die Tiefe, in die sein Schwanz vordrang, lehrte ihn eines Besseren.

Eine Kombination aus Quieken und Stöhnen entglitt Shiros Mund, als er endlich das ersehnte Fleisch in sich spürte, und seine Hände klammerten sich sogleich an Katsus Hüften fest. Katsu beherrschte beim Sex eine Art der Dominanz und gleichzeitigen Sanftheit, die Shiro so zuvor noch nie kennen gelernt hatte. Es fühlte sich gut an. Er konnte sich fallen und sich von ihm durchvögeln lassen ohne befürchten zu müssen, vor ihm als Schwächling dazustehen. Shiro spürte, wie sich ein Lippenpaar um einen seiner Nippel legte und zu saugen begann. Willig streckte er ihm daraufhin die Brust entgegen. Er hätte ihm am liebsten seinen ganzen Körper geschenkt, so gut fühlte sich jede einzelne Berührung Katsus an.

Der verzweifelte Versuch zweier Menschen, sich physisch so nahe zu kommen, wie es nur irgend möglich war.

Katsu liebte diesen Körper unter sich und er liebte Shiros Reaktionen auf sein Handeln. Sein Mund suckelte noch etwas an der harten Brustspitze, dann ließ er sie wieder frei und genoss den sich ihm bietenden Anblick. Das wasserstoffblonde, lange Haar floss ungeordnet über das Kissen. Veränderte alle paar Momente seine Lage, da Shiro seinen Kopf vor Erregung stetig wand. Er ließ sich vollkommen gehen, hatte die Kontrolle über sich verloren. - Für Katsu der schönste Anblick, den er sich vorstellen konnte. Davon angespornt steigerte er nochmals seinen Rhythmus, mit welchem er in den Körper des Anderen stieß, griff zwischen ihnen beiden, erhaschte den harten Schwanz Shiros und massierte ihn zusätzlich.

Shiro selbst wusste inzwischen gar nicht mehr wohin mit sich. Die Bewegungen seines Körpers glichen denen eines Fisches auf dem Trockenen. Seine Hände, eben noch an Katsu klammernd, wühlten bereits schon wieder in den Laken. Dieser Rausch, der auf ihn zustürmte, war so enorm. Wohin nur, wenn der eigene Körper zu bersten drohte? Es war doch so schön, so schrecklich schön! Und schließlich brach sie über ihm zusammen, die gnadenlose Welle der Lust. Shiro schrie, hatte über seine eigene Lautstärke keine Macht mehr. Warf den Kopf immer wieder hin und her, während der Schwanz des Jüngeren weiterhin ohne Unterlass in ihn gerammt wurde.

Katsu, selbst im Rausch der Geilheit gefangen, vernahm die Laute des Anderen mit Genugtuung, ebenso wie die heiße Flüssigkeit, die seine Hand benetzte. Er ließ das Stück Fleisch los und blickte auf seine besudelte Handfläche. Dieser Anblick gab ihm den Rest. Ein benommenes Grinsen. Dann entlud er sich im bebenden Körper seines Partners. Auch Katsu schrie. Schrie und stöhnte und sank letzten Endes auf Shiro zusammen. Verharrte dort für einige Momente keuchend. Sein gereizter Körper fühlte sich an wie Wackelpudding. Nach der ersten kurzen Verschnaufpause hob er wieder den Kopf und sah Shiro ins Gesicht.

Dieser hatte die Augen geschlossen und seine vollkommen entspannten Züge spiegelten dessen akute Schutzlosigkeit unverblümt wieder.

Katsu strich ihm mit den Fingerspitzen seiner sauberen Hand liebevoll über das Gesicht. Diese Geste führte jedoch zum Augenaufschlag des Blonden und zwei rehbraune Tiefen blickten durch halb geöffnete Lider. In Momenten wie diesen brach Shiros Verschlossenheit auf und zum Vorschein kam eine ungewohnte Verletzlichkeit, verursacht durch bedingungslose Hingabe. Hingabe, die er, außer der Musik, sonst fast keinem entgegenbrachte.

In dieser Nacht übernahm Katsu bis zum Schluss die führende Rolle: Er legte sich mit Shiro auf die Seite und schlang seine Arme um den Körper des Anderen, hielt ihn geborgen an sich und reckte sich ein Stück, sodass Shiro mit dem Kopf auf der Höhe von Katsus Brust lag. In dieser Schutz gebenden und Schutz nehmenden Haltung drifteten beide in den Schlaf hinüber.

„Das war bisher deine hartnäckigste Markierung letzte Nacht", schmunzelte Shiro, als er am nächsten Morgen, mit einem Handtuch um die Hüften, aus dem Bad zurückkam.

Katsu, der gerade dabei war in den Taschen seiner am Boden liegenden Hose zu wühlen, verstand nicht, worauf Shiro hinauswollte.

Dieser hatte sich inzwischen direkt vor ihn gestellt und deutete mit dem Zeigefinger demonstrativ auf den purpurfarbenen Bluterguss seines rechten Nippels.

Katsus Augen folgten dem Finger und als er endlich begriff was gemeint war, legte sich ein deutlich verlegenes Lächeln auf seine Lippen. Er mochte gerne seine Partner – und waren es auch nur welche für eine Nacht – mit Knutschflecken versehen, doch dieser, der an Shiros Nippel prangte, war selbst für Katsus Verhältnisse rekordverdächtig. „Selbst Schuld, was bist du auch so lecker", nuschelte er und flüchtete nackt an ihm vorbei ins Bad.

Dennoch gelang es Shiro, ihm dabei einen Klaps auf den Hintern zu verpassen.

Während Katsu im Bad duschte, zog Shiro sich an und suchte anschließend noch einige Unterlagen zusammen, als er plötzlich Katsus Handy klingeln hörte. Er hielt inne, wand seinen Kopf in die Richtung, aus der das Geräusch kam, und sah das kleine Mobiltelefon lieblos auf dem Boden neben Katsus Hose liegen. Für einen Moment zögerte er, dann griff er danach und warf einen Blick auf das Display.

Der Name 'Joe' wurde angezeigt.

Shiro wusste, dass das der Name von einem der Jungs aus Katsus aktueller Band war. Wieder zögerte er. Normalerweise war er kein Freund davon, ungefragt Anrufe oder Kurzmitteilungen auf den Handys anderer Leute in Empfang zu nehmen. Er empfand so etwas als gewaltsames Eindringen in fremde Privatsphären. Doch Katsu stand in diesen Momenten unter der Dusche und wenn einer von der Band sich bei ihm meldete, ging es vielleicht um etwas Wichtiges. Shiro drückte auf die Abnehm-Taste und hielt sich das Handy ans Ohr. „Ja?"

Eine hörbar verwirrte Stimme erklang am anderen Ende der Leitung. „Katsu?", fragte sie ungläubig.

„Äh, nein, hier ist Shiro. Katsu ist im Augenblick verhindert", gab er als Erklärung an.

„Das merke ich, dass er verhindert ist...", murmelte die Stimme, deren Verwirrung nun wieder verflogen war. „Er hätte vor fast einer Stunde bei den Proben erscheinen sollen. Was ist denn bei ihm schon wieder los?"

Shiro stutzte. Von Proben hatte Katsu ihm gar nichts gesagt. Hatte er die etwa wieder vergessen...? „Es tut mir Leid, davon wusste ich nichts." Die Verwirrung, die anfänglich von Joes Stimme ausgegangen war, nistete sich nun bei Shiro ein.

Joe seufzte. „Bist du ein Freund von Katsu?"

„Ja."

„Dann richte ihm bitte aus, dass er sich bald einen neuen Job suchen kann. Ich bin es langsam Leid, ihm ständig hinterher zu laufen." Damit war das Gespräch beendet.

Shiro stand da und blickte nachdenklich auf das Handy in seiner Hand, nachdem die Verbindung getrennt wurde. So wie dieser Joe geredet hatte, schien da so Einiges im Argen zu liegen. Dabei hatte er in den letzten Wochen zunehmend das Gefühl gehabt, Katsu hätte endlich in einer Band Fuß gefasst und würde sich dort wohl fühlen. Aber scheinbar war dem nicht so.

Als Katsu nur wenige Minuten später mit feuchten Haaren, die er sich gerade mit einem Handtuch trocken rubbelte, zurück ins Zimmer kam, saß Shiro auf dem Bett und blickte ihn stumm an. Die ernste Miene des Anderen fiel Katsu sofort auf. „Hey, was ist los?", wollte er wissen.

„Das sollte ich dich fragen." Shiros Stimme war das akustische Spiegelbild seines derzeitigen Gesichtsausdrucks. „Es hat jemand für dich angerufen."

„Ja, und?" Katsu sah ihn fragend an. Er spürte zwar anhand Shiros Verhalten, dass irgendetwas nicht in Ordnung zu sein schien, doch den Grund dafür ahnte er nicht.

„Es war Joe." Shiro behielt den direkten Blick in Katsus Augen bei. Wollte jede einzelne Reaktion von ihm erfassen.

Als er den Namen hörte, hielt Katsu darin inne, seine langen Haare mit dem Handtuch zu bearbeiten. In seiner Magengegend bildete sich ein mulmiges Gefühl. „Was wollte er denn?" Doch die bemühte Scheinheiligkeit misslang ihm gänzlich.

Shiros Blick wurde schärfer. „Dich feuern, so wie es klang." Er erhob sich, um mit Katsu auf gleicher Augenhöhe zu sein. „Du willst mir doch nicht ernsthaft sagen, dass du die heutigen Proben schon wieder vergessen hast...?" Seine Stimme wurde leiser, dafür aber auch schneidender.

Katsu blickte stumm zurück, bis er den Blick schließlich abwendete und wieder seine Haare zu rubbeln begann. „Nach dem, was gestern passiert ist, wollte ich heute nicht dahin..." Innerlich ahnte er, dass Shiro diese Erklärung nicht gelten lassen würde.

„Was ist denn gestern passiert?" Katsu hatte ihm bis jetzt immer noch nicht den Grund für seine gestrige schlechte Laune genannt und Shiro hatte ihn auch nicht dazu drängen wollen. Er wusste, dass sich Katsus Stimmungstiefs oftmals schnell wieder von alleine auflösten, doch in diesem Fall schien es um etwas anderes zu gehen.

Katsu fühlte sich derweil immer weiter in die Enge getrieben. Er wickelte sich aus dem großen Handtuch, dass er sich um die Hüften geschlungen hatte, und griff nach seinen Klamotten, die auf dem Boden verteilt lagen. „Das was immer passiert", nuschelte er ausweichend. „Irgendwas an mir passt denen nicht und schon haben sie's auf mich abgesehen." Das war zumindest seine Sicht der Dinge.

„Hör endlich auf, dich ständig als Opfer darzustellen!" Shiro war mit einem Mal lauter geworden.

Katsu sah ihn erschrocken an. Mit solch einem Ausbruch des Anderen hatte er nicht gerechnet.

„Du jammerst immer rum, wie schlecht dich andere behandeln, aber ob du am Verhalten Anderer dir gegenüber auch etwas zu beiträgst, darüber denkst du nicht nach!" Shiro konnte und wollte sich nicht länger zurück halten. Zu sehen, wie Katsu sich selbst immer weiter ins Verderben riss, machte ihn wütend.

In Katsu wurde wieder der Trotz aktiviert. Er griff nach seinem T-Shirt und streifte es sich, als letztes Kleidungsstück, rasch über. „Schön zu wissen, auf wessen Seite du stehst! Aber ich lass mich nicht von jedem wie einen Hund behandeln!"

„Dein Problem sind nicht die Anderen, dein Problem bist du selbst!" Shiro stand inzwischen ganz dicht vor Katsu und es wäre somit gar nicht nötig gewesen, seine Stimme so laut erklingen zu lassen. Doch in ihm brodelte es und diese Energie musste raus. „Jedes Mal, wenn du dir selbst wieder in die Quere kommst, läufst du weg! Wie lange, glaubst du, kannst du das noch durchziehen? Wie lange willst du noch vor dir selbst auf der Flucht sein?"

Katsus Körper hatte sich angespannt, er ballte die Fäuste, aber dem Blick seines Gegenübers hielt er diesmal stand. „Ich bin nicht so schwach wie du denkst", zischte er.

Shiro reagierte schnell. „Dann beweise es mir."

Damit war Katsu überfordert. Er wollte etwas erwidern, er wollte nicht als Verlierer aus dieser Diskussion herausgehen! Panisch durchwühlte er seinen Kopf nach den passenden Worten, doch er fand keine. Seine Fäuste begannen zu zittern. „Ich tanz' nicht nach eurer Pfeife!" Sein Zischen war heiser geworden. Die Wut und Verzweiflung hinunterzuschlucken tat ihm im Hals weh. Er wendete sich von Shiro ab und verließ den Raum.

Shiro beobachtete ihn dabei. „Feigling."

„Leck mich", erwiderte Katsu und unterstrich diese Bemerkung mit einem gestreckten Mittelfinger, bevor er die Wohnungstür erreicht hatte und durch selbige verschwand.

Wenig später stand Shiro am Fenster und sah durch dieses, wie Katsu den Weg vor dem Haus entlangging. Er hatte einen aggressiven Gang drauf und blickte kein einziges Mal zu ihm hoch. Dem Blonden stiegen Tränen in die Augen. Er hatte es kommen sehen. Er hatte geahnt, dass sie bei diesem Thema irgendwann einmal aneinandergeraten würden. Schon zu Anfang ihrer Bekanntschaft war ihm aufgefallen, dass Katsu mit seiner eigenen Situation im Leben nicht wirklich glücklich zu sein schien und er hatte gehofft, er würde sich eines Tages dazu aufraffen können, diese Situation zu ändern. Doch statt dessen schaltete Katsu stets auf stur und verharrte in seiner Unzufriedenheit. Er trieb sich mit diesem Verhalten immer weiter ins eigene Unglück und merkte es nicht einmal. Es tat weh mit anzusehen, wie sich jemand selbst zerstörte, den man liebte.

11. Rainbow-Tree

Seine Füße waren permanent in Bewegung, stoppten allerhöchstens wenn es galt, eine befahrene Straße zu überqueren. Und selbst dann nahm er es mit der Vorsicht nicht allzu genau. Er musste sich einfach bewegen. Er verspürte den unbändigen Drang sich zu bewegen, um seiner Wut und seinem Frust irgendwie Ausdruck zu verleihen. Daran konnte auch der einsetzende leichte Regen nichts ändern.

Katsus Gedanken kreisten immer wieder um Shiros Worte, seit er dessen Wohnung verlassen hatte. Sie hatten sich in seinem Kopf festgesetzt und wollten von dort auch gar nicht mehr weg. Sie regten ihn auf, sie trieben ihn zur Weißglut – aber das Schlimmste war: Sie kamen ihm vertraut vor. Es war nicht das erste Mal, dass man ihm solche Dinge an den Kopf geworfen hatte. Wenn er an Aki dachte, so hatte sie auch schon des öfteren genau die gleichen Dinge an ihm kritisiert wie Shiro es heute getan hatte. Nur dass Shiro andere Worte verwendet hatte und direkter war. Aus seinem Mund klang es so viel roher und ungeschminkter. Und exakt das war es, was Katsu beeindruckte. Ja, er musste sich eingestehen, er war von Shiros Ausbruch beeindruckt gewesen. Von dem urplötzlichen, explosionsartigen Wandel seines Gemüts. Von der Energie, mit der er ihn angefahren hatte. Und von der nackten Ehrlichkeit, die in dem Moment in seinen Augen und auf seinen Lippen lag.

Katsu hob den Kopf, sah sich um um zu lokalisieren, wo er sich eigentlich gerade befand. Das erste Mal, seit er vor Shiro geflüchtet war. Wohnhäuser und Bäume säumten seinen Blick. Nur wenige Autos, die vorbei fuhren. Eine ruhige Wohngegend. Katsu kannte sich in Yokohama noch nicht gut genug aus um einordnen zu können, in welchen Teil der Stadt er sich inzwischen verirrt hatte, aber das war ihm im Moment eigentlich auch ziemlich egal. Hauptsache er blieb in Bewegung.

Seine Gedanken kehrten zurück zu Shiro. Zu der letzten Szene, zum letzten Bild. Zum letzten Blick, den er ihm geschenkt hatte, bevor er aus der Wohnung gerauscht war. Innerlich musste er gebrodelt haben, so wie der Blonde dagestanden, so wie er ihn angesehen hatte. Einen '*Feigling*' hatte er ihn genannt. Das hatte er zuvor noch nie getan. Er war in Shiros Augen also feige. Schon alleine diese Tatsache machte Katsu wütend. Als feige zu gelten bedeutete, auf der Werteskala abzusteigen. Es bedeutete, man stand unter denjenigen, die nicht als feige galten. Man war somit ein Verlierer, ein armer, bedauernswerter und nicht mehr ernstzunehmender Trottel. Das sah Shiro vermutlich in ihm. Einen Trottel, der nichts in seinem Leben geregelt bekam, der kaum zu Eigenständigkeit fähig war. Warum gab er sich dann noch mit solch einem Loser wie ihm ab? - Ja, warum eigentlich?

Katsus Wut kam ins Stolpern. Seine Schritte wurden unwillkürlich langsamer und verloren an Dynamik.

Der Sex alleine konnte es nicht sein. Shiro hatte ein anziehendes Äußeres und sowohl seine Art zu küssen als auch zu ficken waren einmalig. Wenn er nur wollte, könnte er damit diverse Typen und Mädchen in die Kiste kriegen.

Zusammen in einer Band spielten sie auch nicht, obwohl Shiro diesen Wunsch einmal geäußert hatte. Beruflich waren sie also auch nicht voneinander abhängig. Was konnte es dann für Gründe geben, weshalb der Blonde noch an ihm festhielt?

Wollte er ihn vielleicht einfach nur fertig machen? Mitansehen, wie sehr er litt, wenn er ihm nur oft genug vor Augen hielt, was für ein jämmerlicher Versager er im Vergleich zu ihm war?

Katsu schüttelte den Kopf.

Der letzte Gedanke war wirklich zu abwegig gewesen. Shiro war viel zu ehrlich, um solch eine Nummer mit ihm durchzuziehen. Also musste es einen anderen Grund geben. Aber welcher blieb noch übrig? In der hintersten Ecke seines Kopfes meldete sich leise ein Verdacht, den er im ersten Augenblick kaum wahrnehmen wollte. Doch er schlich sich zunehmend immer weiter in den Vordergrund und ließ sich irgendwann nicht mehr abschütteln: Hatte Shiro ihm all das gesagt, weil er ihn liebte...? Weil er ihm etwas bedeutete?

Katsus Augen fixierten hochkonzentriert den Gehweg zu seinen Füßen.

Aki hatte ihm einmal gesagt, dadurch, dass er sich seinen Problemen nie stellen wolle, würde er es sich nicht einfacher machen. Und Shiro hatte ihm vorgeworfen, er würde vor sich selbst weglaufen. - War beides nicht eigentlich das Gleiche?

Katsus Tempo verlangsamte sich nochmals.

Seine einstige Wut und sein Frust wichen mit einem Mal ganz anderen Gefühlen: Trauer und Reue. Plötzlich war er sich gar nicht mehr so sicher, ob sein Verhalten vorhin eigentlich gerechtfertigt gewesen war. Er hatte wieder aus einem Impuls heraus gehandelt, wie er es in solchen Situationen immer tat. Dieses Verhalten hatte sich schon so eingefahren, dass es von ganz alleine einsetzte, ohne dass er darüber nachdachte. Es war eine Schutzreaktion. Er musste sich vor Angriffen doch schützen, war sein Gedanke. Aber allmählich verließ ihn der Glaube, dass Shiros Worte als Angriff gemeint gewesen waren. Bilder der letzten Nacht tauchten vor seinem inneren Auge auf und er sah wieder die Hilflosigkeit in Shiros Gesicht. Er hatte sich ihm schutzlos hingegeben – weil er ihm vertraute.

Katsu blieb stehen. Strich sich ein paar regennasse Haarsträhnen aus dem Gesicht.

Shiro vertraute ihm. Es war so offensichtlich, dass er ihm vertraute. Und dass er ihn mit seinen Worten gar nicht beleidigen, sondern helfen wollte.

Der Junge verspürte einen Kloß im Hals.

Helfen... Wer tat sich schon freiwillig die Aufgabe an, ihm helfen zu wollen? Shiro tat es – und hatte damit bereits die erste Abfuhr kassiert. Vollkommen unbegründet, wie Katsu nun einsehen musste. Er hatte sich mit Argumenten zu wehren versucht, die mittlerweile selbst für ihn weder Hand noch Fuß hatten. Und glaubte er anfänglich noch, Shiro hätte ihn mit seinen Worten verletzt, wurde ihm plötzlich klar, dass er ihn mit *seinem* Verhalten noch viel mehr verletzt haben musste.

Der Regen hatte aufgehört. Und noch während Katsu seine Blicke ziellos in der Gegend umher schweifen ließ, trat plötzlich ein großer, mächtiger Baum in sein Sichtfeld. Er stand auf einer kleinen Straßeninsel und seine grünen Blätter glänzten frisch vom Regen. Über der ausladenden Baumkrone hinweg erstreckte sich ein blasser, aber erkennbarer Regenbogen.

Kiris Augen verfolgten die eigene Fingerspitze, wie sie gedankenverloren die schmalen Kanten einzelner Blütenblätter nachfuhr. Diese wiederum bildeten in ihrer gesammelten Vielzahl die sich satt entfaltende Blüte eines Lotus, welcher, aus silbernem Metall bestehend, als Kerzenhalter diente. Das gute Stück, ein früheres Geschenk seiner Tante, hatte auch schon mal bessere Zeiten gesehen. Das Metall war dumpf und stellenweise rußbefleckt, während auf einzelnen Blütenblättern erhärtetes Wachs aus vergangenen Tagen ruhte. Dieses Gebilde studierend, saß Kiri schon eine ganze Weile am Küchentisch und wurde erst darin unterbrochen, als es an der Tür klingelte. Es dauerte einen Moment, bis sein Geist zurück im Hier und Jetzt war, dann erhob er sich von seinem Stuhl und steuerte die Wohnungstür an. Und kaum hatte er Diese erreicht und geöffnet, drängte sich auch schon eine schlanke Gestalt mit lilarosanen Haarzotteln an ihm vorbei und in das Innere seiner Behausung.

„Ich hab höllischen Durst – hast du was da?", lautete Kijos Begrüßung, und ohne auf eine Antwort zu warten oder dem Gastgeber auch nur ins Gesicht zu blicken, ging er ungebremst gleich weiter durch zur Küche.

„Kühlschrank", erwiderte Kiri nur knapp und schloss hinter ihm die Tür, bevor er ihm folgte. Er kannte Kijos Eigenarten und wusste, dass er dies nicht aus Respektlosigkeit tat. Der wahre Grund für sein oftmals sehr extrovertiertes Verhalten war überschwängliche Energie und eine ganz eigene Lebensphilosophie, daher wunderte es Kiri auch nicht, dass er den Kopf des Anderen auch schon im weit aufgerissenen Kühlschrank steckend vorfand, kaum dass er die Küche betreten hatte. „Und? Hast du ihn erreicht?", wollte Kiri wissen, während er sich wieder auf einem der Stühle am Küchentisch niederließ. Die Rede war von Shigeki.

„Nee...", kam es aus dem Kühlschrank, bevor Kijo sich endlich für den Litschisaft entschied. „Im Proberaum war er nicht und ans Handy ist er auch nicht gegangen", berichtete er, während er die Kühlschranktür schwungvoll wieder zuschlug, sich Kiri gegenüber setzte und die Dose Saft öffnete, um den süßen Inhalt mit großen Schlucken seine Kehle hinunterrinnen zu lassen.

„Verdammt...", murmelte Kiri und leichte Frustration schwang in seiner Stimme mit.

Kijo stellte die Dose ab. „Aber Shiro hat mir gestern verklickert, dass er und Shigeki sich heute noch treffen wollten...irgendwas Organisatorisches."

Doch diese Information trug auch nicht zur Erheiterung Kiris bei. „Vielleicht hätten wir ihm das doch nicht sagen sollen. Zumindest nicht so..." Das schlechte Gewissen machte sich beim Bandjüngsten bemerkbar.

„Willst du was erreichen?", fragte Kijo und sah sein Gegenüber an.

„Natürlich will ich das", lautete die Antwort, während Kiri den Blick erwiderte.

„Na also! Und dafür muss man manchmal auch etwas riskieren." Kijo setzte die Öffnung der Dose wieder an seine Lippen und nahm ein paar weitere Schlucke, bevor er das Gespräch fortsetzte. „Außerdem kennst du Shigeki: Er ist nun einmal die unschlagbare Drama-Queen. Und wenn es um die Band geht, reagiert er einfach hochsensibel. Aber das legt sich auch wieder." Kijos Zuversicht war offensichtlich.

Kiri stützte die Ellenbogen auf den Tisch und hielt sich mit beiden Händen den Kopf. „Wir haben ihn seit zwei Tagen weder gesehen noch etwas von ihm gehört", stöhnte er, „und das alles nur, weil wir für mehr Mitspracherecht in der Band plädiert haben. Das ist doch nicht normal!" Die Zuversicht des Gitarristen wollte irgendwie nicht auf ihn überspringen. Innerlich begann er sogar schon, sich Vorwürfe für ihr Verhalten zu machen.

„Hey, Kleiner..." Kijo langte mit einem Arm über den Tisch und fasste Kiri ermutigend an die Schulter. „Jetzt dreh du nicht auch noch durch", bat er und schenkte ihm ein aufmunterndes Lächeln.

Kiri sah ihn an, doch schon bald wanderte sein Blick vom Gesicht des Anderen hinab zur rechten Schulter, dessen Arm

Kijo ausgestreckt hatte. Dort prangte das erst wenige Monate alte Tattoo, welches er sich spontan hatte stechen lassen, als er mit Junichi im Tattoo-Studio war: eine blaue Rose. „Was ist eigentlich mit Jun?", lenkte Kiri von sich ab. „Ich hab ihn seit dem Interview Vorgestern gar nicht mehr gesehen."

Kijo zog seinen Arm wieder zurück und zuckte mit den Schultern, griff nach der Dose. „Keine Ahnung, der verkriecht sich seit einiger Zeit ständig. Null Peilung, was bei dem los ist." Und es war nicht einmal gelogen. Dass sich sein Kollege seit der Tattoo-Geschichte spürbar zurück gezogen hatte und launischer schien als sonst, war Kijo zwar durchaus aufgefallen, nur den Grund für dieses veränderte Verhalten konnte er sich nicht erklären.

Aki zupfte an dem mantelähnlichen Gebilde herum, steckte etwas ab, zupfte weiter, bevor sie schließlich einen Schritt zurück ging und ihren Blick prüfend über das Ergebnis gleiten ließ. „Ich kann dir das natürlich auch noch etwas mehr kürzen, wenn du möchtest..."

Shigeki, an dessen Körper eben dieses Gebilde aus schwarzem und magentafarbenem Stoff prangte, sah an sich herab, drehte sich und zog den Spiegel zur Hilfe. „Das ist ideal, so wie es ist", erwiderte er begeistert und konnte sich kaum satt sehen, obwohl das Kostüm noch lange nicht fertig war. „Oder findest du, es sollte noch kürzer, Shiro?"

Der angesprochene Bassist saß auf einem der Klappstühle und hatte seine ganze Aufmerksamkeit bis eben noch der stabilen Tischplatte vor sich gewidmet, deren Holzmaserung er mit abwesendem Blick eingängig zu studieren schien. Als er nun aber irgendwo seinen Namen sagen hörte, taumelte sein Geist stückchenweise zurück ins Hier und Jetzt. Er hob den Kopf und blickte in Shigekis Richtung. „Hm...? Was ist?"

„Ob sie das Kostüm noch kürzen soll", wiederholte Shigeki, bemerkte allerdings, dass sein bester Freund heute irgendwie nicht bei der Sache war. „Sag mal, ist alles okay bei dir?", wollte er nun doch wissen.

Auch Aki richtete ihren Blick inzwischen auf den Gefragten.

Dieser wendete seinen Eigenen daraufhin wieder ab. Eine Antwort blieb er den beiden schuldig.

Als Shiro diese schweigende Position beibehielt und es nicht danach aussah, als würde er sich unaufgefordert nochmal zu Wort melden wollen, ging Shigeki auf ihn zu. „Du hast doch was", schlussfolgerte er und blieb dicht vor dem Freund stehen, sah mit besorgter Miene auf ihn hinab.

Shiro schwieg noch immer, starrte angestrengt ein Loch in den Boden vor sich.

Shigeki kniete sich vor ihm hin, blockierte somit dessen Blickfeld und sah ihm ins Gesicht. „Du weißt, dass ich dich nicht in Ruhe lasse, bis du mir sagst, was los ist", erinnerte er ihn mit engelsgleicher Sanftheit in der Stimme.

Aki hielt sich im Hintergrund, beobachtete die Zwei nur.

Shiro war drauf und dran, seinen Kopf erneut abzuwenden, doch kaum dass Shigeki diese Absicht erkannt hatte, griff er mit beiden Händen das Gesicht des Freundes und hielt es fest. „Nix da", meinte er abermals sanft.

Shiro sah ihm in die Augen, wusste, dass er nicht mehr flüchten konnte. Beste Freunde konnten einander gut genug erkennen, wann sich eine Ausrede nicht mehr lohnte. „Es ist wegen Katsu...", gestand er leise und mit gepresster Stimme.

Jedoch waren die Worte noch laut genug für Akis Ohren gewesen und sie wurde hellhörig. „Hat er wieder irgendwas angestellt?", fragte sie und befürchtete innerlich bereits eine kleine Katastrophe. Shiro hatte auf sie bisher eigentlich immer einen recht unerschütterlichen Eindruck gemacht. Wenn Katsu nun tatsächlich für Shiros aktuelle Laune verantwortlich sein sollte, musste ihr bester Freund doch wieder irgendetwas ausgefressen haben.

Shiro zögerte kurz, überlegte, wie viel von den vorgefallenen Dingen er erzählen sollte. „Wir...haben unterschiedliche Vorstellungen von Arbeitsmoral", begann er.

Wenn er seine Sätze so allgemein formulierte, war es immer ein Zeichen dafür, dass Shiro sich um eine neutrale Distanz zum jeweiligem Thema bemühte, das wusste Shigeki.

Doch diese bemühte Neutralität konnte Aki nicht täuschen; sie kannte Katsu zu gut und wusste, an welchen Punkten man bei ihm aneckte und somit konnte sie sich durch Shiros Bemerkung an einer Hand abzählen, worum genau es ging. „Sag nicht, er wurde schon wieder gefeuert?!"

„Nein...zumindest noch nicht", entgegnete Shiro.

Aki ließ sich nun stöhnend ebenfalls auf einem der Stühle nieder. „Ich hab's geahnt... Er lernt es einfach nicht."

Shigeki, der das Gesicht des Freundes inzwischen wieder frei gelassen hatte, blickte leicht verwirrt von einem zum anderen. Im Gegensatz zu den beiden war Katsu für ihn nicht viel mehr als ein Bekannter, den er als nett und sympathisch einschätzte. „Wie meint ihr das?", wollte er wissen und seine Augen baten um Aufklärung.

„Katsu hält es nie lange mit einer Band aus...oder die Band nie lange mit ihm, je nachdem, wie man es betrachtet", erklärte Aki und schob sich eine lange rote Haarsträhne hinter das Ohr. „Das war schon immer so."

„Er hält es nie lange mit denen aus? Im Sinne von die sind ihm zu schlecht?", hakte Shigeki nach.

Aki machte eine wegwerfende Handbewegung. „Entweder das oder er kommt mit irgendjemandes Spielstil nicht zurecht oder ihm liegen die Termine für die Proben zu ungünstig. Irgendwas ist immer. In der Hinsicht ist er ein Kindskopf."

Shigeki erhob sich endlich aus seiner immer noch hockenden Position. „Wow... Für so unprofessionell habe ich ihn gar nicht gehalten." Die soeben aufgezählten Fakten warfen für ihn nun doch ein anderes Licht auf Katsu.

„Er ist uneinsichtig", mischte sich Shiro plötzlich wieder ein und lenkte somit die Blicke der zwei Anderen abermals auf sich. „Er ist uneinsichtig und störrisch und das wird ihm irgendwann noch mal den Hals brechen."

Katsu wusste nicht, wie lange er schon vor Shiros Wohnungstür saß. Der harte Fußboden und die weißen Wände des Treppenhauses schienen ihm der Inbegriff von Monotonie zu sein, was eine zeitliche Orientierung zusätzlich erschwerte. Sein Handy hatte er bei seiner Flucht heute Vormittag in Shiros Wohnung vergessen. Aber das war nicht der Grund dafür, dass er nun vor dessen Tür parkte. Der Grund war ein ganz anderer. Der Grund war Shiro selbst. Er wollte ihn sehen.

Nachdem er heute Vormittag aus dessen Wohnung geflüchtet war und sich mitten in der Stadt verlaufen hatte, war er drauf und dran gewesen, nach Yokosuka zurück zu fahren. Doch nach knapp der Hälfte der Fahrt war er wieder ausgestiegen und hatte den Zug in entgegengesetzte Richtung genommen, zurück nach Hodogaya. Shiro war zu diesem Zeitpunkt aber gar nicht mehr zu Hause gewesen, also hatte Katsu sich dazu entschlossen, erst einmal etwas zu essen. Ein voller Magen soll ja angeblich beruhigen, nur spürte er davon leider nichts, als er sein Curry-Hühnchen verzehrt hatte. Auch der Cassis-Saft im Anschluss konnte diesen Zustand nicht ändern. So war er noch eine Zeit lang ziellos durch die Stadt geschlendert, bevor er es nicht mehr aushielt und zurück zu Shiros Wohnung gekehrt war.

Und hier saß er nun.

Noch immer die Worte des Blonden im Kopf widerhallend, die ihn so getroffen hatten, kurz bevor er Reißaus genommen hatte.

Plötzlich tönten Schritte durch das Treppenhaus. Eigentlich nichts Ungewöhnliches und gewiss nicht das erste Mal, seit Katsu hier saß. Doch diese Schritte erkannte er sofort und sein Puls stieg augenblicklich an: Es waren Shiros Schritte. Mit angehaltenem Atem erhob er sich aus seiner ruhenden Position und lauschte weiter, den Blick starr auf die Treppe gerichtet, auf welcher der Andere jeden Moment auftauchen musste.

Und schließlich hatte Shiro auch eben Diese erreicht und wollte gerade die letzten Stufen zu seiner Wohnung überwinden, als er mit einem Mal abrupt, noch auf der unteren Hälfte der Treppe, stehen blieb und Katsu ansah. Mit sichtlicher Überraschung in den Augen.

Für wenige Sekunden standen beide Jungen einfach nur da und rührten sich nicht, blickten sich nur gegenseitig an. Bis Shiro sich als Erster wieder aus der Starre löste und auch die letzten Stufen hinaufschritt, um seine Wohnungstür anzusteuern. „Was gibt's?", fragte er mit bemüht teilnahmsloser Stimme, wobei er den Blickkontakt zu Katsu nicht mehr aufrecht erhielt und statt dessen seine Schlüssel aus der Hosentasche puzzelte.

Katsus Herz hatte gerade eine Schlagkraft, die fast schon Übelkeit hervorrief. „Du hast Recht", platzte es mit einem Mal aus ihm heraus.

Shiro hielt mitten in der Bewegung inne, wand seinen Kopf Katsu zu und sah ihn wieder an. Die erneute Überraschung in seinen Augen ließ sich auch dieses Mal nicht verbergen. „Womit?", wollte er wissen.

„Mit allem." Katsu, der bis eben noch immer mit dem Rücken zur Wand gestanden hatte, machte einen Schritt auf Shiro zu. Er wollte diese kalte Distanz zwischen ihnen beiden aufheben und hoffte, dem Anderen würde es genauso gehen.

In Shiros Gesicht fand eine erkennbare Wandlung statt: Die bis eben noch verborgen gehaltenen Emotionen brachen nun ungehemmt durch und seine Züge wurden weicher, seine Augen feuchter. Er erkannte, wie ehrlich Katsus Aussage war, wenn er dafür auch nur wenige Worte verwendet hatte. Aber alleine schon diese zu Tage gekommene Einsicht war etwas, womit Shiro schlichtweg nicht gerechnet hatte. Er streckte seine Arme nach ihm aus und zog ihn sanft an sich. „Komm her, du Spinner..."

Katsu ließ sich bedingungslos von der Umarmung einnehmen und erwiderte sie, legte dabei seinen Kopf auf Shiros Schulter. Die sanft gesprochenen Worte des Anderen taten ihm gut. Dass es Shiro derweil nur mit größter Mühe gelang, die aufkommenden Tränen wieder wegzublinzeln, bevor sie die Gelegenheit erhielten zu fließen, bekam er nicht mit.

12. The sound of bats

Seit fünf Minuten standen sie schweigend nebeneinander vor der Außentür des Proberaums. Seit fünf Minuten rauchte jeder seine Zigarette und während dieser fünf Minuten hatten sie sich kein einziges Mal angesehen.

Bis es Kiri nicht mehr aushielt. „Willst du mit uns jetzt nie wieder außerhalb der Arbeitszeiten sprechen?" Sein Kopf drehte sich zur Seite und er blickte hoch in Shigekis Gesicht, welches ihm jedoch weiterhin abgewandt war.

Der Bandleader hielt mit seinem Blick an dem fiktiven Punkt in der Ferne fest, während er den Zigarettenstummel zwischen seinen Fingern zum wiederholten Male an seine Lippen führte und dran zog. Antworten tat er dem Sänger jedoch nicht.

Kiri stöhnte leise, wand den Kopf wieder ab und schüttelte selbigen leicht. „Hör mal, Shigeki. Ich kann verstehen, dass dir nicht gefallen hat, was wir dir gesagt haben. Aber wir wollten dich damit ganz sicher nicht beleidigen oder ärgern. Es geht uns doch auch um die Band."

„Wenn euch FreaX nicht mehr zusagt, könnt ihr ja gehen." Es war das erste Mal seit des verheerenden Gesprächs zwischen Kiri, Junichi, Kijo und ihm, dass Shigeki an einen der drei persönliche Worte richtete. Ansonsten hatte er sich bei den Proben nur rein auf Arbeitsanweisungen beschränkt.

Kiri schenkte ihm abermals einen Blick, diesmal jedoch einen ziemlich ungläubigen. „Und du machst mit Shiro dann als Duo weiter – alles klar." Die grenzenlose Sturheit seines Bosses begann ihn zu nerven. „Komm schon, Shigeki. Das kann doch nicht dein Ernst sein." Zumindest hoffte er das. „Von uns will doch jeder bei FreaX bleiben! Wir wollen lediglich unsere eigene Kreativität besser einfließen lassen können, das ist alles."

Aber den Bandleader schien das nicht zu überzeugen. Er nahm noch einen letzten Zug seines inzwischen verschwindend kleinen Tabakstummels, warf selbigen dann lieblos weg und blies den Rauch wieder aus, während er sich wortlos umdrehte und zurück in den Proberaum verschwand.

Kiri blieb allein zurück, sah ihm nur verständnislos hinterher.

Der Rest der Proben verlief nicht anders: Wenn Shigeki seinen Sänger oder die beiden Gitarristen ansprach, handelte es sich ausschließlich um Anweisungen zu den jeweils gespielten Liedern. Seine kühle und distanzierte Ausstrahlung behielt er bei. Lediglich Shiro gegenüber verhielt er sich normal. Da diese Tatsache keinem der Anwesenden verborgen blieb, schnappte Kiri sich nach Beendigung der Proben Shiro und nahm ihn zur Seite.

„Kannst du nicht mal mit Shigeki reden und ihm klar machen, wie idiotisch sein Verhalten gerade ist?", bat der kleine Sänger. „Du scheinst ja der Einzige zu sein, mit dem er noch vernünftig redet."

„Ob du es glaubst oder nicht, aber das hab ich schon versucht", entgegnete Shiro und schenkte ihm einen bedauernden Blick.

Diese Antwort gab Kiri nicht unbedingt neuen Mut und seine Mimik wurde hilflos.

Shiro erkannte die wachsende Verzweiflung seines Gegenübers. „Aber hey, Shigeki wird sich schon wieder beruhigen. Gib ihm nur noch ein paar Tage", meinte er und versuchte ihn damit etwas aufzumuntern. Er wusste dass Kiri, trotz seines oftmals durchgeknallten Auftretens auf der Bühne, einer der Sensibelsten in der Gruppe war und dass ihn Shigekis Abweisung stark belastete, war nicht zu übersehen.

Kiri fühlte sich bei Shiros Worten an Kijo erinnert, der bei ihrem gestrigen Treffen etwas sehr Ähnliches gesagt hatte. Vielleicht hatten die beiden doch Recht, vielleicht bewertete er Shigekis Verhalten im Moment tatsächlich etwas über. Dennoch hoffte er auf eine baldige Wende, denn Kiri hasste Streitigkeiten innerhalb der Band.

Jedoch waren die Unstimmigkeiten zwischen Kiri und Shigeki nicht die einzigen bei FreaX:

Kaum hatte Kijo seine Gitarre vom Verstärker gestöpselt und verstaut, wand er sich an Junichi. „Kommst noch mit ins MAVERICK?"

Der Angesprochene jedoch würdigte ihn nicht eines Blickes, als er nur knapp antwortete: „Keine Zeit."

Kijo stutzte, wurde aber neugierig. „Was heißt, keine Zeit? Was hast 'n noch vor?" Interessiert beäugte er den Kollegen. „Etwa 'ne Verabredung?"

„Geht dich nichts an", entgegnete Junichi, als er seine Tasche griff und zielstrebig an ihm vorbei ging.

Kijo begann zu registrieren, dass der Andere regelrecht vor ihm flüchtete. Er schien ganz offensichtlich ein Problem mit ihm zu haben, aber Kijo konnte sich beim besten Willen immer noch nicht erklären, wo dieses herrührte. Er startete noch einen Versuch und lief ihm nach. „Hey JunJun", nannte er ihn bei einem seiner Kosenamen, um seine Laune zu besänftigen. „Was ist denn los mit dir? Du bist in letzter Zeit so komisch."

Aber der Andere ging auf die Bemerkung nicht ein sondern trat wortlos durch die Tür nach draußen.

Kijo gab nicht auf. „Jetzt mach's nicht so spannend! Wir sind doch Freunde, da kannst du doch-!"

Junichi hielt abrupt an und drehte sich zu Kijo um, welcher daraufhin beinahe in ihn hineingerannt wäre. „Bevor du das Wort *Freunde* noch ein Mal in den Mund nimmst, solltest du dir erst einmal überlegen, was das Wort für dich eigentlich bedeutet!" Kaum hatte Junichi ihm das ins Gesicht gefaucht, wand er sich auch schon wieder von ihm ab und stapfte mit großen Schritten davon.

Kijo blieb, wie vom Donner gerührt, stehen. Starrte dem Anderen nur hinterher und konnte gerade nicht so ganz begreifen, was das soeben für eine Aktion gewesen war. Allein schon die Tatsache, dass Junichi ihm den Satz mittendrin abgeschnitten hatte, irritierte ihn, denn normalerweise unterbrach Junichi nie jemanden beim reden. Aber wie er ihn auch noch angefahren und was er ihm gesagt hatte, das brachte gerade Kijos ganze Welt ins Wanken. Denn er verstand es nicht. Kijo fühlte sich wie im falschen Film, als sei der soeben erlebte Vorwurf gar nicht an ihn gerichtet worden und er hätte ihn nur irrtümlicherweise erhalten. Doch außer ihm befand sich hier niemand anderes mehr. Und so stand er noch einige Momente lang da und versuchte, in seinem Kopf die richtigen Puzzleteile zusammenzufügen - was jedoch ein Ding der Unmöglichkeit war, wenn die Hälfte der Teile fehlte.

Die Luft war schwül und man hoffte vergeblich auf eine frische Brise, die für ein wenig Abkühlung sorgen mochte. Die grünen Blätter der großen alten Eiche im kleinen Park hingen träge von ihren Ästen herab und bewegten sich keinen Millimeter. Die Sonne schien sich nach einem langen Sommertag nun endlich erbarmen zu wollen und war bereits dabei, als glühender Feuerball am Horizont in eine andere Welt abzutauchen, um die Stadt der kommenden Nacht zu überlassen. Bei ihrem zögerlichen Verschwinden schenkte sie allem noch ein Mal ihr schönstes Licht und tauchte die hölzerne Rundbank in ein warmes Rotgold, auf welcher zwei Jungen saßen und dem dahinschreitenden Tag beiwohnten.

„Und er redet mit den anderen jetzt gar nicht mehr? Nur noch mit dir?", hakte Katsu nach, während er Shiro den Nacken kraulte, welcher seinen Oberkörper auf Katsus Schoß gebettet hatte.

Shiro, der diese entspannte Position genoss, hatte die Augen fast gänzlich geschlossen. Nur ein schmaler Lichtstrahl drang durch seine Wimpern an die Pupillen. „Er redet mit ihnen nur rein arbeitsbezogen", ergänzte er die beschriebene Situation mit leicht schläfriger Stimme. Die Schwere der abendlichen Sommerluft, die sich kaum vom Tag unterschied, lullte ihn ein und die gleichmäßigen Berührungen von Katsus Hand unterstrichen diese Empfindung noch zusätzlich. Er genoss es, sich in Katsus Gegenwart fallen lassen zu können. Es fühlte sich gut an...

„Wow... Für so unprofessionell habe ich ihn gar nicht gehalten", gestand der Jüngere und seiner Stimme wohnte ein Stück Überraschung bei.

Shiro blinzelte. Irgendwo hatte er diesen Satz schon mal gehört... Doch nach solch einem Arbeitstag wollte er das Thema nicht noch vertiefen und lenkte statt dessen galant von seiner Band ab: „Und was ist mit deinen Jungs? Reden die noch mit dir?"

„Mhm", machte er bejahend. „Ich musste Joe nur versprechen, zukünftig immer pünktlich zu sein und mich zu melden, wenn mir irgendwas dazwischen kommt." Dass Gitarrist Mika nicht so leicht zu besänftigen war wie Bandleader Joe, verschwieg Katsu. Auch er hatte nicht immer Lust, nach der Arbeit über Probleme eben selbiger zu sprechen.

Beide schwiegen. Genossen die bloße Anwesenheit des jeweils anderen und gaben sich der langsam eintretenden Dämmerung hin.

Katsu, der in dieser Zeit immer mal wieder einen Blick auf den blonden Haarschopf warf, welcher seinen linken Schenkel belagerte, fragte sich mehrere Male, ob Shiro bereits eingeschlafen war. Doch das etwas unregelmäßige Atmen des Freundes überzeugte ihn stets vom Gegenteil. Mit der Zeit legte sich ein verklärtes Lächeln auf seine Lippen, während seine Hand noch immer unermüdlich den warmen Nacken verwöhnte. Er mochte es, die Position des Schutzgebenden einzunehmen, das vermittelte ihm das Gefühl, gebraucht zu werden. Und dass Shiro sich in seinen Schutz begab, zeigte ihm das Vertrauen, das er ihm schenkte. Das Vertrauen, welches er anfänglich gar nicht erkannt hatte.

„Die Fledermäuse sind wieder unterwegs...", kam es plötzlich von Shiro genuschelt.

Katsu stutzte. „Huh? Was ist los?" Wie kam der Andere aus heiterem Himmel auf Fledermäuse zu sprechen?

Shiro erhob langsam seinen träge gewordenen Körper. „Da sind gerade Fledermäuse vorbei geflogen. Ich habe sie gehört."

Katsu blickte ihn skeptisch an. „Ich dachte, Fledermäuse kann man nicht hören. Ultraschall ist für das menschliche Gehör doch gar nicht wahrnehmbar."

Shiro zuckte mit den Schultern. „Mag sein, aber ich kann sie hören. Sind ganz hohe Töne, die sie von sich geben", versuchte er ihm die Geräusche zu erklären, die für seine Ohren in keinster Weise ungewöhnlich zu sein schienen.

Der Rothaarige musterte ihn mit einer hochgezogenen Braue. „Verarschst du mich gerade?" Er hatte beigebracht bekommen, die Ultraschalltöne, die Fledermäuse während des Fluges von sich gaben, lägen in einem Bereich, der sich über dem Auffassungsvermögen eines Menschen befand. Insofern klang Shiros Behauptung für ihn wie eine kleine Spinnerei. Andererseits machte eben Dieser aber nicht den Eindruck, als wolle er ihn an der Nase herumführen; ganz im Gegenteil, er wirkte erstaunlich ernst.

„Warum sollte ich?“, gab Shiro als Gegenfrage zurück. „Ich weiß, dass man sie normalerweise nicht hören kann. Aber ich *kann* sie hören. - Da sind gerade wieder welche!“

Katsu blickte sich suchend am Himmel um, erkannte aber erst mehrere Sekunden später zwei dunkle, flatternde Gestalten, die aus dem Schatten der mächtigen Baumkrone hervortraten und am eingefärbten Abendhimmel zu sehen waren, bevor sie kurz darauf im Schatten eines anderen Baumes wieder verschwanden. Er hatte weder den Flügelschlag, noch irgendwelche hohen Töne, wie Shiro sie beschrieben hatte, gehört. Für ihn waren sie lautlos geflogen.

Nachdem sich beide Jungen im späteren Verlauf des Abends in Shiros Wohnung eingefunden hatten, durchwühlte Katsu Shiros CD-Sammlung, als ihm mit einem Mal eine Hülle mit schlichtem weißen Cover und der simplen, schwarzen, handgeschriebenen Aufschrift 'Great Pretenders' in die Hände fiel. Er drehte und wendete die Hülle, fand jedoch keinerlei weitere Informationen vor. „Was is'n das hier?“, leitete er seine Neugierde an Shiro weiter.

Der Angesprochene, wie so oft auf seinem Bürosessel vor dem Schreibtisch sitzend, drehte sich um und blickte hinunter auf den Boden, auf welchem sein Freund saß. Als er die Hülle in dessen Hand vorfand, musste er lachen. „Das war die allererste Band, in der ich gespielt habe!“

Katsu warf nochmal einen Blick auf das provisorische Cover. „Habt ihr auch veröffentlicht?“

Shiro schüttelte den Kopf. „Nur ein paar selbstgebrannte CDs bei kleineren Gigs verteilt. Meistens Demos.“

Katsu hatte die Hülle inzwischen geöffnet und die CD herausgenommen, um sie in den Player einzulegen. Jetzt war er neugierig geworden. Wenige Sekunden, nachdem er auf 'Play' gedrückt hatte, empfing ihn ein leicht unkoordiniertes Gemisch aus Bass-, Gitarren- und Schlagzeugtönen. Der Gesang setzte erst etwas später ein.

Shiro grinste. „Klingt schrecklich, was?" Er hatte sich diese Aufnahmen seit Jahren nicht mehr angehört und verglichen mit der heutigen Qualität von FreaX kam ihm der Sound, der ihm gerade aus den Boxen entgegenschallte, vor wie von einer Garagenband. „Wir waren damals nur zu dritt: Ein Drummer, ein Basser und ein Gitarrist, der zusätzlich noch gesungen hat", erzählte er. „Kurzweilig hatten wir auch noch 'nen zweiten Gitarristen, der ist aber ziemlich schnell wieder gegangen."

Katsu fand zwar, genau wie Shiro, die Qualität von den Great Pretenders mit der von FreaX nicht vergleichbar, dennoch war es interessant für ihn auch mal zu hören, was Shiro in der Vergangenheit zu Stande gebracht hatte. „Hast du noch Kontakt zu den beiden?"

„Kaum. Tetsu, den Gitarristen, treff' ich manchmal noch im Musik- oder Buchladen. Aber ansonsten ist das mit uns ziemlich auseinander gegangen. Allerdings ohne böses Blut." Plötzlich musste Shiro schmunzeln, als er gedanklich wieder die alten Zeiten durchging. „Damals hättest du mich wahrscheinlich gar nicht erkannt; da hatte ich noch ganz kurze Haare. Knallrot."

Katsus Blick haftete daraufhin unwillkürlich an Shiros hellblonder Mähne, die er so mochte, und er versuchte sie sich wegzudenken. Doch es gelang ihm nicht.

Shiro konnte diese Bemühungen an Katsus Blick ohne Weiteres ablesen. „Warte, ich hab hier noch was...", meinte er und begann in seinen Schubladen herumzuwühlen. Es dauerte nicht lange, da setzte er sich mit einem dünnen Stapel Farbfotos neben Katsu auf den Fußboden und schaute sie sich gemeinsam mit ihm an. „Damals war ich neunzehn...", kommentierte er die Bilder. Für ihn selbst waren es einfache Rückblicke auf vergangene Tage.

Aber für Katsu war es wie das Kennenlernen eines weiteren Teils Shiros, eines Teils, welcher ihm bisher unbekannt gewesen war. Und Shiro hatte nicht Unrecht gehabt: Die kurzen, roten, struwweligen Haare waren wirklich ein krasser Kontrast zu seiner heutigen Mähne. Doch war es sowohl das Gesicht als auch die Körperhaltung, ja, die ganze Ausstrahlung, die ihn Shiro sofort wiedererkennen ließ. Plötzlich spürte er den auffordernden Anstoß eines Ellenbogens gegen seinen Arm.

„Wie war denn das bei dir? Wann hattest du deine erste Band?", wollte Shiro wissen und sah ihn erwartungsvoll an.

„Ich war siebzehn und wir nannten uns Blue Sky Complex. Wir waren zu sechst und ich hab mir damals immer wilde Kriegsbemalungen ins Gesicht gemalt", erzählte Katsu, während er sich weiterhin die Fotos von Shiro ansah. „Wir waren ständig den ganzen Tag und die halbe Nacht zusammen – meine Eltern haben mich damals kaum noch zu Gesicht bekommen."

„Hast du dort auch schon Bass gespielt?", fragte Shiro.

Katsu nickte. „Ja. Wenn auch mehr schlecht als recht. Aber wir hatten alle unseren Spaß." Und plötzlich tauchte auf Katsus Lippen ein abwesendes Lächeln auf. „Das war eigentlich die erste und einzige Band, in der ich mich richtig zugehörig gefühlt habe." Seine Stimme klang mit einem Mal abwesend.

Shiro registrierte das. Diese Band von damals schien für Katsu etwas Besonderes bedeutet zu haben und offenbar unterschied sie sich auch ganz klar von seinen späteren Banderfahrungen. „Und was habt ihr so gespielt?"

„Überwiegend Punkrock." Er war inzwischen bei dem letzten Foto angekommen und sah es sich lange an, während sein Lächeln zu einem breiten Grinsen mutierte. „Damals hatte ich knapp schulterlange Haare", meinte er im Bezug auf die Tatsache, dass ihm seine Haare inzwischen bis zur Taille reichten. „Und sie waren quietschblond. Aber schon genauso zerzaust wie heute." Er fand es amüsant, dass sich in den vergangenen Jahren ganz offensichtlich sowohl Shiros als auch seine eigene Haarpracht in eine stark gegensätzliche Richtung entwickelt hatte, obwohl gerade diese Gegensätze im Nachhinein auch wieder Parallelen zueinander aufzeigten.

„Und woran seid ihr gescheitert?"

Katsu zuckte die Schultern. „Keine Ahnung, irgendwann ist jeder von uns 'nen anderen Weg gegangen. Jeder hat plötzlich woanders mitgemacht und so hat sich unsere Band nach und nach aufgelöst." Er reichte Shiro den Stapel Fotos zurück. „Überall, wo ich seitdem gespielt habe, hat's nie wirklich lange gehalten. Es war nie wieder das Gefühl von damals vorhanden, dieses Gefühl 'Die Band ist es!', dieses Richtigkeitsgefühl." Katsus Grinsen war inzwischen verstorben und seine Augen blickten abwesend in eine Ferne, die nur er sehen konnte. Er war Musiker, und doch fühlte er sich in den wenigsten Momenten als einer angenommen. Zuletzt tatsächlich bei Blue Sky Complex. Und wenn er es sich recht überlegte, war das eigentlich auch das letzte Mal, dass er sich unbeschwert und frei gefühlt hatte. Dass er sich so ausleben konnte, wie es ihm behagte.

„Dann jagst du also nur den alten Zeiten hinterher?", hakte Shiro nach um sich zu vergewissern, dass er die erhaltenen Informationen nicht missinterpretierte.

Katsus Blick verharrte in der imaginären Ferne. „Manchmal schon. Manchmal will ich einfach alles hinschmeißen und wieder siebzehn sein." Sein Kopf sank ein Stück nach vorn. „Den ganzen Scheiß hinter mich lassen, mit dem ich heute zu kämpfen habe."

Shiro sah ihn nachdenklich an. Es war nicht neu für ihn, dass Katsu mit vielerlei Ängsten zu kämpfen hatte. Es war auch nicht neu für ihn, dass Katsu ziemlich orientierungslos durch das Leben wandelte. Allerdings schien in Momenten wie diesen Katsus Fassade von Mal zu Mal etwas mehr zu bröckeln und damit auch immer mehr von seiner Unsicherheit freizulegen. Das ursprüngliche Bild des wilden, rotzfrechen Rebellen, welches er einmal von ihm hatte, verblasste zunehmend und die Präsenz der Mutlosigkeit, der Verzweiflung und der Selbstaufgabe nahm langsam zu. Inzwischen fragte Shiro sich, wie er sich bei diesem Jungen immer noch so geborgen und beschützt fühlen konnte, wenn eben dieser Junge mit so vielen Ängsten und Unsicherheiten durchs Leben ging.

Die glatten, kühlen Tasten des Flügels fühlten sich unter seinen Fingerkuppen beruhigend an. Das daraus resultierende Geräusch, wenn er die Tasten herunterdrückte, tat den Rest.

Shigeki saß leicht gebeugt vor dem mächtigen Instrument und ließ die heilenden Klänge seine Seele streicheln. Eigentlich gehörte der Flügel einer anderen Band, die den benachbarten Proberaum gemietet hatte. Jedoch hatte Shigeki von ihnen die Erlaubnis erhalten, den Flügel zu benutzen, wenn die Band den Raum gerade nicht selbst beanspruchte. Und besonders in stressigen Phasen nutzte Shigeki diese Erlaubnis gerne und ließ mit Hilfe des Instruments wieder Ruhe in sich einkehren. Der Flügel war das absolute Gegenstück zu seinen Drums. Es war für ihn der perfekte Ausgleich und er hatte sich geschworen, wenn er endlich genügend Geld hatte, würde er sich solch ein Prachtstück selbst kaufen.

Der feminine Bandleader war vollkommen in seinem Spiel vertieft. Und trotzdem registrierte er irgendwo am Rande, dass plötzlich die Tür des Proberaums aufging und eine Person eintrat. Aufgrund der zurückhaltenden Art, wie dies geschah, konnte er sich schon ausmalen, wer ihn hier aufsuchte. Und die leisen, näherkommenden Schritte untermauerten seine Vermutung zusätzlich. Dennoch hielt Shigeki in seinem Spiel nicht inne, ließ unbeirrt die Melodien, die in seinem Kopf waren, über seine Finger auf die Tasten übertragen und mit den Schallwellen durch das Gehör wieder zurück in den Kopf dringen.

Der ungebetene Gast stand inzwischen seitlich vor dem Teilzeit-Pianisten, wagte aber nicht ihn in seinem Spiel zu unterbrechen. Der Blick ruhte wortlos auf dem jungen Mann.

Da Shigeki diesen Blick nur allzu deutlich spürte, hörte er irgendwann auf zu spielen. Seine Augen behielt er jedoch auf die Tasten gerichtet. „Was willst du?", fragte er mit unterkühlter Stimme.

„Mit dir reden", lautete die knappe Antwort.

Shigeki erwiderte daraufhin nichts, saß nur stumm da und schien offenbar darauf zu warten, was der Andere ihm mitzuteilen hatte.

„Das, was dir der Flügel bedeutet, bedeutet für mich das Schreiben", begann Kiri. „Es ist etwas, das mich fasziniert."

Shigeki schwieg weiterhin.

„Ich habe mich bisher nie viel am Songwriting beteiligt, weder bei FreaX noch bei anderen Projekten. Ich habe immer das gesungen, was andere mich singen lassen wollten und ich hatte nie Probleme damit." Eine kleine Pause folgte. „Aber vor ein paar Monaten habe ich plötzlich gemerkt, was eigentlich alles in mir steckt. Und das, was in mir steckt, will raus. Will geschrieben werden."

Noch immer gab Shigeki keinerlei Reaktionen von sich. Er rührte sich kaum und sein Blick schien bereits mit den Tasten verwachsen zu sein.

Kiri ließ sich davon aber nicht beirren. „Ich will im Grunde genommen nichts anderes als du. Ich will, dass FreaX läuft und ich will mich dabei ausleben können. Mein eigenes 'Ich' miteinbringen, mein Inneres nach Außen kehren." Kiri setzte sich mit einer fließenden Bewegung auf die freie Ecke der schmalen Bank, auf welcher Shigeki saß, obwohl er nicht dazu aufgefordert wurde. „Du willst den Flügel spielen und ich will schreiben. Was ist daran verkehrt?"

Die letzten Worte schienen Shigeki nun doch berührt zu haben, denn er drehte seinen Kopf zur Seite und sah dem Anderen zum ersten Mal, seit dieser den Raum betreten hatte, ins Gesicht. Seine Lippen blieben verschlossen, doch seine Augen spiegelten einen leichten Anflug von Unsicherheit wieder. In seinem Kopf schien sich etwas in Bewegung zu setzen.

Kiri nutzte die Chance. „Ich will nicht *gegen* dich arbeiten. Ich will *mit* dir arbeiten. Intensiver als zuvor."

Shigeki behielt den Kopf in Position, senkte nun jedoch den Blick. „Das klang vor ein paar Tagen noch anders", erwiderte er leise.

„Weil du uns vor ein paar Tagen noch gar nicht hast ausreden lassen. Weder mich noch Kijo." Auf Kiris Lippen tauchte ein kleines Lächeln auf. Er spürte, dass das Eis zwischen ihnen langsam zu schmelzen begann. „Hör zu, keiner von uns denkt auch nur im Entferntesten daran, dir die Zügel aus der Hand nehmen zu wollen. Du bist ein toller Boss und du sollst auch unser Boss bleiben. Aber jeder von uns möchte sich auch irgendwann einmal weiter entwickeln und wenn du diese Weiterentwicklung verhindern willst, schadest du damit letzten Endes FreaX am meisten. Und ich glaube nicht, dass das ernsthaft in deinem Interesse liegt."

Shigeki ließ sich leise stöhnend nach vorne sinken und stützte sich mit den Unterarmen am Vorderdeckel des Tasteninstruments ab. Seine bis eben noch aufrecht erhaltene Abwehr war dahin, denn Kiris Worte lagen der Wahrheit zu nahe. Allerdings führte ihn die aktuelle Situation auch vor Augen, dass er nicht der Einzige war, dem FreaX so sehr am Herzen lag. Anderen erging es genauso wie ihm. „Erzähl den Jungs nichts von diesem Gespräch", nuschelte er durch kaum geöffnete Lippen. Er wollte nicht, dass im Nachhinein noch der Eindruck entstand, er wäre als Bandleader nicht in der Lage, seine Position zu vertreten.

Kiri schmunzelte. Ihm war die Eitelkeit Shigekis wesentlich bewusster, als dieser es wahrscheinlich vermutete. „Kein Problem." Und um anschließend kein unangenehmes Schweigen eintreten zu lassen und weil er auch glaubte, dass die Fronten zwischen ihnen nun fürs Erste geklärt wären, wechselte er galant das Thema. „Was ist denn das gewesen, was du vorhin gespielt hattest, als ich reingekommen bin?"

„Ein neuer Song...bin aber noch nicht ganz zufrieden damit." Er richtete seinen Oberkörper wieder auf.

„Hat das Kind schon 'nen Namen?", wollte Kiri neugierig wissen.

Shigeki lehnte sich plötzlich zur Seite und hob ein paar Notenblätter auf, die ihm schon früher an diesem Tag auf den Boden entglitten waren. „Es Dur Jealousy", lautete die Antwort.

Kiri bekam die Notenblätter daraufhin in die Hand gedrückt, auf welchem sich die Theorie soeben erwähnten Liedes widerspiegelte. Er überflog sie. „Brauchst du dafür noch 'nen Text?", fragte er plötzlich mit einem lausbübischen Grinsen.

Shigeki sah ihn an – und das Grinsen übertrug sich auf ihn.

13. The Tattoo

„Au!" Ein kurzer Aufschrei, dann war es wieder still.

„Entschuldigung", kam es sogleich von Aki, deren flinke Finger sich mit einem Dutzend Stecknadeln an Junichis Hemdkragen zu schaffen machten und dabei ein Mal daneben gestochen hatten. Bis zum Tourstart von FreaX war es zwar noch gut zwei Monate hin und somit eigentlich Zeit genug, um alle Kostüme rechtzeitig fertig gestellt zu bekommen, doch war dies Akis erster richtig großer Auftrag und die daraus resultierende Nervosität ließ sich nicht immer verbergen.

Junichi nahm es ihr jedoch nicht übel und stand weiterhin still, um das Abstecken des Hemdes, welches er probeweise trug, nicht zu behindern.

Katsu saß an dem großen Zuschneidetisch und fummelte an seinem Handy herum, kümmerte sich nicht großartig darum, dass die Freundin den Gitarristen mit Nadeln traktierte. Bis es auf einmal doch Anlass für ihn gab, die Stille in der Werkstatt zu unterbrechen. „Sag mal, Jun...kann es sein, dass zwischen Kijo und dir dicke Luft herrscht?", fragte er plötzlich, ohne dabei von seinem Handy-Display aufzusehen.

Der Angesprochene stutzte. „Wieso, wie kommst du darauf?" Er linste zu Katsu hinüber, ohne sich dabei zu bewegen.

„Er hat mir gerade 'ne SMS geschrieben, ob ich wüsste wo du steckst", lautete die Antwort.

„Was?" Nun wand Junichi seinen Kopf doch mit einem Mal in die Richtung seines Gesprächspartners.

Diese unerwartete Bewegung führte dazu, dass eine der Nadeln sein ursprüngliches Ziel – den Stoff – verfehlte und statt dessen in Akis Finger stach. Die junge Schneiderin keuchte unterdrückt auf, sparte sich jedoch den Ausruf jeglicher Art von Flüchen und machte statt dessen unbeirrt weiter. Sah sie diesen kleinen Vorfall doch als Quittung dafür an, dass sie den Anderen erst wenige Augenblicke zuvor mit einer ihrer Nadeln bekannt gemacht hatte.

Junichi selbst hatte nichts davon mitbekommen, welche Folgen seine plötzliche Kopfbewegung gehabt hatte. „Wieso schreibt er dir so etwas?"

Katsu blickte nun endlich auf, konnte die Aufregung Junichis jedoch nicht ganz nachvollziehen und sah ihn dementsprechend irritiert an. „Uhm...wir haben unsere Nummern ausgetauscht. Ist nicht verboten, meines Wissens."

„Nein, ich meine – ach, vergiss es." Junichi drehte seinen Kopf wieder zurück in die alte Position. Irgendwie konnte er es gerade nicht ganz fassen, dass Kijo sich inzwischen sogar schon bei Katsu nach seinem Aufenthalt erkundigte. War Katsu doch ein Außenstehender. Und auch wenn er wusste, dass Kijo sich schnell mit neuen Leuten anfreundete, hätte er nicht erwartet, dass er jetzt sogar schon Katsu mit in die Sache hineinzog. War es für Kijo tatsächlich so ein enormes Problem, wenn man sich für eine Zeitlang von ihm distanzierte? Wenn man ihm nicht verriet, wo man sich aufhielt, weil man einfach nur seine Ruhe vor ihm haben wollte?

Katsu sah Junichi noch einen Moment lang an, wand sich dann aber wieder seinem Handy zu. „Ich nehme an, er soll nicht wissen, dass du hier bist?", fragte er in den Raum hinein.

Diesen Satz empfand Junichi wie die herbeigesehnte rettende Haltestange während eines Drahtseilaktes: Eine kleine Hilfe, die zwar nicht das Problem löste, ihm aber ein Stückchen Sicherheit bot und die ganze Situation etwas erträglicher machte. „Wäre schön, wenn er nichts davon erfährt", bejahte er Katsus ausgesprochene Vermutung.

Katsu registrierte die Antwort und schrieb Kijo eine SMS, in welcher er scheinheilig behauptete, nichts über Junichis aktuellen Aufenthaltsort zu wissen. Kurz nachdem er Diese versendet hatte, stand er jedoch plötzlich auf, griff nach seinem Rucksack, den er bei seiner früheren Ankunft lieblos neben den Stuhl auf den Boden platziert hatte, und war drauf und dran zu gehen.

Aki wunderte sich. „Jetzt schon? Ich dachte, du musst erst später zu den Proben."

„Hab vorher noch was zu erledigen“, lautete die ausweichende Antwort, bevor er zum Abschied kurz die Hand hob. „Und zerstich Jun nicht zu sehr; der wird noch gebraucht!“

„Keine Sorge, ich lass dir was von ihm übrig“, flaxte Aki zurück.

„Manchmal macht ihr beiden mir echt Angst.“ Jun stand noch immer Modell und rührte sich nur geringfügig, jedoch hatte sein Gesichtsausdruck seit der letzten Bemerkung Akis deutlich an Irritation gewonnen.

Nur wenige Minuten später stand Katsu in einer schmalen Seitengasse und wartete, nicht weit entfernt von der Schneiderwerkstatt. Denn was weder Aki noch Junichi mitbekommen hatten war, dass er Junichis Bitte zwar Folge geleistet und Kijo nichts über seinen Aufenthaltsort verraten, er ihm aber in der selben SMS ein spontanes Treffen vorgeschlagen hatte. Und Kijo hatte dem eingewilligt, befand er sich doch zufällig gerade selbst in Yokosuka. Katsu musste auf seine Verabredung auch gar nicht lange warten: Es dauerte keine zehn Minuten, da erblickte er in der Ferne auch schon eine bunte und rasch näher kommende Gestalt. Zwischen den Passanten, die überwiegend in unauffälliger Kleidung mit unauffälligen Gesichtern den Gehweg entlang schritten, glich Kijo mit seinen langen Haaren in kräftigen Lila- und Rosatönen und seinem ebenfalls lila gemusterten Schlabberhemd einem grellen Farbklecks in trister Ödnis. Der schwarze Schlapphut, dessen Krempe mehrere Nummern zu breit schien, setzte der abstrakten Erscheinung noch die Krone auf.

Als der Paradiesvogel Katsu erreicht hatte, begrüßte er ihn sogleich freundschaftlich.

„Hey! Cool, dass du so spontan kommen konntest“, bedankte sich Katsu.

„Kein Ding“, entgegnete Kijo, präsentierte diesmal jedoch nicht sein übliches breites Grinsen, wie man es eigentlich von ihm kannte. Überhaupt schien er heute nicht so locker drauf zu sein wie sonst. Sein Gesicht war nachdenklich – ein Anblick, der einem meist verborgen blieb. „Du weißt was über Jun?“, stellte er auch sogleich seine erste Frage.

„Nicht direkt", behauptete Katsu, „aber er war kürzlich bei Aki wegen den Tour-Klamotten und da schien er mir nicht so gut drauf gewesen zu sein. Und jetzt, wo du dich nach ihm erkundigt hattest, bekam ich erst recht das Gefühl, da läge was im Busch." Und diese Aussage war nicht einmal gelogen.

Kijo seufzte schwer und lehnte sich mit dem Rücken gegen die Hauswand, an der Katsu stand. Die Hände in den Hosentaschen vergraben, den Blick auf den Asphaltboden gerichtet. „Ich hab keine Ahnung was da los ist, man", murmelte er und die Ratlosigkeit in seiner Stimme drängte sich dem Hörer geradezu auf. „Er ist schon lange irgendwie komisch zu mir..."

Katsu sah ihn neugierig an. „Ich dachte immer, ihr beide seid so dicke miteinander."

„Sind wir ja eigentlich auch! Aber in letzter Zeit nimmt er immer mehr Abstand, redet kaum noch mit mir und wenn dann nur über die Arbeit. Ich hab gar keinen Plan mehr, was in seinem Leben eigentlich noch abgeht!" Kijos verzweifelte Augen richteten sich auf Katsu.

Dieser musste sich selbst eingestehen, dass ihn die Sache immer neugieriger machte. Normalerweise war er nicht hinter dem neuesten Klatsch und Tratsch unter Kollegen her, ahnte er doch, dass hinter seinem Rücken über ihn selbst mehr geredet wurde, als ihm lieb war. Doch in Kijos und Junichis Fall konnte er die Spannungen nicht einfach ignorieren. Zum einen, weil er sich in den vergangenen Monaten mit Kijo gut angefreundet hatte und zum anderen, weil er die Chance witterte, seine Hilfe in dieser Auseinandersetzung mit einfließen lassen zu können und was lenkte einen besser von den eigenen Problemen ab, als Probleme anderer? Daher schmiedete Katsu auch schon einen Plan: Er wusste, dass Junichi morgen wieder bei Aki wegen den Kostümen sein würde. Somit schlug er Kijo vor, ein Treffen zwischen ihnen beiden zu arrangieren.

Kijo war damit einverstanden, um nicht zu sagen fast schon begeistert. Sah er darin doch die ersehnte Möglichkeit, den Freund endlich zur Rede stellen zu können.

Am nächsten Tag galt es zwischen Aki und Junichi nur noch Kleinigkeiten abzusprechen. Das nahm nicht die Zeit des

Vortages in Anspruch und ließ somit nur noch mehr Zeit für Katsus späteres Vorhaben – wovon Junichi noch nichts ahnte. Unter dem Vorwand, in der Nähe gäbe es ein großartiges Musikgeschäft mit unheimlich viel Auswahl, den Katsu ihm einmal zeigen wollen würde, lockte er ihn zum vereinbarten Treffpunkt, den er zuvor mit Kijo ausgehandelt hatte: Die selbe kleine Gasse, in welcher Katsu und Kijo sich gestern getroffen hatten.

Erst als Katsu und Junichi um die Ecke und in besagte Gasse einbogen, in welcher Kijo stand und auf sie wartete, durchschaute Junichi den Plan. Und seine Laune änderte sich schlagartig. Kaum dass der farbenfrohe Gitarrist in sein Blickfeld trat, blieb Junichi wie angewurzelt stehen, riss seinen Kopf zur Seite und starrte Katsu entgeistert an. „Was macht der hier?", wollte er sofort entrüstet wissen, wartete jedoch gar nicht erst auf eine Antwort. „Du hast mich angelogen! Du hast gesagt, du verrätst ihm nicht, wo ich mich aufhalte!" Als wäre mit Kijos Erscheinen ein Schalter in ihm umgelegt worden, brodelte es in Junichi urplötzlich wie in einem Vulkan, der kurz vor dem Ausbruch stand. Er wollte Kijo nicht treffen, war wütend und sauer, dass er es nun doch getan hatte und fühlte sich zudem verraten von Katsu, dem er zuvor noch sein Vertrauen geschenkt hatte.

Katsu hatte sich zwar schon gedacht, dass Junichi von diesem Zusammentreff nicht sonderlich begeistert sein würde, dass er aber gleich solch eine starke Gefühlsregung bei ihm hervorrief, damit hatte er nicht gerechnet. „Reg dich ab, es ist alles ganz easy", versuchte er ihn zu beschwichtigen. Doch seine Versuche verpufften sogleich im Nichts.

„Easy easy – nichts ist easy!", fauchte Junichi und warf einen kurzen, funkelnden Blick auf Kijo, der bis jetzt noch gar nicht zu Wort gekommen war. „Ich habe meine Gründe, warum ich diesen Kerl nicht sehen will!"

„Ja, aber die kennt außer dir niemand und deshalb sind wir hier! Kijo will einfach nur wissen, was mit dir los ist", versuchte Katsu zu erklären.

„Und was hast *du* dann mit der ganzen Sache zu tun?" Junichis Augen glitzerten vor Wut und sein Blick, der auf Katsu gerichtet war, war so stechend, wie dieser ihn noch nie erlebt hatte.

Kijo griff ein als er erkannte, dass Junichi dabei war, seine Wut, die doch ursprünglich ihm zu gelten schien, auf Katsu zu richten. „Jun, bitte, hör auf! Sag doch einfach nur was los ist! Warum du plötzlich nichts mehr von mir wissen willst!"

„Weil mir deine unsensible Art auf die Eier geht!" Kijo hatte es geschafft und Junichis Aufmerksamkeit vollkommen auf sich gelenkt, was dieser ihn nur allzu deutlich spüren ließ. „Du rennst jedes Mal auf's Neue blind in den Tag hinein, siehst nicht nach links und nicht nach rechts! Du interessierst dich nur für deinen Scheiß und verschließt vor allem Anderen die Augen! Ich bin es Leid, meine Zeit mit jemandem wie dir zu verschwenden!" Noch während er die letzten Worte sprach, hatte Junichi sich von den beiden abgewandt und stapfte nun mit großen Schritten davon.

Katsu und Kijo blieben verwirrt und ratlos zurück. Irgendwie war das Ganze überhaupt nicht so abgelaufen, wie die Zwei es sich vorgestellt hatten. Hatte doch bisher keiner von ihnen solch ein aggressives Verhalten bei Junichi erlebt.

„...ich hab doch nur helfen wollen", flüsterte Katsu während er Junichi hinterher sah, kaum wahrnehmend, dass er seine Gedanken laut ausgesprochen hatte.

„Da hast du dich ja mal wieder in was reingerissen." Shiro spitzte gerade seinen Bleistift an, als Katsu mit der Erzählung über den missglückten Plan abgeschlossen hatte.

Dieser senkte unwillkürlich seinen Kopf ein Stück, als er Shiros Worte vernahm. Obwohl er sie ohne jeglichen Vorwurf ausgesprochen hatte. Eigentlich klangen sie sogar, als sei Shiro über den Ausgang der beschriebenen Situation gar nicht verwundert. Doch gleichzeitig gab eben diese Tatsache Katsu das Gefühl, als hätte Shiro die Entwicklung seines Plans voraussagen können. Als hätte er gewusst, dass die naiven Bemühungen schon von Anfang an zum scheitern verurteilt waren. „ Ich hab gedacht, ich hätte da vielleicht was kitten können", nuschelte Katsu, um sich zu erklären. „Ich mag Kijo doch."

„Aber du hast von Anfang an nicht gewusst, worum es überhaupt geht." Die Mine des Stiftes in Shiros Hand war wieder einsatzbereit und so setzte er seine Arbeit an der aktuellen Skizze, die er vor sich auf dem Schreibtisch liegen hatte, fort. „Du kanntest Juns Hintergrund für sein Verhalten nicht."

Katsu blickte nun wieder auf. „Kennst du ihn denn?"

„Nein. Aber wenn er der Meinung ist, jemand müsste ihn erfahren, wird er ihn schon preisgeben."

Das war mal wieder einer dieser Momente, in denen Katsu sich vorkam wie ein Idiot. In denen er sein Fehlverhalten aufgezeigt und gleichzeitig vor Augen geführt bekam, wie überlegt und vernünftig andere in der selben Situation doch handelten. Diese Anderen wurden hierbei repräsentiert durch Shiro. Es war ein Vergleich, bei dem Katsu immer schlecht abschnitt. Er musste in den Augen Anderer schon als hoffnungsloser Verlierer, als der ewige Loser gelten. So glaubte er zumindest. Die Tatsache, dass Shiro jedoch kein einziges Wort dahingehend ausgesprochen hatte, ignorierte er gekonnt. Er sah nur seine eigenen Ängste und um diesen auszuweichen, benötigte es rasch einen Themenwechsel. So erhob er sich vom Fußboden, auf welchem er die ganze Zeit gesessen hatte, und begab sich zu Shiro. Er stellte sich hinter dessen Bürosessel, legte die Arme auf die hohe Lehne und schmiegte sein Gesicht an den Kopf des Anderen. Er nahm den Geruch der Haare war und genoss ihn, während er die Skizze musterte, an welcher sein Freund arbeitete. „Was wird 'n das da?", fragte er neugierig.

Die Skizze zeigte im äußerst dynamischen Zeichenstil eine Person, die eine Parkour-Übung vollzog.

„Nur eine kleine Übung", lautete Shiros Antwort. Er gehörte mit zu den Menschen, die auch dann noch weiter zeichnen konnten, wenn ihnen jemand über die Schulter guckte.

Hatte er soeben die Zeichnung noch interessiert beäugt, starrte Katsu nun ungläubig auf die Bleistiftlinien, die Shiro auf das Papier zauberte. „Wie, Übung? Damit passiert sonst weiter nichts? Das wird für nichts verwendet? Kein Cover oder Plakat oder sonstwas?"

„War zumindest für nichts dergleichen vorgesehen", kam die nüchterne Antwort. „Das ist nur für mich, ein kleines Training, damit ich nicht einroste."

Das Verständnis hatte Katsu verfehlt. Er selbst war kein Zeichner und hatte somit nicht viel Ahnung von der Materie. Doch diese Bleistiftzeichnung, die Shiro zu Stande brachte (und das offenbar auch noch ohne ersichtliche Anstrengung), sah für ihn so gut aus, dass er nicht begriff, wie man Selbige lediglich als simple „Übung" abtun konnte. Eine qualitativ hochwertige Arbeit als Nichtigkeit erklären, das konnten sich nur Profis leisten. Und das führte abermals zu Unsicherheiten seitens Katsus, denn Situationen wie diese zeigten ihm wieder einmal auf, was Andere alles schafften und wie wenig er selbst doch zu Stande bekam. Es machte ihn wütend und er begann frustriert, die Fehler an Shiro zu suchen.

Den dritten Tag in Folge hielt sich Junichi nun schon in Akis Werkstatt auf. Allerdings gab es heute, im Gegensatz zu den zwei vorherigen Tagen, einen Unterschied: Die Notwendigkeit war nicht gegeben. Während er an den beiden anderen Tagen für sein Kostüm Modell gestanden hatte und man noch das ein oder andere Detail besprach, saß er heute stillschweigend auf einem der Stühle und schaute Aki bei der Arbeit zu. Diese Tätigkeit fiel für ihn jedoch so unproduktiv aus, dass es den Anschein machte, er würde sich hier verstecken. Vor der Welt da draußen – oder auch nur vor ein paar bestimmten Personen.

Aki störte ihr stummer Beobachter nicht, jedoch spürte sie, dass den Jungen irgendetwas bedrückte. Immer wieder sah sie zwischendurch von ihrer Arbeit auf und warf einen kurzen Blick zu Junichi hinüber, bis sie ihrer Neugierde nicht mehr den Mund verbieten konnte. „Ist irgendwas passiert?"

Junichi fixierte ihr Gesicht, antwortete jedoch nicht sofort und blieb erst einmal stumm.

„Du musst mir nichts erzählen, aber wenn du was loswerden willst – ich hör zu." Sie wechselte das Nähgarn ihrer Maschine aus.

Noch immer zögerte er, doch schließlich begann Junichi zu reden: „Katsu hat sich zu weit aus dem Fenster gelehnt und etwas gemacht, ohne vorher nachzudenken."

Aki hielt in ihrem Tun kurz inne. Irgendwie war es in letzter Zeit kein gutes Zeichen, andere Leute über ihren besten Freund reden zu hören. „Was hat er angestellt?" Sie rechnete bereits mit dem Schlimmsten.

Abermals Zögern. Junichi wusste, dass Aki und Katsu beste Freunde waren und er wollte ihn vor Aki nicht schlecht machen. Andererseits hatte sie ihm selbst angeboten, zu reden. Zudem wollten die Dinge, die sein Herz belasteten, irgendwie raus. „Er hat dafür gesorgt, dass ich auf Kijo treffe, obwohl Katsu wusste, dass ich Kijo gar nicht sehen wollte." Seine Stimme war ruhig, doch man hörte ihr die Enttäuschung an. Junichis Blick wanderte von Akis Fingern zur Nähnadel, in welche die Schneiderin sich bemühte, den neuen Faden einzufädeln. Die Nadel... Als würde sie zustechen, sich immer und immer wieder in sein Herz rammen. So fühlte er sich.

„Dann ist zwischen dir und Kijo tatsächlich Streit, hm?" Sie erinnerte sich wieder an den vorgestrigen Tag, als Junichi so überempfindlich auf die SMS reagiert hatte, die Katsu von Kijo erhalten hatte.

Junichi wand den Kopf zur Seite. „Es ist noch nicht einmal ein richtiger Streit." Er seufzte leise, bevor er fortfuhr: „Kijo hat sich vor einiger Zeit mir gegenüber ziemlich inakzeptabel verhalten und es bis heute nicht eingesehen."

„Was hat er gemacht?"

Junichi erzählte ihr von dem Tattoo-Studio, von seiner Angst, die er gehabt hatte, und von der Enttäuschung, als Kijo sich so plötzlich aus dem Staub gemacht hatte.

„Und hast du ihm das gesagt? Dass du seine Aktion von damals beschissen fandest?" Aki legte inzwischen das Kostüm, an welchem sie zuletzt gearbeitet hatte, beiseite und begab sich in den offenen Nebenraum, um das Kaffeewasser zum kochen zu bringen. Auch von hier aus konnte sie ihren Gesprächspartner ohne Probleme hören. - Wenn er etwas gesagt hätte. Aber Junichi blieb stumm. So schob sie bald darauf ihren Kopf zurück durch die offene Tür um zu kontrollieren, ob mit ihrem Gast noch alles in Ordnung war.

Junichi saß nach wie vor auf seinem Stuhl, blickte jedoch mit leicht verunsicherten Augen zu dem rothaarigen Mädchen hinüber. „Nein", erklang endlich die Antwort.

Diese Reaktion kam so verspätet, dass Aki ihre letzte Frage erst einmal selbst wieder rekonstruieren musste, um den Zusammenhang zu verstehen. Als sie den Gedankenfaden aber wieder aufgenommen hatte, fragte sie sogleich weiter: „Warum glaubst du dann von ihm erwarten zu können, dass er weiß, was mit dir los ist?"

Junichi sah mit einem Mal hilflos aus. So hilflos, wie er sich im Tattoo-Studio gefühlt hatte. „Er wusste, dass mir das Tattoo wichtig war, ich aber Angst hatte! Ich habe ihn schließlich nicht nur aus Spaß zu dem Termin mitgenommen."

Das Wasser begann zu kochen und Akis Gesicht verschwand wieder; musste sie doch das Kaffee-Pulver in die Becher löffeln und das Wasser anschließend hinterher gießen. So machte sie es immer, wenn sie schnell das tiefdunkle Heißgetränk in Anspruch nehmen wollte. Die Kaffeemaschine hatte dann Pause. Mit zwei randvollen Bechern kam sie kurz darauf zurück in den Hauptbereich der Werkstatt, stellte einen Becher vor Junichi ab und den zweiten auf der gegenüberliegenden Seite des Tisches, an welchem sie selbst Platz nahm.

Junichi sah in die Schwärze des heißen Kaffees, wirkte nachdenklich, abwesend.

Aki ließ ihm etwas Zeit, doch dann nahm sie das Gespräch wieder auf: „Was ist denn der Hintergrund deines Tattoos? Warum ist es dir so wichtig?"

Die Antwort ließ diesmal nicht lange auf sich warten. „Ich war sechzehn, als mein Vater starb. Etwa ein Jahr davor hatte er mir eine Kette mit einem Anhänger geschenkt. Ein schweres, rundes Stück Metall mit verschnörkeltem Muster und Ornamenten." Junichi hob den Becher und nahm einen Schluck, bevor er weiter redete. „Er war der Einzige aus meiner Familie gewesen, der an mich und meine Gitarre geglaubt hat. Der mich unterstützt und mir immer wieder Mut gemacht hat. Der mir gesagt hat, ich soll niemals aufgeben und ich würde es eines Tages schaffen, meinen Traum von einer richtigen Band zu verwirklichen." Kurzes Schweigen. „Dann war da der Unfall..."

Aki hatte ihm bis hierher zugehört, doch nun spürte sie, dass Junichi mit seiner Erzählung in einen Bereich vordrang, der ihm nicht leicht fiel und Schmerzen verursachte. „Hey, du musst mir nicht alles erzählen, wenn du-"

Doch Junichi ignorierte ihre gutgemeinten Worte. „Vor einigen Jahren habe ich die Kette während eines Umzugs verloren. Ich habe überall gesucht, habe Freunde gefragt, aber sie blieb verschwunden. Tauchte nie wieder auf." Er hob den Kopf und blickte seiner Zuhörerin nun direkt und ohne jede Scheu in die Augen. „Das Tattoo ist der Anhänger. Es sieht genauso aus."

Aki versuchte, den plötzlich aufkommenden Kloß in ihrem Hals hinunterzuschlucken. Die Erzählung berührte sie mehr als sie es selbst für möglich gehalten hätte.

Junichis Blick senkte sich wieder. „Ich hatte den Anhänger all die Jahre ganz deutlich vor meinem inneren Auge. Ich weiß heute noch genau, wie er aussah." Die Kraft seiner Stimme schwand. „Ich wollte ihn kein zweites Mal verlieren..." Die letzten Worte waren mehr ein heiseres Krächzen, bevor er schließlich seinen Kopf auf die Tischplatte sinken ließ und weinte.

14. I hate myself for loving you

Es war bereits später Abend in Yokosuka, der Himmel war dunkel, aber die Straßen wurden erhellt durch bunte Neonleuchtschriften, wild flackernde Reklametafeln, große und kleine Laternen, mit denen viele Restaurants ihren Standort verzierten, und die Straßenampeln, die den nächtlichen Verkehr regelten. Die Bürgersteige waren auch zu dieser Stunde nicht minder belebt als im hellen Tageslicht und so schritten die Leute die Straßen entlang und der Weg so mancher von ihnen führte an einer kleinen Schneiderei vorbei, in welcher jedoch schon lange kein Licht mehr brannte.

Im Inneren eben dieser Schneiderei befand sich, allem An schein zum Trotz, noch eine Person.

Aki saß seit einer geschlagenen Stunde vor dem Telefon und starrte selbiges immer wieder an. Eigentlich hatte sie sich vorgenommen, das Gerät auch zu benutzen, doch war sie inzwischen unsicher geworden. Unsicher darüber, ob ihr Vorhaben den gewünschten Erfolg erzielen würde – oder womöglich eine bestehende Wunde noch tiefer reißen könnte.

Sie hatte sich von Shigeki die Nummer von Kijo geben lassen. Seit dem saß sie da, untätig vor dem Telefon, und überlegte. Überlegte und überlegte und kam doch zu keinem klaren Ergebnis. Noch immer hatte sie die Szene vor Augen, die sich hier am Nachmittag ereignet hatte. Als Junichi von dem Streit mit Kijo berichtete und ihr den Hintergrund seines Tattoos verriet. Dieses Gespräch ließ sie nicht mehr los. Die Sache mit dem Vater hatte sie zutiefst berührt, aber der Vater war tot und Junichi musste seinen eigenen Weg finden, damit umzugehen. Was jedoch noch am Leben war, war die Freundschaft zwischen ihm und Kijo. Auch wenn Diese gerade stark belastet schien. Und genau an dem Punkt wollte Aki ansetzen. Ihr war klar, dass Kijo Junichis Verhalten nie verstehen würde, wenn er nicht den Hintergrund dazu kannte. Dass Junichi ihn Diesen nicht wissen ließ, machte die ganze Sache natürlich nicht leichter.

Ob sie wohl die Einzige war, der Junichi die Geschichte mit seinem Vater erzählt hatte? Ob Kijo was davon wusste? Wenn schon nicht von den Beweggründen Junichis zu seiner Tattoo-Wahl? Wie lange kannten sich Jun und Kijo eigentlich schon...?

Schließlich überwand sich Aki und griff nun doch zum Hörer, wählte Kijos Nummer. Shigeki hatte gesagt, Kijo sei fast immer erreichbar. Und bereits nach dem zweiten Freizeichen meldete sich jemand am anderen Ende der Leitung.

Katsu verschluckte sich an seinem Kaffee. Ein ersticktes Husten und Keuchen folgte, dann war es für einen kurzen Moment wieder still und er starrte Aki nur fassungslos an. *„Was hast du getan?"*, platzte es dann ungläubig aus ihm heraus. Das soeben Gehörte wollte irgendwie nicht seinen Verstand erreichen.

„Ich habe Junichi und Kijo heute morgen in die Werkstatt bestellt und sie sich aussprechen lassen", wiederholte Aki im gelassenen Ton und schaute ihn ebenso gelassen an. Ihr bereits halb leer getrunkener Kaffeebecher stand vor ihr auf dem Tisch.

„Und sie sind sich nicht gegenseitig an die Gurgel gesprungen?" Sein Blick wich keine Millisekunde von der Freundin ab.

„Nein", lachte Aki kurz auf, „warum sollten sie? Zugegeben, Jun war anfänglich nicht davon begeistert gewesen, dass er hier auf Kijo traf. Aber nachdem ich ihm klar machen konnte, dass er sich selbst nur am meisten im Weg stünde, wenn er mit Kijo nicht endlich reinen Tisch machen würde, hat er sich dazu breitschlagen lassen und ihm alles erzählt." Sie nahm einen Schluck, bevor sie fortfuhr: „Und Kijo ist ruhig geblieben und hat sich die ganze Geschichte angehört. Bis zum Schluss. Ich glaube, ihm war der ganze Schmerz, den Jun in sich trug, überhaupt gar nicht bewusst gewesen. Er sah zeitweilig ziemlich mitgenommen aus... - Na, jedenfalls sind sie schließlich wieder als versöhnte, beste Freunde hier raus gegangen", beendete Aki ihre Berichterstattung.

Katsu konnte es immer noch nicht fassen. Hatte er sich um etwas sehr ähnliches vor zwei Tagen nicht auch bemüht? Warum hatte Aki mit etwas Erfolg gehabt, woran er gescheitert war?

„Jun hatte mir gestern gebeichtet, du hättest den Streit zwischen den beiden auch schon schlichten wollen", setzte Aki wieder an, als hätte sie die Gedanken des Freundes lesen können.

Katsu fühlte sich ertappt. Und irritiert. „Ja...das stimmt", gab er zögerlich zu. „Aber kaum hat Jun Kijo gesehen, ist er völlig ausgerastet und abgehauen." Dieses Bild hatte er noch sehr lebhaft in Erinnerung. Und genau deswegen schien ihm Akis Erzählung mit seinen eigenen Erfahrungen, die er gemacht hatte, nicht kompatibel.

Aki fixierte ihr Gegenüber. „Du hast aber nicht gewusst, worum es bei den beiden genau ging, oder?"

„Nein."

„Siehst du? Das ist der Unterschied", versuchte sie ihm zu erklären. „Du hast dich an das Thema herangewagt, ohne genau zu wissen, was eigentlich Sache ist. Das konnte gar nicht gut gehen."

Katsu sah sie skeptisch an. „Ach, und du hattest natürlich gleich den Durchblick, hä?" Er kam sich gerade vor wie ein unwissendes, naives Kind, das belehrt werden müsse.

„Erst als Jun mir die ganze Hintergrundgeschichte erzählt hat. Vorher stand ich genauso im Dunkeln wie du."

Katsu spürte Eifersucht in sich aufkeimen. Warum erzählte Jun Aki etwas, was er sonst scheinbar niemandem erzählt hatte? Aki und er kannten sich doch kaum. Wieso vertraute er ihr dann gleich so etwas Intimes an? Gewann seine Freundin bei den Jungs von FreaX etwa gerade zunehmend an Sympathie, so sehr, dass sie ihn auszustechen drohte?

Mit diesen Gedanken und entsprechend schlechter Laune war Katsu am späteren Nachmittag zu den Bandproben von trial'n'error gegangen. Seine Konzentration war damit natürlich auf dem Nullpunkt, denn in seinem Kopf war nur noch Platz für seine Wut und seine Eifersucht darüber, dass Aki scheinbar so leichtes Spiel gehabt zu haben schien und er sich zuvor mit der selben Sache mächtig auf die Nase gelegt hatte. Immer wieder dachte er an Shiros und Akis Worte, mit denen sie ihm deutlich vor Augen geführt hatten, dass sie über seinen Misserfolg nicht verwundert waren - ja, ihn scheinbar sogar als selbstverständlich hinnahmen! Dass sich all diese negativen Gefühle auch auf die Proben übertrugen, war somit nicht verwunderlich.

„Stopp!", rief Joe gegen die Akustik von Drums, Gitarre und Bass an, um das Lied zu unterbrechen. Mit scharfem Blick fixierte er Katsu. „Ich habe dir jetzt schon drei Mal gesagt, dass du an der Stelle zu langsam bist. Wieso muss ich dir das jetzt zum vierten Mal sagen?"

Katsu antwortete nicht, blickte nur mit gesenktem Kopf wortlos auf den Hals seines Basses.

„Hörst du mir überhaupt zu?", wollte Joe wissen.

Immer noch keine Antwort des Rothaarigen. Lediglich den Kopf wand er nun zur Seite, in die entgegengesetzte Richtung seines Gesprächspartners. Wie ein trotziges Kleinkind, dass seinen Fehler nicht einsehen wollte.

„Oh man...", konnte man Gitarrist Mika im Hintergrund stöhnen hören. Ihm gingen die Eigenarten des Bassisten zunehmend auf die Nerven.

„Katsu!" Nun wurde Joe laut.

Der Angesprochene aber auch. „Was?", fauchte er zurück und sah Joe endlich ins Gesicht.

„Ich habe keine Lust auf dieses Kindertheater", erklärte der Bandleader mit schneidend scharfer Stimme. „Entweder zu reißt dich jetzt ein für alle Mal zusammen, oder du bist draußen!"

Die Auseinandersetzungen zwischen Katsu und Joe waren nichts Besonderes, sie gehörten fast schon zum Tagesprogramm. Doch bei den letzten Worten Joes wurde Mika nun hellhörig. Ihm lag inzwischen nämlich so Einiges daran, Katsu loszuwerden. Schon kurz nach dessen Eintritt in die Band war Mika die fehlende Disziplin des Jungen aufgefallen. Er hasste Disziplinlosigkeit und seiner Meinung nach konnte eine Band nicht lange überleben, wenn nicht alle Beteiligten ein gewisses

Maß an Disziplin an den Tag legten. Neugierig beäugte er daher nun Katsu, wie sich jener nach dieser Ansage verhielt.

„Schon klar, dass ich für euch alle nur der Loser bin!", entgegnete Katsu laut und meinte damit nicht nur die Band, sondern heimlich auch Aki und Shiro. Das Chaos in seinem Kopf ließ ihn nicht mehr klar denken. „Wenn irgendetwas nicht funktioniert – der dumme, kleine Basser war's! Wieso habt ihr mich überhaupt eingestellt, wenn ich euch doch zu schlecht bin? War niemand Besseres da?"

Mika zweifelte gerade an Katsus geistigem Alter; in seinen Augen war er einfach unreif.

Das sah offensichtlich nicht nur er so. „Du bist gefeuert", kam es daraufhin von Joe. Er sprach es ruhig, aber klar und deutlich aus. Seine Geduld war aufgebraucht.

„Fuck off!", keifte Katsu, während er sich von den Anderen abwandte, seinen Bass in der dazugehörigen Tasche verstaute und den Proberaum mit ihr verließ. Ohne seinen Kollegen auch nur noch ein Mal ins Gesicht zu blicken. Ohne etwas zu sagen. Er wusste, dass er hier unerwünscht geworden war und er wollte einfach nur noch weg.

Tomo, Mika und Joe sahen ihm nach, wie er durch die Tür verschwand. Schließlich hängte Mika seine Gitarre ab. „Wir brauchen 'nen neuen Bassisten", lautete die nüchterne Feststellung.

Frustriert, wütend und verletzt stapfte Katsu durch Yokosuka. Für seine Umwelt blind und taub, achtete er nicht im Geringsten darauf, ob er mit seinem Instrument irgendwelche Passanten anstieß. Es war ihm egal, was um ihn herum passierte, so wie ihm im Moment alles egal war. Er verfluchte sich, er verfluchte sein Leben. Er verfluchte die Tatsache, dass er sich nirgends einfügen konnte, dass er, wo er auch hinkam, stets ein Aussätziger war und blieb. Nichts schien er richtig machen zu können, *rein gar nichts*! Weder privat noch beruflich.

Mit dieser Wut im Bauch begab er sich zuerst nach Hause, um dort seinen Bass abzulegen. Anschließend setzte er sich in die Bahn und fuhr nach Yokohama, wo er am Bahnhof in Hodogaya ausstieg. Er hatte keine Ahnung, ob Shiro überhaupt zu

Hause war, aber das kümmerte ihn auch nicht, als er die Stufen des Treppenhauses hinaufstieg. Zur Not würde er wieder vor seiner Tür warten, darin hatte er ja schon Übung. Denn obwohl Shiro mit zu den Leuten gehörte, von denen er sich am meisten übertrumpft fühlte, sehnte er sich auch gleichzeitig nach einer vertrauten Person, bei der er Geborgenheit finden konnte. Und dazu zählte Shiro nun einmal auch.

Seine Wut hatte sich auf dem Weg hierher weitestgehend gelegt, aber seine schlechte Laune war geblieben.

Und so war das Erste, was Shiro zu Gesicht bekam, als er seine Wohnungstür öffnete, ein ziemlich missmutig dreinschauender Katsu. „Hey, was ist dir denn für 'ne Laus über die Leber gelaufen?", fragte er verwundert, während sich Katsu an ihm vorbei in das Wohnungsinnere schob.

Der Rotschopf antwortete nicht sofort, ging statt dessen gleich durch zu Shiros Wohnbereich. Aber auch dort angekommen machte er noch immer den Eindruck, als hätte er sein eigentliches Ziel nicht erreicht. Katsu blieb unausgeglichen und unruhig.

Shiro war ihm nachgegangen, nachdem er seine Wohnungstür wieder geschlossen hatte, und stand nun hinter ihm im Raum. Er spürte, dass sich in Katsu etwas zusammengebraut hatte. Er kannte nur noch nicht den Grund dafür. „Ist irgendwas passiert?", versuchte er dem Geheimnis auf die Schliche zu kommen.

Katsu drehte sich zu ihm um und sah ihn an, wand den Blick kurz darauf aber wieder ab. „Ich brauch 'ne Pause...war alles 'n bisschen stressig heute", nuschelte er ausweichend und ließ sich auf Shiros Bett plumpsen.

„Kein Thema", fand Shiro und akzeptierte den Fakt, dass Katsu ihn nicht umgehend aufklären wollte. Er ging hinüber zu seinem Schreibtisch und setzte sich an den PC, an welchem er schon gearbeitet hatte, bevor Katsu sich an der Tür bemerkbar gemacht hatte.

Katsu lag derweil mit weit von sich gestreckten Armen und Beinen mitten auf dem Bett. Seine Lider waren geschlossen und er versuchte, mit Hilfe des weichen Untergrunds und des vertrauten Geruchs der Laken, seinen Kopf frei zu kriegen.

Den ganzen Stress und Ärger einfach auszuatmen. Doch es gelang ihm nicht. Sein Kopf blieb voll. Er fuhr sich mit den Händen über das Gesicht und seufzte lautlos. Er wollte nicht die ganze Aufregung von sich Besitz ergreifen lassen, das kostete so viel Kraft.

Irgendwo, weit hinten in seiner Wahrnehmung, hörte er das Tippen der Tastatur und das Klicken der Computermaus.

„Ich bin gefeuert worden." Er sprach diesen Satz ohne jede Vorwarnung aus.

Die Arbeitsgeräusche verstummten abrupt.

Katsu hatte sich inzwischen zu einer sitzenden Position aufgerichtet und ließ den resignierten Blick über den Fußboden schweifen. „Joe meinte, ich sei zu-" Aber weiter kam er mit seiner Erklärung gar nicht, denn schon im nächsten Augenblick traf ihn ein kräftiger Faustschlag ins Gesicht! Sein Kopf wurde durch die Wucht zur Seite geschleudert und sein Oberkörper folgte. Nur mit den Händen verhinderte er den drohenden Fall auf die Laken. Der Schock über dieses plötzliche und völlig unerwartete Erlebnis kostete ihn ein, zwei Sekunden, bis er seinen Kopf zurück in die Ausgangsposition wendete und verstört nach oben sah. Was war das gerade...?

Shiro stand vor ihm, starrte auf ihn herab. Seine Augen funkelten vor Wut und glänzten vor Tränen. Seine Faust war noch geballt, löste sich jedoch langsam und sollte bald schon wieder die schlanke, langgliedrige Hand zum Vorschein bringen, die normalerweise gekonnt Stifte ihre Linien ziehen ließ oder die Saiten eines Basses zum schwingen brachte. Die Wut und Verzweiflung, die Katsu noch in sich getragen hatte, als er auf dem Weg hierher war, spiegelte sich nun in Shiros Augen wieder.

Katsu konnte sie ganz klar erkennen, diese zwei widersprüchlichen Gefühle im Gesicht des Älteren. Doch er konnte sie nicht verstehen. Immernoch irritiert, tastete er seinen Kiefer ab und stieß dabei auf etwas Blut, das ihm von der Lippe rann.

„Das ist das Mindeste, was du verdient hast", kommentierte Shiro diese Geste. Seine Stimme klang gepresst und heiser und seine glänzenden Augen blieben an Katsu haften.

Dieser verstand jedoch immer weniger. Im Normalfall hätte er einfach zurückgeschlagen, ohne lange zu zögern. Denn er war nicht der Typ, der sich bedingungslos vermöbeln ließ. Was an dieser Situation jedoch nicht normal war war, dass er diesen Faustschlag von *Shiro* erhalten hatte. Shiro hatte ihn noch nie zuvor geschlagen. Und er sah auch keinen Grund, warum er es jetzt auf einmal tat. Die Antwort darauf sollte jedoch nicht lange auf sich warten.

„Du Miststück machst dir dein eigenes Leben kaputt und merkst es nicht mal", grollte Shiro und seine Stimme war nicht minder heiser als zuvor. Im Gegensatz zu Katsu befand sich Shiro seit des Faustschlags noch immer in der selben Position. Beinahe schien er wie versteinert. Aber in seinem Gesicht machten sich nun doch deutliche Veränderungen bemerkbar: Die Augenlider hielten den angesammelten Tränen nicht mehr Stand und so begann die salzige Flüssigkeit sich ihren Weg nach unten zu bahnen.

Shiro weinte.

Katsu hatte ihn noch nie zuvor weinen gesehen und dieser Anblick brachte ihn nun endgültig aus der Fassung. In diesen Momenten sah er nicht mehr den sonst so sicheren Shiro, der scheinbar immer zu wissen schien, welchen Weg man einschlagen musste um an sein Ziel zu gelangen. In diesen Momenten sah er einen hilflosen Jungen vor sich stehen, der nicht mehr weiter wusste. Und ihn so sehen zu müssen zerriss ihm innerlich das Herz, denn plötzlich beschlich Katsu das Gefühl, es sei seine Schuld, dass Shiro dieses Bild darbot. Es sei seine Schuld, dass er litt. Ihm schossen nun selbst Tränen in die Augen, denn das hatte er nicht gewollt. „Shiro...!" Auch seine Stimme hatte sich zu einem rauen Krächzen gewandelt. Katsu erhob sich vom Bett und stand nun dicht vor ihm, streckte eine Hand aus und wollte Shiros Gesicht berühren.

Doch Shiro verhinderte diesen kläglichen Versuch der Versöhnung, griff nach Katsus Handgelenk und schob es bestimmend beiseite, noch bevor dessen Finger seine Haut berühren konnten. „Ich will, dass du gehst."

Dieser Satz bohrte sich wie ein Dolch in Katsus Herz. Es war Ablehnung, die von Shiro ausging und ihn traf. Vor fünf

Minuten hatte Katsu noch geglaubt, sich hier bei ihm ausruhen zu können, doch jetzt schickte er ihn wieder zurück vor die Tür. Aus heiterem Himmel. Oder war der Himmel gar nicht so heiter gewesen, wie er schien...?

„Shiro, es tut mir Leid, ich-!"

„Katsu! Geh!", schnitt Shiro ihm abermals konsequent den Satz ab. Er wollte sich auf keine ellenlangen Diskussionen einlassen, er wollte keine Entschuldigungen hören, die doch kein Gewicht trugen - er wollte diese Szene beenden. Denn noch immer kämpfte er gegen sich selbst an. Flossen auch die Tränen, so unterdrückte er einen Großteil der Trauer und gab sich größte Mühe, diese in sich zu behalten bis er alleine war. Und das wurde immer schwieriger, denn Katsu bewies in diesen Momenten alles andere als Reaktionsschnelligkeit.

Nur zögerlich trat Katsu von ihm zurück. Er spürte innerlich, dass er mit irgendwas zu weit gegangen war. Nur hatten sich für sein Verständnis noch nicht alle Puzzleteile zusammengefügt. Aber dass er hier, zumindest für den Moment, als unerwünscht galt, war eindeutig. Und so verließ er schließlich wie ein geprügelter Hund das Schlachtfeld. Als er an der Tür angekommen war, drehte er sich noch ein Mal zu Shiro um. „Es tut mir Leid", wisperte er tonlos, denn die Tränen hatten nun auch seine Stimme außer Gefecht gesetzt. Dann verschwand er ins Treppenhaus.

Shiro schloss die Tür hinter ihm. Keine Sekunde zu früh, denn der innerliche Schmerz war nicht mehr aufzuhalten und übermannte ihn. Mit dem Rücken an die Tür gelehnt sank er nun zu Boden und heulte hemmungslos drauf los. Es war zu viel, es war einfach zu viel! Die langen, schlanken Finger vergruben sich in der blonden Mähne, während der Kopf auf den angewinkelten Knien ruhte. Das Schluchzen und Winseln sollte nicht so schnell vergehen.

Es war dunkel geworden in Yokohama und Katsu setzte ziellos einen Fuß vor den anderen. Seit einer gefühlten Ewigkeit wandelte er nun schon durch die Straßen und wusste einfach nicht wohin mit sich. Theoretisch hätte er sich mit Kijo treffen und ihm sein Leid klagen können, doch nach seiner

Pleite mit der missglückten Hilfestellung in Bezug auf Junichi wollte er ihm lieber erst einmal aus dem Weg gehen. Es wäre für ihn einfach zu demütigend gewesen. Die Alternative, die sich daraus ergab, war eine einsame Sauftour. Aber ins MAVERICK wollte er nicht, obwohl es am nächsten zu Shiros Wohnung lag. Doch der Laden erinnerte ihn zu sehr an eben Diesen und das konnte er jetzt gerade überhaupt nicht gebrauchen. Daher entschied er sich spontan für eine etwas abgeschieden gelegene Hinterhof-Kneipe. Ihm war egal, wo er inzwischen gelandet war, er wollte sich einfach nur noch betäuben. Und das ging mit Alkohol erfahrungsgemäß gut.

Die zwielichtigen Gestalten, die um ihn herum in dem halb abgedunkelten Lokal saßen, ignorierend, bestellte er sich einen Whiskey. Dieser schmeckte scheußlich, wie er wenige Augenblicke später feststellen durfte, aber er zwang sich die flüssige Schärfe trotzdem Schluck für Schluck runter. Und schon beim zweiten Glas gelang es ihm, den medizinartigen Geschmack, der von billiger Qualität zeugte, weitestgehend zu ignorieren.

Katsu wünschte sich zu vergessen. Er wünschte sich ins Koma zu saufen und sein anschließendes Erwachen wäre gezeichnet von einem einzigen Filmriss. Sein ganzes Leben sollte ein Filmriss sein. Einfach alles vergessen, besonders die letzten Tage, die letzten Stunden... - Was ihn jedoch vehement an diesem Plan hinderte, war seine aufgeplatzte Lippe, die er von Shiro erhalten hatte, und die jedes Mal ein brennendes Gefühl durch seine Nervenbahnen jagte, wenn der Alkohol mit der offenen Wunde in Kontakt kam.

Wie konnte er ihn nur soweit getrieben haben, dass Shiro plötzlich zuschlug? Er hatte bei ihm doch einfach nur Trost und Schutz gesucht, aber statt dessen hatte er ihn in Rage gebracht. Nur weil er – mal wieder – aus einer Band geflogen war? Weil er, wie Shiro sich ausgedrückt hatte, sich sein „eigenes Leben kaputt" machte...?

Katsu hatte inzwischen auch das zweite Glas fast leer getrunken, ohne es gemerkt zu haben. Nur noch eine dünne Schicht der goldbraunen Flüssigkeit bedeckte den Boden des Glases.

Er wollte vergessen, doch in Wirklichkeit kreisten seine Gedanken unaufhörlich um Shiro. Dieses Bild ging ihm nicht mehr aus dem Kopf, wie Shiro weinend vor ihm gestanden hatte... Es schien so abstrakt; er hätte es niemals für möglich gehalten, solch eine Szene je zu erleben. Und dann war er letzten Endes auch noch der Auslöser für eben Selbige gewesen... Etwas zu laut setzte er das Glas auf dem Tresen ab.

Gottverdammt, er liebte ihn doch! Er hätte es nie irgendjemandem gegenüber offen gestanden, aber er liebte ihn! Wieso brachen dann aber immer wieder diese Streitigkeiten zwischen ihnen beiden aus und warum nahmen sie so beängstigend an Intensität zu? Warum diese Gefühle? Diese Gefühle aus Neid, Wut und Unsicherheit, mit denen er sich in Shiros Gegenwart früher oder später immer wieder konfrontiert sah? Warum konnten sie nicht einfach ganz normal miteinander umgehen, wie es andere Menschen auch taten? Warum schien das alles so unmöglich?

Sein zermartertes Hirn streikte und ließ ihn mit den Fragen alleine. Katsu leerte sein Glas mit einem Schluck, knallte Selbiges abermals etwas zu laut auf den Tresen, legte kommentarlos das Geld daneben und verließ die Kneipe.

Draußen empfing ihn wieder die drückende Sommerschwüle und sein bereits angetrunkener Zustand ließ ihn diese Atmosphäre verstärkt wahrnehmen. Er setzte seine ziellose Wanderschaft fort und torkelte, ohne jegliches Zeitempfinden, durch die Straßen. Die Gegend war nicht stark belebt, trotzdem boten sie ihm zahlreiche Stolperfallen. So war es schließlich ein in Form geschnittener Busch am Gehwegrand, in Kombination mit einem davor abgestellten Fahrrad, welcher ihn zu Fall brachte. Fluchend fand sich Katsu im dichten Geäst wieder, welches ihm das Gesicht zerkratzte und ihm beim hilflosen Versuch, sich aus dieser Misere zu befreien, in Hände und Arme stach. Was erlaubte sich dieses Grünzeug, ihm einfach so in die Quere zu kommen? Keuchend und ächzend bemühte er sich, dem unliebsamen Gestrüpp zu entkommen, aber seine bleiernen Glieder wollten nicht so wie er und damit war sein eigener Körper im Moment das größte Hindernis.

„Hey, brauchst du Hilfe?", erklang plötzlich eine fremde Stimme in unmittelbarer Nähe.

Katsu reagierte nicht auf die Frage. Er hatte sie zwar vernommen, im Moment jedoch absolut keine Lust, sich mit anderen Menschen auseinanderzusetzen. Da versuchte er lieber alleine, seinen Körper wieder unter Kontrolle zu bekommen.

Aber der Fremde schien es wohl zu gut zu meinen. „Warte, nimm meine Hand", und er streckte Katsu eben selbige entgegen.

Katsu jedoch warf ihm nur einen kurzen, funkelnden Blick zu. „Lass mich in Ruhe", fauchte er und zappelte anschließend noch kläglicher als zuvor. Die helfende Hand ignorierend. Durch dieses Gezappel stieß er nun jedoch kraftvoll aber völlig unbeabsichtigt mit seinem Fuß gegen die ausgestreckte Hand des ihm Unbekannten.

Ein knirschendes Geräusch war die Folge.

Der Fremde, ein junger, großgewachsener, hagerer Mann mit kurzen, blondierten Haaren, krümmte sich. „Verdammt! Was soll das?!", jaulte er auf und zog seine Hand sogleich zurück, die auf einmal in einem etwas seltsamen Winkel von seinem Handgelenk abstand.

Jetzt erst hielt Katsu inne. Er registrierte, dass soeben irgendetwas schief gelaufen war, aber durch die Trägheit seines Hirnes war ihm nicht sofort schlüssig, was es war.

Plötzlich trat eine weitere Person dieser Szene bei. Es war ebenfalls ein Mann, ungefähr so groß wie der Blonde, verfügte jedoch über einen gut durchtrainierten Körper, was ihn nicht geringfügig bedrohlich wirken ließ. Sein türkisfarbener Bürstenhaarschnitt und seine grimmige Mimik unterstrichen diesen Eindruck noch zusätzlich. Er trat dicht vor dem im Gebüsch liegenden Katsu und sah mit düsterem Blick auf ihn herab. „Was fällt dir ein, meinen Cousin zu verletzen? Er wollte dir nur helfen."

Die Stimme des Bürstenhaarschnitts war tiefdunkel und in Katsus Ohren klang sie wie das Grollen eines herannahenden Gewitters. Er wollte etwas sagen, brachte jedoch keinen Ton mehr heraus. Im nächsten Moment packte ihn eine Riesenfaust am Kragen, zog ihn scheinbar mühelos aus dem Gebüsch und immer näher vor das Gesicht seines vermeintlichen Retters. Er spürte dessen Atem nun direkt auf seiner Haut, glaubte, die Wut des Anderen riechen zu können. Als er im nächsten Moment aus dem Augenwinkel eine zweite Faust auf sich zurasen sah, wusste er, dass er bereits verloren hatte.

Der Schein der Schreibtischlampe war die einzige Lichtquelle im Zimmer, sah man einmal von der Digitalanzeige des CD-Players ab. Ersteres warf seinen Fokus auf einen weißen Zeichenblock, dessen aufgeschlagenes Blatt Papier zunehmend mit unruhigen Bleistiftlinien gefüllt wurde. Daneben ein Becher Kaffee – bereits der fünfte an diesem Abend.

Shiro versuchte sich zu beruhigen. Normalerweise gelang ihm das immer mit zeichnen. Nur heute wollte die altbewährte Methode nicht greifen. Er wusste nicht, an der wievielten Skizze er inzwischen schon saß; nach dem zehnten Blatt hatte er aufgehört zu zählen. Aber seine innere Unruhe bekam er mit dem Bleistift als Instrument heute einfach nicht kompensiert. Sie war zu groß, die Aufgewühltheit seiner Seele. Und eigentlich wusste er das auch – er wollte es nur nicht wahr haben. Er wollte nicht wahr haben, dass Katsu ihn so massiv verletzt hatte, dass er genau die Enttäuschung erlebte, die ihn wütend und traurig zugleich machte und die ihm das Herz bluten ließ. Shiro verfluchte sich inzwischen selbst dafür, dass er es zugelassen hatte, dass ihm dieser sture Junge im Laufe der vergangenen Monate so wichtig geworden war. Und er hätte noch weitaus mehr verflucht, wenn ihn die Türklingel nicht plötzlich aus seinen Gedanken gerissen hätte. Irritiert warf er einen Blick auf die Uhr.

22:58 Uhr.

Wer wollte denn um diese Zeit noch was von ihm? Shigeki hätte sich vorher telefonisch kurz angekündigt und andere Freunde oder Bekannte kamen ihn zu so später Stunde normalerweise nicht mehr besuchen, es sei denn es war vorher abgesprochen. Die einzige Ausnahme, die ihm spontan noch einfiel, wäre Kijo gewesen. Dem waren Tageszeiten stets egal und manchmal fragte er sich, wann dieser Kerl eigentlich schlief.

Von seiner eigenen Neugierde gepackt stand Shiro auf und ging zur Tür, warf jedoch, bevor er selbige öffnete, noch einen prüfenden Blick durch den Spion. Was er dort zu sehen bekam, verstörte ihn nun vollends: Die Person, die da draußen auf dem Flur stand, sah aus wie Katsu. Aber der Zustand, in welcher sie sich befand, war grausig und noch bevor er überhaupt darüber nachdachte, öffnete er auch schon die Tür.

Das Erste, was Shiro begrüßte, war ein großer roter Wust völlig zerzauster Haare, stellenweise verklettet und mit kleinen Aststückchen und Blättern befangen. Dieser Wust hob sich nur sehr zögerlich und unter ihm kam ein demoliertes Gesicht zum Vorschein. Ein zutiefst devotes und müdes Augenpaar warf seinen Blick auf ihn. Umrahmt von Blutergüssen.

Der übrige Körper schien in keinem besseren Zustand zu sein; er zitterte und stand gekrümmt vor ihm. Die möglichen Verletzungen ließen sich nur erahnen, wurden sie doch größtenteils von verdreckter Kleidung bedeckt.

Shiro hatte das Gefühl, er stünde einem Zombie gegenüber. Er wusste, es war Katsu, und doch begriff er nicht, warum dieser eine Optik darbot, die auf jeder Halloween-Party sofort den ersten Preis gewonnen hätte. Als er ihn vor einigen Stunden zuletzt gesehen hatte, wies er lediglich eine blutige Lippe auf. Aber jetzt musste man die unversehrten Stellen an ihm schon suchen! Dieser Anblick schockte ihn so sehr, dass er zunächst starr in der Tür stehen blieb und keinen Ton herausbrachte.

Auch Katsu sagte nichts, denn das kostete Kraft und diese Kraft hatte er im Moment nicht. Das machte sich auch schon im nächsten Augenblick bemerkbar, als seine Beine plötzlich nachgaben und er zusammenbrach.

„Katsu!" Endlich kam wieder Leben in Shiro. Als er sah, wie ihm der Freund vor die Füße fiel, kniete er sich zu ihm nieder, griff ihm unter die Arme und hievte ihn hoch, um ihn vom Treppenhaus in seine Wohnung zu ziehen. Das kleine Stück bis in den Flur gelang ihm das auch, dort setzte er ihn mit dem Rücken zur Wand ab und schloss die Tür. Als er sich anschließend wieder Katsu zuwandte, sah er, dass dieser die Augen geöffnet hatte.

Katsu schaute ins Abseits; sein Blick schien leer und gebrochen.

„Verdammt...!" Der Schock wandelte sich in Verzweiflung und breitete sich gnadenlos in Shiro aus, welcher sich nun neben Katsu hockte. „Wer hat dir das angetan?" Seine Stimme zitterte. Er konnte einfach nicht begreifen, warum man den Anderen so zugerichtet hatte! Und dass es offensichtlich passiert sein musste, nachdem er ihn weggeschickt hatte. War es etwa seine Schuld gewesen...?

Katsu wand seinen Kopf in Shiros Richtung und sein eben noch leerer Blick war nun gefüllt mit Traurigkeit. Tränen rannen ihm über die zerkratzten Wangen und er streckte eine Hand nach dem Blonden aus, klammerte sich an dessen Oberarm. „Es tut mir Leid...", krächzte er tonlos.

In Shiro brachen alle Dämme. Er konnte nicht mehr an sich halten und so floss auch bei ihm wieder das salzige Nass. Er zog Katsu in seine Arme und drückte ihn sanft an sich. Das hatte er doch gar nicht beabsichtigt! Soweit hatte er es nie kommen lassen wollen! Es tat weh, ihn so zu sehen, es tat so furchtbar weh...

Beide Jungen lagen sich weinend in den Armen und wollten den jeweils Anderen gar nicht mehr loslassen. Der Versuch, sich voneinander abzuwenden, war gescheitert.

Nur ein Zimmer weiter erklang aus den Boxen der Stereoanlage „A world without heroes" von Kiss.

15. Kiss Me Kiss Me Kiss Me!

Er drückte mit den Fingerkuppen die Saiten auf das Griffbrett nieder, bemühte sich, Kijos vorgegebene Akkorde zu kopieren und die daraus resultierende Melodie nachzuspielen. Es funktionierte nicht auf Anhieb und er musste mehrfach neu ansetzen, erwies sich die Griffreihenfolge doch als sehr ungewöhnlich. Aber irgendwann hatte er den Dreh raus und seine Gibson folgte den Klängen von Kijos Fernandes.

Es war ein tolles Gefühl, mit dem Freund auf dessen Bett zu sitzen und gemeinsam Gitarre zu spielen und Junichi fragte sich, wie er es die vergangenen Monate ohne solche Momente eigentlich ausgehalten hatte.

Kijo legte seine Gitarre schließlich beiseite und stand auf, begab sich in die Küche. „Kirsche oder Pfirsich?", fragte er seinen Gast noch auf dem Weg dorthin, ohne eine Erklärung hinterherzuschicken.

„Kirsche", antwortete Junichi, wenn er sich auch nicht sicher war, was er nun als Nächstes präsentiert bekäme. Aber er wusste, es würde etwas Essbares sein.

Knappe zehn Minuten später kam Kijo mit einem großen Teller auf den Händen balancierend zurück ins Zimmer. Auf dem Teller waren tiefdunkle Schokoladenmuffins gestapelt, aus deren Hauben im großzügigen Maß rosafarbene Creme herausquoll. Kijo platzierte die Leckereien auf dem Bett und setzte sich wieder dicht neben Junichi. Gemeinsam vergriffen sie sich nun an den ästhetisch hergerichteten Muffins. Dabei fragte sich Junichi, ob Kijo diese Süßigkeiten selbst gezaubert hatte oder ob er einfach nur gut einkaufen konnte. Aber er verzichtete darauf, seine Frage laut auszusprechen, denn eine Antwort würde er nicht erhalten. Diese Antwort erteilte Kijo nie jemandem, der ihn nach so etwas fragte; das hatte Junichi bereits mehrere Male beobachten können.

„Wieso hast du mir eigentlich nie etwas von deinem Vater erzählt?", erkundigte sich Kijo plötzlich mitten beim Kauen.

Junichi reagierte nicht sofort, aß zunächst den Muffin in seiner Hand auf.

Kijo beobachtete ihn dabei, während er selbst aß. „War es dir peinlich?" Eine Frage, über die er nicht lange nachgedacht hatte.

Das erschien dem Anderen ebenso und er blickte den Freund leicht irritiert an. „Was sollte mir daran peinlich gewesen sein?"

Kijo zuckte mit den Schultern und schob sich den letzten Bissen des ersten Muffins in den noch halbvollen Mund. „Keine Ahnung, aber irgendeinen Grund musst du doch gehabt haben", erwiderte er im harmlosen Tonfall. Er strahlte in diesen Momenten die Unschuld eines Kindes aus, wie er es oft tat, wenn es galt, aus jemand Anderen Informationen herauszukitzeln. Ob diese Unschuld jedoch nur Schein oder doch Sein war, vermochte niemand mit Bestimmtheit zu sagen.

Junichis Blick wurde abwesend, als würde er sich die damalige Zeit wieder vor Augen führen. „Zuerst war ich verzweifelt. Ich wollte es nicht wahr haben, dass mein Vater tot ist", begann er zu berichten, während Kijo schon nach dem zweiten Muffin griff. „Es ging alles so schnell... Ich konnte mich gar nicht richtig von ihm verabschieden." Für einen Moment schienen seine Augen tatsächlich wieder die Vergangenheit zu sehen. Doch dieser Moment hielt nicht lange an; Junichi wollte sich nicht wieder von den alten Dämonen gefangen nehmen lassen. „Dann wurde ich zunehmend wütender. Ich hasste die Situation, dass sie so gekommen war, wie sie gekommen war. Und als ich dann den Anhänger verloren hatte, glaubte ich, ich hätte mich selbst verloren." Er senkte den Kopf, schloss für einen kurzen Moment die Augen. „Ich glaubte, ich hätte die Möglichkeit verloren, meine Träume zu realisieren."

Kijo hörte ihm aufmerksam zu, das machte sich schon an seinen verlangsamten Kaubewegungen bemerkbar. „Du wolltest deine Träume von dem Anhänger abhängig machen?", hakte er nach.

Junichi warf ihm einen Blick zu. „Er war alles, was ich noch an Bestätigung hatte! Meine gesamte Familie hat mich für einen hoffnungslosen Träumer und Spinner gehalten – nur

mein Vater nicht. Er hat an mich geglaubt und der Anhänger
war für mich der Beweis. Als Dieser dann verschwunden war,
war es, als sei ich tatsächlich nur ein hoffnungsloser Träumer
und Spinner."

Kijo leckte sich etwas Creme von der Hand. „Du hast also
nicht an dich selbst geglaubt?"

„Damals nicht, nein", gestand Junichi.

„Was hat sich verändert?", wollte Kijo wissen.

„Ich habe angefangen in Bands zu spielen. Das hat mir
mein Selbstvertrauen wieder zurück gebracht weil ich plötzlich
gemerkt habe, dass ich doch was kann." Junichi bediente sich
abermals an den Muffins.

Kijo sah ihn währenddessen lange an, ohne etwas zu sagen.
Bis sich plötzlich ein Lächeln auf seine Lippen legte. „Du hast
'ne Menge drauf, JunJun..." Er beugte sich vor und zog Junichi
ungefragt in seine Arme. „Als Gitarrist und als Freund."

Junichi ließ die unerwartete Geste zu, wenn er anfänglich
auch etwas verdutzt dreinschaute, den angebissenen Muffin
noch in der Hand haltend. Aber schnell genoss er den engen
Körperkontakt, erwiderte ihn schließlich sogar. Und plötzlich
wurde ihm klar, wie viel ihm Kijo eigentlich bedeutete. Nicht
nur als Zuhörer. Nicht nur als Bandkollege. Sondern als
Freund. Trotz seiner Macken.

Er sah ihm in das blasse Gesicht, das von Kratzern nur so
übersät war. Die Augen geschlossen – er schlief. Seine Züge
waren ruhig und entspannt, ebenso sein Atem.

Shiro saß auf der Kante seines Bettes und betrachtete Katsu, den er am gestrigen Abend, als dieser völlig demoliert vor
seiner Tür aufgetaucht war, bei sich aufgenommen hatte. Katsu
war so erschöpft gewesen, dass er sofort eingeschlafen und seit
dem noch kein einziges Mal wieder wach geworden war. Ganz
im Gegensatz zu Shiro: Er hatte in dieser Nacht keine Minute
Schlaf gefunden, zu groß war die Unordnung in seinem Kopf.
Und auch jetzt war es ihm noch nicht gelungen, über sein men-
tales Chaos Herr zu werden. Er fand einfach keine Ruhe. Erst
recht nicht, wenn er den Auslöser für dieses Chaos vor sich im
Bett liegen sah.

Shiro strich ihm sanft das Haar aus dem Gesicht, wollte dem Anderen den Blick freigeben. Doch dessen aktueller Zustand verwehrte ihm diese Möglichkeit.

Die langen, roten Strähnen Katsus boten einen krassen Kontrast zum weißen Laken, auf welchem sie ungeordnet drapiert waren. Shiro nahm Eine von ihnen zwischen die Fingerspitzen und fuhr sie nach. Er mochte Katsu. Er liebte ihn, wenn er mal ehrlich zu sich selbst war. Und gleichzeitig verfluchte er sich dafür, diese Gefühle für ihn zu hegen. Nicht aus Scham, sondern weil er spürte, dass es so nicht mehr weiterging. Katsu verbaute sich sein eigenes Leben und er stand nur daneben und sah zu. Viel mehr konnte er auch nicht tun, denn sooft er Katsu auch den Kopf waschen würde – dieser müsste selbst zur Einsicht kommen, die konnte er ihm nicht implizieren. Nur im Moment sah es ganz und gar nicht danach aus, als würde Katsu sein eigenes Fehlverhalten erkennen und das bedeutete wiederum, dass sich an der Situation so bald nichts ändern würde.

Shiros Augen musterten Katsus Körper, der sich unter der Bettdecke abzeichnete, welche diverse weitere Verletzungen im Verborgenen wahrte.

Von der ersten Umarmung an hatte er sich bei ihm wohl gefühlt, geborgen, ja, regelrecht beschützt. Jetzt lag dieser Körper hilflos und geschwächt neben ihm, benötigte selbst Schutz. Wie konnte er nur diese Geborgenheit bei jemandem verspüren, der im Grunde genommen vor sich selbst und seinen Dummheiten beschützt werden musste? Warum fühlte er sich an manchen Tagen mit Katsu so stark verbunden, so *ergänzt*, und an anderen Tagen flogen zwischen ihnen die Fetzen (beziehungsweise Fäuste)?

Shiro seufzte innerlich. Mit Katsu zusammen zu sein kostete Kraft. Viel Kraft. Und er merkte, dass er diese Kraft nicht mehr aufbringen konnte. Noch ein Mal warf er einen Blick in das schlafende Gesicht Katsus, verspürte dabei einen lähmenden Schmerz im Herzen. Dann überwand er sich, griff nach seinem Handy und wählte eine Nummer.

Als Kiri den Proberaum betrat, bot sich ihm ein Bild, welches er schon seit Monaten nicht mehr zu Gesicht bekommen hatte: In einer Ecke saßen Junichi und Kijo dicht beieinander und spielten ihre Gitarren, wobei sie zwischendurch immer mal wieder kleine Anweisungen oder Korrekturen austauschten. Es stellte einen starken Kontrast zur letzten Zeit dar, in welcher die Luft zwischen den beiden manchmal zum schneiden dick gewesen war. Kiri hatte zwar nie wirklich verstanden, was zu dieser temporären Distanz zwischen den Freunden geführt hatte, aber er war erleichtert, dass sich dieses Problem ganz offensichtlich wieder aufgelöst hatte. Er legte seine Tasche beiseite und steuerte die kleine Küchenzeile an, in welcher er schon Shigeki stehen sah. Schnell registrierte er jedoch, dass irgendetwas nicht in Ordnung war, denn der Bandleader stand mit nachdenklicher Miene da und starrte abwesend auf sein Handy, welches er in der Hand hielt.

„Hey!", begrüßte Kiri ihn und griff dabei nach dem unteren Behälter der Kaffeemaschine, um ihn mit Wasser zu füllen. „Alles in Ordnung?"

Shigeki behielt seinen Blick, trotz des neu hinzugekommenen Gesprächspartners, noch eine Weile auf das Display seines Handys gerichtet. „Die Proben laufen heute ohne Shiro", murmelte er mit monotoner Stimme.

„Wieso, ist er krank?", wunderte sich Kiri und fütterte die Maschine nun mit Kaffeepulver.

„Keine Ahnung...", kam die leicht abwesend klingende Antwort. „Er hat nur gesagt, er kommt heute nicht, hätte noch was zu tun..." Endlich hob Shigeki den Blick. „Er klang irgendwie komisch."

Kiri sah ihn verunsichert an. Kaum waren die Fronten auf der einen Seite geklärt, da bröckelte es an der anderen Seite? Was mochte da nun schon wieder los sein?

Shigeki hatte der Anruf des besten Freundes am Morgen die ganze Zeit über keine Ruhe gelassen und so entschloss er sich, nach den Proben bei Shiro vorbeizuschauen. Als er jedoch vor dessen Apartment stand und klingelte, machte ihm zunächst niemand auf. Auch auf Rufe folgte keinerlei Reaktion. Ein jeder Mensch hätte in solch einer Situation angenommen, Shiro sei einfach nicht zu Hause gewesen. Aber Shigeki hatte da ein anderes Gefühl. Er zögerte nicht lange und kramte sein Schlüsselbund hervor, wählte einen bestimmten Schlüssel aus und steckte ihn ins Schloss. Shiro und er hatten schon vor vielen Jahren einmal den Zweitschlüssel zu ihren Wohnungen untereinander ausgetauscht – für Notfälle. Er verschaffte sich binnen weniger Augenblicke Zutritt zu der Wohnung und begann sofort, alle Zimmer nach dem Freund abzusuchen. „Shiro? Shiro, wo bist du? Shiro!" Aufgrund seiner aufgeregten Stimme und seiner lauten Stiefelabsätze hatte er das leise Schluchzen zunächst nicht vernommen, doch als er nun in der Tür des Wohn- und Schlafzimmers stand und nur wenige Schritte ihm gegenüber seinen Freund erblickte, war es nicht mehr zu überhören.

Shiro saß zusammengekauert auf seinem schwarzen Bürosessel, der Tür zugewandt. Der Kopf lag zwischen den Armen vergraben, die wiederum um die angezogenen Beine geschlungen waren.

Shigeki erschrak bei diesem Anblick, wusste er doch, dass es so Einiges brauchte, um Shiro aus der Fassung zu bringen. Besorgt trat er auf ihn zu, ging vor ihm in die Knie. „Süßer, hey, was ist los?", wollte er wissen und legte ihm beide Hände auf die Arme.

Shiro jedoch war sichtlich zu aufgelöst, um die Frage auf Anhieb zu beantworten. Nur sehr langsam hob er seinen Kopf und gab ein völlig verheultes Gesicht frei. Einige Haarsträhnen klebten an der tränennassen Haut und das Schluchzen aus seinem Mund klang wie das eines verstörten Kindes.

Shigeki hatte ihn schon lange nicht mehr in solch einem Zustand erlebt. Er spürte den unbändigen Drang ihm helfen zu wollen, doch dafür musste er erst einmal herausfinden, was der Grund für diesen Gefühlsausbruch war. „Shiro..." Er strich ihm vorsichtig über den Kopf. „Was ist mit dir los? Was hast du?" Aber noch bevor er eine Antwort des Freundes erhielt, erweckte plötzlich etwas Rotes in seinem Augenwinkel seine Aufmerksamkeit und er wand den Blick nach Rechts.

Dort stand das Bett mit stark zerwühlten Laken – und er sah Blutflecke auf eben selbigen.

Striemen, Streifen, Abdrücke.

Shigeki erschrak bei diesem Bild noch mehr. „Gottverdammt, was ist hier passiert?" In Panik riss er Shiros Arme von dessen Beinen, untersuchte sie nach Schnittwunden, die dieser sich womöglich selbst zugefügt hatte. Als er nicht fündig wurde, suchte er nach Blutspuren am weißen T-Shirt, welches er trug. Doch auch das gab keinerlei Auskunft über die Ursache der verschmierten Laken.

Shiro bemühte sich schließlich um Aufklärung. „Das ist nicht von mir...", presste er wimmernd hervor.

Shigeki hielt in seiner Leibesvisitation inne. „Von wem dann?", wollte er wissen. Auf der einen Seite war er zwar beruhigt darüber, dass sein bester Freund, zumindest körperlich, nicht verletzt war, auf der anderen Seite jedoch gab es ihm immer noch keinen Aufschluss darüber, was sich in den letzten Stunden hier abgespielt hat.

Der Bewohner des Apartments wischte sich fahrig die Tränen aus den Augen, nur damit gleich wieder neue nachkamen. „Es...ist von Katsu...!"

Der feminine Mann mit dem vermeintlichen Engelsgesicht stutzte. „Katsu?", wiederholte er ungläubig. „Ist der auch hier? Ist er verletzt?"

„Verletzt schon...aber nicht mehr hier..." Jetzt setzte auch noch Schluckauf ein. Shiro hatte beim heulen zu viel Luft geschnappt. „Aber...die Verletzungen hat er nicht...von mir", ergänzte er kurz darauf seine Aussage, um den Anderen zu beruhigen. Für einen Moment zwang Shiro sich zur Ruhe und schloss die Augen. Weinen konnte so anstrengend sein.

„Wir haben uns getrennt."

Diesen kleinen Satz brachte er nur flüsternd über die schmalen Lippen. Dann ging wieder ein Zittern durch den schlanken Körper und es folgte ein neuer Schwall an Tränen.

Shigeki war wie erstarrt. Er hatte mit allerlei Dingen gerechnet, die Shiro ihm erzählen würde, aber gewiss nicht damit. Diese Nachricht kam zu überraschend und für einen Moment fühlte er sich wie überrollt. Doch der Anblick und das Weinen des Freundes holten ihn rasch wieder zurück ins Hier und Jetzt und er zog ihn daraufhin sanft an sich.

Shiro nahm diese Geste geradezu übereifrig an, flüchtete sich regelrecht in dessen Arme. Und als er nun den Halt des Anderen spürte, schien der größte Damm in ihm überhaupt erst zu brechen, denn jetzt barst alles aus ihm heraus. Das Weinen klang noch lauter, haltloser und herzzerreißender als bei Shigekis Ankunft und die heißen Tränen tränkten dessen Hemd.

Shigeki hielt ihn fest und hätte ihn von sich aus auch gar nicht mehr losgelassen. Er kannte ihn bereits lange genug um zu wissen, dass er es hier nicht mit handelsüblichem Liebeskummer zu tun hatte. Es steckte mehr dahinter, Katsu war für Shiro nicht einfach nur ein Liebhaber gewesen. Da hatte eine engere Bindung zwischen ihnen bestanden. Schon vor Monaten war ihm aufgefallen, dass in Shiro eine Veränderung stattgefunden hatte. Er war in mancherlei Hinsicht ruhiger und ausgeglichener geworden. Shigeki hatte das der Beziehung zu Katsu zugeschrieben. Er trug die Vermutung in sich, dass sich die beiden Jungs auf einer ganz bestimmten Ebene berührt hatten, doch hatte er diesen Gedanken nie ausgesprochen.

Ein Fuß wurde vor den anderen gesetzt, wieder und immer wieder. Den Blick starr nach vorne gerichtet, hatte Katsu keinen blassen Schimmer, wo er sich hier befand. Auch daran, wie er hierher gekommen war, konnte er sich nicht wirklich erinnern. Er wusste nur noch, dass er in Hodogaya in den Zug gestiegen war und irgendwann, mitten während der Fahrt, festgestellt hatte, dass er sich im falschen Zug befand. Er war daraufhin jedoch nicht gleich bei der nächsten Station ausgestiegen, sondern fuhr noch zwei oder drei Stationen weiter. Vielleicht waren es auch vier oder fünf. Er wusste es nicht mehr. An irgendeinem Bahnhof hatte er den Zug verlassen und stand mitten in einer ihm völlig fremden Stadt. Dann war er einfach drauflosgegangen. Irgendwohin, Hauptsache seine Füße blieben in Bewegung.

Katsu orientierte sich an nichts Bestimmten, er folgte schlichtweg der Straße unter seinen Sohlen, wohin auch immer sie ihn führen mochte. Selbst wenn sie ihn ins Nichts geleitete.

Shiro wollte ihn nicht mehr sehen.

Das hatte er ihm gesagt.

Vorhin.

Irgendwann.

Vielleicht war es auch schon einige Stunden her.

Aber es tat noch genauso weh wie im ersten Moment.

Nachdem er sich nach der gestrigen Prügelei irgendwie zu Shiros Wohnung geschleppt hatte – Katsu konnte sich auch an diesen Vorgang kaum noch erinnern -, hatte Shiro ihn bei sich aufgenommen. Katsu war daraufhin ziemlich schnell eingeschlafen und fand sich am heutigen Vormittag in Shiros Bett wieder. Shiro hatte ihm vorgeschlagen, erst einmal ein Bad zu nehmen und Katsu hatte das Angebot sofort angenommen. Das warme Wasser hatte ihm gut getan. Shiro hatte im Anschluss daran all seine Wunden verarztet und ihm sogar frische Kleidung – ein weißes T-Shirt und eine blaue, verwaschene Jeans – gegeben. Dann hatte er ihn gefragt, ob er etwas essen wolle. Und Katsu hatte gewollt. Während er eine Schüssel Ramen verschlang, fragte Shiro ihn nach seinen Verletzungen aus und Katsu berichtete von vergangener Nacht. Schon die ganze Zeit über, seit er das Bad genommen hatte, hatte er das Gefühl gehabt, Shiro benähme sich irgendwie anders als sonst. Als ob etwas Unausweichliches in der Luft gelegen hätte. Und als Katsu mit essen und erzählen fertig gewesen war, sollte sich seine Vermutung bestätigen. Jedoch viel schlagkräftiger, als er es erwartet hätte: Shiro sagte ihm, er wolle ihn nicht mehr sehen. Es war wie ein Schlag ins Gesicht gewesen, nur diesmal ohne Fäuste und spritzendem Blut.

Er hatte ihn anfänglich nur ungläubig angestarrt. Für wie lange, das konnte er im Nachhinein gar nicht mehr sagen. Es war eine Aufforderung und gleichzeitig eine Bitte gewesen, die für Katsu in dem Moment absolut surreal erschien. Aber Shiro war bei dieser Bitte geblieben und Katsu hatte gespürt, dass es ihm damit ernst war. Er hatte es in seinen Augen sehen können. Aber er hatte dort auch noch etwas anderes gesehen und das war Schmerz. Als sei es Shiro schwer gefallen, diese Entscheidung zu treffen. Warum hatte er sie dann aber erst getroffen, wenn es ihm in Wirklichkeit weh tat?

Katsu hatte es nicht verstanden, verstand es immer noch nicht.

Aber er hatte es schließlich irgendwie akzeptiert und war gegangen. Mit gesenktem Kopf, wie ein ungeliebter Streuner. Ohne eine letzte Umarmung. Ohne einen Kuss. Ohne all das, was er mit Shiro immer so geliebt hatte auszutauschen.

Und jetzt...

...war er hier.

Und wusste nicht, wo das war.

Das Klingeln eines Handys holte ihn plötzlich Stück für Stück aus seinen Erinnerungen zurück. Reflexartig schob er eine Hand in die Hosentasche, fand dort aber nichts vor. Auch die andere Hosentasche brachte nicht das gewünschte Mobilgerät ans Tageslicht. Aber klang dieser Klingelton, den er vernahm, nicht genau wie sein Handy...? Er wollte gerade seinen Rucksack von der Schulter nehmen und dort weiter nachforschen, als das Geräusch mit einem Mal verstummte. Im Anschluss daran hörte er eine entfernte Stimme, die ein Telefonat entgegennahm.

Katsu blinzelte und sah auf. Geschätzte zehn Meter vor ihm lief ein Junge, der mit einem Handy telefonierte. Das Klingeln war aus seiner Richtung gekommen.

Der Rothaarige war stehen geblieben und sah dem Jungen lange hinterher, bis dieser irgendwann um eine Ecke gebogen und verschwunden war. Vermutlich hatte der Typ ihn nicht einmal bemerkt. So selbstverständlich wie er sich bewegt hatte und so selbstverständlich wie er das Telefonat entgegengenommen hatte, schien es für ihn ein ganz normaler Tag zu sein. Gewöhnlich und unspektakulär. Beständiger Alltag.

Katsu wünschte sich in diesen Momenten auch seinen Alltag zurück, seinen Alltag aus Bandproben, Auftritten und der gemeinsamen Zeit mit Shiro. Doch von alledem war nichts mehr übrig geblieben.

Ein leichter Windhauch streifte ihn und ließ ihn den Stoff des weißen T-Shirts auf der Haut spüren, wodurch ihm wieder bewusst wurde, wessen Klamotten er gerade trug. Katsu fing an zu weinen.

Es war bereits Abend, als Katsu bei sich zu Hause angekommen war. Wie schon die Stunden zuvor, konnte er auch

diesmal seine eigenen Wege im Nachhinein nicht mehr nachvollziehen. Er fand sich nur irgendwann in seiner Wohnung
wieder und befand diesen Ort als angebracht. Den Rucksack,
hauptsächlich seine schmutzigen Klamotten beinhaltend, ließ
er auf halber Strecke zu Boden gleiten, während er sein Zimmer ansteuerte. Dort tat er es seinem tragbaren Gefährt gleich
und positionierte seinen Körper ausgestreckt auf dem harten
Untergrund. Die Augen geschlossen, mit dem Gesicht nach unten.

So lag er eine Weile da, atmete flach und außer der gerin-
gen aber gleichmäßigen Bewegung seines Brustkorbs rührte er
sich nicht. Stille umgab ihn, Ruhe, Einsamkeit.

Bis das Telefon klingelte.

Katsu reagierte nicht sofort, begann erst nach dem dritten
Klingeln seinen Körper träge hochzustemmen. Auch im Anschluss daran beeilte er sich nicht gerade, zum Telefon im Flur
zu gelangen. Schließlich hatte er es aber doch erreicht und entnahm es der Ladestation.

„Aki hier", meldete sich eine vertraute Stimme am anderen
Ende der Leitung. „Ich hab dich eben mehrmals auf dem Handy angerufen. Hat es irgendeinen bestimmten Grund, dass du
nicht ran gegangen bist?"

Katsu überlegte kurz. Er hatte es bis eben nicht klingeln
hören, das Festnetztelefon war das Einzige gewesen, welches
seit seiner Ankunft auf sich aufmerksam gemacht hatte. Dann
fiel ihm wieder ein, dass er sein Handy schon am Nachmittag
nicht dort vorgefunden hatte, wo es eigentlich hätte sein sollen.

Sein Blick fiel auf den Rucksack.

„Warte mal kurz", murmelte er und legte das Telefon beiseite, ging die zwei Schritte auf den einsam daliegenden Rucksack zu und begann sein Inneres zu durchwühlen. Dieses lag
kurz darauf vor ihm auf dem Boden verstreut, aber sein Handy
befand sich nicht darunter. Nach der nächtlichen Prügelei hatte
er es jedoch noch bei sich gehabt, das wusste er. Somit musste
er es bei Shiro liegen gelassen haben.

Katsu hatte anfänglich mit sich selbst gehadert, ob und
wenn ja wie er sich sein Handy zurück beschaffen sollte. Sei-

nen ersten Gedanken, Aki bei Shiro vorbeizuschicken, verwarf er schnell wieder. Zum Einen, weil er ihr noch nichts von dem Aus zwischen ihm und Shiro berichtet hatte und im Moment auch in keinster Weise daran interessiert war, dieses Thema mit ihr auszudiskutieren. Und zum Anderen, weil Aki mit ihrer Arbeit im Moment alle Hände voll zu tun und mit der Einhaltung des Zeitplans zu kämpfen hatte. Auch einem anderen von FreaX mochte er nichts über die gescheiterte Beziehung erzählen; vermutlich wussten sie schon alle von Shiro selbst darüber Bescheid und Katsu wollte sich vor ihnen keine Blöße geben. War er durch die jetzige Situation doch zunehmend zum Außenstehenden geworden.

Wobei seine Gedanken trotz allem mehrfach um Kijo kreisten. Kijo war, neben Shiro, das Mitglied aus der Band, mit welchem er sich am besten verstand. Sie waren in den vergangenen Monaten gute Freunde geworden. Er mochte den Paradiesvogel nicht nur aus reiner Sympathie, sondern weil er manchmal auch das Gefühl hatte, irgendetwas würde sie miteinander verbinden. Nur hatte er dieses Gefühl noch nicht näher definieren können. Aber trotz dieser Vertrautheit scheute er sich im Moment noch, ihm sein akutes Anliegen zu unterbreiten.

So fasste Katsu am nächsten Tag den Entschluss, selbst nach Yokohama zu fahren und Shiro noch ein Mal – vielleicht das letzte Mal – einen Besuch abzustatten.

Wie so oft, wenn er unangekündigt bei Shiro auftauchte, wusste er auch dieses Mal nicht, ob er ihn überhaupt antreffen würde. Die Proben mit FreaX fanden meist zu unterschiedlichen Zeiten statt und auch die organisatorischen Termine, die Shiro für die Band übernahm, waren stets sehr differierend gestreut.

Mit einem mulmigen Gefühl im Magen stapfte Katsu die Stufen im Treppenhaus hoch, bis er schließlich vor Shiros Apartment stand. Einen Moment lang zögerte er. Das Gefühl in seinem Magen steigerte sich kurzweilig bis zur Übelkeit, bevor es daraufhin wieder abebbte.

Katsu atmete tief durch. Dann drückte er auf den Klingelknopf.

Es dauerte eine Weile bis eine Reaktion erfolgte und Katsus Puls konnte sich nicht entscheiden, ob er schneller schlagen oder doch lieber in den Keller fallen wollte.

Aber schließlich öffnete sich die Tür und ein sichtlich verdutzter Shiro kam zum Vorschein. Es war ihm deutlich anzusehen, dass er mit diesem Besuch absolut nicht gerechnet hatte.

Dass Shiro bei seinem Anblick nichts sagte, machte Katsu noch unsicherer als er ohnehin schon war. Er wollte doch eigentlich nur kurz etwas abholen - aber jetzt, wo er dem Anderen wieder gegenüber stand, fühlte es sich so unerwartet seltsam an. Bis eben hatte er sein Hirn dazu zwingen können, allerlei Emotionen zu unterdrücken und sich nur auf das vermisste Handy zu konzentrieren. Aber jegliche Bemühungen, dieses Vorhaben einzuhalten, zerfielen in diesem Augenblick zu Staub. Shiro hatte ihm gestern gesagt, er wolle ihn nicht mehr sehen und er hatte sich heute dieser Bitte widersetzt. Und der Blonde schlug ihm nicht einmal die Tür vor der Nase zu.

„Ich muss mein Handy bei dir liegen gelassen haben", kam es endlich über Katsus Lippen, nachdem sie sich mehrere Sekunden lang nur stillschweigend angesehen hatten.

„Uhm...ja." Shiro kratzte sich etwas verlegen am Hinterkopf. „Ich habe es gestern Abend neben meinem Bett gefunden." In seiner Stimme schwang Unsicherheit mit. Er wusste offensichtlich gerade auch nicht so recht, wie er mit der gegebenen Situation umgehen sollte. „Warte, ich hol's dir." Er wechselte den Raum um das Handy zu holen. Die Wohnungstür ließ er jedoch einen deutlichen Spalt weit auf.

Katsu begutachtete den Spalt. Für einen Moment spielte er mit dem Gedanken, die unsichtbare Grenze zu überschreiten und die Wohnung zu betreten. Aber Diesen verwarf er ganz schnell wieder.

Kurz darauf erschien Shiro zurück an der Tür und reichte ihm das Handy. Dabei musterte er sein Gegenüber unauffällig. Katsu trug wieder seine eigene Kleidung, nicht mehr die, die er ihm am Vortag ausgeliehen hatte.

Mit einem genuschelten „Danke" nahm Katsu das mobile Telefon entgegen. Er senkte den Blick auf eben Selbiges in seiner Hand. Und jetzt sollte er einfach wieder gehen, als sei nichts gewesen? Als sei nichts Tiefgreifendes zwischen ihnen vorgefallen?

Shiro schien genauso unschlüssig zu sein, denn auch er stand nach wie in der Tür und machte keine Anstalten, sie im nächsten Moment zu schließen.

Für wenige Augenblicke herrschte wieder Schweigen.

Dann hob Katsu den Kopf. Er wollte ihn noch ein Mal spüren! Er wusste, würde er diese Chance nicht ergreifen, würde sich ihm keine weitere mehr anbieten. Er trat einen halben Schritt auf Shiro zu, griff mit der freien Hand nach dessen Gesicht und zog es zu sich. Ohne zu zögern legte er seine Lippen auf Shiros und ließ seine Zunge in dessen Mundhöhle eindringen. Diese vertraute feuchte Wärme wollte er noch ein Mal kosten.

Und Shiro erwiderte den Kuss sofort, ließ seine Zunge ohne Umwege zum Einsatz kommen. Er küsste Katsu mit einer Intensität, wie er es vom ersten Tag an getan hatte.

16. Cold Coffee

„Verfuckte Scheiße!"

Es war sowohl der Fluch als auch eine herumfliegende Schere die Katsu begrüßten, kaum dass er durch die Tür der Schneiderwerkstatt getreten war. Die Schere war mit gespreizten Klingen nur haarscharf an ihm vorbei gerauscht und prallte neben ihm ab, was sie abrupt zu Fall brachte und eine hässliche kleine Stelle in der Wand hinterließ.

Katsu warf einen unbeeindruckten Blick auf das nun außer Gefecht gesetzte Wurfgeschoss, welches, eben noch im kriegerischen Einsatz, nun kampfunfähig und hilflos auf dem Boden lag. Kurz darauf wand er seinen Kopf in Akis Richtung, die einige Schritte von ihm entfernt auf dem Fußboden hockte und ganz offensichtlich Probleme mit dem vor ihr liegenden Kostüm hatte.

„Heißt das, ich soll wieder gehen?", stellte er seine Frage im trockenen Ton an die Freundin und bezog sich damit auf seine Beinahe-Bekanntschaft mit der Schere.

Aki hatte ihn bis zum jetzigen Augenblick gar nicht bemerkt, so vertieft war sie in ihren Frust über das Nichtgelingen der Fertigstellung des Kleidungsstücks. Erschrocken hob sie ihren Kopf. „Hab ich dich getro-?!" Doch sie brach den Satz sofort ab als sie Katsu sah. „Oh mein Gott... Was ist denn mit dir passiert?" Sie stand auf und trat auf ihn zu, begutachtete die Blutergüsse und Schrammen, die Katsus Gesicht und Arme zierten. „Hast du dich mit deiner Band geprügelt?" Das war das Erste, was ihr spontan in den Sinn kam.

„Nein." Katsu schüttelte kurz den Kopf, senkte selbigen dabei. „Ich bin in 'ne Schlägerei reingerasselt."

Der Satz klang beinahe so, als sei dies nichts Ungewöhnliches gewesen.

„Setz dich", forderte sie ihn daraufhin auf, was sie sonst nie tat, und begab sich in die kleine Küchenzeile im anliegenden Raum.

Katsu steuerte das alte, abgesessene Sofa an, welches sich in einer der hinteren Ecken des Raumes befand. Als er sich auf dem harten Polster niederließ, spürte er plötzlich eine innere Leere in sich aufkommen. Obwohl so viele Gedanken gleichzeitig durch seinen Kopf rauschten, fühlte er sich leer. Als würden die Gedanken nur seine äußere Hülle bilden. Aber tief innen drin fehlte mit einem Mal etwas.

Es dauerte nicht lange und Aki kam zurück, hielt ihm einen dampfenden Becher Kaffee vor die Nase, während sie sich neben ihn setzte. „Erzähl. Wie ist das passiert?", fragte sie sanft.

Katsu nahm den Becher entgegen und begann zu berichten. Allerdings wurde seine Erzählung durchgehend von einer gewissen Distanz begleitet; es klang fast so, als redete er über eine fremde Person, der das alles passiert war. Als hätte er die Geschehnisse aus sicherer Entfernung beobachtet. Aber nicht, als sei er einer der Hauptakteure gewesen.

Als er seine Erzählung beendet hatte, setzte für einen Augenblick lang beidseitiges Schweigen ein.

„Du bist ein Dummkopf", war Akis erste Reaktion.

Katsu starrte nur vor sich hin. Er hatte diesen Vorwurf bereits während seiner Berichterstattung erahnt. Denn im Grunde genommen wusste er sehr wohl, dass er für seine derzeitige Situation selbst verantwortlich war.

Aki seufzte. „So wird das nie was, wenn du ständig aus jeder Band fliegst. Weder musikalisch noch finanziell."

„Ich weiß", kam es über Katsus Lippen genuschelt. Und das Schlimme war, dass es nicht einmal gelogen war. Katsu wusste ganz genau, wie sehr er sich mit seinem ständigen Bandwechsel selbst schadete. Und dennoch änderte er nichts an seinem Verhalten.

„Das mit Shiro tut mir trotzdem Leid." Sie legte ihm einen Arm um die Schultern. „Dass es so zwischen euch beiden aus geht, hab ich keinem gewünscht."

Katsu ignorierte den Schmerz der aufflammte, als die Freundin durch ihre Geste unwillkürlich einer Wunde auf seinem Rücken zu nahe kam. Statt dessen durchbohrte er weiterhin die Luft mit seinen Blicken. Den Kaffeebecher immer noch in der Hand. Er hatte bis jetzt keinen einzigen Schluck getrunken.

Plötzlich sank er mit dem Oberkörper zur Seite und landete mit selbigem auf Akis Schoß. „Scheiße, man... Er konnte so gut küssen...", wisperte er mit heiserer und sehnsuchtsvoller Stimme.

Shiros Augen fixierten gnadenlos den vor sich liegenden Brief vom Veranstalter. Kein Schriftzeichen konnte sich dem unerbittlichen Blick entziehen. Seit einer halben Stunde.

Auf der Tischfläche, dicht neben dem Brief, stand ein bis zum Rand gefüllter Becher Kaffee. Ebenfalls seit einer halben Stunde. Und inzwischen kalt.

Die scheinbar eingefrorene Szene löste sich erst, als Shigeki an den Tisch trat und mit einer einfachen Handbewegung das Stück Papier aus dem Augenschein des Anderen schob. „Wie oft hast du ihn dir jetzt schon durchgelesen? Hundertzwanzig Mal?"

Der Blick, mit welchem Shiro den Bandleader daraufhin ansah, vereinte Überraschung und Unverständnis miteinander.

Shigeki ließ sich davon jedoch nicht beirren. „Geh nach Hause, Süßer. Du kannst dich doch gar nicht auf die Arbeit konzentrieren." Seine Stimme war sanft und barg doch Besorgnis.

Shiro jedoch war anderer Meinung. Mit leicht säuerlicher Miene wand er selbige wieder von ihm ab. „Nach Hause gehen... Was soll ich denn da?", murrte er und ließ seine Augen unruhig über die Holzmaserung des Tisches huschen, da der vertraute Briefbogen nicht mehr auf seinem alten Platz vorzufinden war.

„Zur Ruhe kommen", lautete die prompte Antwort des besten Freundes, „denn im Moment bist du alles andere als bei der Sache und somit nicht zu gebrauchen."

„Wieso, ich bin doch ruhig?!", schnauzte Shiro ihn barsch an und griff zum ersten Mal nach dem Kaffeebecher, um ihn sich überschwänglich an die Lippen zu führen und einen großen Schluck zu nehmen. - Nur um im nächsten Moment angewidert das Gesicht zu verziehen und den Schluck kalten Kaffee mühevoll hinunterzuwürgen.

„Sieht man", kommentierte Shigeki die Szene nüchtern. Im nächsten Augenblick begab er sich jedoch dicht neben dem Freund in die Hocke und legte seine Hände auf dessen Schenkel. „Ich weiß wie du dich fühlst, Süßer. Und es tut mir Leid, dass es mit Katsu so gekommen ist", raunte er ihm beschwichtigend zu. Er erkannte in jeder von Shiros Bewegungen die Anspannung, die ihn quälte. „Darum will ich, dass du dir Zeit nimmst und dich ausruhst."

Shiro sah auf den langjährigen Freund hinab. Hob eine Augenbraue. „Der Spruch von 'nem Workaholic." Seit sie FreaX gegründet hatten, schien Shigeki mit seiner Arbeit verheiratet zu sein. Der Proberaum war schon längst zu seinem zweiten zu Hause geworden und von allen Beteiligten war Shigeki derjenige, der mit Abstand die wenigsten Stunden Schlaf pro Nacht vorzuweisen hatte.

Der feminine Drummer wand seinen Blick kurzzeitig ab. Erkannte er doch gerade selbst, wie widersprüchlich seine Aufforderung an den Anderen im Vergleich zu seinem eigenen Lebensstil war. „Das ist etwas anderes", behauptete er dann jedoch und sah Shiro wieder an. „Du befindest dich gerade in einer Ausnahmesituation. Und ich will, dass du dich davon wieder erholst." Eine Hand drückte sachte den Schenkel.

Er hatte gewonnen. Shiro gab seinen Widerstand auf. Gegen diese Gesten und dieses sanftmütige Gesicht, welches ihn bittend von unten anguckte, war er machtlos. Und er wusste, dass Shigeki das wusste. Shiro verließ den Proberaum mit dem Versprechen, sich am nächsten Morgen telefonisch bei seinem besten Freund zu melden. Den Heimweg trat er zu Fuß an. Er hatte es nicht weit. Vielleicht eine Viertelstunde. Obgleich er bei seinem heutigen Tempo sicherlich das Doppelte an Zeit benötigte. Seine Füße hatten es definitiv nicht eilig, ihn zurück in die einsame Stille seines Apartments zu bringen.

Es war ein wolkenloser Tag, die Sonne hatte ihren höchsten Punkt bereits hinter sich und schien dennoch grell vom Himmel hinab. Die Luft war heiß und schwül, nicht unüblich für diese Jahreszeit.

Als Shiro schon ganz in der Nähe seiner Wohnung war und gerade die kleine Kreuzung überquerte, fiel sein Blick unwillkürlich auf das Geländer der Flussmauer, die den Gehweg säumte. Augenblicklich sah er auf eben Dieser Katsu sitzen. Mit hängendem Kopf, wirrem Haar und hochgezogenen Schultern, die Beine lasch baumeln lassend. Genau so, wie er ihn dort vor wenigen Wochen tatsächlich sitzend vorgefunden hatte. Nur dass es sich diesmal lediglich um eine Erinnerung handelte. Ein im Gehirn abgespeichertes Bild, welches beim Anblick der Mauer plötzlich wieder aufgerufen wurde. Shiros Gang verlangsamte sich nochmals, beinahe kam er zum Stehen. Katsu... Als er ihn damals dort vorgefunden hatte, hatte Katsu mit den Problemen zu kämpfen gehabt, wegen denen sie sich schlussendlich getrennt hatten. Damals hatte Shiro gedacht, das Ruder sei noch herumzureißen, die Probleme seien noch zu meistern – irgendwie. Doch in Wirklichkeit waren sie das nie gewesen. Die Zeit lief von Anfang an gegen sie. Und obwohl ihm das inzwischen klar wurde, tat es gleichzeitig doch weh. Denn er hätte mit Katsu gerne eine andere Zukunft gewählt. Er hatte ihn doch geliebt. Er liebte ihn noch immer...

Shiros Fingerspitzen strichen sachte über das Geländer, bevor er sich von seinen Gedanken wieder losriss und sich selbst zum Weitergehen zwang. Er wollte sich nicht von der Vergangenheit einnehmen lassen, das würde zu nichts führen! Der Blonde bog um die nächste Ecke und stand auch schon vor dem mehrstöckigen Gebäude, in welchem sich seine Wohnung befand. Er begab sich ins Innere des Gebäudes, schritt die Treppenstufen hinauf und stand bald darauf vor seinem Apartment.

Kurzes Zögern.

Er würde alleine sein, wenn er diesen Raum betrat.

Langsam schob er den Schlüssel ins Schloss, drehte ihn ebenso langsam herum. Das leise Klicken der entriegelten Türsperre erklang. Er drückte die Tür auf, trat in den Wohnungsflur. Ließ seine Blicke flüchtig über die Einrichtung und die anliegenden Zimmer schweifen.

Wieder kurzes Zögern.

Er würde alleine sein, wenn er die Tür hinter sich schließe.

Es war mucksmäuschenstill, nichts und niemand wartete hier auf ihn, keiner war anwesend.

Er drückte die Tür hinter sich ins Schloss.

Er war alleine.

Normalerweise war Shiro gerne mal nur für sich, besonders als Ausgleich zu den manchmal turbulenten Proben und Live-Auftritten. Er hatte nie Probleme mit dem alleine sein gehabt. Doch seit er sich vor zwei Tagen von Katsu getrennt und diesem seiner Wohnung verwiesen hatte, sah das alles ganz anders aus. Seit dem kam ihm seine Behausung so stumm und lautlos vor wie noch nie zuvor. Erschreckend lautlos.

Shiro legte sein Schlüsselbund achtlos auf die kleine Kommode im Flur, streifte sich die Schuhe ab – was er grundsätzlich immer erst *nach* Betreten seiner Wohnung tat – und steuerte das Badezimmer an. Er verspürte den sehnlichen Wunsch nach kaltem Wasser in seinem erhitzten Gesicht. Als er den hellgekachelten Raum betrat und sich gerade dem Waschbecken zuwenden wollte, fiel sein Blick unwillkürlich in eine ganz bestimmte Ecke.

Es lag noch immer da, das blutbefleckte Handtuch, mit welchem er Katsus geschändeten Körper vorsichtig trocken getupft hatte, nachdem dieser ein Bad genommen hatte.

Für einige Sekunden verharrte Shiro mitten in seiner Bewegung. Dann änderte er seinen Kurs, bückte sich, hob das Handtuch auf und ließ sich langsam auf dem Klodeckel nieder, den Stoff in seinen Händen betrachtend. Warum hatte er es immer noch nicht weggeräumt? Die blutigen Bettlaken hatte er noch am selben Tag ausgewechselt gehabt. Naja, das stimmte nicht ganz, denn Shigeki war es eigentlich gewesen, der diese Aufgabe übernommen hatte. Er selbst hatte nur daneben gesessen und abwesend zugeguckt. Aber das Handtuch – das hätte er doch schon längst entsorgen können! Wieso hatte er das noch nicht getan gehabt? Seine Fingerspitzen fuhren über die bräunlichen, eingetrockneten Flecken. Katsus Blut. Es war noch etwas von ihm hier... War das der Grund gewesen? Wollte er es, trotz der selbstgewählten Entscheidung, doch nicht ganz wahr haben, wozu er sich entschlossen hatte? Wollte er ein Stück von Katsu bei sich behalten? Nur ein kleines Stück – und wenn es sein Blut war...?

Er hatte ihn plötzlich wieder vor Augen, wie er nackt vor ihm gestanden hatte – nicht nur äußerlich entblößt. Die helle, weiche Haut, immer wieder unterbrochen von Blutergüssen und Schrammen, die einen harten Kontrast boten. Wie hatte er ihn in dem Zustand eigentlich gehen lassen können? Wie hatte er ihn in der Verfassung vor die Tür setzen können?

Shiros Hände begannen zu zittern. Seine Augen füllten sich mit Tränen. – Schluss damit! Abrupt erhob er sich, ließ das Handtuch ungeachtet zu Boden gleiten, drehte den Wasserhahn auf und schlug sich mehrmals das kühle Nass ins Gesicht. Wieder. Und wieder. Und wieder. Bis er das Wasser irgendwann wieder abdrehte, nach einem sauberen Handtuch griff und sein Gesicht darin verbarg.

Er wollte diese Bilder, diese Erinnerungen und die damit verbundenen Gefühle keine Kontrolle über sich erlangen lassen. Er musste sich nur zusammenreißen. Einfach nur ein wenig zusammenreißen. Shiro hob seinen Kopf, blickte in den Spiegel. Er hatte eine Entscheidung getroffen und er würde sie im Nachhinein ganz sicher nicht wieder rückgängig machen. Er hatte schließlich seine Gründe, weshalb er diesen Weg gewählt hatte.

Trotz aller Mühen, die Aki sich gemacht hatte, war es ihr nicht gelungen, Katsu wenigstens vorübergehend von seinem Kummer zu befreien. Weder mit Musik noch mit dem Vorschlag ins Eiscafé oder einfach nur spazieren zu gehen konnte sie ihn aus seiner Tristesse heraus holen – sie war sogar bereit gewesen, dafür ihren aktuellen Arbeitsauftrag pausieren zu lassen. Aber nicht einmal der geliebte Cappuccino hatte es geschafft, Katsu auch nur den Anflug eines Lächelns auf die Lippen zu zaubern.

So hatte er sich im späteren Verlauf des Nachmittags von seiner besten Freundin verabschiedet und seine eigene Wohnung angesteuert. Womit er sich dort jedoch die Zeit vertreiben wollte, wusste er selbst noch nicht. Nur war ihm im Moment einfach nicht nach irgendwelchen großartigen Aktionen zu

Mute. Sein Inneres fühlte sich taub an und dieses Gefühl blockierte jegliche Dynamik seines Geistes.

Katsu war gerade um die letzte Ecke gebogen, als ihm unerwarteterweise ein vertrautes Gesicht entgegentrat. Es war Kijo.

„Fuck, siehst du scheiße aus", war das Erste, was Kijo beim Anblick des Rothaarigen herausrutschte.

Katsus überraschter Gesichtsausdruck darüber, Kijo ausgerechnet hier anzutreffen, erlebte nach dieser Bemerkung einen Bruch. „Ich hab dich auch lieb, Arschloch", konterte er murrend und begann, seine Hosentaschen nach dem Haustürschlüssel abzusuchen.

Kijo registrierte erst jetzt, wie unpassend er seine Begrüßung gewählt hatte und bemühte sich rasch, das ihm entglittene Ruder doch noch herumzureißen. „Sorry, ich meinte... - was ist mit dir passiert, man? Du siehst echt übel aus!"

Katsu hielt in seinen Bewegungen kurz inne und fixierte die Augen des Gesprächspartners. „Das weiß ich selber." Seine Stimme war ruhig aber gereizt. „Bist du extra nach Yokosuka gekommen, um mir das zu sagen?"

„Nein, natürlich nicht." Kijo wich dem Blick betreten aus. Man sah ihm inzwischen an wie sehr er sich wünschte, diese Szene rückgängig zu machen und einfach nochmal von vorne anzufangen. Es war nicht einmal eine Minute vergangen und er war bereits in zwei Fettnäpfchen getreten. Bevor er auch noch das Dritte mitnehmen konnte, rückte er geradewegs mit seinem eigentlichen Anliegen heraus: „Ich hab dich angerufen, aber du bist nicht ans Telefon gegangen, weder ans Handy noch ans Festnetz. Und da ich heute den Nachmittag frei hab, dachte ich, ich komm mal vorbei und schau nach dir."

Katsu seufzte innerlich. Dass Kijo ihn nicht erreicht hatte, war nicht verwunderlich: Er hatte sich bis zum heutigen Tag nicht angewöhnen können, sein Handy regelmäßig bei sich zu tragen wenn er unterwegs war. Dennoch machte ihn die plötzliche Fürsorge des Anderen zunächst misstrauisch. „Gibt's dafür 'nen Grund?", hakte er nach.

„Ich habe von Shigeki erfahren, dass Shiro und du sich getrennt habt", antwortete Kijo. „Tut mir Leid für euch..."

Katsu verdrehte die Augen und wand kurzzeitig den Kopf zur Seite. Großartig, jetzt ging die Nachricht schon um wie ein Lauffeuer! Obwohl es ihn eigentlich nicht hätte wundern dürfen, dass Shigeki von der Trennung erfahren hatte; immerhin war er Shiros engster Vertrauter. Aber dass jetzt auch schon die anderen Jungs von FreaX über den aktuellen Stand Bescheid wussten, das ließ in ihm ein Gefühl des Unbehagens und der Beklemmung aufkommen. „Hör zu, Kijo, ich brauch' keine Mitleidsbesuche", ging er den Anderen ungewollt barsch an.

„Das ist auch kein Mitleidsbesuch", entgegnete Dieser. „Ich wollte einfach wissen, ob es dir genauso dreckig geht wie Shiro."

Sofort wurde Katsu hellhörig. „Wie meinst du das?"

„Er ist total unausgeglichen und wird schnell aggressiv. Zwei Eigenschaften, die überhaupt nicht zu ihm passen", erklärte Kijo und ein Schatten des Bedauerns legte sich über seine Augen.

Unwillkürlich fasste sich Katsu an seine aufgeplatzte Lippe, die jedoch bereits schon wieder am verheilen war. Innerlich musste er ihm Recht geben: Das beschriebene Verhalten von Shiro war auffällig.

Kijos Augen verfolgten die Handlung von Katsus Fingern und er zögerte kurz. „Es war aber nicht Shiro, der dich so zugerichtet hat, oder?"

Katsu sah ihn kurz an, bevor er seinen Blick wieder abwandte. „Nur der erste Schlag", entgegnete er kühl. Seinen Haustürschlüssel hatte er inzwischen gefunden.

„Oh man..." Kijo konnte nur fassungslos den Kopf schütteln. „So hab ich ihn noch nie erlebt." Die Verwirrung und Unschlüssigkeit, wie mit dieser Situation umzugehen war, stand ihm ins Gesicht geschrieben.

Katsu registrierte dies sehr wohl, warf dabei jedoch einen Blick auf den Schlüssel in seiner Hand. Er wusste Kijos freundschaftliche Fürsorge inzwischen zu schätzen, trotzdem wollte er jetzt einfach niemanden um sich herum haben und sich mit niemandem auseinandersetzen. Er wollte sich zurückziehen, seine Ruhe haben und für keinen Menschen erreichbar sein. Die Welt um sich herum einfach ausschalten. „Sorry Kijo, aber ich wäre jetzt gerne alleine."

Entgegen Katsus Erwartungen akzeptierte der Junge aus Yokohama diesen Wunsch sofort. Seine Hände schoben sich in die Hosentaschen seiner engen Jeans. „Aber Katsu? Du meldest dich, wenn du was brauchst, okay?" Ein ehrlicher Blick mit einer kleinen Bitte.

Katsu, der bereits im Begriff war die Haustür aufzuschließen, wand seinen Kopf noch ein Mal in Kijos Richtung. „Mach ich. Versprochen." Dann verschwand er durch die Tür. Das Erste, was er gleich machen würde, wenn er sich in seiner Wohnung befand, wäre den Stecker seines Telefons herauszuziehen.

17. deep psyche ~ Trauma

Obwohl der August eigentlich die Trockenzeit einläuten sollte, goss es draußen wie aus Eimern. Die dicken Regentropfen schlugen ungebremst gegen das Fenster und jeder einzelne von ihnen fand dort sein jähes Ende, rann deformiert und vom Strom mitgerissen die glatte, unbarmherzige Glasscheibe hinab und verlor sich schließlich in der Tiefe. Zu traumatisiert, um das darauf folgende Geschehen noch wahrnehmen zu können.

So energisch wie der Regen gegen das Fenster schlug, so energisch flogen Shiros Finger über die Tasten seines Keyboards. Ihr Ehrgeiz entlockte dem Instrument die Melodie von Vince DiColas „War". Doch trotz des vollen Einsatzes war ihr Besitzer mit dem Endergebnis nicht zufrieden. Shiro hörte schließlich auf zu spielen und ließ seinen Blick über die eigenen Hände gleiten. Ein leises Seufzen. Er würde nie so gut sein können wie Shigeki, nicht einmal ansatzweise. Shigeki war in seinen Augen ein Meister am Flügel – ein Status, den er für sich verwehrt sah.

Seine Augen wechselten das zu betrachtende Zielobjekt, glitten von den Händen zum Keyboard.

Das Keyboard war von Anfang an ein Hobby gewesen. In frühester Jugend hatte Shiro begonnen sich dafür zu interessieren und seine Eltern dazu überreden können, ihm ein preiswertes Exemplar zu kaufen. So hatte er, neben dem Bass, sein zweites Lieblingsinstrument zu spielen gelernt. Vieles hatte er sich selbst beigebracht, manche Tricks hatte ihm Shigeki gezeigt. Für die Arbeit mit FreaX wiederum war das Keyboard nie ein Thema gewesen. Die Tasteninstrumente übernahm grundsätzlich Shigeki. Shiro hatte sich innerhalb der Band nur um seinen Bass zu kümmern. Und damit war er bisher immer glücklich gewesen. Doch manchmal, so wie jetzt, fragte er sich, ob nicht vielleicht genau das der Grund dafür war, weshalb seine Leistungen an den Tasten nie über einen gewissen

Standard hinausgingen: Es war nie notwendig gewesen, es wurde nie von ihm verlangt.

Shiro wand den Kopf zum Fenster, sah den Regentropfen bei ihren Selbstmorden zu. Doch schon bald driftete sein Blick weiter, erreichte den Schreibtisch. Auf Diesem lag ein mittelschweres Chaos aus angefangenen Skizzen und halbfertigen Zeichnungen. Keine davon war bisher vollständig beendet worden. Und das, obwohl die Zeit drängte. FreaX hatten nämlich endlich jemanden ausfindig gemacht, der ihnen einen Internetauftritt verschaffen konnte und für diese Website sollte Shiro ein paar Illustrationen beisteuern. Da die Seite schon bald online gehen würde, mussten eigentlich auch besagte Zeichnungen schnellstmöglich abgeliefert werden.

Eigentlich.

Aber in Wirklichkeit hatte Shiro dafür im Moment überhaupt keinen Kopf. Die bevorstehende Tour, die Trennung von Katsu – so viele Dinge beschäftigten ihn gerade, da war einfach kein Platz für noch mehr. Schon gar nicht für Auftragsarbeiten. Und das Zeichnen schaffte es im Moment auch nicht, seine innere Ruhe wiederherzustellen, so wie es früher immer möglich gewesen war.

Der Blonde erhob sich hinter dem Keyboard und angelte seine Zigarettenpackung samt Feuerzeug aus dem Regal, verzog sich damit in die Küche und zündete dort einen der Glimmstängel an. Shiro war Gelegenheitsraucher und eigentlich rauchte er nie in der eigenen Wohnung. (Wieder dieses „eigentlich"...) Er sog den Qualm tief in die Lungen ein und setzte sich an den Küchentisch, während sein ruheloser Blick zum wiederholten Male die Regentropfen an der Scheibe einfing – diesmal am Küchenfenster.

Wieso hatte er sich nur auf diese Sache eingelassen? Wieso dieser Junge? - Klar, zu Anfang war es Faszination gewesen, keine Frage. Katsu hatte ihn fasziniert. Er hatte anfänglich sogar die ein oder andere Ähnlichkeit zu sich selbst in ihm zu erkennen geglaubt. Aber dann tauchten sie auf und vermehrten sich schnell, diese Momente, in denen ihre Ähnlichkeiten zueinander schwanden und die ihm Katsus wahres Gesicht zu zeigen schienen.

Shiro tippte die vorderste Aschenspitze seiner Zigarette ab; ein Bierdeckel, der auf dem Tisch lag, fing das gräuliche Erzeugnis auf.

Katsus Lebensweise und Lebenseinstellung war anstrengend und es war immer häufiger passiert, dass sie gerade deswegen aneinandergeraten waren. Wieso hatte er nicht schon viel früher die Notbremse gezogen? Was hatte er erwartet oder gehofft zu finden?

Shiro musste sich eingestehen, diese Fragen im Moment selbst nicht beantworten zu können. Mit einem Mal schien es ihm, bei genauerer Betrachtung der Tatsachen, als äußerst absurd, gedacht zu haben, mit Katsu über einen längeren Zeitraum eine innige Beziehung aufbauen zu können. Diese Option war von Anfang an zum scheitern verurteilt gewesen. Auch wenn er sich das Gegenteil gewünscht hätte...

Shiro nahm erneut einen tiefen Zug seiner Zigarette und ließ den Blick sinken. Er war ein verdammter Idiot gewesen, dass er sich auf diese ganze Sache überhaupt eingelassen hatte. Zu weiteren Selbstbeschuldigungen kam er jedoch vorerst nicht mehr, denn die Türklingel unterbrach seine Gedanken. Verwundert drehte er seinen Kopf in die Richtung, aus der das Geräusch ertönte, bevor er aufstand und in den Flur trottete. Als er die Wohnungstür öffnete, hatte er zu seiner Überraschung Kiri vor sich stehen. Klitschnass.

„Was machst du denn hier?", war das Erste, was mit einer gewissen Verblüffung Shiros Mund entsprang. Es war ungewöhnlich, dass der Sänger ihn unverabredet in seiner Wohnung aufsuchte.

„Nach dir gucken", lautete die knappe Antwort unter dem triefend nassen Wischmopp, wie Kiris buntblonde Haarmähne im Moment aussah. Sein Blick fiel auf den brennenden Glimmstängel, der zwischen Shiros Zeige- und Mittelfinger geklemmt war. „Seit wann rauchst du in der Wohnung?", fragte er beim Eintreten in selbige.

„Hat sich so ergeben", lautete die ausweichende Antwort, die einem kaum verständlichen Genuschel gleichkam, während Shiro die Tür hinter seinem Gast schloss. Im Anschluss daran verschwand er sogleich im Bad und kam wenig später mit einem Handtuch zurück, welches er Kiri kommentarlos unter die Nase hielt. So wortkarg und in sich gekehrt er im Moment auch war – seine Aufmerksamkeit hatte darunter noch nicht gelitten.

Kiri nahm das Handtuch dankend an und rieb sich die Haare trocken, während er dem Gastgeber in sein Zimmer folgte. Dort ließ Shiro sich sogleich rücklings auf das Bett fallen, einen Arm angewinkelt unter dem Kopf, die Hand des anderen Arms weiterhin die Zigarette haltend. Sein Blick schweifte zur Decke während seine Lippen schwiegen.

Kiri setzte sich auf den Boden vor dem Bett und sah den älteren Freund mit wachsender Besorgnis an. „Du bist die letzten Tage nie zu den Proben gekommen", begann er mit einer gewissen Vorsicht das Gespräch in Gang zu setzen.

„Shigeki weiß Bescheid", murmelte Shiro nur, bevor er wieder einen Zug nahm.

„Ich weiß", entgegnete Kiri, „wir machen uns aber trotzdem Sorgen."

Shiro verdrehte die Augen, sagte jedoch nichts.

Nach kurzem Zögern fuhr Kiri fort: „Es sind auch nicht nur die Proben; nächsten Monat ist schon die Tour." Beim Erwähnen des engen Zeitplans musste er nun selbst schlucken.

Nicht mit einem Schlucken, sondern mit einem Knurren reagierte Shiro darauf. „Man Kiri, lass mich doch mit diesem Scheiß in Ruhe!" Frustriert folgte der nächste Zug, der tief inhaliert und gleich darauf aggressiv wieder ausgestoßen wurde. Wenn das Bandküken nur hier war um ihm Moralpredigten zu halten, konnte es auch gleich wieder verschwinden.

Die Bewegungen, mit denen Kiri seine Haare trocken rieb, wurden langsamer. „Hör mal", setzte er erneut mit ruhiger Stimme an, „wir sind gerade an einem Punkt, an dem wir noch nie zuvor gemeinsam waren. Wenn wir jetzt einen falschen Schritt machen, war die ganze Mühe der vergangenen Jahre umsonst."

„Dann macht euer Ding doch ohne mich!" In Shiros Kopf drohte gerade eine Sicherung durchzubrennen. Er erhob sich schwungvoll vom Bett und trat ein paar Schritte von selbigem weg, bis ihm eine Wand in den Weg kam und er sich vor dieser niederkniete. Die Finger in den Haaren vergraben (trotz Zigarette), den Rücken Kiri zugewandt. Schweres, tiefes Atmen. Sein Schädel brummte wie ein ganzer Bienenstock. Krampfhaft versuchte er, das Zittern zu unterdrücken. Es war alles so viel, es war alles *zu* viel...

„Tut mir Leid", erklang schließlich ein reumütiges Murmeln von Seiten Shiros. Er wusste, dass Kiri nicht für seine derzeitige Situation verantwortlich war und ihm doch nur helfen wollte. Oder ihm zumindest beistehen wollte, denn Shiro bezweifelte stark, dass Kiri in der Lage wäre, ihm bei seinen Problemen behilflich sein zu können. Da musste er alleine durch.

Kiri legte das Handtuch beiseite und krabbelte auf allen Vieren die wenigen Schritte zum Anderen hin, schlang seine Arme von hinten um Shiros Oberkörper, kaum dass er ihn erreicht hatte. In diesem Moment wurde einmal mehr deutlich, was für einen kleinen und schmalen Körper der Sänger doch hatte.

Aber dieses Bild hielt nicht lange; so wand Shiro sich rasch zu Kiri um, als er dessen Zutraulichkeit zu spüren bekam, und schlang nun seinerseits die Arme um den Anderen. Er sollte seine Tränen nicht sehen. Gleichzeitig suchte er jedoch nach Halt. „Schlag mir diesen Jungen aus dem Kopf", schluchzte er heiser. Als Antwort erhielt er langsames, kontinuierliches Streicheln über sein Haar. Shiros Finger klammerten sich an Kiris T-Shirt fest. Wohin nur mit der Trauer, wenn man sie nirgends ablegen konnte?

Die Luft war stickig, das grelle Licht der Scheinwerfer brannte auf der Haut. Und obwohl der Raum so winzig war, hielt der Punk mit den grasgrünen Haaren es nicht für nötig, von seinem Bürostuhl aufzustehen, sondern bewegte sich mit diesem schwungvoll immer wieder die eineinhalb Meter zwischen seinem überfüllten Schreibtisch und seinen Gästen auf dem Sofa hin und her. Das gute halbe Dutzend Ohrhänger, welches er auf beiden Seiten ungleichmäßig verteilt trug, kam dabei nie zur Ruhe.

FreaX saßen in der Musikshow „Celebration!", einer Sendung des Tokyoter Offenen Kanals, um ihre kurz bevorstehende Tour zu promoten. Da ihr Bekanntheitsgrad nach wie vor nicht allzu hoch war, mussten sie an Werbung alles nutzen, was sie bekommen konnten - und wenn es die chaotische Sendung eines noch chaotischeren Typens war, als welcher sich der Punk herausstellte. Neben ihm und der Band drängten sich noch ein Kameramann und ein Tontechniker in der kleinen ehemaligen, zum Fernsehstudio umfunktionierten Autowerkstatt, während Strayer, wie der Punk sich nannte, seine fünf Gäste interviewte. An diesem Interview nahmen jedoch nur Vier aktiv teil, denn Shiro war mit seinen Gedanken vollkommen woanders und saß abwesend am äußersten Rand der alten Couch. Auch die mehrmaligen Versuche von Strayer, seine Fragen gezielt an ihn zu richten, führten nicht zum erhofften Ergebnis.

Diese Situation erkannten natürlich auch alle anderen Anwesenden und jeder bemühte sich, nach seinem eigenen Ermessen das Defizit auszugleichen: So meldeten sich Harakiri und Junichi weitaus öfter zu Wort, als sie es bei Interviews für gewöhnlich taten und der Kameramann nahm Shiro bei Gesamtaufnahmen der Band immer seltener mit aufs Bild. Als Strayer es aber dann doch noch einmal wagte, bei der Frage, worauf sie sich bei ihrer bevorstehenden Tour am meisten freuten, auch Shiro das Mikro vor die Nase zu halten, eskalierte die Situation schließlich: Shiro sprang ohne ersichtlichen Grund auf und rannte aus dem Studio, rempelte bei dieser Aktion sogar noch versehentlich den Tontechniker an.

Jeder im Raum sah dem flüchtenden Bassist verdutzt hinterher und keiner verstand so wirklich, was eigentlich gerade passiert war.

Shigeki fing sich als Erster wieder und folgte seinem Freund kurzentschlossen. Die Hilflosigkeit, die sich daraufhin in den Gesichtern der drei verbliebenen Mitglieder von FreaX widerspiegelte, bekam er nicht mehr mit.

Shigeki musste nicht lange suchen und fand den entschwundenen Bassisten auf der Rückseite des Gebäudes. Er trat auf ihn zu und legte ihm eine Hand auf die Schulter.

Shiro jedoch reagierte nur mit einem erschrockenen Zucken, während er dabei war, sich mit zittrigen Fingern eine Zigarette anzuzünden und dafür ungewöhnlich lange brauchte.

„Was ist los mit dir?", fragte Shigeki mit sanfter Stimme und massierte ihm dabei sachte die knochige Schulter. „Das da drinnen ist doch nur Promotion, bis zur Tour ist es doch noch eine ganze Weile hin." Der letzte Teil dieser Aussage war gelogen. Sie hatten nur noch ein paar Wochen Zeit um sich vorzubereiten. Aber im Moment war Shigeki alles Recht, um seinen Freund irgendwie zur Ruhe zu bringen – und wenn dafür die Herbeiführung von Lügen notwendig war.

Bei der Erwähnung der Tour wand Shiro seinen Kopf und sah den Anderen an. „Ich kann das nicht." Seine Stimme bebte, war heiser. Die zittrigen Finger führten die Zigarette zu den ebenfalls zittrigen Lippen.

„Was kannst du nicht? Da wieder rein gehen? Das ist kein Problem, du kannst dir für den Rest des Tages-"

„Ich kann nicht mit auf Tour", unterbrach Shiro ihn.

Shigeki sah ihm daraufhin nur stumm in die Augen. Sah in ihnen eine tiefe Verzweiflung, die er an seinem Freund nur selten wahrnahm, die in den vergangenen Tagen jedoch bedenklich an Existenz gewonnen hatte. Und langsam erkannte er sie auch wieder. Erkannte, wo er ihr schon einmal so intensiv begegnet war. Es lag etwa drei Jahre zurück, FreaX waren damals noch eine blutjunge Band und standen ganz am Anfang ihres Schaffens. Shiro war voller Euphorie und Ehrgeiz gewesen, hatte jede Minute seiner Zeit und alle Kraft, die er besaß, in die Gruppe gesteckt. Schlaflose Nächte und ein leerer Kühlschrank waren nichts Ungewöhnliches gewesen. Schließlich hatte er sogar sein Sinologie-Studium abgebrochen als er feststellen musste, dass dieses mit seinem Einsatz für die Band auf Dauer nicht kompatibel war. Anfänglich schien diese Entwicklung auch kein Problem für ihn darzustellen, aber plötzlich hatte sich ein deutlicher Bruch bemerkbar gemacht: Die Euphorie in Shiro erstarb mit einem mal, Begeisterung und Überzeugung waren wie erloschen. Shiro hatte sich in Frage gestellt, sein Denken, sein Handeln. Die Zweifel, basierend auf dem Druck von Außen und die ewigen Vorwürfe, er würde mit seinem Leben nichts Gescheites anfangen, hatten ihn ins Straucheln gebracht. Sie hatten ihn so sehr vereinnahmt, dass FreaX daran fast zerbrochen wäre.

„Willst du es wieder soweit kommen lassen wie damals?" Shigekis Stimme war ruhig und dunkel und barg doch etwas Mahnendes.

Shiros Augen sahen ihn entsetzt an. Der Mund schwieg im ersten Moment, bevor er sich kurz darauf umso energischer zur Wehr setzte. „Willst du mir jetzt Vorwürfe machen dafür, dass ich auch mal Fehler mache? Dass ich nicht so perfekt bin wie du?" Seine Worte klangen laut und aufgeregt.

„Darum geht es hier gar nicht-", aber der Freund ließ ihn nicht ausreden und Shigeki realisierte, dass Shiro drauf und dran war, die Kontrolle zu verlieren.

„Verdammt, was weißt du denn schon, was in mir vorgeht?! Du siehst nur die scheiß Tour und den scheiß Erfolg! Aber ich hab auch noch mit anderen Sachen zu kämpfen!" Die Zigarette zwischen seinen Fingern brannte weiter, während er aufgebracht mit den Armen gestikulierte. „Ich bin nicht Mr. Perfect wie du! Ich bin auch nicht Kiri oder Jun oder Kijo, die dir treudoof hinterherlaufen und alles machen, was du ihnen sagst! Ich habe mein eigenes Leben und das hast du nicht zu werten!"

Shigeki stand nur ruhig da und ließ den Regen aus Vorwürfen auf sich niederprasseln. Anhand der Ungerechtigkeiten, die in Shiros Worten lagen, bestätigte sich sein Verdacht über den Verlust dessen Wahrnehmung.

„Verdammte Scheiße, lasst mich doch einfach in Ruhe!" Keifend wand sich Shiro vom Bandleader ab und stapfte großen Schrittes davon.

Resigniert stieg der blonde Junge die Treppe hinauf, bis er auf der obersten Stufe angelangt war und sein Ziel fast erreicht hatte. Er überwand die letzten eineinhalb Meter und öffnete, ohne zu klopfen, die Tür zum Jugendzimmer seines besten Freundes. Dieses betrat er auch sogleich – hatte er hier doch jederzeit erlaubten Zutritt – und auf halbem Wege zum Bett ließ er seine Tasche ungeachtet zu Boden gleiten. Sein Körper fand sich kurz darauf in den Laken liegend wieder. Der Blick war zur Decke gerichtet.

Shigeki, der an seinem Schreibtisch saß und gerade dabei war einen Text auszubessern, blickte auf als der Gast sein Zimmer betrat. Er zeigte keinerlei Verwunderung über Shiros plötzliches Auftauchen – ging dieser doch schon von klein auf in diesem Haus ein und aus -, jedoch schien ihm die Art des Auftretens seines Freundes Sorgen zu bereiten. „Du siehst nicht gut aus. Was ist passiert?"

Shiro antwortete nicht sofort. Hüllte sich noch für einige Sekunden lang in Schweigen. „Meine Tante." Er schloss die Augen, so als würde das Ignorieren der optischen Wahrnehmung die Gegebenheiten abmildern. „Sie hat uns heute besucht und ich durfte mir mal wieder anhören, was für ein Nichtsnutz und welche Schande für die Familie ich doch sei." Und selbst jetzt, als er nur davon erzählte, spürte er wieder dieses Stechen im Herzen. Dieses Stechen, welches ihn immer dann heimsuchte, wenn der Druck von Außen übermächtig zu werden drohte. „Sie meinte, ich solle nicht so dumm sein und mein Leben mit Musik verschwenden und dass Träume Illusionen seien aber nichts, was es zu verwirklichen gälte."

Shigeki schüttelte leicht den Kopf. Er kannte die Einstellung von Shiros Tante gegenüber der Band und hatte sich ebenfalls schon so manch bitteren Satz von ihr anhören dürfen. „Ach, vergiss deine Tante! Deine Eltern halten doch zu dir, denke ich?!" Der hagere Bandleader wand sich zur Seite und holte einen neuen Stapel weißer Blätter aus der obersten Schreibtischschublade. Als auf seine Frage jedoch keinerlei Reaktion folgte, blickte er wieder hinüber zu seinem Freund. Dieser lag noch immer auf dem Bett, starrte noch immer mit halb geöffneten Augen die Decke über sich an, wenn nicht sogar schon durch sie hindurch.

„Shiro...?"

Wer hält noch zu wem und wer würde wie weit gehen? Diese Frage hämmerte gerade durch Shiros Kopf. „Ich glaube, meinen Eltern ist das inzwischen schon unangenehm, wenn meine Tante solche Dinge sagt", sprach er mit monotoner Stimme, ohne aufzusehen.

Shigeki blieb auf seinem Bürosessel sitzen, den Anderen stumm beobachtend und abwartend, ob dieser noch Weiteres zu berichten hatte.

Shiros Selbstzweifel hatten inzwischen eine Größe erreicht, die er selbst nicht mehr zu kontrollieren vermochte. Und dieser Selbstzweifel wurde von Tag zu Tag genährt, vernahm keine Sättigung, wollte nur immer noch mehr und wie ein verwöhntes kleines Kind bekam er auch stets noch mehr. Niemand schien daran interessiert zu sein, ihn aufhalten zu wollen. „Vielleicht hat sie ja Recht...vielleicht sind Träume wirklich nur Illusionen...“

Shigeki ahnte, wozu Shiros Gedanken ihn verleiten wollten. „Süßer, das ist Blödsinn. Hör nicht auf deine Tante, sie hat doch gar keine Ahnung von deinem Leben!“

Zum ersten Mal, seit Shiro das Zimmer betreten hatte, trafen sich ihre Blicke. Und Shiros Augen ließen eine Resignation erkennen, die seinem besten Freund regelrecht fehl am Platz erschien. Irgendetwas in ihm hatte die Verbindung zu seiner Überzeugung verloren. War unterbrochen worden. Wie eine gekappte Leitung. Die einstige Überzeugung war verschütt gegangen, es herrschte Orientierungslosigkeit.

Shiro wand den Blick wieder ab, bevor er Folgendes aussprach: „Ich sollte bei FreaX aufhören.“

Für einige Sekunden herrschte totale Stille im Raum.

Bis Shigeki urplötzlich aufsprang und auf seinen besten Freund zustürmte, sich auf dessen Becken setzte, um ihn an Ort und Stelle zu halten, und mit kräftigen Händen seine Schultern packte. „Das kannst du nicht machen, verdammt! Das kannst du nicht machen!“ Er rüttelte den Oberkörper Shiros, der ihn von seiner unterlegenen Position aus nur hilflos und verstört ansah. „Du kannst unseren Traum nicht aufgeben! Du hast uns, verstehst du das denn nicht? Du hast uns!“ Die Verzweiflung sprudelte nur so aus dem Drummer heraus, ließ sich in seiner Stimme und seinen Bewegungen vernehmen. „Vergiss, was die anderen dir sagen!“

Shiro erkannte, wie sich Tränen in den Augen Shigekis bildeten und er spürte, wie die seinen es ihm gleichtaten. Das wollte er doch gar nicht, er wollte seinen besten Freund nicht zum weinen bringen. Er wollte ihn nicht verzweifeln lassen. Er suchte doch nur einen Weg, mit der eigenen Verzweiflung und dem Druck von Außen umzugehen. Er wollte doch nur einen Weg für sich finden. Einen Weg, der ihn zurück zur Orientierung bringen würde. Er fühlte sich so hilflos und verloren und in dieser endlosen Tiefe, diesem scheinbar niemals enden wollenden Fall, waren ihm seine Träume abhanden gekommen. Seine Träume, für die er bisher doch immer gekämpft hatte. Seine Träume, von deren Umsetzung er stets überzeugt gewesen war. Seine Träume, die mit ihm einmal wie verschmolzen zu sein schienen.

Irgendwo, ganz weit entfernt, hörte er jemanden weinen.

18. the letter

Das Klopfen und Hämmern wollte nicht aufhören, Rufe gesellten sich hinzu. Es waren aggressive Laute, keine Kampfeslust, aber eine Überzeugung ihrer selbst, die sich in Sachen Zielstrebigkeit keineswegs so einfach bremsen ließ.

Anfänglich hatte Katsu noch gedacht, er könnte der Konfrontation aus dem Weg gehen, indem er dem Lärm vor seiner Wohnungstür einfach keine Beachtung schenkte. Aber irgendwann wurde ihm klar, dass die Person, welche die ganze Zeit eindringlich versuchte ihn zu erreichen, nicht so schnell aufgeben würde und dass allenfalls die Tür darunter zu leiden hätte, wenn er sich nicht bald an eben diese begeben würde. Und so schlurfte er schließlich schwermütig vom Wohnbereich in den Flur und schloss die Tür auf, die, von heftigen Schlägen traktiert, immer wieder erzitterte. Als er sie öffnete, begrüßte ihn exakt das Bild, welches er erwartet hatte.

„Verdammt nochmal, Katsu! Ich versuch seit Tagen dich zu erreichen, aber du gehst nie ans Telefon! Was ist mit dir los?" Aki stand aufgebracht vor ihm, die langen, rotblonden Haare leicht zerzaust. Trotz des minutenlangen Kampfes, Katsus Aufmerksamkeit auf sich zu ziehen, sah sie noch äußerst agil und fit aus.

Das genaue Gegenteil ihrer eigenen Kondition bekam sie dafür nun zu Gesicht: Ihr langjähriger Freund stand krumm und mit hängenden Schultern im Halbdunkel des Flures. Die Haare waren wirr, anders als wenn er sie sich gezielt frisierte, und das Shirt trug er auf links. Das Gesicht war aufgrund des mangelnden Lichts und der gesenkten Haltung kaum zu erkennen, sodass Aki ihm Zeige- und Mittelfinger unter das Kinn schob und selbiges anhob. Eingefallene Wangen und trübe, glanzlose Augen präsentierten sich ihr daraufhin. Es war mehr als offensichtlich, dass es ihm nicht gut ging. „Katsu...warum hast du dich nicht gemeldet?", flüsterte das Mädchen, nun nicht mehr aggressiv klingend sondern einfühlsam.

Katsu wich dem Blick schnell aus, blinzelte einige Male, bevor er sich von ihr löste und ihr den Rücken zukehrte. „Lass mich doch in Ruhe", murmelte er leise, bevor er wieder im Wohnungsinneren verschwand.

Die Tatsache, dass er jedoch trotz der eigentlich abweisend zu deutenden Aussage die Tür offen behalten hatte, signalisierte Aki unmissverständlich, dass ihre Anwesenheit durchaus geduldet, vielleicht sogar heimlich erwünscht war. So trat sie ein, schloss die Tür hinter sich und folgte Katsu in den Wohnbereich. Dort fielen ihr sogleich die vielen leeren Flaschen ins Auge, die quer im Raum verteilt standen: Sekt, Bier, Sake.* Und sie waren anders platziert, als wenn hier eine wilde Party stattgefunden hätte, auch wenn die allgemeine Unordnung des Zimmers anfänglich diesen Verdacht aufkommen lassen konnte.

Katsu hatte sich derweilen wieder zurück auf sein Bett verkrümelt, wo er auch schon gehockt hatte bevor er beim Nichts tun unterbrochen worden war. Sein müder Blick schweifte ziellos umher.

„Sag mir nicht, davon hast du dich die letzten fünf Tage ernährt", erklang plötzlich wieder Akis Stimme, als sie innerlich die Flaschen gezählt hatte und dabei auf eine Summe von Sechzehn gekommen war.

Katsu schwieg. Aki hatte sich die Antwort mit dieser Frage soeben selbst gegeben.

Das schien das Mädchen kurz darauf auch zu registrieren, als von Katsu kein Ton kam und sie guckte ihn mit einer Mischung aus Unverständnis und Besorgnis an. Langsam trat sie näher an das Bett und setzte sich neben ihn. „Hast du nochmal mit Shiro gesprochen?"

Ein leises, bitteres Lachen war die erste Reaktion. „Er will mich nicht mehr sehen. Das hab ich dir doch erzählt..."

„Es gibt auch noch andere Wege, um sich mit jemandem auszusprechen", entgegnete Aki, die Alkoholfahne des Anderen ignorierend. „Du könntest ihn anrufen. Oder schreiben."

Katsu wand den Kopf zur Seite wie er es oft tat, wenn er sich hilflos und in die Enge getrieben fühlte. Anrufen war ausgeschlossen. Er hatte viel zu große Angst davor, dass Shiro sofort auflegen würde wenn er ihn am Telefon erkannte. Schreiben hingegen wäre eine Option. Aber ob er darauf eine Reaktion erhalten würde?

Katsu behielt sein Schweigen noch eine Weile bei, bevor er es schließlich brach. „Ich habe das Gefühl, ich hätte alles kaputt gemacht...", gestand er leise, die Schultern hochgezogen, den Blick auf die Bettdecke gerichtet. Vor seinem inneren Auge tauchte wieder das Bild von Shiro auf, wie er, kurz nach dem Schlag, vor ihm gestanden und geweint hatte. Dabei musste er sich zwingen, die eigenen Tränen zu unterdrücken. „Ich hab das doch nicht gewollt..."

„Die Beziehung?", hakte Aki nach.

Katsu sah sie irritiert an, registrierte erst jetzt, dass er den letzten Gedanken laut ausgesprochen hatte. Doch er fing sich schnell wieder. „Nein, ich meine den Streit! Das ganze Chaos..." Obwohl, wenn er ehrlich zu sich selbst war, er die Beziehung anfänglich auch nicht angestrebt hatte. War es eigentlich eine Beziehung gewesen...? Was machte eine Beziehung überhaupt aus? War eine Freundschaft nicht schon eine Beziehung? Woran unterschied sich dann eine gute Freundschaft von einer Liebesbeziehung? War es wirklich nur der Sex? Und warum sollte man dann mit einem guten Freund nicht auch Sex haben können? Gab es dafür wirklich feste Regeln oder war alles nur eine Frage der Moral?

„Jedenfalls solltest du das mit ihm klären, anstatt dich noch die nächsten fünf Tage mit Sake vollaufen zu lassen", erklang plötzlich wieder Akis Stimme, die ihn somit am weiteren Abdriften in philosophische Sphären hinderte.

„Ja, vielleicht sollte ich das...", kam es über Katsus Lippen genuschelt, wenn der Ton auch noch nicht ganz zu überzeugen wusste.

Aki musterte ihn kurz. „Was sagt dein Kühlschrank?"

Zwei erschöpfte Augen sahen sie an. „Nicht viel."

„Dann geh ich los und besorge dir erst einmal was zu essen." Das Mädchen stand auf, noch während sie den Satz sprach, und steuerte mit fester Bestimmtheit den Ausgang der Wohnung an. Obwohl sie sich den Zutritt zu Selbiger vor noch gar nicht allzu langer Zeit erst mühselig erkämpft hatte. Auch war es für sie selbstverständlich, dass sie Katsu direkt das Essen kaufen wollte anstatt ihm das Geld dafür in die Hand zu drücken. Denn das hätte er bei ihrer nächsten Abwesenheit ganz bestimmt nicht für die notwendigen Nahrungsmittel ausgegeben sondern dafür gesorgt, dass seine Flaschen-Familie noch umfangreicher werden würde. Sie kannte ihn schließlich gut genug und Vernunft war einfach nicht Katsus bester Freund. Als sie gerade im Begriff war die Wohnung zu verlassen, zögerte sie plötzlich, griff nach dem Schlüssel, der auf der Innenseite der Tür steckte, zog ihn ab und nahm ihn mit. Wenn sie nachher zurück kam wollte sie sicher gehen, dass sie diesmal ohne Probleme Zutritt zu dieser Behausung erhielt.

Katsu ließ sich Zeit.
Viel Zeit.
Die hatte er auch, denn Aki kam so schnell vom Einkauf nicht zurück. Vielleicht war das Absicht gewesen, kam es ihm in den Sinn. Vielleicht hatte sie ihn gezielt auf den Trichter mit dem Schreiben gebracht und ließ sich nun unterwegs besonders viel Zeit, um ihm die Gelegenheit zu geben, die geplante Aussprache umzusetzen. Schlaues Mädchen. Manchmal brauchten sie beide gar keine Worte um sich zu verständigen, manchmal reichten Gesten.

Katsu saß an seinem Schreibtisch vor dem Computer, hatte sein E-Mail-Programm geöffnet und starrte auf den Monitor. Das tat er schon eine ganze Weile; zwischendurch war er aufgestanden und unentschlossen durchs Zimmer getigert und jetzt sah es gerade wieder so aus, als würde er diese körperliche Aktivität seiner passiven Haltung vorziehen wollen. Ein leises Stöhnen drang aus seinem Mund, während seine Finger sich ansatzweise die Haare rauften. Womit sollte er nur anfangen? Wie sollte er diese E-Mail bloß schreiben? Er wusste ja eigentlich, was er Shiro mitteilen wollte, er wusste nur nicht, wie er das am sinnvollsten anstellen konnte. Tausende von Sätzen wirbelten ihm quer durch den Kopf, doch kein Einziger davon schien sich auch nur ansatzweise für einen guten Einstieg zu eignen.

Telefonieren wäre doch einfacher gewesen, dachte Katsu irgendwann. Sein Blick schweifte vom Monitor ab, driftete ziellos durch das Zimmer und blieb schließlich an einer offenen Sake-Flasche hängen. Der Spiegel der klaren Flüssigkeit lag etwa bei drei Zentimetern über dem Flaschenboden. Seine Augen fixierten diese Tatsache für einige Momente. Doch schließlich schüttelte er kurz aber energisch den Kopf, richtete den Blick wieder auf den Monitor und setzte seine Finger auf der Tastatur an. Eine Sekunde lang zögerte er noch, dann begannen die Kuppen über die einzelnen Tasten zu fliegen.

'Ich weiß nicht, ob du diese E-Mail überhaupt liest. Vielleicht löschst du sie, ohne sie zu öffnen.'

Katsu las sich die zwei knappen Sätze nochmal durch, bevor er fortfuhr.

'Trotzdem schreibe ich dir und hoffe, dass du sie vielleicht doch liest. Auch wenn sich damit nichts rückgängig machen lässt. Das ist mir bewusst.'

Ein kaum wahrnehmbares Seufzen.

'Es tut mir Leid.'

Und dann passierte eine ganze Weile erst einmal gar nichts. Katsu saß da und starrte nur den Bildschirm an. Was tat ihm Leid? Was wollte er Shiro damit sagen? Verdammt, wenn er sich schon entschuldigte, sollte er es doch wenigstens auch hinkriegen zu sagen, *weshalb* er sich entschuldigte! In seinem Kopf hatte er all die Gründe dafür, all die Gedanken – aber er wusste nicht, wie er sie verständlich und der Reihe nach geordnet in dieser E-Mail wiedergeben sollte. Wiedergeben, dass auch andere eine Chance hatten zu verstehen, was in ihm vorging. Denn sein eigenes Verhalten war dafür verantwortlich gewesen, dass er sich nun in dieser beschissenen Situation befand. In dieser beschissenen Situation mit zu viel Alkohol und zu wenig Essen, zu viel Frust und zu wenig Mut, zu viel Sehnsucht und zu wenig Shiro. Shiro... Das Bild des Blonden tauchte unwillkürlich wieder vor seinem inneren Auge auf. Es waren doch erst einige Tage vergangen, seit er ihn zuletzt gesehen hatte, aber es fühlte sich bereits wie eine Ewigkeit an. Abwesend befühlte er seine linke Schulter, auf welcher ein großer blauer Fleck prangte, der noch von der Prügelei herrührte. Die Prügelei, die nur zustande gekommen war weil...

Katsus Finger setzen wieder zum Schreiben an.

'Ich weiß, ich habe mich ziemlich dämlich benommen. Das habe ich inzwischen auch gemerkt. Vielleicht ein wenig zu spät. Aber ich will, dass du weißt, dass es nie meine Absicht gewesen war dir weh zu tun. Auch wenn ich genau das getan habe.

Ich weiß, es ist nicht leicht mit mir umzugehen, das bekam ich schon oft gesagt. Die Wahrheit ist, dass ich mich selten wirklich irgendwo zugehörig fühle. Ich habe ständig das Gefühl, ich sei überall, wo ich auftauche, unerwünscht.

Als sei ich in den Augen anderer Menschen „falsch".

Als sei es nicht gut, dass ich der bin, der ich bin.

Als wollten sie mich nicht haben.

Immer, wenn dieses Gefühl auftaucht, werde ich schnell ungeduldig. Manchmal auch wütend. Und dann ist es meistens schon zu spät und es passiert das, was bei trial'n'error passiert ist und bei anderen Bands zuvor auch.

Ich trage dieses Gefühl der Deplatziertheit schon so lange in mir... Seit frühester Jugend. Es fing irgendwann in der Schule an und ist seit dem mein ständiger Begleiter geworden, der mir das Leben schwer macht. Und ich mache dadurch Anderen das Leben schwer – so wie dir. Obwohl ich es überhaupt nicht will. Und ich hasse mich jedes Mal selbst dafür! Denn ich weiß nicht, wie ich es ändern kann...

Ich will, dass du weißt, dass du keine Schuld daran hast, wie ich mich dir gegenüber verhalten habe. Ich wollte dir nie zur Last fallen.'

Ein kurzes Zögern.

'Dafür warst du mir zu wichtig.'

Seine Finger verließen die Tastatur. Katsus Augen glitten über die Zeilen und lasen sie sich noch einmal durch, bevor er zur Maus griff und die E-Mail versendete. Mit diesem einen Klick hatte er Offenbarungen von sich Preis gegeben, die er Shiro gegenüber nie persönlich hervorgebracht hätte.

Er lehnte sich auf seinem Stuhl zurück. In diesem Moment wünschte er sich zu rauchen.

Aufgrund der Tatsache, dass Katsu jedoch sein komplettes Leben lang Nichtraucher war und sich somit nicht das geringste Krümelchen Tabak in dieser Wohnung befand, erhob er sich von seiner Sitzgelegenheit und steuerte die Flasche an, die vorhin schon seine Aufmerksamkeit erlangt hatte. Er angelte nach dem Hals und setzte im nächsten Moment die unverschlossene Öffnung an seine Lippen, ignorierend, dass das flüssige Innere bereits seit dem vergangenen Tag der Luft ausgesetzt war. Nach ein paar Schlucken des schalen Sakes trottete Katsu zum Fenster, öffnete es und legte seine Unterarme locker auf die untere Kante des Rahmens.

Es war heiß draußen, die Sonne schien unbarmherzig von einem wolkenlosen, strahlend blauen Himmel herab. Katsu legte den Kopf in den Nacken, blinzelte kurz gegen das Licht, gab sich der Helligkeit aber schnell geschlagen. Seine Augen wanderten umher im scheinbar endlosem Blau und verloren sich in Rekordzeit in selbigem. Er fühlte sich auf einmal so leicht und fragte sich, ob das noch Nachwirkungen vom Alkohol waren oder ob sein Geist das Schreiben der E-Mail als eine Art Befreiung empfand. Vielleicht war es aber auch dieses schier grenzenlose Blau, diese sanfte Unendlichkeit, die ihn solche Gefühle empfinden ließ...

Der Himmel macht mein Hirn besoffen
Mir scheint das Leben wie ein Rausch
Dürft' ich noch einmal etwas hoffen
*Ich gäb die Wirklichkeit im Tausch ***

* Sake ist ein alkoholisches Getränk aus Wasser und Reis und wird auch oft als Reiswein bezeichnet. Es gilt als Nationalgetränk Japans.

** Zeile 1 Kathia Krüss, Zeile 2 – 4 Reinhard Lauterbach, Januar 2012

19. Stabs

„Und er hatte das schon mal?" Kiri sah den Freund neugierig von der Seite an, während sie gemeinsam durch die belebte Einkaufsstraße flanierten.

Kijo erwiderte den Blick nicht, schaute statt dessen geradeaus. „Ja, ist aber schon etwas her. War noch vor deiner Zeit." Seine Hände steckten, trotz der sommerlichen Hitze, tief in den Hosentaschen vergraben.

Der kleine blonde Sänger wand den Blick ab und starrte vor sich auf den Boden, der bedingungslos von hunderten von Füßen getreten wurde und diese Tatsache stillschweigend hinnahm. „Und ich hab immer gedacht, ohne Shiro läuft bei FreaX nichts..."

„Ist ja auch so: Shiro ist unser 'Shadow Leader'. Unser zweites Alpha-Tier." Kijos Blick blieb kurz an dem Werbeschild eines Ladengeschäfts haften, an welchem sie sich vorbeibewegten, machte jedoch keine Anstalten anzuhalten. „Shiro und Shigeki sind der Kern von FreaX. Ohne auch nur einen von beiden kannst du die Band vergessen", erklärte er.

„Dann ist Shiro damals nur wegen Shigeki bei FreaX geblieben?", hakte Kiri nach.

Ein Stich im Magen. Kijo gefiel der Gedanke nicht, dass Shiro in der Vergangenheit, trotz seiner plötzlich aufgetretenen Selbstzweifel, nur aus bloßer Gefälligkeit geblieben war. „Nein", entgegnete er und seine Hände versuchten sich unbemerkt noch tiefer in die Taschen zu graben. „Shigeki hat ihm den Kopf gewaschen und ihn an ihren gemeinsamen Traum erinnert. Er hat ihm klar gemacht, dass seine Selbstzweifel unbegründet sind und FreaX jederzeit hinter ihm stehen." So lautete zumindest die offizielle Version, die, die ihm zugetragen wurde. Was damals aber tatsächlich zwischen den beiden vorgefallen war, dass Shiro seine zeitweiligen Ausstiegspläne doch wieder verworfen hatte, wusste er nicht.

Zwei kleine Kinder liefen Fangen spielend und mit Stieleis in den Händen vorbei, kreuzten lachend die Wege diverser Passanten.

„Aber wenn Shiro das weiß, warum sind ihm dann Vorgestern die Nerven durchgegangen?" Kiris Augen fingen den kleinen Jungen ein, der von seiner großen Schwester glucksend gejagt wurde. Er erinnerte ihn an seinen eigenen kleinen Bruder Ryotaro. Diesen hatte er die letzten paar Monate kaum noch zu Gesicht bekommen, da die Besuche bei seiner Familie immer seltener geworden waren. Die meiste Zeit wurde in die Arbeit mit FreaX investiert.

„Vielleicht wegen dem Stress mit Katsu", vermutete Kijo und ihm kam sein letztes Treffen mit dem Genannten wieder in den Sinn. Es war nun schon fast eine Woche her, dass er mit Katsu gesprochen hatte; seit dem hatte er nichts mehr von ihm gehört. Wie ein kleines Fischerboot, das zu weit auf das offene Meer hinausgetrieben worden war und nun keine Verbindung mehr mit dem Festland herstellen konnte. „Ich glaube, Shiro leidet unter der ganzen Sache viel mehr, als er zugeben will."

Daraufhin folgte einige Momente lang gemeinsames Schweigen. Bis Etwas Kijos Aufmerksamkeit erregte und er, ohne ein Wort zu sagen, scharf zur Seite abbog und in einem kleinen Laden verschwand.

Kiri hatte diesen ungeplanten Richtungswechsel nicht sofort registriert und sah plötzlich nur noch die farbenfrohe Haarpracht des älteren Gitarristen in der Menge verschwinden. Hastig stolperte er ihm hinterher, holte ihn aber erst im Laden wieder ein. Solch spontane Handlungsbrüche erlebte man bei Kijo öfters.

Kijo wusste ganz genau was er in dem Laden wollte und musste nicht lange suchen. Mit einer Hand griff er sich zwei Dosen Litschisaft aus dem Regal und trat damit an die Kasse. Nachdem er bezahlt hatte, verließ er gemeinsam mit Kiri das Geschäft und kaum betraten sie wieder die belebte Straße, hielt er ihm eine der Dosen anbietend vor die Nase.

Kiri nahm sie dankend an, öffnete den Verschluss und ließ, zeitgleich mit Kijo, das süße aber kühle Nass durch seine Kehle rinnen. Die spontane Erfrischung tat gut an diesem heißen

Sommertag. Als er die Öffnung von seinen Lippen wieder absetzte, wagte er sich die Frage zu stellen, die schon die ganze Zeit in seinem Kopf herumkreiste: „Glaubst du, Shiro würde FreaX jemals verlassen?"

Kijo hätte sich fast verschluckt, als er Kiris Worte hörte. Nur mit Mühe konnte er dies vor ihm verbergen. „Nein", antwortete er daraufhin mit einem gewissen Nachdruck in der Stimme. „Shiro würde FreaX nie im Stich lassen." Diese als bekräftigende Tatsache ausgesprochenen Worte waren in ihrer ursprünglichsten Schöpfung jedoch eine *Hoffnung*, die in ihrer Reinform nie ans Tageslicht gelangen durfte. Denn Diese hätte die Existenz der Zweifel offen gelegt, dem Gegenspieler der soeben getroffenen Behauptung.

Kiri und Kijo verließen die Einkaufsstraße und steuerten eine Grünfläche an, die sich mitten aus dem Grau der Großstadt wie eine kraftspendende Oase erhob. Sie setzten sich auf eine der Bänke, die im Schatten eines großen Keyakis stand, und tranken den restlichen Inhalt ihrer Aluminiumdosen.* Auf dem kurzen Weg hierher hatten beide geschwiegen, nun wurde die verbale Kommunikation von Kiri wieder aufgenommen.

„Hast du Angst vor der Tour?"

Kijo sah ihn verwundert an. „Angst?"

„Ja, dass etwas schief läuft, oder so."

„Das Einzige, was schief laufen könnte, wäre, dass wir keine einzige Karte verkaufen und niemand uns sehen will." Kijo knuffte dem Anderen freundschaftlich in den Arm, zwinkerte ihm aufmunternd zu. Die aufkeimende Unsicherheit des Bandjüngsten war ihm nicht entgangen.

In Kiris Kopf hatten sich jedoch inzwischen Gedanken breit gemacht, die nicht so einfach mit einem flotten Spruch zu beseitigen waren. Sein Blick fiel auf die kurzgeschnittene Rasenfläche zu ihren Füßen. „Ich hab Angst, dass meine Stimme der ganzen Sache nicht gewachsen ist", gestand er schließlich.

Kijo beobachtete ihn wie er das Gras beobachtete und wartete darauf, dass er fortfuhr.

Und nach einer kurzen Pause fuhr Kiri auch fort: „Ich meine, wir haben neun Auftritte in zwölf Tagen, dazu noch von einer Stadt in die nächste jagen." Er hob den Blick und sah Kijo an. „Was, wenn mein Körper dem Ganzen nicht standhält? Wenn ich plötzlich ohne Stimme auf der Bühne stehe?"

Kijo verstand auf Anhieb, worum es Kiri ging. Ein Sänger ohne Stimme war nutzlos. Die Band konnte weiter spielen und zur Not auch ohne Gesang auskommen. Aber für einen Sänger war die Stimme sein einziges Instrument und wenn dieses ausfiel, fiel die ganze Position aus. „Ich glaube nicht, dass dir so schnell die Puste ausgehen wird." Wie ehrlich er diese Aussage meinte unterstrich sein Blick, mit welchem er Kiri direkt in die Augen sah.

Dieser schien die Überzeugung jedoch noch nicht ganz teilen zu können. „Was macht dich da so sicher?"

Ein warmes Lächeln erschien auf Kijos Lippen. „Ich kenne dich und du bist verdammt zäh." Sein Blick löste sich von Kiri und driftete in leichte Abwesenheit. „Außerdem sind viele Menschen zu einem weitaus größeren Kraftaufwand fähig, als sie sich oft selbst zutrauen."

Der Abend legte sich über die Stadt und brachte mit ihr die Dunkelheit. Doch trotz der sich verschlechternden Lichtverhältnisse blieb eine kleine blaue Schreibtischlampe die einzige Quelle, die einem Zimmer in einem mehrstöckigen Yokohamer Wohnhaus ein wenig Helligkeit spendete. Genauer gesagt erhellte sie sogar nur einen Teil des Schreibtisches, an welchem ein schlanker, blonder Junge vor seinem Monitor saß.

Nach der Flucht aus dem kleinen Fernsehstudio vor zwei Tagen hatte Shiro sich in seine Wohnung zurückgezogen. Shigeki hatte ihm noch am Abend des selben Tages einen Besuch abgestattet und nach einem langen und intensiven Gespräch war es ihm auch gelungen, Shiro von seinem Anfall aus Selbstzweifel abzubringen. Trotzdem war der beste Freund des Bandleaders erst einmal auf Distanz geblieben und hatte sich – von zu Hause aus – kopfüber in die Arbeit gestürzt. Dadurch hatte er unter anderem auch endlich die Zeichnungen für die Homepage fertig erstellt bekommen. Ein positiver Nebeneffekt.

Doch nun starrte Shiro bereits seit mehreren Minuten auf den Bildschirm, der den Text einer geöffneten E-Mail darbot.

Einer E-Mail von Katsu.

Shiro hatte sie sich vollständig durchgelesen, obwohl der Verfasser dies zu Beginn seines Schreibens noch angezweifelt hatte. Und auch jetzt flog sein Blick immer wieder über vereinzelte Sätze, las sie nochmal und nochmal. Als könnten sie sich in der Zwischenzeit verändert haben. Es tat weh, Katsus Worte zu lesen aber er wusste, was noch mehr weh tun würde: Die Antwort zu schreiben. Doch bevor er sich Dieser zuwandte, legte er seinen Kopf nach hinten auf die Sessellehne und schloss für einige Momente die Augen.

Anfangs war ihm Katsu einfach sympathisch gewesen, dann hatte er ihn fasziniert und schließlich war daraus etwas geworden, was er ursprünglich gar nicht angestrebt hatte. Was auch immer es war. Zu welch einem Chaos hatte all das nun geführt?

Shiro öffnete wieder die Augen, beugte sich vor, wählte mit der Maus ein neues Formular im E-Mail-Programm aus und begann zu schreiben.

'Ich habe deine E-Mail komplett bis zum Ende gelesen.'

Er zögerte einen Moment, überlegte, ob das der richtige Einstieg für solch eine Mail war. Doch er fand ihn treffend und so schrieb er weiter.

'Du musst dich jedoch nicht bei mir entschuldigen. Denn im Grunde bin ich selbst dran Schuld, dass es so weit gekommen ist, wie es gekommen ist. Ich habe deine Probleme schon früh erkannt, aber dennoch geglaubt, du würdest dich noch rechtzeitig wieder fangen können. Das konntest du nicht und ich konnte dir dabei auch nicht helfen. Obwohl ich es gerne gekonnt hätte. Wichtig genug dafür warst du mir.

Man sollte rechtzeitig erkennen, wann man beginnt, seine Energien sinnlos zu verschwenden. Bei dir hatte ich ab einem bestimmten Punkt das Gefühl gehabt, eben diese Energien an dir zu verschwenden, denn du hast aus deinen Fehlern nie lernen wollen, bist immer wieder den selben Weg gegangen und standest jedes Mal vor der selben Sackgasse, die du nicht zu überwinden wusstest.

Warum bin ich dann so lange bei dir geblieben? Das wäre eine berechtigte Frage. Um ehrlich zu sein: Zum Schluss wusste ich es selbst nicht mehr. Vielleicht war es meine naive Hoff-

nung gewesen, es würde sich doch noch irgendetwas ändern. Denn es gab durchaus positive Dinge, die ich in der Zeit mit dir genossen habe: In deiner Nähe brauchte ich mich nicht zu verstellen, konnte der sein, der ich bin. Zudem habe ich mich selten in den Armen von jemandem so geborgen gefühlt, wie in deinen. Bei dir konnte ich mich fallen lassen, wozu ich sonst kaum die Gelegenheit habe.

Allerdings musste ich irgendwann auch abwägen, was mir wichtiger war: Die positiven Dinge mit dir oder mein eigenes Leben. Denn mit der Zeit bekam ich zunehmend das Gefühl, würde ich mich zu intensiv mit deinen Problemen beschäftigen, würde ich daran über kurz oder lang selbst zerbrechen. Und das wollte ich nicht, denn mit meinem eigenen Leben habe ich noch Einiges vor (and who knows when it will be over).

Du schreibst, du fühlst dich in der Gegenwart vieler Menschen unerwünscht, deplatziert. - Wie kannst du auch davon ausgehen, jeder würde dich mit offenen Armen empfangen, wenn du selbst nicht zum ersten Schritt bereit bist? Deine Annahme, keiner würde dich mögen und tolerieren wie du bist, ist nichts weiter als ein Vorurteil, basierend auf deinen Ängsten. Mit deiner Ungeduld machst du die Situation zusätzlich nur noch schlimmer, denn damit setzt du dich selbst unter enormen Druck, dem du langfristig gar nicht standhalten kannst.

Junge, hör endlich auf deine Angst als Entschuldigung für alles zu missbrauchen!'

Shiro schluckte, als er die letzten Sätze schrieb:

'Es gibt nur einen Menschen, der dein Leben ändern kann und das bist du selbst. Ich wünsche dir, dass du das eines Tages erkennst.'

Der Kontakt zwischen Shiros Fingerkuppen und den Tasten brach ab. Als er die E-Mail versendete liefen ihm Tränen übers Gesicht. Egal was auch passieren mochte, es würde nie wieder so sein können wie früher. Die Grundsituation war unwiderruflich verunreinigt worden. Als hätte man einen Tropfen Tinte in glasklares Wasser entgleiten lassen.

Er ertappte sich dabei, wie sein Blick immer wieder das Handy suchte, welches neben ihm auf der Couch ruhte. Doch außer dem unspektakulären Anzeigen der gegenwärtigen Uhrzeit war es zu keiner weiteren Tat bereit. Fast schien es so, als hätte es sich zu einem stummen, trotzigen Streik entschlossen. Als kleine Rache dafür, dass sein Besitzer ihm im Alltag für gewöhnlich kaum Beachtung schenkte und es sogar des Öfteren völlig vergaß. Nein, es würde jetzt keinen kurzen Signalton von sich geben um mitzuteilen, dass eine SMS eingegangen war und erst Recht würde es nicht auf die Idee kommen zu klingeln!

Katsus Aufmerksamkeit hatte sich von den Bildern, die der Fernseher wiedergab, schon längst verabschiedet. Vielleicht lag es auch daran, dass dies bereits der dritte Film in Folge war und seine Sinneswahrnehmungen schlichtweg überreizt waren. Abwesend wanderten seine Augen vom nicht kooperierenden Handy zum Tisch, der sich vor der Couch aufbaute. Fettige Pizzakartons, die noch vereinzelte, abgeknabberte Pizzaränder beherbergten, fanden sich hier zwischen Stiften, Zeitschriften, Garnrollen und CDs wieder. Komischerweise konnte sich Katsu kaum noch an den Verzehr seiner Pizza erinnern. Auch wie lange sie sich den jetzigen Film schon ansahen hätte er raten müssen. Er wand seinen Kopf nach links, sah Aki träge an. Der DVD-Abend war ihre Idee gewesen. Der gutgemeinte Versuch einer Freundin, den besten Freund von seinem Liebeskummer abzulenken.

Aki erwiderte den Blick. Auch ihre Augen wiesen bereits unverkennbare Spuren von Müdigkeit auf. „Willst du schlafen?"

Katsu nickte.

Aki erhob sich, holte aus einer Ecke des Zimmers eine große lila Decke hervor und reichte sie Katsu. Diese Nacht würde das Sofa als Lager für ihn herhalten. „Soll ich dir noch 'nen Cappuccino machen?" Die Frage war nicht ungewöhnlich, da Katsu oftmals vor dem Schlafengehen einen abschließenden Cappuccino trank, wenn er bei Aki übernachtete.

Doch dieses Mal schlug er das Angebot dankend aus. Er war erschöpft und müde und wollte seine Gedanken nur noch ins Traumland schicken. „Musst du morgen früh in die Werkstatt?", wollte er mit träger Stimme noch wissen.

„Erst später. Wir können es uns am Vormittag also noch gemütlich machen." Mit einem mutgebenden Lächeln wand sie sich ab und verschwand im naheliegenden Badezimmer.

Katsu sah ihr hinterher. Heimlich bewunderte er sie. Er wusste, er hatte sich in den letzten Monaten alles andere als vorbildlich verhalten und war in manchen Situationen regelrecht gemein gewesen. Trotzdem gab Aki sich die größte Mühe, seinen Liebeskummer etwas erträglicher zu gestalten. Eine wahre Freundin.

Er angelte nach der Fernbedienung und schaltete den Fernseher aus. Der Film nervte ihn inzwischen nur noch. Er streifte sich die Jeanshose ab und machte es sich auf dem Sofa gemütlich, zog die geliehene Decke bis unter die Brust. Eigentlich wäre eine Decke bei den aktuellen spätsommerlichen Temperaturen gar nicht nötig gewesen, aber Katsu hatte die Eigenart besser schlafen zu können, wenn seine Arme und Hände etwas zu umfassen hatten und sein Körper sich unter einer schützenden Schicht befand.

Seine Augen glitten durch das geräumige Zimmer, welches durch das Licht einer kleinen Lampe in ein schwaches Schummern getaucht wurde. Friedvoll wirkte es in diesem Dämmerzustand, trotz des allgegenwärtigen Chaos der Bewohnerin. In einer Ecke entdeckte er einen Haufen von Schnittmustern. Die Teile, die er erkennen konnte, sahen komplex aus, komplexer als die Schnittmuster, mit denen Aki für gewöhnlich arbeitete. Und ohne aufzustehen und sie genauer zu untersuchen wusste er, dass sie die Vorlagen für die Bühnenklamotten von FreaX darstellten.

Ein kleiner Stich im Herzen. Mal wieder.

Natürlich arbeitete sie noch mit den Jungs zusammen, sie hatte schließlich diesen Auftrag bekommen und würde womöglich noch weitere Aufträge von ihnen erhalten. Der Kontakt zwischen Aki und FreaX war noch vorhanden. Der Kontakt zu Menschen, von denen er sich selbst zunehmend entfernte. Er mochte die Jungs, er mochte sie alle, aber er könnte nicht zu vier Fünfteln von ihnen den Kontakt aufrecht erhalten und einzig Shiro meiden. Das wäre auf Dauer eine Quälerei, für beide Seiten. Ihm kam Kijo in den Sinn und das Versprechen, welches er ihm gegeben hatte, sich bei ihm zu melden. Doch trotz dieses Versprechens fühlte Katsu sich unbehaglich bei diesem Gedanken. So sehr er Kijo auch lieb gewonnen hatte.

Katsus Blicke drifteten weiter umher, nahmen oftmals nur Umrisse wahr. Doch plötzlich fingen seine Augen einen Flyer ein, der gar nicht so weit von ihm entfernt lag: Er thronte auf der äußeren Ecke des Couchtisches. Wieso war ihm das Ding nicht schon früher aufgefallen? Katsu erhob nun doch seinen Oberkörper, griff quer über den Tisch und angelte nach dem Stück Papier.

13.09. Nagoya Music Farm.

Das flaue Gefühl schlug in seinem Magen ein wie eine Faust. Er kannte dieses Datum, er wusste wofür es stand. Und als sich sein Blick auf dem griffigen Stück Papier nur ein winziges Bisschen weiter aufwärts bewegte, las er – wie zur Bestätigung - den Namen, mit welchem er das Datum in Verbindung brachte.

FreaX.

Es war der Auftakt zu ihrer ersten nationalen Tour. Und er würde nicht dabei sein. Obwohl er sie alle gerne auf der Bühne gesehen hätte. Doch mit seinem Auftauchen bei einem ihrer Konzerte würde er sich zwangsläufig Shiros Bitte, sich zukünftig nicht mehr zu sehen, widersetzen und das wollte er kein zweites Mal tun. Hatte er in der Vergangenheit doch so Vieles falsch gemacht, wollte er wenigstens jetzt ein Mal etwas richtig machen und Shiros Wunsch akzeptieren.

Katsu legte den Flyer zurück auf den Tisch und seinen Körper wieder auf das Sofapolster.

Das Handy lag neben seinem Kopf. Nach wie vor stumm.

Der Junge zog sich die Decke unwillkürlich bis über die Schultern, den sehnsüchtigen Blick auf das Display gerichtet. Darüber grübelnd, ob Shiro die E-Mail wohl gelesen hatte, sank er in den Schlaf.

* Ein Keyaki ist ein Laubbaum, auch bekannt als Japanische Zelkove.

20: The shredded wings of a butterfly

Wie ein verzweifeltes kleines Kind. So saß er auf dem Boden, die Beine von sich abgewinkelt und haltlos schluchzend. Der gesenkte Kopf verbarg sich zwischen den hochgezogenen Schultern, so wie das Gesicht hinter den vorgefallenen langen Haaren.

In diesem Zustand fand Aki Katsu am Morgen vor, als sie, von dem plötzlich einsetzenden Weinen alarmiert, aus dem Badezimmer gestürzt kam. Nur mit einem dünnen und sehr lose gebundenen Yukata bekleidet, kniete sie sich neben den Freund, der gut eineinhalb Meter von ihrem Schreibtisch entfernt die Form eines Häufchen Elends darstellte.* Ohne auch nur den blassesten Schimmer zu haben, was überhaupt los war, legte sie ihm tröstend die Arme um die Schultern. „Katsu, was ist passiert?"

Doch die Antwort bestand aus nur noch mehr Tränen und verzweifeltem Schluchzen. Keine Erklärung darüber, was sich hier innerhalb der letzten fünf Minuten abgespielt hatte, seit Aki sich nach dem Aufstehen ins Bad begeben hatte. Hilflosigkeit ergriff sie. „Bitte sag mir, was du hast!"

Katsu, der sich anfänglich in die Umarmung der Freundin hatte sinken lassen, hob nun sehr schwerfällig den Kopf und sah sie durch einen dichten Tränenschleier und aus blutunterlaufenen Augen an. „Sh...Shiro...!", brachte er nur mühevoll hervor. Er hatte sichtlich Schwierigkeiten zu sprechen, so aufgelöst war er. „Ich...ich bin an allem Schuld...!!" Sein Gesicht presste sich sofort wieder an Akis Schulter, während seine Arme nur lasch um ihren Oberkörper lagen, als ob sie kurz davor waren, auch die letzte Kraft noch zu verlieren.

Doch so schnell gab sich Aki mit dieser notdürftigen Aussage nicht zufrieden und sie nahm Katsus Gesicht in beide Hände. „Woran bist du Schuld? Was ist mit Shiro? Hat er angerufen? Oder geschrieben?" Ihr Blick bohrte sich bestimmend in

Katsus Augen und ließ keinerlei Ausflüchte zu. „Ich kann dir nicht helfen, wenn du mir nicht sagst was los ist!"

Katsus feuchte Tiefen erwiderten den Blick eine Zeitlang, während sich das einstige Heulen in leises Wimmern wandelte. In seinem Kopf drehte sich alles. Er tat weh. Irgendetwas hämmerte wie verrückt von innen gegen seine Stirn. Und in die Trauer, Verzweiflung und dem Schwindelgefühl mischte sich auch immer wieder Übelkeit hinein. Wie sollte er etwas erklären, wenn ihm sämtliche Worte abhanden gekommen waren? Schließlich hob er die Hand und sein schlaffer Zeigefinger deutete auf den Monitor, der gleich nebst ihnen auf dem Schreibtisch stand.

Aki folgte dem Fingerzeig und ihr präsentierte sich eine geöffnete E-Mail. Sofort erhob sie sich, überwand die geringe Distanz zum Schreibtisch und stützte sich mit den Handballen auf der Arbeitsfläche ab, während sie Zeile um Zeile las. Man konnte geradezu mitansehen, wie sich die Wolken der Unwissenheit auflösten und zunehmend Klarheit in ihr Gesicht trat. Als sie auch die letzten Worte gelesen hatte, wand sie ihren Blick wieder Katsu zu. Nun wusste sie, was mit ihm los war.

„Es ist meine Schuld...!", begann Katsu von neuem.

„Das schreibt er doch gar nicht", entgegnete Aki.

„Aber ich weiß, dass es so ist...", schluchzte er und seine Hände glitten fahrig über das nasse Gesicht. Katsu ignorierte die Tatsache, das Shiro in seinem Brief an ihn keine Vorwürfe formuliert hatte. Katsu machte sich eigene Vorwürfe und der Auslöser dafür waren ganz speziell zwei Sätze: '[…]*Zudem habe ich mich selten in den Armen von jemandem so geborgen gefühlt, wie in deinen. Bei dir konnte ich mich fallen lassen, wozu ich sonst kaum die Gelegenheit habe.*[...]' Sie klangen so vertrauensvoll, innig und eine verletzliche Seite von sich preisgebend. Und Katsu machte der Gedanke fertig, dass er dieses Vertrauen und diese Innigkeit mit seinem eigenen Verhalten zerstört hatte! Wie konnte er nur so eine schöne Sache kaputt machen? Warum hatte er nicht besser aufgepasst, wieso hatte er dieses Vertrauen nicht beschützen können? So wie er Shiro immer hatte beschützen wollen, wenn er seinen Arm um dessen Körper gelegt hatte, während dieser an ihn geschmiegt eingeschlafen war... Wie sehr er dieses Gefühl gerade vermisste... Die Vertrautheit dieses warmen Körpers, der in manchen Momenten so zerbrechlich gewirkt hatte... „Scheiße...ich bin an allem Schuld...“ Zum wiederholten Male, wie die ausgesprochenen Selbstbeschuldigungen, fingen auch wieder die heißen Tränen an zu laufen und tropften wie ohnmächtig auf den Teppich.

Aki ersparte sich erneute Versuche des Einspruchs, denn die hatten in Katsus derzeitiger Situation keinerlei Chance zu fruchten. Statt dessen schloss sie den Freund fest in die Arme.

„Ich hab alles zerstört...! ...Aki...ich hab alles kaputt gemacht...!“ Katsu krallte sich in den dünnen Stoff des Yukatas und presste sich an die Brust des Mädchens wie ein kleines Kind, das sich auf keinen Fall von dem mütterlichen Schutz lösen wollte.

Der Himmel erstreckte sich an diesem Abend über den Dächern der Stadt in einem tiefen Ultramarinblau. Keine einzige Wolke, nicht einmal ein dezenter Wolkenschleier, unterbrach diese endlos scheinende Farbdimension. Nur ein paar Sterne, deren Leuchtkraft intensiv genug war um sich gegen die Lichter der Großstadt durchzusetzen, zierten das Firmament.

Shiro ließ seinen Blick gemächlich über die Szenerie gleiten, während er ab und an die Zigarette an seine Lippen führte und einen Zug nahm. Das Bild über seinem Kopf hatte etwas Beruhigendes an sich, als sei es die sanfte Bestätigung jeglichen Ausgleichs. Irgendwann drehte er seinen Kopf zur Seite und lächelte Kiri zu, welches dieser erwiderte.

Die beiden Jungen standen vor ihrem Proberaum und nahmen sich eine kleine Nikotin-Pause, bevor es mit den Besprechungen und Proben für die kurz bevorstehende Tour weiter ging. Es gab noch viel zu tun, so waren sie sich unter anderem über die Setlist für das Auftaktkonzert noch völlig uneinig, einer ihrer Auftritte wurde kurzfristig in einen anderen Club verlegt, welcher ihnen den Termin jedoch noch nicht bestätigt hatte, es wurde über ein Medley zweier Lieder nachgedacht. Und Junichi konnte sich nicht entscheiden, ob er für einige Songs nicht doch besser auf seine Fender Stratocaster zurückgreifen sollte, da selbige mit dieser besser als vermutet klangen, obwohl sie ursprünglich mit der Les Paul aufgenommen worden waren. Und obwohl all diese und noch weitere Dinge jede Menge Stress bedeuteten, war Shiro froh sich wieder in diesem Chaos zu befinden. Denn das sorgte ganz klar für Ablenkung und diese war ihm im Moment wesentlich willkommener als jegliche Grübelei.

Beide Jungen hatten ihre Zigaretten fast gleichzeitig aufgeraucht und betraten nun wieder das Innere des Proberaums. Und dort präsentierte sich ihnen, wie nicht anders zu erwarten war, Junichi auf einer der Lautsprecherboxen sitzend, auf den Schenkeln die Stratocaster und selbige spielend, seinen Blick abwechselnd auf Kijo und Shigeki gerichtet.

„Hört ihr?" Junichi wiederholte eine Griffreihenfolge. „Das klingt doch viel besser! Viel fetziger, das reißt doch erst richtig mit!" Er schien von dieser Entdeckung regelrecht ergriffen.

Kijo hatte sich mit den Ellenbogen auf einem anderen Lautsprecher abgestützt und nickte nur knapp aber zustimmend.

Shigeki stand etwas abseits, nahe seines Drumkits, und schien sich zu fragen, weshalb sein jüngster Gitarrist nur solch eine Entscheidungsschwierigkeit mit dem Instrument hatte.

Plötzlich brach Junichi den Akkord mittendrin ab und blickte verständnislos auf die Gitarre. „Warum hab ich die damals nicht für die Aufnahmen genommen?"

Abermals spielte ein Grinsen um Shiros Lippen. Jedem in diesem Raum war die Aufregung deutlich anzumerken, und doch steckte in jedem einzelnen von ihnen so viel Energie und Kampfgeist. Sie wollten das Bevorstehende gemeinsam antreten und Shiro spürte, wie er seinen Kollegen und Freunden dafür dankbar war.

„Keine Ahnung Jun, aber ich würde heute gerne noch ein paar Mal mit euch 'VAGABOND' durchgehen", begann Shigeki von Junichis Thema abzulenken und sein eigenes Anliegen in den Vordergrund zu stellen. „Ein paar Stellen sind mir noch zu unsauber und ich will diese Fehler nicht während unserer Tour haben. Shiro!" Er wand seine Ansage an den angesprochenen Freund, während er sich auf seinem Hocker hinter den Drums niederließ. „Die Bridge war beim letzten Mal nicht im

Takt. Und Kijo", sein Blick suchte den Anderen, „den ersten Part will ich von dir lockerer und gleichmäßiger haben, der ist mir noch zu abgehackt." Shigeki griff nach seinen Drumsticks.

Das war er, der altbekannte Befehlston vom Chef. Wenn es um Proben ging, kannte er keine Gnade. Und auch diese Tatsache löste eine gewisse Vertrautheit und Sicherheit in Shiro aus. Sie gehörte mit zur Basis ihrer Band. Und diese Band war die Basis seines Traums. Er griff nach seinem Bass und hängte ihn sich um.

Warum hatte er sich eigentlich diesen Rieseneisbecher bestellt? Diese Frage schoss Katsu plötzlich durch den Kopf, als er nach einer Viertelstunde feststellte, dass er kaum die Sahnehaube angerührt hatte, vom eigentlichen Eis ganz zu schweigen. Jenes hatte auch bereits angefangen, die Konsistenz von wohlgeformten, cremigen Kugeln zu matschigen, deformierten Klumpen zu verändern. Lustlos stocherte Katsu mit seinem langstieligen Löffel in der braunen Pampe herum. Schokoladeneis. Warum hatte er sich Schokoladeneis bestellt? Das mochte er doch gar nicht.

Kijo saß ihm an dem kleinen Rundtisch im Eiscafé gegenüber und beobachtete ihn. Allerdings ließ er es nicht zu, dass sein Eis – Erdbeere - vor seinen Augen dahinfloss sondern führte den beladenen Löffel in regelmäßigen Abständen zu seinem Mund. Sein Blick ruhte dabei überwiegend auf Katsu. „Was machst'n jetzt eigentlich? Ich meine, nachdem du nicht mehr bei trial'n'error spielst?"

„Nichts", lautete die lustlos genuschelte Antwort.

„Noch keine andere Band in Aussicht?" Kijo ließ sich nicht so leicht abwimmeln. Zudem wollte er den Rothaarigen auf andere Gedanken bringen, sah er ihm doch deutlich an, womit dieser sich geistig herumquälte. Dass Katsus Rausschmiss aus der alten Band jedoch unmittelbar in Verbindung stand mit seinem Rausschmiss bei Shiro, ahnte er nicht.

Ein leises Seufzen. Was quetschte Kijo ihn denn ausgerechnet nach einem seiner verhasstesten Themen – Jobsuche – aus? Er wusste, dass er sich darum zu kümmern hatte, aber er wollte es weitestgehend ausblenden. Was sich im Moment jedoch als äußerst schwierig gestaltete. „Ich hab noch nix gefunden und ich weiß auch nicht, ob ich überhaupt wieder in einer Band spielen will."

Kijo hob eine Augenbraue. „Du hängst den Job an den Nagel?"

Das erste Mal, seit er den Eisbecher vor sich stehen hatte, blickte Katsu ihm in die Augen. „Was denn für 'nen Job? Ich habe keinen Job!" Er sprach eindringlich und ein gewisser aggressiver Unterton in seiner Stimme war nicht zu leugnen.

„Aber du könntest dir wieder Einen suchen. Hast du davor doch auch getan, denke ich."

„Ach... Da kommt doch eh nie was bei rum. In wie vielen Bands habe ich inzwischen denn schon gespielt...?" Seine Stimme war nun wieder leise und abwesend. Katsu hatte derweil damit begonnen, seinen Löffel in das braune Sahne-Schokoeis-Gemisch zu tunken, dieses mit selbigem aufzunehmen und gleich darauf aus einigen Zentimetern Höhe wieder ins Glas zurückplatschen zu lassen. Er liebte das Bassspielen nach wie vor sehr, doch das Thema Band bereitete ihm von Mal zu Mal mehr Bauchschmerzen. Er hatte die Hoffnungen bereits aufgegeben, nochmal auf eine Gruppe zu stoßen, in die er sich integrieren konnte und die ihn nicht nach wenigen Wochen wieder vor die Tür setzte. Seine Gedanken drifteten für einen kurzen Moment zu Blue Sky Complex.

„Bei FreaX ist auch nie durchgehend Sonnenschein angesagt", merkte Kijo an.

„Können wir bitte das Thema wechseln?"

„Entschuldigung." Es herrschte einige Sekunden lang Schweigen, bevor Kijo eine Idee kam: „Wollen wir gleich noch in den CD-Laden?"

Katsus Blick hatte sich im Eismatsch seines Bechers verloren. „Können wir machen." Diese Antwort hätte er jedoch auf so ziemlich jeden Vorschlag gegeben, denn im Grunde war es ihm egal, wohin Kijo ihn entführte. Deshalb waren sie auch hier im Eiscafé gelandet.

Träge schlurfte Katsu durch die Gänge, griff hier nach einer CD, schaute sich dort ein Cover an, überflog jene Tracklist

- nur um selbige gleich darauf wieder zu vergessen. Er hätte später nicht sagen können, wie viele CDs er in die Hand genommen hatte, geschweige denn von wem sie überhaupt waren. Auch die Musik, die im Hintergrund gespielt wurde, erreichte nicht seine Aufmerksamkeit. Als Katsu mit Kijo das Eiscafé verlassen hatte und sie den kurzen Weg zum CD-Laden gegangen waren, hatten sie tatsächlich zum ersten Mal an diesem Tag so etwas wie ein Gespräch geführt. Eine verbale Kommunikation, die über Katsus lustlose Einsilbigkeit im Café hinausgegangen war. Vielleicht hatte es an der körperlichen Betätigung gelegen, denn kaum hatten sie den Laden erreicht, war auch die Sprachfreude wieder passé. Zumindest bei Katsu.

Während Kijo an jedem Regal jede zweite Reihe abzugrasen schien, spürte Katsu, wie sich die Lethargie schlagartig wieder in ihm breit machte. Alles um ihn herum schien sich in Nichtigkeit zu verwandeln. Er fühlte sich von der übrigen Welt wie abgekapselt. Es interessierte ihn nicht was morgen war, es interessierte ihn nicht was nächste Woche war. Was kümmerte ihn die Zeit? Sollte sie ihn doch verschlingen...und am besten nie wieder ausspucken. Es würde ihn schon niemand vermissen. Ganz im Gegenteil, endlich hätte keiner mehr Ärger mit ihm. Aki nicht und...sonst auch niemand. Wie das wohl für die Anderen wäre, wenn er plötzlich wirklich nicht mehr da wäre? Würde es überhaupt jemand merken? Würde es jemand für wichtig empfinden, für erwähnenswert? Es gab doch so viele Menschen auf diesem Planeten, da würde es bestimmt Ersatz für ihn geben. Und der Ersatz wäre vermutlich auch noch besser als das Original.

Katsu registrierte nicht, dass er seit drei Minuten auf ein und das selbe Cover starrte.

Wie mochte alles wohl verlaufen sein, wenn es ihn nie gegeben hätte? Wen hätte Aki statt dessen als besten Freund? In wessen Armen hätte Shiro sich statt dessen geborgen gefühlt? Mit wem wäre Kijo heute in diesen Laden gegangen? Wäre die Zusammenarbeit zwischen FreaX und Aki überhaupt zustande gekommen? Und wenn nicht, wie hätten die Kostüme für die Tour statt dessen ausgesehen? Dabei fiel ihm auf, dass er die fertigen Kostüme noch gar nicht zu Gesicht bekommen hatte. Vielleicht würde er das auch nie.

Durch seine geistige Abwesenheit bemerkte er nicht, dass er mit seiner aktuellen Position anderen Kunden den Weg durch den Gang erschwerte. Doch sagte auch niemand von ihnen etwas sondern schlängelten sich an ihm vorbei oder wählten den nächsten Gang.

Sein Leben schien so falsch zu sein...sein ganzes Leben. Nicht nur, dass er schon immer als Sonderling galt, auch dass er nie lange irgendwo involviert blieb. Er schaffte es einfach nicht. Egal wie sehr er sich bemühte, er schaffte es nicht. Er war und blieb ein ewiger Außenseiter. Ein Ungewollter. Wie sehr er sich doch im Moment selbst verabscheute. Wenn er an Shiro dachte, sah er einen Jungen, der wusste, wo er hin wollte und der seinen Weg beschritt, auch wenn er steinig war. Er selbst jedoch, Katsu, war ein Insekt welches nicht mehr fliegen konnte. Ein Schmetterling mit zerfetzten Flügeln, die ihn nicht mehr durch die Lüfte trugen und ihn zwangen, am Boden zu bleiben.

Plötzlich schreckte Katsu aus seiner destruktiven Gedankenwelt auf. Diese Melodie, die plötzlich im Hintergrund erklang, kannte er doch...?! Diese Gitarren, diese unverwechselbaren, leiernden Gitarren...

Die CD von David Bowie glitt ihm aus der Hand und schlug auf dem Boden auf. Er brauchte nicht die zweieinhalb Minuten bis zum Einsetzen des Gesangs abzuwarten, Katsu wusste bereits, was er da gerade hörte: Es waren The Cure mit 'Pictures of you'.

Anfänglich starrten seine Augen blind ins Nichts, dann füllten sie sich plötzlich in Sekundenbruchteilen mit Tränen, bevor seine Atmung einen hektischen Rhythmus einnahm. Katsu fasste sich mit beiden Händen hilflos an den Kopf, als das Kribbeln in selbigem aufgrund der zu hohen Sauerstoffzufuhr einsetzte. Verzweifeltes Fiepen, welches mit den hektischen Atemzügen einherging. Die Beine sackten ihm weg und so kniete er bald schon auf dem Boden.

Ein paar Kunden in unmittelbarer Nähe beobachteten dieses seltsame Verhalten, doch keiner schien es zu wagen einzugreifen.

Shiro...vor seinem inneren Auge tauchten so viele verschiedene Bilder von Shiro auf... Fröhliche, traurige, aggressive und alle wild durcheinandergewürfelt. Er sah ihn, er hörte ihn, er spürte ihn, er schmeckte ihn...!

Erst als Katsu einen gedehnten und schmerzerfüllten Schrei ausstieß, wurde auch endlich Kijo, der zwei Gänge weiter stand, auf das gegenwärtige Spektakel aufmerksam. Er sah von den CDs im Regal auf und rannte im nächsten Moment los, Katsus vermeintlichen Aufenthaltsort ansteuernd. Die besagten zwei Gänge weiter erkannte er ihn dann zusammengesunken auf dem Boden hockend, sich zitternd und bebend den Kopf haltend. Erschrocken eilte er zu ihm und ließ sich dicht neben ihm nieder. „Katsu...! Katsu – was ist los?" Kijo bemühte sich, die Hyperventilation des Anderen einzudämmen, war jedoch im Grunde genommen völlig hilflos und wusste nicht, was zu tun war. Er konnte sich nicht einmal erklären, wo diese heftige Reaktion herrührte. Dass es mit dem gerade gespielten Lied in Zusammenhang stand, ahnte er nicht.

Katsu spürte, dass Kijo bei ihm war, hörte ihn sogar, registrierte auch, dass da noch mehr Leute waren... Seine Finger hatten derweil begonnen, schmerzhaft zu krampfen; noch immer presste er sich die Hände an den Kopf. Das Atmen bekam er nur langsam in den Griff. Shiro...wieso hatte er Shiro das angetan? Wieso hatte er ihn nur so enttäuschen müssen? Wie hatte er diese sensible Bindung zwischen ihnen beiden zerbrechen lassen können? Wie war das alles bloß passiert?! Er...liebte ihn doch!

Sie hatten die vergangene Woche geprobt, geprobt und nochmal geprobt, bis zur endgültigen Erschöpfung. Es hatten noch immer Dinge organisiert oder umgeplant werden müssen und manche Änderung fand erst in der sprichwörtlich letzten Minute statt. Die Nerven lagen am Schluss bei allen blank, doch der Stress sollte sich schließlich auszahlen: Es war der

Tag gekommen, an dem FreaX hinter der Bühne standen und dem ersten Auftritt ihrer ersten eigenen Tour entgegenfieberten.

Junichi stiefelte wie eine Aufziehfigur unentwegt hin und her – er war aufgeregt. Mehr als ihm lieb war. Es war solch ein starkes Lampenfieber, welches bei ihm Übelkeit hervorrief. Beinahe wie damals, als er, seine Gitarre fest umklammernd, das allererste Mal in seinem Leben eine Bühne betreten hatte.

Auch Kijo war die Anspannung deutlich anzusehen. Seine Mimik glich eher einer bevorstehenden Beerdigung als einem Konzert. Jedoch sparte er sich die Energie des ständigen hin-und-her-gehens lieber für den Auftritt auf und beschränkte seine körperlichen Aktivitäten im Moment auf das monotone Werfen und anschließende Auffangen eines Kronkorkens.

Shiro bemühte sich um Gelassenheit, wenigstens äußerlich – innerlich hingegen fühlte er sich aufgeputscht wie nach drei Litern Kaffee. Immer wieder zupfte er an einzelnen Saiten seines Basses, schickte damit musterlose, dumpfe Klänge durch den Raum. Ähnlich wie auch schon bei Kijo, machte Shiros Gesicht den Eindruck, als müssten sie sich gleich der unangenehmsten Sache ihres Lebens stellen. Dass er sich durchaus auch auf das Konzert freute, hielt er erfolgreich in seinem Innersten verborgen.

Shigeki musterte seine Kollegen in regelmäßigen Abständen und versuchte daran auszumachen, wie groß ihre jeweilige Bereitschaft, da gleich rauszugehen, sowie die damit verbundene Aufregung und mögliche Angst war. Sobald er bei einem auch nur die geringste Veränderung in der Mimik oder Körperhaltung erkannte, blieb sein Blick voller Aufmerksamkeit an dieser Person haften. Beinahe so, als wollte er denjenigen hypnotisieren, jetzt bloß keinen Rückzieher zu machen.

Der Gelassenste von allen schien Kiri zu sein. Er hockte an der selben Wand, an der auch Kijo gelehnt stand und in Dauerschleife seinen Kronkorken auffing. Auch Kiri schaute zwischen den Kollegen hin und her, strahlte dabei jedoch wesentlich mehr Gelassenheit aus als eben selbige. Eine wunderliche Wandlung wenn man bedachte, was ihn die letzten Wochen noch für Sorgen im Bezug auf die Tour begleitet hatten.

Und dann war es soweit: FreaX wurden auf die Bühne geschickt. Dicht hintereinander schlängelten sie sich durch die kurze, schmale Verbindung zwischen Backstage- und Frontstage-Bereich und standen im nächsten Augenblick auch schon vor einem erwartungsvollen Publikum.

Shigeki begab sich sogleich zielstrebig hinter sein Drumkit. Auch Kijo brachte sich in Position. Junichi und Shiro zögerten beide einen kurzen Moment, dann taten sie es ihrem Kollegen gleich. Und Kiri war als erstes damit beschäftigt, den Mikrofonständer wieder auf seine bescheidene Körpergröße anzupassen, da sich irgendjemand nach den Proben vorhin offenbar den Spaß erlaubt hatte, das Ding viel zu hoch zu schrauben. Jedoch blieben ihm dafür nur wenige Sekunden, denn Shigeki schlug mit seinen Sticks bereits den Takt an und kurz darauf setzten Schlagzeug und Gitarren gleichzeitig ein. Das Konzert begann mit 'Phantom'.

Es brauchte nicht lange um das Publikum zu überzeugen. Schon während der ersten Strophe fingen die vorderen Reihen an zu hüpfen und die hinteren taten es ihnen bald gleich. Obwohl das Publikum überschaubar war, hatte sich binnen kürzester Zeit ein unsichtbares Band zwischen den Fans vor der Bühne und den fünf Jungs auf der Bühne gebildet. Diese spürbare Verbundenheit gab jedem von FreaX noch mehr Vertrauen in das eigene Tun und jegliche Angst, Zweifel oder Sorgen, die Minuten zuvor noch in den Köpfen herumspukten, waren wie weggeblasen.

Shigeki saß hinter seinen Drums und drosch auf das Instrument ein, als würde er tagein tagaus nichts anderes tun. Ihm war die Freude deutlich anzusehen und das Lachen sprang ihm regelrecht aus dem Gesicht. Die goldblonden, gecrimpten Haare, die im Takt seines Kopfes umherwirbelten, ließen ihn aussehen wie einen unbändigen Engel.

Kijo war, trotz seines vorhin noch so disziplinierten Verhaltens, bereits nach den ersten Tönen aufgetaut und holte aus seiner Fernandes alles nur Erdenkliche heraus. Er war vollkommen in seinem Element und weil er sich in dieser Position so sicher fühlte, begab er sich an Junichis Seite, um ihn mental zu unterstützen.

Der zuvor noch unsichere und scheue Junichi hatte eben diese Empfindungen offenbar mit dem Betreten der Bühne abgelegt, denn auch sein Spiel zeugte nun von Selbstbewusstsein. Als er realisierte, dass sein Kollege ihm näher kam, lächelte er ihm glücklich zu und das gemeinsame Agieren von Rhythmus- und Leadgitarre schien sich daraufhin noch mehr zu festigen.

Kiri ging in seiner Rolle als Sänger und unmittelbarer Anheizer sofort auf. Seine schlanken Hände umklammerten das Mikro nicht aus Panik sondern aus Leidenschaft und diese Leidenschaft sang er sich aus dem Leib. Durch sein unentwegtes Herumhüpfen auf der kleinen Bühne und seiner ausdrucksstarken Mimik zog er das Publikum ohne Weiteres in den Bann.

Und Shiro...? Shiro war einfach nur glücklich. Seine Finger spielten den Bass wie von alleine und seine Parts flossen stimmig in den Sound der Anderen ein. Obwohl sie schon so oft auf einer Bühne gestanden und gemeinsam gespielt hatten, war dies hier doch nochmal etwas ganz anderes. Es war der Schritt in eine neue Ära für FreaX, in eine Ära, auf die sie schon die ganze Zeit über hingearbeitet hatten. Sie hatten ihre erste eigene Tour zustande gebracht und es fühlte sich einfach nur unfassbar gut an. Das seelige Grinsen auf dem Gesicht des Blonden wollte gar nicht mehr verschwinden und ließ sich als Dauergast nieder. Shiro sah die Freude und Begeisterung in den Augen ihrer Fans, vernahm den Ansporn in ihren Stimmen und spürte die Liebe in ihren Gesten. Es war wie das Verschmelzen zweier Elemente, die irgendwann einmal getrennt worden waren und nun wieder zueinander gefunden hatten: Die Fans und die Band. Es war das Gefühl von Zusammengehörigkeit, das Gefühl, das jeden der hier Anwesenden miteinander verband, völlig unabhängig von den individuellen Lebensgeschichten. Die Musik war es, die das alles möglich machte.

Und für die Musik hatten FreaX jahrelang gekämpft. Sie hatten sich gesellschaftlicher Kritik genauso stellen müssen wie familiären Problemen und persönlichen Krisen, doch sie hatten es alle geschafft, diese Hürden zu meistern und das Ergebnis davon erstreckte sich in diesen Momenten vor ihren Füßen. Ein Traum war wahr geworden. Und Shiro war einfach nur glücklich.

Am selben Nachmittag, an dem FreaX auf der Bühne standen und das erste von insgesamt neun Konzerten ihrer Tour absolvierten, lag Katsu zu Hause auf dem Bett und starrte die Decke an, während er sich von der Musik seiner Stereoanlage beschallen ließ.** Und es war keine seiner bevorzugten Rockgrößen, die ihm aus den Boxen entgegendrang, sondern FreaX. Katsu hatte das „Xclamation"-Album eingelegt. Und während er das eintönige Weiß seiner Zimmerdecke studierte und sich über sein zukünftiges Leben Gedanken machte, lief der Song „Don't ever let your dreams die".

* Ein Yukata ist ein traditionelles Kleidungsstück aus dünnem Stoff. Er kann als abgespeckte Variante des Kimonos verstanden werden und erinnert optisch ein wenig an einen Morgenmantel.

** Konzerte finden in Japan oftmals bereits am Nachmittag statt.

21. outer casing

Er blieb vor dem Laden stehen, beäugte kritisch das bunte Schild über der Tür. Sollte er da wirklich rein gehen? Irgendwie war er von diesem Vorhaben selbst noch nicht so ganz überzeugt. Andererseits brauchte er endlich einen Job und diese Erkenntnis brachte Katsu schließlich über die Hemmschwelle. - Wenn auch nicht sofort über die Türschwelle, denn kaum wollte er die Ladentür aufdrücken, übernahm diese Tätigkeit bereits jemand von der anderen Seite.

Dieser jemand riss die Tür schwungvoll auf und rannte regelrecht in ihn hinein. Ein hektisches aber aufrichtiges „Entschuldigung!" folgte, bevor er, mit einer breiten Tasche beladen, zu einem der Roller hastete, die gleich am Straßenrand parkten, seine Ware in der eigens dafür vorgesehenen Vorrichtung verstaute, sich auf das Gefährt schwang und losbrauste.

Katsu sah ihm noch einige Sekunden lang nach. Vielleicht einer seiner zukünftigen Kollegen. Dann verschaffte er sich endlich Zutritt zum Laden.

Heiße, stickige Luft, hektisches Stimmengewirr und der Geruch von leicht verbranntem Speck schlug ihm sogleich entgegen. Er blickte sich kurz um, bevor er an den Verkaufstresen herantrat, hinter welchem ein junges Mädchen stand.

Dieses schenkte ihm auch sogleich ihre volle Aufmerksamkeit. „Guten Tag! Was kann ich für sie tun?", fragte sie im allgemein freundlichem Standartton.

Katsu lächelte das Mädchen an. „Hallo. Ich bin hier wegen dem Job im Innendienst."

Keine fünf Minuten später steckte Katsu in einem roten Angestellten-T-Shirt, hatte die wilden Haare unter ein farblich passendes Cappy gebändigt gekriegt und stand hinter dem Tresen-Mädchen, die ihm am Monitor die einzelnen Schritte der Bestellannahme erklärte. Sie hieß Yuki und war die Filial-Managerin des Pizza-Services. Obwohl sie so klein und zierlich gebaut war, steckte sie voller Energie und ihre laute und kräftige Stimme, mit der sie ihre Kollegen gelegentlich ermahnte und antrieb, machte ihre geringe Körpergröße sofort wieder wett. Katsu mochte das Mädchen.

Der heutige Tag wurde als Probetag angesetzt und Katsu war für die telefonische Bestellannahme zuständig. Neben ihm gab es in diesem Bereich noch zwei weitere Kolleginnen, die er mehr als nur ein Mal um Hilfe bitten musste. Denn dieser Job schien um einiges stressiger zu sein als Katsu es sich ausgemalt hatte. Die Angaben des Kunden mit der Bestellmaske im Computer abzugleichen, nicht den Überblick zu verlieren und obendrauf stets freundlich zu bleiben, war für eine ungeübte Person durchaus eine Herausforderung. Hinzu kam noch die enorme Geräuschkulisse aus dem übrigen Teil des Ladens, von der man sich nicht ablenken lassen durfte: Da konnte ein Pizzabäcker einen Teil der Bestellung auf dem Bestellschein nicht entziffern, weil ihm versehentlich Soße auf eben diesen getropft war. An der Salatbar waren die Tomaten ausgegangen und der Kollege musste kurzzeitig seinen Arbeitsplatz verlassen um aus dem Lager Nachschub zu holen, wodurch sich nun jedoch alle Bestellungen, die Salate beinhalteten, stauten. Und die Fahrer flogen nur so von draußen in den Laden hinein, um sich eine der bereits fertiggestellten Bestellungen zu greifen und mit dieser den Laden sofort wieder zu verlassen. Dabei erblickte Katsu auch mehrmals den Jungen, der vorhin in ihn hineingerannt war und nun konnte er die Situation auch deutlich besser nachvollziehen.

Am Ende des Tages erfuhr er von Yuki, dass er arbeitstechnisch ihren Erwartungen gerecht geworden war und den Job in der Tasche hatte. Ab morgen würde er für seine Tätigkeit bezahlt werden. Katsu bedankte sich und man verabredete sich für den kommenden Tag. Mit einem überraschend positiven Gefühl verließ er den Laden. Dass er den Job überhaupt kriegen würde, hatte er anfänglich schon angezweifelt, aber dass er den Posten so schnell erhalten würde, übertraf so ziemlich alles, was er sich ausgemalt hatte. Und dabei hatte er nicht einmal das Gefühl, sich besonders clever angestellt zu haben. Vielleicht hing Yukis Entscheidung aber auch mit der Tatsache zusammen, dass der Laden personaltechnisch gnadenlos unterbesetzt war, wie er im Laufe des Tages hatte feststellen dürfen, und sie froh war, überhaupt jemanden gefunden zu haben.

Was nun letzten Endes auch immer der Grund gewesen sein mochte, Katsu freute sich auf die bevorstehende Zeit, in der sein Kühlschrank endlich mal wieder über einen gewissen Inhalt verfügen würde. Und weil er diese freudige Nachricht mit jemanden teilen wollte, steuerte er auf dem Heimweg Akis Wohnung an.

Es war bereits nach 22:00 Uhr, als er Akis Behausung erreichte und er hoffte, seine Freundin hätte heute nicht wieder eine Spätschicht in der Werkstatt eingelegt. Doch er hatte Glück denn kurz nachdem er geklingelt hatte, wurde ihm auch schon die Tür geöffnet. Kaum eine Minute später saß er bereits im Wohnzimmer auf dem großen Sofa.

Aki krabbelte währenddessen mit einem Maßband bewaffnet über einem ausgebreiteten Stück Stoff auf dem Fußboden herum.

„...und ab morgen bin ich schon voll dabei! Kann sogar ausschlafen, bin erst mal für die Spätschicht eingeteilt worden", berichtete er eifrig, während er die Ausmessungen Akis beobachtete.

„Klingt ja nicht schlecht. Hoffen wir mal, dass du da nicht auch wieder so schnell rausfliegst."

„Ach quatsch! Das ist doch keine Band!", lachte Katsu, der Akis Bedenken für übertrieben hielt. „Außerdem scheinen die Leute da alle ganz okay zu sein. - Was machst du da eigentlich? Neuer Auftrag?"

Aki notierte sich ein paar Zahlen auf einem Stück Papier, bevor sie das Maßband erneut an den Stoff anlegte. „Ja, für eine geplante Videoproduktion von FreaX." Und schon der Tonfall des letzten Wortes verriet dem aufmerksamen Zuhörer, dass Aki genau in diesem Moment bewusst geworden war, den Namen besser nicht zu nennen. Doch ihr Mund war schneller gewesen als ihre Gedanken.

Dolchstoß ins Herz für Katsu. Kein Gewaltiger, aber doch tief genug um einen kurzen Schmerz hervorzurufen.

Für ein paar Sekunden herrschte ein unangenehmes Schweigen im Raum.

Drei Wochen war Katsus Nervenzusammenbruch in Akis Wohnung her und der Junge wusste, dass Aki auch zukünftig jederzeit Aufträge von FreaX bearbeiten würde. Nach ihrem persönlichen Verhältnis zur Band erkundigte er sich schon gar nicht mehr, aus reinem Selbstschutz und um den nötigen Abstand zum Thema zu gewinnen. Aber trotz der selbstgewählten strengen Distanz konnte er seine Gefühle nicht leugnen und jede Erwähnung, die einen Bezug zu FreaX oder gar zu Shiro hatte, ließ die Wunden erneut ein wenig bluten. Sie verheilten einfach nicht so schnell.

„Tut mir Leid, ich wollte nicht-", erklang es schließlich von Aki, die jedoch von Katsu unterbrochen wurde.

„Ist nicht schlimm", log er und versuchte krampfhaft, in seinem Kopf ein anderes Thema ausfindig zu machen, über das man sich unterhalten konnte. Doch Aki kam ihm zuvor.

„Hast eigentlich schon von dem neuen Album von Crashdïet gehört?"

Katsu brauchte eine Sekunde, um die Frage thematisch richtig einordnen zu können. „The Unattractive Revolution?"

„Genau! Das soll in ein paar Tagen erscheinen." Sie griff nach der Schneiderkreide und markierte eine Stelle des Stoffes.

„Hm, werd' sie mir wahrscheinlich holen. Der neue Sänger klingt nicht übel", meinte Katsu, während er sich auf dem Sofa zurücklehnte und darauf konzentrierte, seine Gedanken auf dem Kurs der Ablenkung zu halten.

Aki hob kurz den Kopf und sah ihn etwas überrascht an. „Du hast ihn schon gehört?"

„Crashdïet haben doch seit ein paar Wochen 'ne neue Single draußen. Hast davon nix mitbekommen?"

„Offensichtlich nicht", entgegnete sie und markierte abermals eine Stelle, bevor sie kurzzeitig vom Stoff abließ und zu einem kleinen Stapel Schnittmuster krabbelte, aus welchem Aki das passende Exemplar heraussuchte. „Ich hatte nur gelesen, dass die sich einen neuen Sänger gesucht haben und mit ihm ein neues Album veröffentlichen wollen."

„Hast was verpasst, der neue Song klingt geil", lobte Katsu die Musik der schwedischen Rocker.

Die zwei Freunde unterhielten sich noch bis spät in die Nacht, bevor Katsu schließlich aufbrach, um sich zu seiner eigenen Wohnung zu begeben. Vorher verabredeten sie sich jedoch noch für den nächsten Abend, an welchem Aki Katsu von der Arbeit abholen sollte.

Der darauffolgende Tag im Pizza-Laden war, wie bereits der Probetag, stressig. Und das, obwohl noch nicht einmal ungewöhnlich viele Bestellungen eingingen, aber es fehlte einfach an Personal. Die zwei Pizza-Bäcker schafften ihre Aufgaben nur mit Mühe und Not und auch die Bestellannahme war heute lediglich von Katsu und einer Kollegin besetzt, da sich die andere Kollegin krank gemeldet hatte und der alternative Ersatz nicht erreichbar war.

Yuki stand am Ofen und beförderte die Pizzen in Windeseile aus eben selbigen in die Kartons und teilte diese den jeweiligen Bestellscheinen zu. Nebenher stellte sie auch noch alles Weitere bereit, was die Bestellungen zusätzlich verlangten, wie Salate, Getränke oder Desserts.

Dieses pausenlose und unerschöpfliche Herumgewirbel des zierlichen Mädchens beeindruckte Katsu auf ein Neues und er fragte sich, wie viel Energie wohl insgesamt in ihr stecken mochte.

Irgendwann kam Rinji – der Fahrer, der gerne in Andere hineinrannte – mit verzweifeltem Gesichtsausdruck von einer seiner Touren zurück. Die Bestellung, die er vor zwanzig Minuten erst mitgenommen hatte, in Händen haltend.

„Was ist los?", wollte Yuki wissen.

„Bei der angegebenen Adresse macht keiner auf", keuchte er und gab seiner Vorgesetzten den Bestellschein in die Hand. „Hab auch mehrmals dort angerufen, hat aber niemand abgenommen." Seiner Stimme war anzuhören, dass ihm diese Situation unangenehm war.

Yuki überflog die Adresse und Katsu, der gerade ausnahmsweise mal nicht von einem Telefon eingenommen wurde, konnte beobachten, wie sich ihr Gesichtsausdruck rasch verfinsterte. „Das sind wieder diese Punks", murmelte sie missmutig. „Hier, nimm die nächste Tour, ich kümmere mich darum." Mit diesen Worten reichte sie Rinji einen anderen Bestellschein, orderte den Kollegen von der Salatbar an den Ofen und begab sich zu Katsu an den Computer. Mit wenigen Tastenschlägen hatte sie in der Bestellmaske die Adresse vom nicht anzutreffenden Kunden aufgerufen. „Hast du die Bestellung angenommen?", fragte sie Katsu.

Der Angesprochene warf einen Blick auf den Monitor und versuchte, sich die angezeigte Adresse ins Gedächtnis zu rufen. Das Problem bei der Bestellannahme eines Lieferservices war nur, dass man innerhalb kürzester Zeit mit diversen Adressen konfrontiert wurde und ein ungeübter Telefonist hauptsächlich damit beschäftigt war, die jeweilige Bestellung möglichst schnell und vor allem korrekt aufzunehmen. Sich innerhalb von mehreren Stunden jeden einzelnen Auftrag zu merken und zuordnen zu können, war daher nur schwer machbar. „Uhm...tut mir Leid, aber das weiß ich nicht mehr", gestand Katsu.

Yuki ging darauf nicht weiter ein sondern deutete statt dessen mit dem Zeigefinger auf ein kleines Bild in der oberen rechten Ecke des Monitors, welches sie wie folgt erklärte: „Dieses kleine schwarze Schaf erhalten alle Kunden, die irgendwann einmal auffällig geworden sind. Leute, die sich einen Spaß daraus machen bei uns zu bestellen und später, wenn wir liefern, die Tür nicht öffnen, wie gerade bei Rinji. Oder die sich irgendwelche anderen Scherze einfallen lassen." Sie richtete ihren Blick vom Monitor auf Katsu. „Wenn du einen Kunden hast, der in unserem System bereits mit einem schwarzen Schaf markiert wurde, gib mir Bescheid. Dann übernehme ich die Bestellung. Ich hab jeden dieser Kunden im Kopf und weiß, bei wem sich eine Bestellaufnahme noch lohnt und wen wir getrost abschießen können."

Katsu schluckte. Was musste dieses Mädchen für ein Gedächtnis haben, sich solche Informationen merken zu können? Er wäre schon froh gewesen, die Tastenbefehle der beliebtesten fünf Pizzen auswendig zu können.

Kurz vor 23:00 Uhr betrat Aki den Laden, um Katsu pünktlich zum Feierabend abzuholen.

Diesen trat er gleich darauf auch an, tauschte die Arbeitskleidung gegen seine Alltagskleidung ein und zog mit Aki los. Als Erstes steuerten sie einen Verkaufsstand an und kauften sich je eine Portion Soba.* Während sie diese aßen, schlenderten sie durch die Straßen des nächtlichen Yokosukas. Diverse Neonbeleuchtungen nahmen es in einem stummen Kampf wagemutig mit der Dunkelheit auf und als Akis Blick rein zufällig auf den Halbmond einer Werbetafel fiel, fragte sie plötzlich: „Hast du schon die Fotos von Kaguya gesehen?"

„Von wem?", hakte Katsu nach, bevor er sich mit den Stäbchen eine Ladung der weichen Nudeln in den Mund schob.

„Kaguya, die Raumsonde, die zur Erforschung des Mondes ins All geschossen wurde", klärte sie ihn auf und sah ihn an. „Hast du davon gar nichts mitbekommen?"

„Nein", lautete die knappe Antwort seines halbvollen Mundes. „Seit wann interessierst du dich überhaupt für Raumfahrt?"

„Die Kaguya-Mission gilt als die größte Mond-Mission seit dem Apollo-Programm der Amerikaner! Sie hat Bilder der Erde in hochauflösender Qualität geliefert. - So etwas bekommt man doch automatisch mit." Aki war es zwar durchaus gewohnt, dass Katsu in Sachen Tagesnachrichten oft nicht ganz auf dem Laufenden war, doch dass dieser von Kaguya noch nichts gehört haben wollte, schien selbst bei ihr auf Unverständnis zu stoßen.

„Ich kenn' keine Kaguya", erwiderte Katsu in einem Tonfall der unmissverständlich verriet, dass ihn Raumsonden und Aufnahmen von der Erde aus dem All tatsächlich nicht interessierten. Selbst seinen Soba schenkte er inzwischen mehr Aufmerksamkeit als diesem Thema.

Aki sah ihn nachdenklich von der Seite an. „Manchmal frag ich mich, warum du nur mit solch verschlossenen Augen durch's Leben gehst."

Katsu schwieg daraufhin. Dass er keinen Überblick über tagesaktuelle Geschehnisse hatte, war richtig. Dass er jedoch seine Augen vor allem verschloss, wie es seine Freundin annahm, traf nicht zu. Allerdings hütete er sich davor ihr davon zu berichten, wie er die letzten Tage sämtliche Zeitungen durchforstet und alle Musik-Sendungen im Fernsehen verfolgt hatte, um im Bezug auf FreaX auf dem Laufenden zu bleiben. Er erzählte ihr nichts von den Konzert-Berichten, die er aus Zeitschriften geschnitten hatte, und er erzählte ihr nichts von seinem Herzklopfen, das jedes Mal eintrat, wenn im Fernsehen auch nur für eine Sekunde lang Shiro zu sehen war. Er wollte nicht, dass irgendjemand etwas davon erfuhr.

* Soba sind gekochte Nudeln und gelten, ähnlich wie Ramen, als beliebtes Gericht.

22. Vanishing Vision

„Echt? Du hast mal gesungen?" Katsu sah Yuki interessiert an, während er seine Cola-Dose mit beiden Händen umschlossen hielt. Die Zwei hatten es sich auf dem Vorsprung des Hinterausgangs des Ladens gemütlich gemacht und genossen für ein paar Minuten die kleine Auszeit.

„Ja...ach, ich war aber nicht wirklich gut", entgegnete Yuki und nahm einen Schluck ihrer Zitronen-Limonade, bevor sie fortfuhr: „Wir waren nur so eine Hobby-Band, nichts ernsthaftes."

„Seid ihr aufgetreten?"

Yuki schmunzelte. „Nur für Freunde und Familie, aber nicht für Geld, dafür waren wir zu schlecht. - Oh, doch, ein Mal sind wir bei einem Festival aufgetreten, aber wir waren nur für eine Band eingesprungen, die kurzfristig abgesagt hatte und einer der Veranstalter kannte unseren Gitarristen. So hat sich das ergeben." Ihr Blick schien für einige Sekunden in die Vergangenheit abzudriften, bevor sie ihren Kopf abwandte und erneut einen Schluck nahm.

Katsu fand es faszinierend, aus Yuki solche Informationen herausgekitzelt zu bekommen. Eine Vergangenheit als Sängerin – unabhängig von ihrer Qualität – hätte er ihr gar nicht zugetraut. „Hat es euch nie gereizt, besser zu werden und einen ernsthaften Job daraus zu machen?"

Das zierliche Mädchen schwieg für einen Moment. „Ich denke, man sollte seine Stärken und Schwächen erkennen und aufhören in die falsche Richtung zu gehen, bevor es zu spät ist." Ihre Stimme klang nachdenklich.

Das Vernommene stimmte Katsu ebenfalls nachdenklich und nun zögerte auch er, bevor er wieder das Wort ergriff. „Hältst du Musik für den falschen Weg?"

„Für mich schon." Sie sah ihn an. „Ich höre gerne Musik, aber als Akteur in dem Bereich war ich nie wirklich gut."

Katsu überlegte für einen Moment, ob dies auch auf ihn zutreffen könnte. Jedoch ließ das Mädchen ihm für diese Überlegung nicht viel Zeit.

„Und was ist mit dir? Du spielst doch bestimmt irgendwas", drehte Yuki den Spieß gekonnt um.

Ein wenig verdutzt sah er sie nun an. „Woher weißt du das?"

„Du hast dich selbst verraten", schmunzelte sie geheimnisvoll.

Katsu wurde immer verwirrter. „Ich hab doch gar nix gesagt!"

Yuki amüsierte Katsus akute Begriffsstutzigkeit. „So begeistert und enthusiastisch, wie du über das Thema Musik und den Beruf des Musikers redest, liegt es auf der Hand, dass du entweder schon einmal tätig warst oder es sogar noch bist", klärte sie ihn schließlich auf.

Katsu fühlte sich ertappt und konnte Yukis Blick nicht länger standhalten. Unwillkürlich verfärbten sich seine Wangen ein wenig. „Ich spiele Bass...oder hab es mal getan", nuschelte er, während seine Augen sich das monotone Grau des Steinbodens besahen.

Yuki beobachtete ihn. „Aber es hat nicht so funktioniert, wie du es dir vorgestellt hast", sprach sie ihre Vermutung laut aus.

Katsu hob seinen Blick und lächelte sie schief an. „Ich passe offenbar nicht in die Welt der Musik hinein..."

Yukis Augen musterten ihn ausführlich. „Das denke ich nicht", sprach sie dann schließlich. „Du scheinst mir eher ein Vollblut-Musiker zu sein."

Allmählich wurde Katsu dieses Mädchen etwas unheimlich. Obwohl er ihr nicht viel über sich erzählte, schien sie ihn dennoch zu lesen wie ein offenes Buch. „Was macht dich da so sicher?", wollte er wissen und das Misstrauen in seiner Stimme war nicht zu leugnen.

„So wie du sprichst klingt es für mich, als stündest du an einem Wendepunkt deines Schaffens. Als müsstest du dich für einen Weg entscheiden oder als wärst du dazu gezwungen, dich mit einer ungewollten Situation auseinanderzusetzen. Aber nicht, als wärst du in der Musik eine Fehlbesetzung."

Wieder wendete Katsu seinen Blick von ihr ab, richtete ihn auf den Boden und sah doch nicht die grauen Wegplatten, die seine Augen nun fixierten, sondern lauter wirre Bilder aus seiner Erinnerung, die in rascher Reihenfolge unermüdlich wechselten. Sich mit einer ungewollten Situation auseinandersetzen zu müssen, das traf es ziemlich auf den Punkt.

Anhand von Katsus Körperhaltung und dem abgedrifteten, melancholischen Blick in seinen Augen erkannte Yuki, dass sie offenbar einen wunden Punkt bei ihrem Kollegen getroffen hatte. „Tut mir Leid, ich wollte nicht zu persönlich werden", entschuldigte sie sich daraufhin und wand nun auch ihren Blick ab, um sich alternativ ihrer Limo zu widmen.

Wieder verirrte sich ein schiefes Lächeln auf Katsus Lippen. „Kein Ding, konntest du ja nicht wissen."

Es herrschte für einige Momente lang Schweigen zwischen den beiden und jeder, der in diesem Augenblick der Szene beigewohnt und auch nur über ein bisschen Sensibilität verfügt hätte, hätte später von den stummen Fragen und Antworten berichten können, die unausgesprochen in der Luft hingen und doch zum greifen nah waren.

Yuki war die Erste, die dieses Schweigen wieder brach. „Spielte sie mit dir in einer Band?"

„Nein, er spielte in einer anderen Band als ich." Katsu schätzte Yuki nicht als homophob ein, daher sah er keinen Grund, die Wahrheit zu verschweigen. „Aber...er hat mir gezeigt, was ich in meinen Bands alles falsch gemacht habe und warum das nie funktionieren konnte. Leider hat das auch zum Bruch zwischen uns geführt..."

„Das tut mir Leid." In Yukis Stimme lag ehrliches Mitgefühl.

Katsu zuckte mit den Schultern. „The show must go on", meinte er und versuchte mit diesem Spruch die aufkommende Trübheit beiseite zu schieben, während er seine Cola-Dose mit ein paar Schlucken leerte.

Yuki sprang auf diesen Zug auf. „Sag mal, gehst du Abends gerne weg?"

„Klar", grinste er und zwinkerte ihr zu, „bevorzugt zur Arbeit in einen überhitzten Pizza-Shop."

Sie verstand die Anspielung auf ihre beider Arbeitszeiten sofort und erwiderte das Grinsen. „Kennst du das 'Vanishing Vision'?"

„Was soll das sein?"

„Ein Club, drüben in Honcho.* Die haben erst seit ein paar Monaten geöffnet und spielen eine interessante Mischung aus Rock und Elektro. Außerdem haben die ein faszinierendes Ambiente." Yukis Blick erhielt plötzlich einen schelmischen Zug. „Und es sind dort immer eine Menge interessanter junger Männer anzutreffen." Sie erhob sich von ihrer Sitzgelegenheit, da ihr Zeitgefühl ihr verriet, dass sie die Pause allmählich aufgebraucht hatten. „Ich gebe dir nachher mal die Adresse."

Das 'Vanishing Vision' lag in einer der schmalen Seitenstraßen Honchos und lockte mit einem großen, in blauen Neonröhren gefassten Banner, auf welchem wiederum in orangefarbenen Lettern der Name der Lokalität zu lesen war. Als Katsu den Laden betrat durfte er feststellen, dass auch im Inneren die Farbe Blau wieder aufgenommen wurde: Blaues Licht zog sich durch den ganzen Raum, was ihn dadurch nicht gerade sonderlich erhellte. Mit anderen Worten: Es war schummerig, im gesamten Bereich, aber dennoch lief man keine Gefahr, den Weg zu seinem Stuhl, der Bar oder den Toiletten zu verfehlen, denn dafür war der Helligkeitsgrad gerade noch ausreichend. Zudem gab es überall kleine, in den Fußboden eingelassene Lämpchen, was der Orientierung zusätzlich behilflich war.

Katsu hatte sich erst wenige Schritte vom Eingangsbereich entfernt und war noch dabei, eine freie Sitzgelegenheit auszumachen, da tanzte ihm auch schon eine dunkelhaarige Dame entgegen. Sie bewegte ihren schlanken Körper im Takt der Musik, die irgendeine psychedelisch anmutende Kombination aus Mötley Crüe, David Bowie und Ashbury Heights darstellte, und scheute sich dabei auch nicht, den neuen Besucher mehrmals mit ihren Hüften zu berühren. Natürlich stets mit einer solchen Leichtigkeit, dass es den jeweiligen Anschein eines Versehens machte. Auf ihrem Rücken, der vom Spaghettiträgertop überwiegend freigelegt war, war ein großes, farbiges Schmetterlings-Tattoo zu erkennen, welches sich in geschwungenen Linien von den Schulterblättern bis hinunter zur Taille zog. Die Frau lächelte Katsu verführerisch an, bis sie sich, so plötzlich wie sie aufgetaucht war, auch schon wieder von ihm entfernte und in der Masse an Leuten im Halbdunkel verschwand.

Katsu musste sich eingestehen, dass ihm diese kleine Anmache gefallen hatte. Trotzdem hielt er nicht weiter nach ihr Ausschau sondern steuerte stattdessen zielgerichtet die Bar an. Dort hatte er nämlich noch einen freien Hocker erspähen können und auf eben diesen parkte er im nächsten Moment auch schon seinen Hintern. Nach kurzem Überfliegen der in den Regalen aufgereihten Flaschen bestellte er sich einen Whiskey.

„Gleich zu Anfang schon so hartes Zeug?"

Katsu erschrak, als er, kaum dass er die Bestellung aufgegeben hatte, so dicht neben sich eine fremde Stimme vernahm. Irritiert wand er seinen Kopf zur Seite und blickte sogleich in ein unbekanntes Gesicht. Zwischen ihm und seinem Sitznachbarn hatte sich, ohne jegliche Scheu, ein schlanker Kerl gestellt, der ihn nun mit gelassenen aber zielgerichteten Augen ansah.

„Was dagegen?", entgegnete Katsu im leicht murrenden Ton, um seine Irritation zu verbergen. Er musterte den Typen flüchtig: Zu der dunklen Kleidung boten die orangefarbenen, langen Haare einen starken Kontrast. Zumindest riet er die Farbe auf Orange; so ganz genau konnte er das bei der Beleuchtung nicht ausmachen. Auch die exakte Länge der Haare, die der Fremde, ähnlich wie er selbst, auftoupiert trug, war im Augenblick nicht zu erkennen.

„Wenn du deine Geschmacksnerven schon zu Anfang außer Gefecht setzt, hast du doch gar keine Chance mehr, dich an den wirklich leckeren Dingen zu erfreuen." In der Stimme des Fremden schwang ein eindeutig lasziver Unterton mit und auch seine Augen begannen nun unmissverständlich zu flirten.

Katsu ging darauf ein. Irgendwie fing er an, den Typen interessant zu finden. „Und was schlägst du stattdessen vor?"

Der Fremde beugte sich ein Stück über den Tresen, winkte den Barkeeper zu sich heran, bei dem Katsu eben erst seine Bestellung aufgegeben hatte, und korrigierte diese: „Gib dem Jungen einen Spark in the dark statt des Whiskeys."

„Und was ist das?", wollte Katsu wissen.

„Einer der besten Cocktails, den der Laden hier zu bieten hat." Der Fremde zwinkerte.

Katsu musste nicht lange auf seine umgeänderte Bestellung warten und bekam schon bald ein Glas mit grünlichem Inhalt vor die Nase geschoben. Auf einen Vorschlag des Fremden hin begaben sie sich anschließend von der Theke zu einem der gemütlichen Sofas, die in mehreren Ecken des großen und verwinkelten Raumes standen. Hier konnte man sich vom Trubel zurückziehen und hatte dennoch eine gute Aussicht auf die Tanzfläche. Man befand sich abseits und fühlte sich dennoch nicht ausgeschlossen.

Während Katsu sich in die Sofapolster lümmelte, sog er an seinem Strohhalm und versuchte den fremden Geschmack des Cocktails zu definieren, was sich jedoch als nicht so leichte Aufgabe erwies. „Wer bist du?", fragte er statt dessen geradewegs heraus, als seine Augen sich wieder an den Fremden hefteten.

Dieser lächelte. Und irgendwie war dieses Lächeln geheimnisvoll. „Kiyoji", erklang dann schließlich die Antwort.

Katsu kam nicht sofort auf den Gedanken, ihm im Gegenzug dafür auch seinen Namen zu verraten, dafür war er gerade viel zu sehr durch die Arbeit seiner Geschmacksnerven abgelenkt. Seine Augen jedoch musterten Kiyoji eingängig und nun konnte er auch erkennen, dass ihm seine Haare bis zur Taille gingen; fast so lang wie seine eigenen. Wie auffällig seine Beobachtungen dabei ausfielen, war ihm gar nicht bewusst.

Kiyoji hingegen schien das zu amüsieren, zumindest wurde aus seinem Lächeln schon bald ein Grinsen. „Erfahre ich auch deinen Namen?"

Der Rothaarige hielt in seiner Musterung schlagartig inne, bevor er ihm direkt in die Augen sah. „Katsu." Seine Vorstellung fiel damit genauso knapp aus wie die seines Gegenübers.

Hatten die vielen kleinen Scheinwerfer bis eben noch durch ruhiges, gleichmäßiges Schwenken ihr Licht im Raum verteilt, begannen sie nun hektisch zu flackern und zu zucken und auch die Musik hatte harschere Töne angenommen.

Eine langbeinige, knapp bekleidete Frau trat hinter das Sofa, auf welchem Kiyoji saß, und ließ ihre schlanken, manikürten Hände über seine Schultern bis zur oberen Brust gleiten. „Was ist mit euch zwei Hübschen? Wollt ihr nicht tanzen?", säuselte sie mit unverkennbar amerikanischem Akzent und warf dabei auch kurz einen Blick auf Katsu, legte ihr Hauptaugenmerk aber auf Kiyoji.

Dieser neigte seinen Kopf ein Stück zurück, um ihr besser ins Gesicht sehen zu können, und drehte sich eine ihrer dunklen Haarsträhnen um den Zeigefinger, die ihr aus der Hochsteckfrisur flossen. „Im Moment nicht, Honey. Aber vielleicht beim nächsten Mal."

Honey ließ daraufhin mit leicht enttäuschtem Schmollmund von Kiyoji ab und suchte sich in der Masse ein anderes Opfer.

„Kennst du die?", fragte Katsu mit einer Mischung aus Neugierde und Erstaunen. Das Erstaunen basierte auf seine Beobachtung, dass Kiyoji, trotz der eindeutigen Signale, die Honey ausgesendet hatte, in keinster Weise beeindruckt zu sein schien sondern den Spieß sogar noch umgedreht hatte.

Wieder grinste Kiyoji und wieder erhielten seine Züge dabei etwas geheimnisvolles, etwas undurchdringbares. „Hier lernst du die Leute schnell kennen, Sweety." Und ohne seinem Gesprächspartner auch nur die geringste Chance zu geben, sich unter Umständen über diesen spontanen Kosenamen zu echauffieren, schickte er sogleich eine Frage hinterher: „Und, wie schmeckt dir der Spark in the dark?"

Katsu, der den Strohhalm zwischenzeitlich immer wieder mit seinen Lippen umschlossen hatte, ließ nun von diesem ab und warf einen nachdenklichen Blick in das inzwischen zu zwei Dritteln geleerte Glas, während seine Geschmacksknospen sich nicht zwischen Fandango und Salsa entscheiden konnten. Dieser fremdartige aber zugleich reizvolle Geschmack hatte sich bereits in seiner gesamten Mundhöhle ausgebreitet und

die Vermutung, dass dieses Zeugs einen hohen Suchtfaktor auf-
wies, wurde zunehmend zur Gewissheit. „Kann man trinken",
lautete trotz alledem seine nüchterne Antwort. Er ahnte bereits,
wohin dieser Abend noch führen würde und er wollte die Kontrolle über die Situation nicht verlieren, zumindest so lange
dies noch möglich war. Obwohl er mutmaßte, dass diese Zeitspanne recht überschaubar sein würde.

Kiyoji schien Katsus heimliche Bemühungen zu spüren,
denn er grinste, als sei er einem Geheimnis auf die Spur gekommen. „Ich kann dir noch Einen besorgen, wenn du willst",
bot er ihm an.

Ihrer beider Blicke trafen sich, hafteten sekundenlang aneinander.

Bis Katsu schließlich das Glas ansetzte und das letzte Drit-
tel in einem Zug und ohne die Hilfe des Strohhalmes leerte.
Anschließend stellte er es auf dem niedrigen Tisch vor dem
Sofa ab.

Kiyojis Grinsen wurde breiter.

Katsu hatte sich im Laufe des Abends zu insgesamt drei
Spark in the darks überreden lassen. Und entgegen seiner an-
fänglichen Vermutung, enthielten sie doch eine ernstzunehmende Portion Alkohol, den man allerdings erst wahr nahm, wenn
es bereits zu spät war. Das beruhigende, einlullende Blau der
Beleuchtung, die hypnotisierende Musik und nicht zuletzt die
allgemeine Vertrautheit und niedrige Hemmschwelle der Gäste
untereinander hatten Katsu schon bald in seinen Bann gezogen
und verwehrten ihm jegliche Fluchtmöglichkeit. Auch sein
Zeitgefühl wurde dadurch rasch ausgeschaltet und wäre er später danach gefragt worden, er hätte nicht sagen können, zu welcher Stunde er, gemeinsam mit Kiyoji, das 'Vanishing Vision'
verlassen hatte.

Er fand sich nur irgendwann in einer fremden Wohnung
wieder und ehe er sich versah, befanden sich zwei Hände, die
nicht seine waren, unter seinem Shirt. Sie waren groß und
warm und liebkosten seine Haut ohne jede Scheu. Fast schon
ungewohnt war dieses Gefühl, nach Monaten wieder solchen
Berührungen ausgesetzt zu sein. Doch Katsu gab sich Diesen

hin, wehrte sich nicht. Er ließ es zu, dass die Finger seine Rippen hinaufwanderten und seine Nippel reizten und er ließ es auch zu, dass sich plötzlich eine fremde Zunge in seine Mundhöhle schob und diese rücksichtslos penetrierte. Harsche, einnehmende Bewegungen vollzog sie in diesem dunklen, feuchten Raum und Katsus Willenlosigkeit gewährte ihm nur eine passive Erwiderung. Die Küsse schmeckten nach..... Sie fühlten sich an wie..... Katsu rief sich, durch Nebelfelder der Betäubung, Shiros Küsse in Erinnerung. Diese waren auch stets dominant, doch das Gefühl war ein anderes gewesen...irgendwie..... Sie hatten besser in seinen Mund gepasst, sie hatten sich ergänzender angefühlt...

Dieser Kuss war der erste nach seinem letzten mit Shiro. Und er verglich ihn.

In seinem Delirium aus Narkotisierung, Erinnerungsfetzen und Sehnsüchten gefangen, registrierte Katsu nur am Rande, dass seinem Körper nach und nach die Bekleidung entledigt wurde. Erst als er splitternackt dastand und das fremde Lippenpaar an diversen Orten seines Körpers wahrnahm, wurde ihm bewusst, wie kurz das Unausweichliche bevorstand. Doch auch diesen Verlauf billigte er ohne jede Gegenwehr, ja, hieß ihn regelrecht willkommen. Er wollte den Sex, er wollte genommen werden und er wollte dafür einen starken Gegenpart, einen, der ihn nicht entkommen ließ. Einen, der ihn benutzte...einfach nur benutzte.....

Kiyoji schien genau diese Absichten zu haben, denn obwohl er Katsus Haut mit Küssen übersäte, fasste er ihn ansonsten nicht gerade mit Samthandschuhen an. Kaum hatte er nicht nur ihn sondern auch sich von den lästigen Klamotten befreit, drängte er sein betrunkenes Opfer zur nächstbesten Wand und positionierte ihn mit dem Gesicht gegen diese. Kiyoji war kein Freund von langen Vorspielen und so widmete er sich zielstrebig dem Hauptpart.

Haltsuchend pressten sich Katsus Handflächen gegen die Wand, während ein heiserer und leicht schiefer Ton seinem Mund entsprang, als er so plötzlich den kräftigen Stoß in seinen Hintern verspürte. Doch es war keine Panik; diese hätte in dem akut herrschenden geistigen Nebel gar keine Chance gehabt, zu seinem Bewusstsein vorzudringen. Selbst der Schmerz, hervorgerufen durch mangelnde Vorbereitung, konnte nur für einen kurzen Moment die Aufmerksamkeit des Hirnes erlangen, bevor er in die unendlichen Tiefen des Uninteressanten hinabstieg. Für Katsu zählten fortan nur noch die Stöße, denen sein Arsch dem fremden Schwanz ausgeliefert war. Die Stöße, die ihn unterlegen sein ließen, die Stöße, die ihn zum Spielzeug degradierten. Er wollte es so, er wollte die Erniedrigung spüren. Er diente der reinen Nutzung und das zu benutzende Objekt war er selbst. Die Strafe für seine allgemeine Unfähigkeit im Leben.

Er vermisste die liebevollen Berührungen von Shiro.

* Honcho ist ein Stadtbezirk in Yokosuka.

23. Never say can't!

Langsam und monoton drehte er das Glas mit den Fingerspitzen immer wieder um die eigene Achse. Die Gedanken ertranken bereits permanent in der himmelblauen Flüssigkeit, die schon seit längerem von seinen Augen angestarrt wurde, als gälte es, in ihr einen verlorengegangenen Schatz wiederzufinden. Aus den Lautsprechern plätscherte eine melancholische Gibson und die kernige Stimme Joan Jetts fragte „Why can't we be happy".

Diese Frage stellte Katsu sich auch, seit er die Kneipe betreten hatte. Er war heute am späten Abend, gleich nach der Arbeit, ohne Umwege hierher gekommen. Ihm war einfach danach gewesen. Er hatte niemanden davon in Kenntnis gesetzt, denn er wollte mit seinen Gedanken alleine sein. Zumindest so alleine, wie man in einer Kneipe sein konnte.

Es war der selbe Laden, in welchem er das erste Mal einen Auftritt von FreaX gesehen hatte und seine Aufmerksamkeit sofort auf Shiro gefallen war. An besagtem Abend hatte er auch dieses blaue Zeugs, welches unter dem Namen 'Twisted Sister' verkauft wurde, getrunken. Und doch hatte sich inzwischen so vieles verändert.

Im Grunde genommen war nichts mehr so wie damals.

Shiro hatte seine Spuren in ihm hinterlassen und diese Spuren wurde er nun nicht mehr los. Es war seine Art gewesen, die Katsu gefesselt hatte. Seine musikalische Hingabe und sein Durchhaltevermögen, welches er noch immer bewunderte. Und nicht zuletzt seine durchschlagenden Worte, die in Katsu etwas bewegt hatten, was zuvor noch keiner zu schaffen vermochte. Sie hatten ihn zum nachdenken, zum *um*denken gezwungen. Und dabei war es nichts Neues gewesen, was er an Vorwürfen aus Shiros Mund entgegengeschleudert bekommen hatte – nur dieses Mal hatte das Gesagte sein Ziel erreicht.

Katsu begann, das Glas auf dem Tresen zu kippeln.

Warum Shiro? Warum war erst dieser Junge von Nöten gewesen, damit er endlich mal auf die Idee kam, sich selbst zu reflektieren? Was Shiro gesagt hatte, hatte Aki ihm doch bestimmt schon hundert Mal gesagt. Aber warum hatten erst Shiros Worte gefruchtet? Ihm war Aki doch nicht minder wichtig...

Tief in seinen Gedanken versunken registrierte Katsu nicht, dass der Barhocker links neben ihm, der bei seiner Ankunft noch frei gewesen war, inzwischen einen neuen Besitzer gefunden hatte. Diese Tatsache wurde ihm erst bewusst, als er sanft am linken Oberarm angestoßen wurde. Irritiert blickte er neben sich – und sah in ein fremdes aber freundliches Gesicht. Es wies bereits ein paar markante Falten vor.

„Liebeskummer?", fragte dieses Gesicht, noch bevor Katsu die Gelegenheit bekam, seinen neuen Nachbarn eingehender zu studieren.

Der Rothaarige zögerte kurz. Eigentlich war es nicht seine Art, sich bei Wildfremden und dann noch in einer Kneipe über seine Probleme auszulassen. Eigentlich hatte er im Moment auch generell nicht das Verlangen, überhaupt zu sprechen. Und dennoch war da etwas an diesem Typen, was ihn dazu verleitete, den entgegengesetzten Weg einzuschlagen und die Eigentlichs außer Acht zu lassen. Vielleicht war es die offene Ausstrahlung, die den Fremden umgab. „Sowas ähnliches", nuschelte Katsu schließlich.

„Schonmal mit Versöhnungssex probiert?", erklang gleich darauf ganz unverblümt die nächste Frage.

Katsu warf ihm einen Blick zu der unmissverständlich verriet, dass ihn dieser Vorschlag nicht wirklich überzeugte. „Ich glaube, das ist für diese Situation nicht das Richtige." Dabei begutachtete er unauffällig das übrige Erscheinungsbild seines neuen Gesprächspartners: Er war von muskulöser Statur, trug schwarze Leder-Chaps mit Fransen und Conchos besetzt, schwarze Bikerstiefel und ein dunkles Band-Shirt. Die langen, glatten Haare flossen ihm über die Schultern und die herauswachsende, erdnussfarbene Blondierung erschien leicht scheckig. An einer Seite des Kopfes erkannte Katsu ein paar mit Perlen und Federn beschmückte Lederbänder, die in das Haar eingebunden waren.

„Vielleicht braucht sie einfach nur etwas Zeit, dann kommt sie schon von ganz alleine wieder zurück", mutmaßte der Fremde weiter und führte ein Glas Whiskey an seine Lippen.

Anders als damals bei Yuki verzichtete Katsu hier nun auf eine Korrektur des genannten Geschlechts; er kannte den Anderen nicht, konnte ihn nicht einschätzen und wusste daher auch nicht, wie er reagieren würde wenn er erfuhr, dass es hierbei um einen Kerl statt um ein Mädchen ging. Seinen nachdenklichen Blick richtete er wieder auf die künstliche Farbe seines Cocktails, während er selbigen langsam mit dem Strohhalm umzurühren begann. „Dafür ist es schon zu lange her", murmelte er abwesend.

„Oh, Eine von der Sorte So-jemanden-treffe-ich-nur-ein-Mal-im-Leben also, huh?" Der Fremde schmunzelte ihn an; schelmisches Funkeln lag in seinen Augen.

Katsu erwiderte den Blick mit leichter Unsicherheit. „Ja...genau so jemand." Was tat er hier eigentlich? Befand er sich unwissentlich in einer Quizshow?

Mit einem Mal wurden die spitzbübischen Züge des Whiskeytrinkenden weicher. „Wenn schon zu viel Zeit vergangen ist, wie du sagst, dich dieser Mensch innerlich aber trotzdem nicht loslässt, scheint es noch ein paar ungeklärte Dinge zwischen euch zu geben." Er sah Katsu prüfend an, während er das Kinn in seine Faust stemmte.

Und plötzlich fing Katsu an zu erzählen. Er wusste selbst nicht genau, was ihn dazu bewegte, aber als hätte jemand in ihm einen Schalter umgelegt, erzählte er seinem Trinknachbarn haltlos die ganze Geschichte. Vom ersten Kennenlernen, der zunehmenden Sympathie und dem häufigeren Beisammensein, den aufkeimenden Streitigkeiten und Auseinandersetzungen bis hin zum großen Knall. Er schilderte den Abend als Shiro ihn vor die Tür gesetzt hatte, wie er später verprügelt wurde und anschließend doch wieder bei Shiro gelandet war. Und er erzählte davon, wie er sich Shiros Bitte, sich künftig nicht mehr zu sehen, ein einziges Mal widersetzt hatte. Berichtete von der Mail, die er ihm in seinem Kummer geschrieben und der Mail, die er darauffolgend von ihm erhalten hatte.

Allerdings redete er im Bezug auf Shiro stets nur von „der Person", um die Anonymität weiterhin zu wahren.

Der Fremde hörte ihm ruhig und geduldig zu und machte inzwischen einen sehr reifen Eindruck, ganz anders als noch zu Beginn. Als Katsu mit der Erzählung fertig war, richtete er den Blick auf sein halbleeres Whiskeyglas. Er schien nachzudenken.

Katsu beobachtete ihn dabei. Fing den Strohhalm mit seinen Lippen ein und sog die restliche Flüssigkeit gemächlich in seinen Mund, während seine Augen nicht vom Fremden ließen. Fast erwartete er regelrecht eine Analyse von ihm und fragte sich gleichzeitig, ob er ihm nicht zu viel erzählt hatte.

„Du weißt, warum die Person das getan hat?", fragte der Fremde plötzlich, ohne Katsu anzusehen.

Dieser nickte daraufhin kurz. „Ja."

„Und trotzdem fällt es dir schwer, mit diesem Fall abzuschließen?" Der Fremde hob langsam sein Glas an, die Augen nach wie vor auf selbiges gerichtet.

Katsus Blick senkte sich. „Ja...", wiederholte er, diesmal etwas leiser, und zögerte einen Moment. „Ich hatte gedacht,...nach der E-Mail wäre zwischen uns alles geklärt und es würde mir besser gehen." Nun senkte sich auch sein Kopf. „Aber so ist es nicht." Seine Stimme war inzwischen zu einem Wispern geschrumpft, bevor er scheinbar wieder neue Kraft schöpfte und den Älteren ansah. „Ich wollte mich doch nur erklären. Ich wollte der Person die Chance geben, mich zu verstehen. Aber die Antwort, die ich daraufhin erhalten habe, hat es nur noch schmerzhafter für mich gemacht..." Unter normalen Umständen hätte er solch eine Gefühlsbekundung niemandem gegenüber abgegeben. - Außer Aki. Vielleicht. - Aber diese Situation, mit dem fremden Kerl neben sich, schien schon lange nicht mehr normal zu sein. Erstaunlicherweise kümmerte Katsu dies inzwischen gar nicht mehr.

Der Mann mit den markanten Falten im Gesicht und den Federn im Haar schwenkte sein Whiskeyglas und verfolgte die Bewegungen des goldbraunen Liquids. „Manchmal ist es schwer, seinem Herzenswunsch näher zu kommen, ohne dabei die eigenen Schmerzen zu vergessen." Er sah Katsu an, wieder mit diesem schelmischen Lächeln auf den Lippen. „Denn manchmal sind Schmerzen notwendig." In einem Zug leerte er sein Glas und stellte es anschließend auf den Tresen zurück, bevor er sich ein letztes Mal seinem jungen Gesprächspartner widmete. „Aber lass dir Eines gesagt sein: Egal wie hart dir eine Sache auch erscheinen mag – never say can't!" Und mit diesen Worten stand er auf und verließ die Kneipe.

24. Secret

Jamsessions waren selten geworden für die Jungs von FreaX. Zu sehr bestimmten inzwischen Bandproben, Konzerte, Fernsehauftritte, Interviews und unzählige Planungen ihren Alltag. Mehr als zwei Jahre war das Erscheinen ihres Debüt-Albums „Xclamation" inzwischen her und die Beliebtheit um die Band wuchs zunehmend. Vor wenigen Monaten erst hatten sie ihr zweites Album „Xtasy" veröffentlicht und wenn die aktuellen Verkaufszahlen anhielten, würde das Album seinen Vorgänger sogar noch übertrumpfen. Doch der ganze Erfolg brachte halt auch dementsprechende Pflichten mit sich und somit genoss es die Band, mal einen Tag lang Zeit für sich zu haben und manche Dinge entspannter angehen zu können.

So wie heute zum Beispiel, wo sich Kiri, Junichi, Shiro und Kijo spontan zum jammen im Proberaum getroffen hatten. Es herrschte eine ausgelassene Atmosphäre zwischen den vier Freunden, wobei zu beobachten war, dass Junichi beim Spielen besonderen Eifer an den Tag legte. Generell hatte er sich in den letzten zwei Jahren merkbar verändert: Seine Zurückhaltung und Schüchternheit hatten abgenommen und er traute sich zunehmend mehr eigene Ideen in ihre gemeinsame Arbeit einzubringen. Nur unmittelbar vor Live-Auftritten war er nach wie vor ein nervöses Wrack.

Eine ähnliche Entwicklung hatte auch Kiri durchgemacht: Plagten ihn damals, vor ihrer ersten Tour, noch Sorgen um eine dauerhafte Überanstrengung seiner Stimme, schien dieser Gedanke nach dem ersten Konzert wie weggeblasen worden zu sein. Er war von sich und seinem Können inzwischen überzeugter denn je.

Zwei Jahre, in denen sich FreaX zwar noch lange nicht an die Spitze, aber dennoch merklich hochgearbeitet hatten. Diese zwei Jahre hatten alle fünf Jungs nochmals zusätzlich zusammengeschweißt und der Eifer, noch besser zu werden als sie es augenblicklich waren, war bei allen groß.

Irgendwann an diesem Tag, nach stundenlangem Herumge-
klimper, austesten neuer Ideen und dem Covern eigener Lieder,
entschieden sich alle Vier für eine Pause und während sich Junichi und Kiri die Kehlen mit Wasser und Limo durchspülten,
nahm Shiro sich Kijo beiseite und begab sich mit ihm etwas
abseits der Anderen.

Kijo wollte natürlich wissen, was es so hochgeheimes zu
besprechen gab und Shiro ließ ihn nicht lange zappeln.

„Ich würde dich gerne in ein paar organisatorische Dinge
einarbeiten", eröffnete er ihm sein Vorhaben.

Kijo sah ihn an, starrte regelrecht. Und wollte offensichtlich nicht ganz glauben, was er soeben vernommen hatte.
„Aber...dafür sind doch Shigeki und du zuständig?!"

„Ja, aber jetzt, wo wir mit FreaX immer weiter aufsteigen,
kommt auch immer mehr Arbeit auf uns zu. Und es geht mir
darum, jemanden zu haben, der ohne Probleme einspringen
kann, wenn ich zum Beispiel mal ausfallen sollte."

Man sah Kijo deutlich an, wie sehr es in seinem Kopf gerade ratterte.

„Und du kennst Shigeki: Wenn er mit der Organisation
vollkommen alleine dasteht, übernimmt er sich wieder und das
würde wiederum der gesamten Band schaden", fuhr Shiro weiter fort, ohne seinen Blick von Kijo abzuwenden.

Kijo stand eine Weile schweigend da, den eigenen Blick
ins Abseits gerichtet. Solch ein Angebot erhielt man nicht alle
Tage und es zeugte schon von großem Vertrauen, dass Shiro
mit dieser Angelegenheit ausgerechnet zu ihm kam. Schließlich
sah Kijo ihn an. Unsicherheit spiegelte sich in seinen rehbrau-
nen Augen wider. „Meinst du, ich schaff das?", fragte er mit
gedämpfter Stimme. Er schien von der Idee noch nicht ganz so
überzeugt zu sein wie Shiro.

Dieser lächelte ihm jedoch mutmachend zu und nickte
kurz. „Sonst würde ich dich nicht fragen."

Dennoch zögerte Kijo einen Moment lang, bis er sich
selbst endlich den nötigen Ruck gab. „Okay. Ich mach's." Er
versuchte tapfer zu lächeln, doch so ganz ließ sich seine Unsicherheit damit nicht kaschieren. Es war einfach eine enorm
große Verantwortung, die ihm hiermit aufgetragen wurde.

Shiro und Kijo verabredeten sich für den nächsten Tag bei Shiro, wo sich ein Großteil der benötigten Unterlagen befand. Für den Rest des heutigen Tages aber wurde entspannt weiter gejammt, wobei sogar die Idee zu einem neuen Song entstand.

Als der Abend hereinbrach, beendeten die Vier ihre Session. Auf Kiris Vorschlag hin, noch gemeinsam etwas essen zu gehen, gingen Kijo und Junichi sofort ein. Nur Shiro, noch an seinem Bass herumnestelnd, gab keine Antwort von sich.

„Was ist? Kommst du mit?", fragte Kijo den Bassisten, während er bereits an der Tür stand und selbige für die zwei anderen Jungs aufhielt.

Shiro blickte über seine Schulter zu Kijo und lächelte. „Heute nicht. Hab keinen Hunger und muss noch was erledigen."

„Okay, dann bis morgen!" Kijo winkte ihm noch zu, dann verließ auch er den Raum.

Es war bereits nach drei Uhr in der Früh, als Katsu von der Arbeit nach Hause kam. Seinen Rucksack ließ er sogleich im Flur liegen, kaum dass er seine Wohnung betreten hatte, und ging zielstrebig durch bis zur Küche. Dort holte er eine Tiefkühlpizza aus dem Gefrierfach und beförderte sie mit routinierten Bewegungen in den Ofen, bevor er sich in den Wohnbereich begab und erschöpft auf das Bett niedersinken ließ. Obwohl er diesen Job nun schon so lange machte, schlauchte ihn die Spätschicht nach wie vor am meisten. Und obwohl man denken sollte, dass er beim Pizza-Service doch direkt an der Essens-Quelle arbeitete, griff er zu Hause immer noch regelmäßig auf Tiefkühlpizza zurück. Eine Marotte von ihm.

Während er auf dem Bett saß und seinen erschöpften Körper zur Ruhe kommen ließ, schweifte sein müder Blick quer durch den Raum. Dieser blieb irgendwann an dem Bass hängen, der sich, völlig windschief stehend, halb hinter einem ebenfalls schief hängenden Poster verbarg. Davor türmte sich allerlei Gerümpel, von dem Katsu mal wieder nicht wusste wohin damit. Vom lilanen Korpus des Basses war somit nur das obere Drittel zu erkennen, wohingegen der charakteristisch geformte Kopf gänzlich vom Plakat geschluckt wurde. Der einst so stolze Glanz der Lackierung schien sich dem allgemeinen Zustand um sich herum angepasst zu haben und wirkte nun dumpf und leblos.

Lange ruhten Katsus Augen auf diesem Anblick. Er hatte den Bass schon seit Ewigkeiten nicht mehr in der Hand gehabt. Früher war er so stolz auf sein Instrument gewesen, doch heute stand es unbenutzt in der Ecke herum und verstaubte. Er zögerte noch einen Moment, dann stand er auf und ging die wenigen Schritte durchs Zimmer, um sich vor das wiederentdeckte und einstige Lieblingsstück von damals niederzuknien. Und tatsächlich, auf den spitzen Ecken des Korpus lag Staub. Sanft strich er mit dem Zeigefinger eine Linie über den Lack und besah sich das Ergebnis, welches sich als gräulicher, dünner und pelziger Film auf seiner Fingerkuppe gebildet hatte. Wie alt dieser Staub wohl schon war...? Er konnte es nicht einmal schätzen. Seine Erinnerungen daran, wie er die letzten Male seinen Bass gespielt hatte, waren völlig verworren und zeitlich nicht mehr klar einzuordnen. In welcher Band hatte er überhaupt als letztes gespielt? Katsu versuchte sich zu erinnern. War es nicht diese eine Band gewesen, wegen der er sich damals mit Shiro gestritten hatte...? Er wusste es nicht mehr. Dafür stellte er aber fest, dass es inzwischen zwei Jahre her war, dass er Shiro persönlich begegnet war. Seit dem hatte er ihn nur noch im Fernsehen oder auf Bildern gesehen. Selbst den Besuch eines von FreaX' Konzerten hatte er sich bis heute verkniffen. Von seiner damaligen, einzigen Wiedersetzung gegenüber Shiros Bitte, sich nicht wieder zu sehen, einmal abgesehen, hatte er seinem Wunsch bis heute Folge geleistet. Nicht einmal telefonisch hatte er versucht, mit ihm Kontakt aufzunehmen. Der einzige und auch sehr unregelmäßige Austausch, der zwischen den beiden ehemaligen Freunden noch stattfand, waren E-Mails. Shiro hatte ihm damals, trotz allem, was zwischen ihnen vorgefallen war, angeboten, ihm jederzeit schreiben zu können. Dieses Angebot nutzte Katsu gelegentlich und Shiro hatte ihm bisher stets geantwortet. Selbst wenn er dies vielleicht nur aus reiner Höflichkeit tat, aber für Katsu waren die Mails von Shiro immer ein kleiner Lichtblick. Ein Lichtblick in dem schier unendlichen Nebel, in welchem er sich innerlich gefangen fühlte. Ein emotionaler Nebel, basierend auf dem Unverständnis, was ihm mit Shiro damals überhaupt passiert war. Denn so wirklich begreifen tat er es, trotz der zeitlichen Distanz, immer noch nicht. Er hatte den Wandel nie verstanden, der so plötzlich eingetroffen war. Es waren noch nicht einmal mehr die einzelnen Punkte, wegen denen sie sich gestritten hatten, die ihn beschäftigten; daran dachte er schon gar nicht mehr. Vielmehr beschäftigte ihn die krasse Differenz zwischen der bedingungslosen Hingabe, die er bei Shiro mehr als nur ein Mal erlebt hatte, und der plötzlichen Abweisung, mit welcher er sich so unverhofft konfrontiert sehen musste. Auch wenn er innerlich wusste, dass das ganze Schlamassel auf sein eigenes Fehlverhalten zurückzuführen war, standen für ihn noch immer ein paar Fragen im Raum. Allen voran das klassische 'Warum'. Vermutlich eine der, von der Menschheit, am häufigsten gestellten Fragen. Und vermutlich auch eine derer, mit den wenigsten erhaltenen Antworten.

Das durchdringende Rasseln der Eieruhr zerriss mit einem Mal die Stille in der Wohnung und verriet Katsu, dass seine Pizza fertig war.

Er stand auf und ging in die Küche.

„Kannst du die bitte nochmal überziehen? Damit ich weiß, ob es jetzt passt", bat Aki und reichte Shiro eine Jacke aus schwarzem Stoff mit blauen Applikationen, an der sie soeben noch einige Korrekturen abgesteckt hatte.

Shiro nahm das Kleidungsstück entgegen und zog es sich vorsichtig über, stets darauf bedacht, nicht die spitzen Nadeln zu spüren zu bekommen, die ihm, im Stoff steckend, eifrig entgegenblitzten. In gerader Körperhaltung präsentierte er sich daraufhin der Schneiderin und ließ ihre geübten Blicke über sich ergehen.

„Okay, sieht super aus", stellte Diese kurz darauf fest und half Shiro wieder aus der Jacke heraus, um sich anschließend mit ihr an die Nähmaschine zu setzen und die provisorisch abgesteckten Korrekturen festzunähen.

Shiro setzte sich derweil wieder zurück an den großen Tisch, an welchem er bereits schon vor der Anprobe gesessen hatte, und blätterte weiter durch das aufgeschlagene Musikmagazin. Wenn man jedoch genauer hinsah erkannte man, dass seine Aufmerksamkeit für den Inhalt der Zeitschrift nicht sonderlich präsent war. Das Umblättern verlief in einem zu monotonen Rhythmus und sein Blick war abwesend und oft neben statt auf die Seiten gerichtet.

Diese Beobachtung machte auch Aki, während sie an ihrer Nähmaschine saß, und irgendwann fragte sie durch das Rattern der Nadel hindurch: „Alles okay bei dir?"

„Klar...", kam es nur wenig überzeugend vom Befragten zurück. Er hatte sich nicht einmal die Mühe gemacht aufzublicken.

Aki machte vorerst keine Anstalten, weiter nachzufragen und konzentrierte sich ganz aufs Nähen. Dadurch blieb das Rattern der Maschine auch eine Weile lang das einzige Geräusch in den Räumlichkeiten der Werkstatt und schluckte das leise Rascheln der umgeschlagenen Seiten. Fast schon ein wenig verstörend wirkte daher die ganze Szenerie, in der, trotz der Anwesenheit zweier Menschen, die Maschine als einzige sprach.

Bis Shiros Stimme sich mit einem Mal einen Weg durch die akustische Monotonie bahnte. „Du kannst dir mit der Jacke ruhig Zeit lassen." Auch dieses Mal hatte er nicht aufgeblickt.

Dies tat Aki nun aber und ihr Arbeitsgerät verstummte. Verwundert sah sie ihn an. „Aber das ist doch ein Auftrag von euch."

Fahrig wischte Shiro sich eine Strähne aus dem Gesicht, während er die gerade aufgeschlagene Seite betrachtete ohne sie zu lesen. „Das ist nicht so wichtig. Lass dir Zeit, es eilt nicht."

Etwas unschlüssig saß die Schneiderin nun da und wusste nicht so recht mit dieser Information umzugehen. Erst kürzlich hatten FreaX diese Jacke für Shiro bei ihr in Auftrag gegeben und sie war auch bereits fast fertig; nur ein paar kleine Änderungen mussten noch vorgenommen werden. Und auf einmal erhielt sie von Shiro den Hinweis, sie könne sich mit der Arbeit Zeit lassen? Ausgerechnet auch noch von einem Shiro, der, seit seiner Ankunft in ihrer Werkstatt, schon die ganze Zeit über ruhiger war als sonst und von einer seltsam nachdenklichen Stimmung umgeben zu sein schien. Nach kurzem Zögern ließ Aki die Jacke auf dem Nähmaschinentisch liegen und begab sich zu ihrem Kunden und Freund, setzte sich ihm gegenüber. „Was ist los, Shiro?" In diesem sanften aber direkten Tonfall sprach sie normalerweise sonst nur mit Katsu.

Endlich hob Shiro den Blick und sah ihr in die Augen, nur um selbigen kurz darauf wieder zu senken. Seine Gesichtszüge waren nachdenklich.

„Stress mit den Jungs?", fragte sie ins Blaue hinein.

Ein kleines, schiefes Lächeln tauchte auf seinen schmalen Lippen auf. „Nein", sprach er leise. „Das nun wirklich nicht..."

„Werbevertrag mit dem Hersteller eines koffeinarmen Erfrischungsgetränks abgeschlossen?", riet Aki weiter und spielte damit humorvoll auf Shiros Vorliebe für Kaffee an.

Das Lächeln auf seinen Lippen wurde daraufhin etwas breiter, sein Blick jedoch auch schüchterner und er wand kurz den Kopf zur Seite. Einige Momente lang schwieg er und ließ Aki weiterhin in Unwissenheit. Schließlich fand sein Blick aber doch noch den Weg zurück zu ihr. „Du musst mir versprechen, es niemandem zu erzählen", brach er mit fester aber immer noch leiser Stimme sein Schweigen.

Aki nickte.

„Auch Katsu nicht", fügte er hinzu.

25. maple leaf

Shiro hatte ein mulmiges Gefühl. Er war sich im Nachhinein nicht sicher, ob es gut gewesen war, Aki von dieser Sache zu erzählen. Und nicht nur das, er hatte als Gegenleistung auch noch von ihr verlangt, absolutes Stillschweigen zu bewahren, jedem gegenüber. Es war nicht so, dass er Aki für ein Plappermaul hielt, ganz im Gegenteil; sie war für ihn durchaus eine vertrauensvolle Person. Aber was hatte er ihr damit für eine Bürde auferlegt, dieses Geheimnis für sich zu bewahren?

Shiro hob den Kopf, sah in den dunklen Herbstnachthimmel. Außer Aki wusste es noch niemand. Nicht einmal Shigeki, obwohl dieser eigentlich der Erste hätte sein müssen, der davon erfuhr. Besten Freunden erzählte man doch schließlich alles immer als erstes. Doch diesmal hatte er es nicht getan.

Warum?

Vielleicht weil er Angst vor dessen Reaktion hatte. Es würde ihm das Herz brechen wenn er die Diagnose vom Arzt erführe. Trotzdem würde er ihm früher oder später davon erzählen müssen. Er verspürte bei dem bloßen Gedanken daran schon Übelkeit.

Shiros Stiefel schritten über den Kiesweg, verursachten bei jedem Aufsetzen der Sohle leises Knirschen. Während tagsüber Einheimische wie Touristen den Schrein aufsuchten, war das gesamte Gelände um diese Zeit wie leergefegt. Er war der einzig Anwesende. Eine leichte Brise wehte, ansonsten war es vollkommen friedlich. Selbst den Straßenverkehr hörte man von hier aus nicht. Shiro hatte den Schreineingang fast erreicht, als er plötzlich Halt machte. Er befand sich auf gleicher Höhe mit den beiden steinernen Komainu, die wenige Meter vom Eingang entfernt auf Podesten als Wächter fungierten.* Da er dem linken Exemplar näher war als dem rechten, trat er auf ersteren zu, legte eine Hand auf die gemeißelte Mähne und schmiegte zögerlich seinen Kopf an selbige. Härte und Kälte spürte er an Schläfe und Handfläche. Dennoch schenkte ihm die Nähe des bewegungsunfähigen Wächters eine wohlige Geborgenheit.

Was würde nur geschehen, wenn er die Krankheit nicht überlebte? Er mochte kaum daran denken. Natürlich hatte er vor, zu kämpfen und das solange es nötig war. Er war immer bereit, für Dinge zu kämpfen, die ihm wichtig waren und hier ging es um sein Leben. Aber auch der größte Kämpfer erlebte einmal Niederlagen. Seine Gedanken drifteten zu Katsu. Er war ihm auch wichtig gewesen, aber den Kampf um ihn hatte er verloren. Woher sollte er wissen, wie dieser Kampf ausging?

Shiro schloss die Augen.

Seine Finger schienen ansatzweise die starre Mähne des Komainu zu kraulen.

Wenn er sterben würde, was würde dann aus seinen Freunden werden? Was würde mit der Band passieren...? Ob sie ohne ihn weiter machen würden? Das Potenzial dafür hatten sie, aber er wusste zu Genüge, dass es mehr brauchte als Potenzial, um eine Band aufrecht zu erhalten. Musiker konnten ihre Instrumente technisch noch so einwandfrei spielen – wenn keine Verbindung zwischen ihnen bestand oder die Verbindung unterbrochen war, funktionierte es nicht. Und er war sich nicht sicher, ob sein mögliches Ableben die Verbindungen unter ihnen zu stark schädigen würde. Er war sich nicht sicher, wie groß das Loch wäre, das er hinterlassen würde.

Und Katsu? Wie würde Katsu darauf reagieren? Auch darüber war er sich nicht sicher. So wie er ihn einschätze, würde es ihn zerreißen, am Boden zerstören. Aber vielleicht schätzte er ihn ja auch falsch ein und er würde die Nachricht von seinem Tod viel besser verkraften als erwartet. Schließlich hatten sie sich schon seit über zwei Jahren nicht mehr gesehen. Sie schrieben sich nur noch sporadisch. Vielleicht war er in Katsus Gedanken gar nicht mehr so präsent. Doch trotz aller Abwägungen, kam Shiro zu keinem Ergebnis. Er konnte die Reaktionen seiner Freunde – und Katsu – nicht berechnen.

Ein leichter Wind fuhr durch das Laub der umliegenden Bäume. Als Shiro kurz darauf ein minimales Gewicht auf seinem Handrücken spürte, öffnete er die Augen und hob den Kopf. Auf seiner Hand, die noch immer auf der Mähne des

Wächters lag, hatte sich ein karminrotes Ahornblatt niedergelassen.

Nervös spielten seine Finger miteinander, nichts wirklich Sinnvolles mit sich anzufangen wissend. Und dennoch konnten sie nicht stillhalten. Ein seltsames Schweigen erfüllte den Raum, in welchem Shigeki breitbeinig und nach vorne gebeugt auf einem Stuhl saß. Den Blick auf den Boden gerichtet. Er brachte es im Moment nicht fertig, seinem Gesprächspartner in die Augen zu sehen.

Sein Gesprächspartner, das war Shiro und dieser fühlte sich im Moment genauso unbehaglich wie Shigeki. Leicht unruhig ging er immer wieder wenige Schritte auf und ab, manchmal auch im Kreis. Seine Hände steckten in den Gesäßtaschen. Irgendwann hielt er die Stille zwischen ihnen jedoch nicht mehr aus und durchbrach sie. „Was denkst du?"

Shigeki musterte noch einige Momente lang den Boden, bevor er zögerlich seinen Blick hob und den langjährigen Freund unsicher ansah. „Was willst du hören?", lautete die Gegenfrage und seine Stimme klang dünn und heiser. „Natürlich mach ich mir Sorgen um dich."

Shiro sah betreten auf ihn hinab. Er hatte Recht, seine Frage war überflüssig gewesen und die Antwort hätte er sich auch selbst geben können. Es war Hilflosigkeit, die ihn zu dieser Frage getrieben hatte.

Wieder setzte gegenseitiges Schweigen ein.

„Wirst du dich behandeln lassen?" Diesmal war es Shigekis Stimme, welche die Stille schnitt.

„Natürlich!" Shiro ging vor ihm in die Hocke. „Ich hatte nicht vor, Däumchen zu drehen und darauf zu warten, dass die Krankheit mich dahinsiecht."

Ein mattes, kaum wahrnehmbares Lächeln tauchte kurz auf Shigekis Lippen auf. Doch seine Sorgen waren damit nicht entkräftet. „Wie...wird das jetzt eigentlich mit FreaX?" Er traute sich kaum, diese Frage zu stellen.

„Ich bin natürlich weiter mit dabei", erwiderte Shiro, als sei es das Selbstverständlichste der Welt. „Ich mach so viel und so lange wie ich kann." Er versuchte optimistisch zu denken, dem Anderen ein positives Vorbild zu sein. Doch wenn er sich Shigekis sorgenvolle Miene ansah, ahnte er, dass das ein harter Job werden würde.

Sie gingen noch am selben Tag in eines ihrer Lieblings-restaurants, einem winzigen Laden, der kaum Platz für ein dutzend Leute bot, und aßen dort Hähnchenspieße mit einer würzigen Soße und Reis. Und obwohl diese Essensbesuche früher immer für gute Laune gesorgt hatten, blieb das Ergebnis heute aus. Shigeki blieb für den Rest des Tages einsilbig und ruhig.

Shiro sah schließlich ein, dass der Status seines gesundheitlichen Zustands die Menschen, die ihm nahe standen, ebenso belastete wie ihn selbst. Das führte jedoch zu nur noch mehr Bauchschmerzen bei dem Gedanken, seine übrigen Bandkollegen über sich aufzuklären. Aus diesem Grund zögerte er das Vorhaben so lange es ihm möglich war hinaus.

Es verging Woche um Woche und Shiro glaubte, sein Geheimnis vor Kiri, Kijo und Junichi erfolgreich bewahren zu können. Auch Shigeki hielt dicht und verlor darüber kein Wort. Allerdings fiel er gelegentlich durch geistige Abwesenheit auf.

Eines Tages tauchte Shiro mit stärkerer Blässe als sonst bei einem Fernseh-Interview auf. Er gab sich während der Aufzeichnungen tapfer und meinte, ihn hätte wohl eine Erkältung erwischt. Doch seine Mattheit ließ sich nur schlecht überspielen.

Von diesem Tag an wusste Shigeki, dass sich das Geheimnis nicht mehr ewig wahren ließ.

Lustlos bohrte er seinen Blick in das Essen, welches seit einer Viertelstunde vor ihm auf dem Tisch stand. Genauso lange warteten auch schon die Stäbchen zwischen seinen Fingern auf ihren Einsatz – und warteten doch vergebens. Mit seiner körperlichen Starre gab Shiro in diesen Minuten ein regelrechtes Pendant zu den Plastikessen-Auslagen ab: als Plastik-Gast.**

Kijo, der neben ihm am Tisch saß, hatte seine Portion soeben restlos und genüsslich verspeist, legte die Stäbchen beiseite und verschränkte die Arme auf der Tischplatte. Bis jetzt hatte er zu Shiros offensichtlicher Appetitlosigkeit nichts gesagt, doch das änderte sich nun abrupt. „Ich kenn' dich gut genug um zu wissen, dass du so etwas normalerweise hinunterschlingst", und er machte eine leichte Kopfbewegung zu Shiros Teller mit der unangerührten Portion frittierter Garnelen. „Also was ist los?"

Shiro reagierte nicht sofort, starrte noch ein paar weitere Sekunden lang auf das Essen, bevor er schließlich seine saubereren Stäbchen wieder ablegte. „Ich habe keinen Hunger", gab er mit heiserer, fast tonloser Stimme an.

„Das ist offensichtlich. Aber wieso?"

Shiro schloss für einen kurzen Moment die Augen und stöhnte leise. Kijo konnte so hartnäckig sein. „Mir geht's momentan einfach nicht so gut, ich fühle mich erschöpft."

Kijo neigte den Kopf ein Stück zur Seite, sah den Anderen aber unentwegt an. „Das fällt mir schon eine ganze Weile an dir auf."

Shiro verdrehte ansatzweise die Augen. Er fühlte sich zunehmend in die Enge getrieben und wollte dieses Verhör nicht über sich ergehen lassen. Er wollte seinen wahren Zustand nicht preisgeben und am liebsten niemand weiterem von seiner Krankheit erzählen, bis er sie überstanden hatte. Doch dann sah er wieder Kijo in die Augen und er wusste, dass er seinen eigenen Wünschen nicht nachkommen konnte. Normalerweise fiel es ihm nicht schwer, abzublocken sobald ihm etwas zu weit ging. Aber manchmal gab es diese Momente, in denen er kurzfristig schwach wurde. Und gerade jetzt war so ein Moment. „Ich habe Krebs."

Kijos Augen weiteten sich und starrten ihn ungläubig an. „Scheiße verdammt, nein..." Seiner Reaktion nach zu urteilen hatte er definitiv mit einer weniger schwerwiegenden Nachricht gerechnet.

Für einige Momente lang herrschte eisernes Schweigen zwischen den zwei Freunden.

„Seit wann schon?", wollte Kijo dann schließlich wissen. Seine Stimme war plötzlich ungewöhnlich rau und leise.

Shiro, der inzwischen dazu übergegangen war an seinen Fingernägeln herumzufummeln, sah auf selbige herab. „Keine

Ahnung. Ich habe die Diagnose selbst erst vor ein paar Wochen vom Arzt erhalten."

„Weiß es Shigeki schon?", kam es daraufhin sofort von Kijo.

„Shigeki und Aki." Er nickte knapp.

Kijo stieß die Luft hörbar durch die Lippen aus, legte die Hände in den Nacken und die Ellenbogen auf den Tisch.

Shiro beobachtete ihn. Er hatte noch Kiri und Junichi vor sich, ganz zu schweigen von seiner Familie. Kiris Reaktion würde sicherlich sehr emotional ausfallen, bei Junichi war er sich hingegen nicht ganz sicher. Die Vorstellung der Reaktionen seiner Familie blendete er aus. „Hör zu, ich will da keine große Sache draus machen."

Kijo sah ihn an. „Du bist gut. Krebs ist kein Schnupfen", murmelte er.

„Ich weiß", entgegnete Shiro, „was glaubst du, warum ich bisher nichts gesagt habe? Ich will einfach nicht, dass ihr mit euren Gedanken nur noch bei meiner Krankheit seid." Sein Blick war eindringlich und sanft zugleich. „Ihr sollt euch keine Sorgen um mich machen." Er konnte von Kijos Augen ablesen, dass dieser ihm am liebsten widersprochen hätte, doch zu seiner eigenen Überraschung blieb der Gitarrist stumm.

* Komainu (auch Fuu-Dog genannt) sind löwenartige Statuen, die oftmals als Beschützer in oder vor japanischen Schreinen und Tempeln platziert sind.

** In japanischen Kantinen und Restaurants werden oft Duplikate der angebotenen Speisen ausgestellt, die aus Plastik oder Wachs modelliert und dem Original optisch verblüffend ähnlich sind.

26. levelled off

Schon als er mehrere seiner Kollegen, einschließlich Yuki, aus einiger Entfernung vor dem Laden stehen sah, ahnte Katsu, dass irgendetwas nicht in Ordnung war. „Hey, was ist denn los?", fragte er sogleich, kaum dass er die kleine Gruppe erreicht hatte.

Die meisten Augenpaare richteten sich daraufhin auf ihn.

„Die Reifen unserer Roller sind zerstochen worden", antwortete ihm Rinji.

Katsu zog eine Augenbraue hoch. „Von wie vielen?"

„Von allen", kam es knapp aber hörbar zerknirscht von Yuki. Sie stand in der Mitte ihrer Kollegen und hatte einen leicht abwesend scheinenden Blick, doch wer sie kannte wusste, dass ihr Kopf gerade auf Hochtouren arbeitete.

„Verdammt, nicht euer Ernst, oder?" Die Roller waren das wichtigste Transportmittel für einen Lieferservice. Gerade in den engen Straßen und Gassen, wo keine zwei Autos aneinander vorbeifahren konnten, war das Durchkommen mit den Rollern unverzichtbar. „Soll das heißen, wir können nicht liefern? Ausgerechnet heute?"

Es gab wirklich kaum einen ungünstigeren Tag für solch einen Ausfall als heute: Denn heute war der 23. November, Arbeitsdanktag und somit ein beliebter Feiertag in ganz Japan. Und an Feiertagen sowie an Wochenenden kamen die meisten Bestellungen rein.

Alle Anwesenden sahen ziemlich ratlos aus. Alle außer Yuki.

„Wir bitten die umliegenden Filialen, uns vorübergehend Fahrzeuge zur Verfügung zu stellen. Parallel dazu organisieren wir uns neue Reifen." Das patente Mädchen schien wild entschlossen.

„Reifen? Wo sollen wir die herholen?", hakte ein anderer Fahrer nach.

„Fragt in den Filialen, ob sie Ersatzreifen haben, und bei jedem Trödelhändler und jeder Werkstatt", gab Yuki als Anweisung.

„Heute ist Arbeitsdanktag", erinnerte Katsu an den Feiertag.

Yuki warf ihm einen kurzen Blick zu. „Irgendjemand arbeitet immer." Und damit verschwand sie wieder in das Innere des Ladens. Die Anderen folgten ihr zögerlich. Offenbar waren sie von diesem Plan noch nicht so überzeugt wie ihre Vorgesetzte. Doch keiner hätte es in solch einer Situation gewagt, ihr zu widersprechen.

Drinnen durchwühlte Yuki bereits zahlreiche Papiere und Notizen, die im Bestellannahmebereich herumflogen. Binnen kürzester Zeit hatte sie ein knappes halbes Dutzend Telefonnummern benachbarter Filialen zusammengetragen und wies zwei Telefonisten an, diese durchzuarbeiten. Eine weitere Telefonistin wurde dazu instruiert, alle telefonisch eingehenden Bestellungen vorübergehend nicht anzunehmen und zu entschuldigen. Parallel dazu ging der Betrieb im Laden jedoch weiter, denn Abholung vor Ort war für die Kunden natürlich nach wie vor möglich. Somit hatten im Grunde nur die Pizzabäcker und der Ofendienst – die Person, die die Pizzas aus dem Ofen in die Kartons verfrachtete – normalen Betrieb. Letzteres übernahm vorerst Katsu. Allerdings ahnte er, dass er diesen Posten nicht für den ganzen Tag beibehalten sollte.

Die anwesenden Fahrer, die durch das Auslieferungsproblem quasi vorübergehend arbeitslos waren, versuchten sich weitestgehend nützlich zu machen: Sei es in der Küche, im Lager oder das nochmalige Inspizieren des Schadens der Roller.

Schließlich verkündete eine Telefonistin das Ergebnis: Zwei Filialen konnten ihnen jeweils einen Roller zur Verfügung stellen, eine dritte war immerhin gut mit Ersatzreifen ausgerüstet, von denen sie vier entbehren konnten. Machten unterm Strich also vier einsatzbereite Roller. Das war besser als nichts, auch wenn es, besonders im Hinblick auf die kommenden Stunden, nicht ausreichen würde. Zwei Fahrer wurden umgehend losgeschickt, die beiden Roller abzuholen, für die Abholung der Ersatzreifen wählte Yuki jedoch Katsu.

Dieser war von der Entscheidung überrascht.

„Du bist schnell und kennst die Gegend gut. Außerdem liegt zwei Straßen weiter ein Trödellager, der auch Feiertags besetzt ist. Dort erkundigst du dich nach zusätzlichen Reifen", lautete ihre Erklärung.

Daraufhin machte sich Katsu auf den Weg, fuhr mit der Bahn nach Negishi-cho, nahm die Ersatzreifen in der Filiale in Empfang und suchte dann den von Yuki beschriebenen Trödler auf.* Er fand ihn recht schnell und obwohl er die Gegend tatsächlich gut kannte, war ihm dieser Händler nie zuvor aufgefallen. Ein kleiner, älterer Mann saß an der offenen Seite des Trödellagers, die zur Straße ausgerichtet war, und lächelte ihn freundlich an.

Katsu begrüßte ihn höflich und erkundigte sich nach den Reifen, die er benötigte, zeigte ihm sogar noch extra die Exemplare, die er abgeholt hatte und nun in einem Karton mit sich herumtrug.

Der Mann warf einen kurzen Blick in den Karton, nickte knapp und wortlos und huschte, ungewöhnlich flink für sein Alter, in den hinteren Bereich des Lagers. Er wusste offenbar ganz genau, wo er zu suchen hatte, was Katsu faszinierend fand, da er in dem ganzen Durcheinander aus Gerümpel und vermeintlichem Schrott kein System erkennen konnte. Nur wenige Augenblicke später kam der Mann mit einem halben Dutzend Reifen in den Armen zu ihm zurück.

Katsu strahlte: Es waren genau die Reifentypen, die sie benötigten. Er bezahlte, ließ sie sich in seinen Karton stapeln und bedankte sich bei dem Mann. Vollbeladen trat Katsu nun die Rückreise an, was sich als gar nicht so leicht herausstellte, da der Karton für zehn Reifen eigentlich nicht groß genug war. Mehrmals verhinderte er nur knapp, dass die zu oberst Liegenden heruntersegelten und als er endlich wieder in seiner Filiale eintraf, fühlten sich seine Arme an wie Gummi. Doch er beschwerte sich kein einziges Mal und machte sich nach seiner Ankunft gleich daran, gemeinsam mit ein paar Fahrern die neuen Reifen an die Roller zu montieren. Zuvor waren schon die zwei bereitgestellten Roller aus den Nachbarfilialen abgeholt worden, wodurch die Auslieferung nun zumindest ansatzweise wieder aufgenommen werden konnte. Nach etwa einer halben Stunde waren dann auch fünf weitere Roller einsatzbereit, machte unterm Strich insgesamt sieben Roller für den heutigen Tag. Das lag zwar etwas unter ihrem Niveau, hatten sie doch normalerweise zehn Stück zur Verfügung stehen, aber alle Beteiligten waren froh, dass sich der zunächst so aussichtslos begonnene Tag doch noch positiv gewandelt hatte.

Katsu übernahm nach der Reifenerneuerung den Telefondienst. War er in den ersten Wochen, nachdem er von Yuki eingestellt worden war, noch ziemlich unsicher gewesen, hatte er sich längst zu einem der schnellsten und zuverlässigsten Mitarbeiter in diesem Bereich gemausert. Ihm wurde inzwischen sogar die Einarbeitung neuer Innendienstler anvertraut, wenn Yuki einmal verhindert war. Somit war der heutige Arbeitstag in dieser Position zwar anstrengend für ihn, aber keine Hürde. Darüber hinaus entschied er sich, seine Schicht zu überziehen und bis Annahmeschluss in den späten Abendstunden zu bleiben. Yuki hatte ihm zwar versichert, dass er das nicht bräuchte, doch in Anbetracht der allgemein chaotischen Arbeitsverhältnisse an diesem Tag wollte Katsu seine Kollegen nicht im Stich lassen.

Als er schließlich Feierabend hatte und sich auf den Heimweg machte, erfüllte ihn äußerste Zufriedenheit; er hatte das gute Gefühl, heute wirklich sinnvoll tätig gewesen zu sein. Obwohl der Tag zunächst ausgesehen hatte, als würde er in einem Desaster enden, hatten sie gemeinsam das Gegenteil bewerkstelligt bekommen. Sie hatten etwas geschafft.

Kaum zu Hause angekommen, ließ Katsu sich erschöpft aber glücklich in sein Bett fallen.

In den nächsten Tagen gelang es dem Pizzaladen, wieder auf eine vollständige Stückzahl von zehn einsatzbereiten Rollern zu kommen. Die Täter, die die Reifen zerstochen hatten, wurden jedoch nie ausfindig gemacht.

Es kam selten vor, dass Katsu und Yuki am selben Tag frei hatten, doch zum Ende des Dezembers hin war so ein Tag. Es war kalt aber schneelos und das Neujahrsfest stand kurz bevor. Und obwohl das Fest bekannt für den großzügigen Verzehr von Mochi war, hatten sich die Zwei heute schon welche gegönnt und schlenderten selbige verspeisend durch die Straßen. Der Nachmittag war bereits vorangeschritten und die Gehwege füllten sich zunehmend mit Menschen, die sich von ihrer Arbeit auf den Heimweg befanden oder eine der vielen Essensgelegenheiten aufsuchten.

„Irgendwie schon komisch: Unsere Arbeit fängt erst dann so richtig an, wenn andere Feierabend haben", bemerkte Katsu zwischen zwei Bissen.

Yuki sah amüsiert zu ihm hinüber. „Das fällt dir jetzt erst auf?"

„Nein, natürlich nicht. Aber es wird mir in Momenten wie diesen immer wieder bewusst." Er schob sich den Rest eines Mochis in den Mund.

Yuki blickte wieder nach vorne, in den Strom von Menschen, von dem sie selbst ein kleiner Teil waren. „War für mich noch nie ein Problem. Ganz im Gegenteil: Ich bevorzuge unkonventionelle Arbeitszeiten."

Katsu musste kurz an seine frühere Pseudo-Karriere als Bassist denken, denn die Arbeitszeiten von Musikern glich allem, nur nicht dem klassischen Nine-to-five-System. Er hatte sich auch noch nie vorstellen können, ein Leben diktiert von eben Diesem zu führen.

„Was hältst du eigentlich davon, mein Stellvertreter zu werden?", riss Yuki ihn plötzlich aus seinen Gedanken.

Katsu blinzelte sie zunächst irritiert an.

Yuki reagierte mit einem Schmunzeln. „Inoffiziell bist du das doch sowieso schon", fügte sie hinzu.

Katsu behielt den vorletzten Mochi, den er sich eben noch in den Mund stecken wollte, in der Hand, als hätte er vergessen, was er mit ihm vorgehabt hatte. Ein ungewohntes aber nicht unangenehmes Kribbeln machte sich in seiner Bauchgegend bemerkbar. Er war noch nie befördert worden. „Klar, gerne", schaffte er es dann auch endlich mal, sich zu äußern. „Wenn du mir das zutraust..."

„Traust du es dir denn selbst zu?" Yuki behielt ihn weiterhin fest im Blick.

Und Katsu verstand ihre Anspielung: Yuki ging es darum, dass er von seiner eigenen Tätigkeit auch überzeugt war. Denn was nützte einem ein höherer Posten, wenn man diesen nur halbherzig ausführte? Der rothaarige Junge nickte. „Ich trau es mir zu."

Erst jetzt löste sich Yukis Blick wieder von ihm und ein zufriedenes Lächeln umspielte ihre Mundwinkel. „Sehr schön. Dann erledigen wir die Formalitäten gleich morgen."

Zu Beginn des neuen Jahres, als die Feierlichkeiten des Neujahrsfestes überstanden waren und alles wieder seinen gewohnten Lauf nahm, war Katsu dann auch offiziell stellvertretender Filialleiter. Ändern tat sich für ihn jedoch nicht viel, außer der etwas tiefere Einblick in interne Abwicklungen und ein leicht erhöhtes Gehalt. Denn schon zuvor hatte Katsu immer mal wieder Aufgaben übernommen, die eigentlich über seinen Arbeitsbereich hinausgingen. Doch es hatte sich stets so ergeben und war ihm Anfangs selbst gar nicht aufgefallen und da es funktioniert und Yuki nie Einwände gehabt hatte, war es dabei geblieben.

Aki staunte nicht schlecht, als Katsu ihr von der Beförderung erzählte, und er hatte das Gefühl, dass auch einige seiner Kollegen ihm plötzlich mit ein wenig mehr Respekt begegneten. Obwohl er Letzteres fast schon übertrieben fand. Doch insgesamt fühlten sich diese Erneuerungen gut an. Er hatte keine finanziellen Sorgen mehr und arbeitete mit Kollegen, die er gerne um sich hatte. Sein Leben schien sich endlich gefangen zu haben.

* Negishi-cho ist ein Stadtbezirk in Yokosuka.

27. cherry blossoms

Es war einer der ersten milden Frühlingstage im März und Katsu konnte sich über einen freien Tag freuen. Aki hatte ein Treffen im Kinugasayama-Park vorgeschlagen und durch diesen schlenderte er nun, um eine der Anhöhen zu erreichen, die sie für ihre Verabredung vereinbart hatten.

Die warmen Temperaturen ließen bereits die ersten Knospen der Kirschbäume sich entfalten und auch, wenn die Kronen noch keine volle Pracht darboten, konnte man sich ausrechnen, dass es nicht mehr lange dauern würde, bis sich einem jedem Spaziergänger wieder das berühmte und doch jedes Jahr aufs neue faszinierende Bild von den Wegesrand säumenden, zartrosanen Blütenmeeren darbot.

Der Himmel war wolkenlos und die Luft roch nach einer neu angebrochenen Zeit. Katsu genoss das Wetter. Schließlich war er an besagter Anhöhe angelangt und erkannte Aki am knorrigen Stamm einer der alten Kirschbäume stehen. Doch kaum hatte er sie erreicht, sah er ihrem Gesicht auch schon an, dass ihr irgendetwas auf dem Herzen liegen musste. Ihre Züge waren ernst. Zu ernst für ein normales Treffen.

„Ist alles in Ordnung?", wollte Katsu wissen denn er ahnte irgendwie, dass dem nicht so war.

Aki sah ihn an. „Ich muss dir was sagen." Ihre Stimme war dunkler als sonst und auch irgendwie seltsam heiser.

Katsu erwiderte den Blick erwartungsvoll. Das Gefühl, dass hier irgendwas nicht stimmte, wuchs stetig an.

Aki senkte kurz den Blick und stieß einen flüchtigen Seufzer aus, der verriet, wie sehr sie gerade unter Stress stand. Dann heftete sie ihre Augen wieder an Katsus. „Es ist 'ne echt beschissene Sache, die ich dir sagen muss." Es schien so, als hielte sie die eigentlichen Informationen zurück, um nach den richtigen Worten zu suchen, die sich aber offenbar nicht finden lassen wollten.

Innerlich ging Katsu im Schnelldurchlauf alle Möglichkeiten durch die ihm spontan einfielen, was Aki ihm so Ernstes mitzuteilen haben könnte. Hatte sie ein Jobangebot erhalten und musste dafür umziehen? Womöglich weit weg aus Yokosuka? Hatte sie Schulden und wollte ihn nun um Geld bitten? Ging es jemandem aus ihrer Familie nicht gut?

„Shiro ist tot."

Diese drei Worte trafen Katsu wie ein Schlag. Sie klangen völlig irreal, völlig unmöglich. Außerdem befand sich kein Punkt Shiro betreffend auf seiner innerlich durchgegangenen Liste. „Du machst Witze", keuchte er nur und ein unwirkliches Lächeln aus Unfassbarkeit zierte seine Lippen. Dabei wusste er im tiefsten Inneren ganz genau, dass Aki mit so etwas *nie* Witze machen würde.

Aki schüttelte den Kopf und gab ihm damit die ungewollte Bestätigung.

Diese Bestätigung machten ihre zuvor ausgesprochenen Worte für Katsu jedoch nicht greifbarer, ganz im Gegenteil: Sie klangen unrealistischer denn je. Shiro konnte doch gar nicht...*tot* sein... Wenn er tot wäre, würde das doch bedeuten, dass..... - Es waren doch noch so viele Fragen zwischen ihnen offen. Es waren doch noch so viele Dinge ungeklärt! Wer sollte ihm denn jetzt die ganzen Antworten auf seine Fragen geben, die aus seinen Grübeleien hervorgegangen waren? Sie hatten seit ihrer Trennung doch nie wieder hundertprozentigen Frieden miteinander geschlossen! Es war doch noch alles so.....*unfertig*!

„Er litt an Speiseröhrenkrebs...", begann Aki mit belegter Stimme zu erklären, doch die darauf folgenden Informationen erreichten Katsu bereits nicht mehr. Seine Aufnahmefähigkeit hatte sich verabschiedet, die gesprochenen Worte der Freundin rauschten nur noch ungehört an ihm vorbei.

Shiro war tot bedeutete, er konnte nie wieder mit ihm reden...?

Unfertig...

Es bedeutete, er konnte nichts mehr mit ihm klären...?

Unfertig.....

...bedeutete, er würde nie wieder seine tröstenden Worte in den E-Mails lesen können...?

.....unfertig...

...bedeutete, es gab von nun an keinerlei Chancen mehr auf eine vollständige Versöhnung...?

…...unfertig......

...keine Antworten.....keine Antworten...........nie wieder...? Nein.....nein... Nein! NEIN!

Das konnte nicht sein, das *durfte* nicht sein! Wie konnte das einfach so passieren? Katsu schüttelte energisch den Kopf, seine langen, roten Haare flogen dabei wild umher. „*Warum nimmst du ihn mir weg?*", kreischte er Aki plötzlich mit haltloser Hysterie an, bevor er sich im nächsten Moment von ihr abwandte und die Anhöhe wieder hinunterlief. Der Schockzustand hatte seinen Geist nun vollständig ergriffen. Er dachte nicht mehr nach, er fühlte nur noch. Und das akut dominierende Gefühl war Panik.

Die angeschriene Aki hingegen blieb wie angewurzelt unter dem Baum stehen, den Schrecken und die Überforderung ins Gesicht geschrieben.

Katsu konnte bald schon nicht mehr ausmachen, wohin er überhaupt lief. Die Tränen fluteten seine Augen, sein Gesicht und er sah nur noch verschwommenes Weiß, Rosa und Blau. Auch seine Ohren waren taub geworden; das einzige Geräusch, welches sie noch registrierten, war das gleichmäßige, harte Aufkommen der Schuhsohlen auf dem Asphaltweg.

Katsu rannte völlig haltlos quer durch den Park. Entgegenkommende Spaziergänger mussten ihm ausweichen, denn er achtete auf nichts und niemanden. Für ihn gab es auch nichts und niemanden um sich herum mehr, nur noch das endlose Chaos in seinem Kopf und das blutende Herz in seiner Brust. Seine eigenen Schritte waren seine Begleiter, die verschwommenen Farben seine Zeugen.

Was Aki gesagt hatte, konnte nicht stimmen. Es *durfte* nicht stimmen! Es konnte nicht möglich sein, dass Shiro - gerade mal zwei Jahre älter als er selbst - einfach tot sein sollte. *Einfach so!* An *Speiseröhrenkrebs* gestorben. Katsu hatte von dieser Krebsform zuvor noch nicht einmal etwas gehört! Und dann sollte es ausgerechnet *Shiro* getroffen haben – den Jungen, der für ihn immer der Inbegriff von Zielstrebigkeit war. Der Junge, zu dem er immer heimlich aufgesehen und das Gefühl gehabt hatte, das Leben nie so meistern zu können, wie er es tat. *...getan hatte.....*

Er hatte ihn noch so klar und deutlich vor Augen, seine blonden Haare, seine braunen Augen, sein Lächeln...das konnte jetzt nicht alles weg sein.....das konnte es nicht..... - Wer sollte ihm denn jetzt noch eine Klärung ermöglichen? Wer sollte ihm denn jetzt noch seine offenen Fragen beantworten? *Wer*, wenn die einzige Person, die es gekonnt hätte, nicht mehr lebte?

Obwohl sie noch gar nicht in voller Pracht gestanden hatten, verließen bereits einzelne Kirschblütenblätter den Baum und glitten sanft zu Boden.

Aki war noch eine ganze Weile unter dem Kirschbaum stehen geblieben, auch, als Katsu längst aus ihrem Blickfeld verschwunden war. Zuerst hatte sie ihm nachlaufen wollen, doch ihre Beine bewegten sich kein Stück. Und als sie sich endlich wieder bewegen ließen, war bereits zu viel Zeit vergangen und Katsu konnte inzwischen überall sein. Und Aki hätte nicht gewusst, wo sie ihn hätte suchen sollen. In Ausnahmesituationen hatte Katsu nämlich kein festes Fluchtziel und eine Suche nach ihm wäre wie die Suche nach der berühmten Nadel im Heuhaufen verlaufen.

So beschloss Aki, sich auf einer der Bänke in unmittelbarer Nähe niederzulassen und das eben Geschehene selbst erst einmal zu verarbeiten.

Sie hatte sich schon zuvor ausgerechnet, dass Katsu auf diese Nachricht emotional reagieren würde, aber eigentlich hatte sie keine konkrete Vorstellung davon gehabt. Sie war sich nicht sicher gewesen, wie viel ihm noch an Shiro lag, da sie in den letzten Monaten kaum über ihn gesprochen hatten. Sie hatte Shiro lediglich ab und an kurz erwähnt, wenn sie irgendetwas von ihrer Arbeit mit FreaX erzählte oder eines ihrer Konzerte besucht hatte. Von Katsus Seite aus wurde das Thema „Shiro" jedoch nicht mehr angeschnitten. Und da er über seinen

Liebeskummer hinweg gekommen zu sein schien, wie Aki glaubte, hatte sie ihn auch nicht mehr darauf angesprochen. Zwar ahnte sie auch lange nach der Trennung, dass ihn selbige noch eine ganze Weile beschäftigen würde, aber er hatte nicht mehr so zerbrechlich und hilflos gewirkt wie zu Anfang. Das hatte sie unter anderem auch seinem Job und seinen neuen Bekanntschaften zugeschrieben. Wenn sie nun jedoch ein paar Minuten zurück dachte, bekam sie das Gefühl, ihn falsch eingeschätzt zu haben. Katsus Herz schien nie vollständig aufgehört haben zu bluten und nach dieser Nachricht mussten wahrscheinlich regelrechte Sturzbäche zwischen seinen Rippen hervorsprudeln.

Aki wand ihren Blick zum Horizont. Ein halbes Jahr war es nun schon her, dass Shiro ihr das Geheimnis seiner Krankheit anvertraut hatte. Sie hatte ihm hoch und heilig versprechen müssen, es niemandem zu verraten. Auch Katsu nicht. Selbst von FreaX wusste es zum damaligen Zeitpunkt angeblich keiner. Mehrmals hatte sie mit sich selbst gehadert und überlegt, das Versprechen zu brechen und Katsu einzuweihen. Doch ihr Respekt gegenüber Shiro und seinem Wunsch war zu groß gewesen, um sich darüber hinwegzusetzen. Und doch hatte es ihr jedes Mal innerlich weh getan, wenn sie Katsu gesehen hatte und parallel dazu an Shiros Krankheit denken musste.

Am nächsten Tag wachte er nicht vor Mittag auf. Als Katsu in seinem Bett lag und die Augen aufschlug, kam er sich vor wie unter einer Käseglocke. Sein Körper war zwar voll funktionstüchtig, doch sein Geist fühlte sich stumpf und taub an. Der erste Gedanke, der ihm nach dem Aufwachen kam, war: Wofür eigentlich noch aufstehen?

Grau war es in seinem Kopf, ein tristes und trostloses Grau hatte sich dort eingenistet und alles andere ausgeschaltet. Verschlungen. Gefressen. Ein Zustand, der einem übermächtigen Feind gleichkam. Am liebsten hätte er seine Augen wieder geschlossen, wäre eingeschlafen und nie wieder aufgewacht. Wofür sollte er denn auch noch wach bleiben? Es war doch alles so grau.....

Letzten Endes wälzte sich Katsu aber doch noch aus seinem Bett, wobei der Grund hierfür keine aufkeimende Lebenslust, sondern vielmehr eine volle Blase war. Und wenn er sich schon mal im Bad befand, konnte er sich auch gleich noch duschen. Beim Frühstück jedoch hatte sein Elan wieder den Nullpunkt erreicht und er saß lustlos vor seiner Schlüssel Cornflakes, welche langsam aber sicher von der Milch aufgeweicht wurden. Seine Augen starrten leer vor sich hin und er versuchte, das permanente Übelkeitsgefühl zu unterdrücken.

Er hatte gestern noch viel geweint. Hatte zwischendurch immer wieder versucht, zur Ruhe zu kommen, war jedoch jedes Mal daran gescheitert und in einen weiteren Heulkrampf verfallen. Er hatte Aki noch nicht wieder aufgesucht und auch zu niemandem sonst Kontakt aufgenommen. Nachdem er gestern durch den Park gelaufen war, hatte er sich zunächst ziellos durch diverse Straßen begeben, bis ihn seine eigene Erschöpfung schließlich irgendwann nach Hause getrieben hatte. Dort hatte er weiter geweint, musste früher oder später aber in den Schlaf abgedriftet sein. Und nun saß er hier, in seiner Küche am Tisch, und überlegte, womit er die kommenden zweieinhalb Stunden verbringen sollte. Dann nämlich musste er sich auch schon wieder auf den Weg zur Arbeit machen. Denn trotz der gestrigen Nachricht hatte er bisher keine Minute an den Gedanken verschwendet, heute nicht zur Arbeit zu gehen. Ganz im Gegenteil. Er wollte raus, er wollte arbeiten. Er hatte das Gefühl, er müsste was machen, irgendwas – nur nicht den ganzen Tag alleine in der eigenen Wohnung verbringen. Obwohl alles grau zu sein schien. Aber irgendetwas in ihm trieb ihn dazu an, die drohende Stagnation abzulehnen. Auch wenn man ihm dies äußerlich in keinster Weise ansah. Auf einen Außenstehenden musste er ziemlich selbstvergessen wirken mit seinem trüben Blick und seiner emotionslosen Miene.

Schlussendlich hatte Katsu in den besagten zweieinhalb Stunden jedoch nichts anderes getan als weiterhin nachdenklich am Tisch zu sitzen und irgendwann seine völlig durchweichten Cornflakes zu entsorgen. Bis dahin hatte er sich lediglich zum Verzehr der Hälfte der Portion überwinden können. Später hatte er auch tatsächlich noch den Weg aus der Küche hinausgefunden und sich vor seine CD-Sammlung gesetzt, um ein bestimmtes Album zu suchen. Doch er fand es nicht. Und dann war es plötzlich auch schon viertel nach drei und er machte sich auf den Weg zur Arbeit.

Er versuchte, an die unterschiedlichsten Dinge zu denken, nur nicht an Shiros Tod. Doch dieses Vorhaben schien fast unmöglich. Immer wieder spürte er seine Augen feucht werden und immer wieder blinzelte er die aufkommenden Tränen weg. Er wollte jetzt nicht weinen, das hatte er gestern schon zur Genüge getan. Aber so oft er auch auf sich selbst einredete – keine hundert Meter vor dem Laden rann Katsu eine Träne über die Wange. Nur wenige Sekunden lang ließ er sie fließen, bevor er sie sich verstohlen wegwischte. Schluss jetzt! Gleich begann seine Arbeitsschicht und die würde bis weit in den Abend hinein gehen, da war kein Platz für Tränen und Trauer. Mit diesem strengen Gedanken betrat er den Pizza-Shop.

Obwohl es noch mitten am Nachmittag war und die Hauptbestellzeit eigentlich erst am Abend begann, schien trotzdem schon eine Menge los zu sein. Yuki winkte Katsu bereits aufgeregt zu, kaum dass er durch die Tür getreten war. „Hey! Gut, dass du da bist!", rief sie, während sie damit beschäftigt war, die heißen, runden Pizza-Bleche im Ablagebereich unter dem Arbeitstisch zu stapeln, der jedoch schon gnadenlos mit anderen Blechen überfüllt war. „Wir haben zwei Krankmeldungen für heute und hier geht alles drunter und drüber! Ein Pizza-Bäcker und eine Telefonistin sind ausgefallen und es gibt keinen Ersatz!"

Um Yuki mitzuteilen, dass er den aktuellen Stand der Dinge vernommen hatte, nickte er nur knapp – was das Mädchen jedoch gar nicht erst mitbekam, da sie bereits schon wieder hinter besagtem Tisch bei den Blechen zugange war.

„Ich zieh mich nur eben noch kurz um." Mit diesen Worten schlängelte Katsu sich durch den Laden, in welchem seine Kollegen hektisch umherwuselten, und verschwand im Personalbereich, der an das Lager grenzte. Hier hatte er für wenige Momente Ruhe vor dem Chaos. Nur dumpf drangen die Geräusche von klingelnden Telefonen, aneinanderschlagenden Blechen und Stimmengewirr zu ihm durch. Es wartete viel Arbeit auf ihn – die ideale Möglichkeit, sich von den lähmenden Gedanken um Shiro abzulenken!

...nur warum musste ausgerechnet jetzt wieder dessen Gesicht vor seinem inneren Auge auftauchen...?

Rasch zog sich Katsu sein Shirt aus, streifte das Arbeitsshirt über, knotete seinen Haarwust zu einem Zopf zusammen und ließ diesen unter der Kappe verschwinden. Er hasste diese Kappen... Sie waren unbequem und bei der Arbeit oft genug hinderlich. Doch zum Jammern blieb keine Zeit, seine Kollegen brauchten ihn.

Katsu fiel an diesem Tag vor allem dadurch auf, dass er, außerhalb der Bestellannahme, ziemlich wortkarg blieb. Seine üblichen Späße und Albereien, die er sonst gerne bei der Arbeit vollzog, blieben heute gänzlich aus. Vor allem Yuki wunderte sich darüber und wollte wissen, was mit ihm los war. Doch Katsu winkte bei dieser Frage nur ab und gab lediglich an, sich heute nicht so gut zu fühlen. Dabei sah er ihr nicht mal in die Augen, was ungewöhnlich für ihn war. Er hoffte inständigst, man würde ihm die Lüge abkaufen und seine Reserviertheit dem Arbeitsstress zuschreiben, denn Katsu wollte auf keinen Fall eine große Szene aus seinem akuten inneren Gefühlschaos machen. Nicht hier, nicht mitten bei der Arbeit.

Und doch spürte er, wie ihm die Konzentration fortwährend abhanden kam und ihm zunehmend mehr Fehler unterliefen. Er musste die Kunden am Telefon immer öfter nach Dingen fragen, die er nur wenige Sekunden zuvor von eben diesen bereits mitgeteilt bekommen hatte. Und auch auf den Bestellzetteln, die nach der jeweiligen Annahme ausgedruckt wurden, machten sich immer mehr Eingabefehler bemerkbar. Der innerlich wachsende Stress ließ sein Herz schneller schlagen und irgendwann begann er sogar leicht zu zittern. Als er dann noch einen Kunden am Telefon hatte, der sich über eine unkorrekte Lieferung beschwerte, rissen bei Katsu alle Fäden. Ohne das Telefonat zu beenden ließ er den Hörer auf die Tischfläche fallen und rannte, einen lauten, gequälten Aufschrei ausstoßend, quer durch den Laden, Richtung Lager flüchtend.

Jeder im Raum sah ihm hinterher. Niemand wusste, was los war.

Katsu jedoch wollte im Augenblick einfach nur noch weg! Weg von alles und jedem, weg von der Situation. Tränenblind rannte er durch den Gang, der den Arbeitsbereich mit dem Lager verband, und verkroch sich zwischen gestapelten Getränke-Kisten in die hinterste Ecke.

Es tat so weh!

Sein Kopf schmerzte und innerlich fühlte er sich wie zerrissen. In diesen Momenten dachte er nur an Shiro und an die ungeklärten Dinge zwischen ihnen. Es war das zentrale Thema seines Schmerzes. Und er wusste nicht, wie er damit umgehen sollte. Die heißen Tränen, die ihm aus den Augen quollen, verschafften ihm keine Erleichterung. Ganz im Gegenteil, das Weinen erschöpfte ihn noch zusätzlich.

Irgendwann trat Yuki zu ihm ins Lager und fand ihn zusammengekauert an die Wand gepresst vor. Besorgt kniete sie sich zu ihm nieder und fasste ihm an die Schultern, fragte mit ruhiger Stimme, was denn passiert sei.

Katsu zierte sich anfänglich noch, irgendeine Auskunft zu geben, doch der innere Trotz blieb nicht lange aufrecht erhalten. Die nötige Kraft hierfür war nicht mehr vorhanden. Und so blinzelte er sie zunächst hilflos an, bevor er ihr plötzlich, ohne jede Hemmung, um den Hals fiel und laut zu schluchzen begann. „Er ist tot...! Shiro ist tot...!"

28. Grey

Aki hatte extra ihren größten Becher zum servieren des Cappuccinos rausgesucht. Doch Dieser stand, seit seiner Platzierung auf dem Tisch, unberührt da und war um noch keinen einzigen Schluck seines, inzwischen kalten, Inhalts erleichtert worden. Man konnte schon beinahe meinen, seine Anwesenheit schien vergessen.

Katsu, für den der Cappuccino gedacht war, saß mit angezogenen Beinen auf dem Sofa und schenkte seine Aufmerksamkeit lieber den eigenen Knien statt dem Becher. Nach seinem Nervenzusammenbruch bei der Arbeit hatte Yuki entschieden, Katsu nach Hause zu schicken und ihn auch gleich für den darauffolgenden Tag zu beurlauben. Nachdem Aki verständigt worden war, hatte sie ihn vom Laden abgeholt und anschließend mit zu sich genommen, da Katsu nicht alleine sein wollte.

„Es tut mir Leid, dass ich dir erst so spät von seiner Krankheit erzählt habe", kam es irgendwann von Aki, die mit einem knappen Meter Abstand zu Katsu auf dem Sofa saß. „Aber er hatte mich darum gebeten, nichts zu sagen." Trotz der Erklärung konnte man in ihrer Stimme einen gewissen Selbstzweifel ausmachen. Selbstzweifel darüber, ob es wirklich so gut gewesen war, sich an Shiros Bitte zu halten und somit Katsu gewissermaßen zu übergehen.

Von Katsu war zunächst nur Schniefen zu hören, bevor er schließlich ein leises „Tut mir Leid" über die Lippen gepresst bekam.

Aki sah ihn verwirrt an. Dass Katsu mit einer Entschuldigung kam, gerade als sie sich selbst zu erklären versuchte, damit hatte sie nun als allerletztes gerechnet. Und da sie sich auch nicht sicher war, wofür Katsu sich entschuldigen wollte, hakte sie vorsichtig nach: „Was meinst du?"

Langsam hob Katsu den Kopf und richtete seine geröteten Augen auf sie. „Was ich im Park gesagt habe...", begann er mit heiserer Stimme. „Dass du ihn mir wegnehmen würdest... Das hab ich nicht so gemeint." Sein Kopf bewegte sich wieder zur Ausgangsposition zurück. „Es war nur dieses Gefühl..." Für den Rest des Satzes versagte ihm die Stimme und er musste eine kurze Pause machen, um neu anzusetzen. „Dieses Gefühl, das ich hatte, als du mir sagtest, er sei tot..." Er spürte Scham in sich aufkommen. „Es fühlte sich an, als hättest du ihn mir mit diesen Worten für immer entrissen."

Nun stiegen die Tränen auch in Akis Augen auf. Da hatte Katsu schon zu Genüge mit dem Tod eines Freundes zu kämpfen und fühlte sich dann auch noch für sein eigenes Empfinden schuldig. „Das muss dir doch nicht Leid tun...!", entgegnete Aki und bemühte sich, die Tränen hinunterzuschlucken.

Katsu schwieg daraufhin nur. Starrte weiter seine Knie an. Ignorierte nach wie vor den Becher auf dem Tisch. Sein Kopf war voller Gedanken, sein Herz überladen mit Emotionen; in diesem ganzen Chaos fand er sich kaum zurecht. Schließlich griff er aber doch noch eine der vielen Fragen auf, die ihn beschäftigten: „Wie lange musste er unter der Krankheit leiden?"

„Die Diagnose vom Arzt erhielt er im Oktober", begann Aki zu berichten. „Kurz danach fing er an, sich Stück für Stück von der Arbeit mit FreaX zurückzuziehen. Er hatte sich, so lange er konnte, an den Bandaktivitäten beteiligt, hatte Songs geschrieben, Termine vereinbart, organisiert, aber es wurde zunehmend weniger. Sein Körper hatte einfach zu stark abgebaut und irgendwann war er zu schwach für die ganze Arbeit."

Katsu versuchte sich all das bildlich vorzustellen, versuchte sich Shiro vorzustellen, wie dieser vom Krebs fortwährend um seine Kraft beraubt wurde. Völlig surreal wirkende Bilder brachte sein Kopf dabei zustande, Bilder, die einfach fremdartig und seltsam erschienen.

„Er hat immer gesagt, er packt das, er kommt wieder auf die Beine..." Nun war es Aki, der die Stimme kurzzeitig versagte. „Aber schon um den Jahreswechsel herum sah es nicht gut für ihn aus. Die Chemotherapie schlug nicht an und die Ärzte hatten immer weniger Hoffnung."

Als Katsu bemerkte, wie Akis Stimme immer wackeliger wurde, sah er sie an. Genau in diesem Moment rollte ihr die erste Träne über die Wange.

„Trotzdem hat Shiro nie aufgegeben." Dafür gab nun ihre Stimme auf und es folgten weitere Tränen.

Katsu zögerte nicht länger und beugte sich zu ihr rüber, um Aki in die Arme zu nehmen. Er strich ihr beruhigend über den Rücken, während er seinen eigenen schweren Kopf auf ihrer Schulter bettete. Sie litten beide, wenn auch unterschiedlich.

„Er hat gekämpft, bis zum Schluss. Selbst, als seine Chancen bereits bei Null standen", schluchzte Aki und klammerte sich nun ihrerseits am Rücken des Freundes fest. „Und ich hab bis zuletzt daran geglaubt, dass er's schafft...!"

Als er das Beben ihres Körpers spürte, drückte Katsu Aki fester an sich. Und obwohl ihm ihr Weinen eine zusätzliche Bestätigung der Situation darbot, hatte sein Verstand noch immer Probleme damit, die Tatsache zu begreifen. Shiros Tod zu begreifen. Zu begreifen, dass jemand so Junges an einer Krankheit gestorben war, die er ihm nie zugeschrieben hätte. Wäre es ein Autounfall gewesen, hätte Katsus Herz sicherlich nicht minder geblutet, aber es wäre für sein Verständnis ein realitätsnäherer Tod gewesen. Verkehrsunfälle passierten schließlich jeden Tag und viele von ihnen verliefen tödlich. Niemand war wirklich vor ihnen sicher, jeden könnte es treffen. Aber Krebs war etwas völlig anderes. Krebs war eine so vernichtende Krankheit und Krankheiten schrieb man als letztes den Menschen zu, die einen mit ihrer Stärke beeindruckten. Ob nun physikalischer oder geistiger Natur. Eben diese Stärke erweckte den Schein einer gewissen Unantastbarkeit, Unzerstörbarkeit. Genau das hatte Shiro für ihn ausgestrahlt. Und dann starb er an Krebs... Diese Krankheit passte gar nicht zu ihm. Diese Art zu sterben passte gar nicht zu ihm.

Das Wetter des darauffolgenden Tages spiegelte Katsus innere Stimmung gut wieder: Der Himmel war bedeckt mit einer dichten, undurchdringbaren, grauen Wolkenschicht und es nieselte. Trotz dieser Ungemütlichkeit – oder vielleicht gerade deswegen – entschied sich Katsu am Vormittag zu einem langen, ausgedehnten Spaziergang. Dieser führte jedoch nicht ausschließlich durch das heimische Yokosuka; kurz nach seinem Aufbruch hatte er die nächste Bahnstation angesteuert und sich in den Zug nach Yokohama gesetzt. Sein Ziel war Hodogaya. Dort angekommen, stieg er mit einem leichten Kribbeln im Bauch aus und verharrte zunächst auf dem Bahnsteig. Alte Erinnerungen blitzten auf. Erinnerungen daran, wie er in der Vergangenheit hierher gefahren war, um Shiro zu treffen. Erinnerungen daran, wie dieser so manches Mal am Bahnsteig auf ihn gewartet und ihn begrüßt hatte. Katsu konnte die Bilder wieder ganz klar vor sich sehen, wusste noch genau, wie Shiro dagestanden hatte, wenn der Zug hielt und er ausgestiegen war. Wusste, wie Shiro geguckt, wie er gelächelt hatte – selbst an manche seiner Klamotten konnte er sich noch erinnern.

Mit Tränen in den Augen und den Händen tief in den Hosentaschen setzte Katsu sich schließlich in Bewegung. Er verließ den Bahnhof und schlug einen der ihm bekannten Wege ein. Sein Ziel war jedoch nicht Shiros Wohnung; diese wollte er gar nicht sehen. Solch eine Konfrontation, so früh - das traute er sich nicht zu. Dennoch sehnte er sich heimlich nach Orten, die er gemeinsam mit Shiro betreten hatte oder die er zumindest mit ihm in Verbindung brachte.

Er setzte einen Fuß vor den anderen und behielt ein langsames aber konstantes Tempo bei. Seine Augen waren auf den grauen Gehweg gerichtet und erhaschten dabei immer wieder die eigenen Fußspitzen.

Grau.

Diese Farbe schien ihn überallhin zu verfolgen. Über ihm, unter ihm und in ihm drin.

Die letzten zwei Tage waren geprägt worden von Unbegreiflichkeit, Verzweiflung und Panik. Die Unbegreiflichkeit und Verzweiflung waren auch heute noch präsent, doch die anfängliche Panik war inzwischen mit temporärem geistigen Stillstand ausgetauscht worden. In solchen Momenten schienen seine Gedanken sich nicht mehr weiter entwickeln zu können, als wären sie eingefroren um sich schließlich ins Nichts aufzulösen – und wieder nur Grau zurückzulassen. Es herrschte dann für einige Augenblicke das Nicht-Denken. Irgendwann setzte Katsu gedanklich an einer anderen Stelle neu an und das Spiel ging von vorne los. Es mochte nicht sonderlich produktiv erscheinen, doch war dies derzeitig die einzige Möglichkeit für seinen Verstand, alle aufkommenden Emotionen und logische Denkfolgen zu sammeln, zu verwalten und eine Überlastung zu verhindern.

Während diesen Wechsels aus Denken und Nicht-Denken legte Katsu unbemerkt eine beachtliche Strecke zurück. Seine Umgebung registrierte er dabei nur teilweise, jedoch war ihm in einer Straße bewusst, dass es sich hierbei um die Parallel-straße zu Shiros Wohnung handelte. Ohne zu zögern schritt er durch Diese etwas schneller, bis er das Gebäude, in welchem sich die Wohnung befand, im Rücken hatte. Dann erst drosselte er sich wieder auf sein altes Tempo zurück.

Seine langen Haare waren vom anhaltenden Nieselregen schon ganz feucht und klebten ihm an Gesicht, Schultern und Rücken. Feucht war auch seine Kleidung und dennoch machte Katsu keinerlei Anstalten, sich mit seinem Spaziergang zu beei-len oder gegebenenfalls irgendwo unterzustellen. Was war das Gefühl der kühlen Nässe auf seinem Körper schon im Ver-gleich zu dem Gefühl in seinem Herzen...? Körper..... Er hatte noch einen Körper, Shiro nicht mehr. Shiros Körper wurde ver-brannt und somit unkenntlich gemacht.* Es gab diesen Körper gar nicht mehr, er wurde zerstört... Zuerst von der Krankheit, dann vom Feuer. Das hieß, die langen, schlanken Finger waren überhaupt nicht mehr existent, genauso wenig wie die schma-len Lippen und die blonden Haare. Die Augen konnten nicht mehr gucken, die Zunge nicht mehr küssen...... Der Körper, den Katsu kennen und lieben gelernt hatte, war nicht mehr da...war nicht mehr existent...war weg...... - Wie irreal diese Gedanken doch schienen. Katsu versuchte sich das bildlich vorzustellen, versuchte sich einen Haufen Asche vorzustellen, der einmal Shiros Körper gewesen sein soll. Doch der Versuch schlug fehl. Ebenso wie die Vorstellung, dass dieser Körper all das, was er an Funktionalitäten an ihm kennengelernt hatte, nicht mehr durchführen konnte. Es gab diese wunderschönen, weichen Lippen nicht mehr, sie konnten nie wieder irgendjemanden küssen, weder ihn, noch jemand anderen. Es gab sie einfach nicht mehr...... - Es war so unbegreiflich. So völlig abseits sei-nes Vorstellungsvermögens. Jenseits von allem was er kannte.

Wie eine fremde Information, für die sein Kopf nicht konzipiert worden war.

Als er eben Diesen das nächste Mal hob, traf sein Blick einen Baum. Dieser stand mächtig aber allein auf einer kleinen Straßeninsel. Katsu erkannte ihn sofort. Es war der Regenbogen-Baum. Als er damals – es mussten inzwischen knapp drei Jahre vergangen sein – wieder einmal während eines Streits mit Shiro geflüchtet war, war er auch so ziellos durch die Straßen getigert wie heute und irgendwann war er bei diesem Baum angelangt. Auch am damaligen Tag hatte es geregnet, doch als der Baum in sein Sichtfeld getreten war, hatte der Regen bereits wieder aufgehört gehabt und ein blasser Regenbogen zog sich über die ausufernde Baumkrone. Von diesem Moment an hatte Katsu ihm den Namen Regenbogen-Baum verliehen.

Und nun war er wieder hier angekommen.

Obwohl diesmal doch gar kein Streit zwischen ihm und Shiro vorgefallen war...

„Katsu?"

Der Angesprochene drehte sich rasch um, als er seinen Namen hörte. Er sah einen großen, schlanken Typen von der gegenüberliegenden Straßenseite auf sich zukommen. Dieser hatte dunkle, nicht allzu lange Haare und war etwa in seinem Alter. Und irgendwie kam Katsu dieser Junge bekannt vor... Er musterte ihn, während der Fremde auf ihn zukam, und gedanklich ging er eine Liste von Leuten durch, mit denen er irgendwann mal zu tun gehabt hatte. Doch selbst als der Fremde, für den Katsu scheinbar gar nicht so fremd war, schließlich direkt vor ihm stand, war der Groschen noch immer nicht gefallen. „Ich brauch' noch 'nen Moment", gestand er seinem Gegenüber, um überhaupt etwas zu sagen.

Der Typ wirkte von dieser ungewöhnlichen Begrüßung jedoch nicht gekränkt sondern blieb geduldig vor ihm stehen.

Namen...es musste doch irgendwo in seinem Kopf einen passenden Namen für diese Person geben, dachte sich Katsu und war inzwischen in den hintersten Ecken seines Gedächtnisses angelangt – bis es ihm plötzlich mit einem Schlag wieder einfiel. Und seine Augen weiteten sich ein Stück. „Seiji?"

Der Fremde nickte bestätigend und nun formten sich seine Lippen zu einem Lächeln.

Katsu konnte kaum glauben, wieder vor seinem alten Schulkameraden zu stehen. Sie hatten die letzten drei Schuljahre gemeinsam in einer Klasse verbracht und sich damals zu guten Kumpels gemausert. Seiji war einer der wenigen aus seiner Klasse gewesen, mit denen er sich gut verstanden hatte und so war er auch schon bald zu seinem engsten Vertrauten geworden. Nach der Schule hatte man sich jedoch schnell wieder aus den Augen verloren. Das alles lag bereits einige Jahre zurück – und nun stand er wieder vor ihm, völlig unerwartet und sah noch beinahe so aus wie damals. Ohne darüber nachzudenken zog Katsu ihn in eine Umarmung. Und dabei wurde ihm bewusst, dass er Seiji noch nie zuvor umarmt hatte.

Seiji erwiderte die Umarmung ohne zu zögern und auch sein freundliches Lächeln blieb erhalten. Als Katsu ihm anschließend wieder ins Gesicht sah, hatte sich sogar fast schon ein Grinsen auf seiner Mundpartie gebildet. „Du hast noch immer diese wippende Gangart drauf. Daran hab ich dich sofort erkannt."

Katsu lächelte etwas verlegen. Seiji war noch genauso feinfühlig und aufmerksam, wie er ihn von früher in Erinnerung hatte.

„Wie geht es dir?", wollte Seiji wissen.

Katsus Lächeln wurde nun etwas schief. „Nicht so gut..." Er zögerte kurz, bevor er fortfuhr. „Hab vor zwei Tagen erfahren, dass ein Freund von mir gestorben ist." Ja. Er behielt die Formulierung „Freund" bei. Nicht Ex-Freund, nicht Partner, nicht Liebhaber oder Verflossener. Freund. Denn das war Shiro für ihn bis zum Schluss immer gewesen. Irgendwie.

„Oh... Das tut mir Leid." Und in Seijis Gesicht konnte man lesen, dass er diese Worte ernst meinte.

„Er litt ein halbes Jahr lang an Krebs", erzählte Katsu eigenständig weiter, „und ich hab erst Vorgestern erfahren, dass er überhaupt krank gewesen war..." Er sprach die letzten Worte mit gebrochener Stimme denn nun wurde ihm mal wieder klar, wie unwissend er das vergangene halbe Jahr seines eigenen Lebens verbracht hatte. Ohne auch nur den blassesten Schimmer davon, was Shiro in der Zeit durchgemacht haben musste.

Das Erklingen von Seijis Stimme verhinderte jedoch, dass Katsu zu tief im eigenen gedanklichen Sumpf abdriftete. „Mein Vater ist vor einem Jahr auch an Krebs gestorben. Es war ein langer Leidensweg für ihn. Aber ich bin froh, dass er von Diesem schließlich doch noch erlöst worden ist."

Katsu nickte knapp und leicht abwesend. Schon wieder wollten sich Tränen in seinen Augen breit machen und er versuchte sie wegzublinzeln.

„Die Geburt unserer Tochter hat er somit leider um ein paar Monate verpasst."

Nun sah Katsu schnurstracks wieder auf. „Du hast eine Tochter?", wiederholte er erstaunt. Zwar war es eigentlich nichts Ungewöhnliches, mit Mitte zwanzig ein Kind zu bekommen, aber irgendwie hatte er Seiji eine eigene kleine Familie gedanklich gar nicht zugeschrieben. Wobei er ihn keineswegs für unfähig hielt, solch ein Leben zu führen. Er selbst war nur so meilenweit entfernt von diesem Lebensstil, ebenso wie der Großteil seiner gegenwärtigen Kontakte.

Seiji nickte auf Katsus Frage hin. „Sie ist jetzt neun Monate alt. Hält mich und meine Frau jeden Tag ganz schön auf Trab!", berichtete er und musste dabei lachen.

Verheiratet also auch. Katsu sah sich sein Gegenüber nochmals an. Seiji sah noch fast genauso aus wie damals. Sein Aussehen hatte sich kaum verändert. Sicher, er wirkte heute wie ein junger Mann und nicht mehr wie ein Teenager, aber abgesehen von den paar dazuerhaltenen Jahren schien er noch der gleiche alte Kumpel von früher zu sein. Das stellte Katsu vor allem in den darauffolgenden Minuten fest, als Seiji ihm unkompliziert und locker von der Entbindung seiner Tochter erzählte. Denn hierbei trat nun der charakteristische Humor in Erscheinung, den Katsu schon immer an ihm gemocht hatte. Und es blieb auch nicht nur bei der einen Erzählung: Seiji beteiligte Katsu an einem Streifzug durch sein Leben und dies schien für ihn so normal und selbstverständlich zu sein, als hätte es die ganzen Jahre Funkstille zwischen ihnen überhaupt nicht gegeben.

In dieser Zeit, in der Katsu den Worten des Freundes aufmerksam lauschte, erhellte sich sein Gesicht merklich und er musste immer häufiger lachen. Die negative Stimmung, mit der er seinen Spaziergang begonnen hatte, verflüchtigte sich zunehmend und schien regelrecht zu verpuffen. Das Gespräch mit Seiji, mit seinem Kumpel von früher, der noch immer diese wertgeschätzten Züge an sich hatte, war regelrecht Balsam für Katsus aufgeschürfte Seele. Und als sie sich irgendwann wieder voneinander verabschiedeten und jeder seiner Wege ging, verspürte Katsu regelrecht Funken der Lebenslust in sich entfachen.

* In Japan werden Verstorbene überwiegend nach buddhistischem Ritus eingeäschert und die Überreste in einer Urne beigesetzt.

29. Rose of Pain ~ Caught in Despair

Kiri und Junichi saßen sich in Kiris Küche gegenüber, jeder mit einer Tasse Tee vor sich. Niemand sagte ein Wort, beide waren in ihren Gedanken versunken. Während Junichi seinen Blick zwischen Tischplatte und Küchenfenster hin und her schweifen ließ, fuhren Kiris Finger die schmalen Kanten des metallenen Seerosenkerzenhalters nach.

In der ganzen Wohnung war es mucksmäuschenstill, nicht einmal das Ticken einer Uhr war zu hören.

Umso schmetternder erschien daher Kiris Stimme, als er plötzlich zu sprechen begann: „Glaubst du, Shiro hat gewusst, dass er sterben wird?"

Junichis Blick war auf die Aussicht des Küchenfensters gerichtet, welches sich hinter Kiri befand, womit er ihm nicht ins Gesicht, sondern an eben diesem vorbei sah. Auch zögerte er kurz, bevor er seine Gedanken preisgab. „Ich weiß es nicht." Eine nicht gerade befriedigende Antwort, die jedoch beispiellos die Hilflosigkeit seines Überbringers widerspiegelte.

Kiri stieß einen kaum hörbaren Seufzer aus. Schließlich sah er, nachdem er der metallenen Blüte genügend Aufmerksamkeit geschenkt hatte, auf und seinem Gegenüber ins Gesicht. „Hast du seine Eltern bei der Beerdigung gesehen?"

Junichi erwiderte nun den Blick. „Natürlich. Wir waren doch alle gemeinsam dort."

„Ich frag mich, wie das für sie gewesen sein mag, ihren eigenen Sohn beerdigen zu müssen." Kiris Blick driftete ungewollt von den Augen seines Gegenübers ab und verlor sich auf dem Küchenfußboden. „Eigentlich sind es doch die Eltern, die als erstes sterben..." Seine Stimme wurde leiser und undeutlicher, fast so, als sei der letzte Satz vielmehr an sich selbst statt an den Freund gerichtet. Sein kleiner Bruder Ryotaro tauchte vor seinem inneren Auge auf und er versuchte sich vorzustellen, wie es wäre, wenn dieser vor ihm sterben würde. Er war jetzt elf Jahre alt, ganze zwölf Jahre jünger als Kiri selbst. Würde man nun plötzlich bei Ryotaro eine Krankheit feststellen und er hätte nicht mehr lange zu leben...würde noch vor dem Eintritt in seine Jugend sterben...vielleicht noch bevor er sich das erste Mal Hals über Kopf in jemanden verliebt hätte.....bevor er sich ernsthafte Gedanken um einen Job zu machen brauchte.....bevor er von zu Hause auszog, um sich seine erste, eigene Wohnung zu nehmen..... - Wie ein Pfeil traf Kiri plötzlich der Kopfschmerz bei dieser Vorstellung und er rieb sich mit den Fingerspitzen die rechte Schläfe. Er konnte es sich nicht vorstellen, es ging einfach nicht. Als würde ihn irgendetwas von diesem Versuch abhalten wollen. Ryotaro war doch noch so jung... Aber Shiro hatte sich auch noch lange nicht in einem Alter befunden gehabt, bei welchem man bereits mit dem Tod rechnete.

Junichi stützte sein Kinn in die Hand und warf einen Seitenblick auf die Tasse vor sich, die noch zur Hälfte mit grünem Tee gefüllt war. Diesen Zustand würde sie wohl auch noch eine ganze Weile beibehalten, denn Junichi machte nicht die geringsten Anstalten, sie um ihren Inhalt zu erleichtern. „Was glaubst du, wie lange wir pausieren werden?"

„Shigeki hat den Medien mitgeteilt, FreaX pausiert auf unbestimmte Zeit und zu uns hat er bisher auch noch nichts anderes gesagt", antwortete Kiri, blickte kurz darauf jedoch plötzlich vom Fußboden auf und sah Junichi an. In den Gesichtern der beiden Freunde stand die selbe Frage, doch nur Kiri wagte sich, sie auszusprechen: „Glaubst du, er löst FreaX auf?" Ihm lief bei diesen Worten ein Schauer über den Rücken. Shiro, als Freund und Kollegen, verloren zu haben setzte ihnen im Moment allen mächtig zu. Aber darüber hinaus auch noch die Band zu verlieren... Bei diesem Angstgedanken spürte er Übelkeit in sich aufkommen.

Junichi hielt dem Blick des Anderen stand, doch seine Augen waren genauso ratlos wie Kiris. „Ich weiß es nicht", gestand er zum wiederholten Male.

Diesmal war der Seufzer leidvoller, welcher Kiris Mund entschlüpfte, während er den Kopf inzwischen mit beiden Händen stützen musste. Die verzweifelten Augen des Sängers suchten auf der Tischfläche nach Orientierung und fanden keine.

Zwölf Tage war es nun schon her. Vor zwölf Tagen war Shiro gestorben. Und in diesen zwölf Tagen war noch kein einziges Mal die Frage in ihm aufgekommen, ob mit Shiro womöglich auch FreaX gestorben war. So viel war passiert in der ganzen Zeit, während des Endstadiums von Shiros Krankheit und auch kurz danach. So war es Kiri zumindest vorgekommen. Doch wenn er nun konkrete Ereignisse aus diesem Zeitraum herauszupicken versuchte, gelang es ihm kaum. Natürlich, die Besuche im Krankenhaus. Die Beerdigung. Die Mitteilung an die Fans. Einzelne Daten, einzelne Momente... Aber eigentlich hatte er noch verhältnismäßig wenig von dem ganzen Trubel mitbekommen. Shigeki war wiederum viel mehr in allem involviert, schließlich ging es bei FreaX um *seine* Band und bei Shiro um *seinen* besten Freund... Kurz schweiften Kiris Gedanken zu Katsu. Er hatte damit gerechnet, ihn auf der Beerdigung anzutreffen, aber Katsu war nicht erschienen. Dafür Aki.

„Was würdest du machen, wenn es mit FreaX vorbei wäre?"

Kiri reagierte leicht zeitverzögert auf diese Frage, vernahm die unerwarteten Worte wie durch Watte. „Ich...ich weiß nicht", murmelte er verwirrt. Seine Hände, inzwischen nicht mehr den schweren Kopf haltend, wurden unsicher aneinander gerieben. „Ich....." Er senkte den Kopf. „...ich hab mir noch nie Gedanken darüber gemacht", nuschelte er leise und kaum verständlich.

Doch Junichi hatte ihn offenbar verstanden. „Ich mir auch nicht", gestand er. „Irgendwie sind solche Fragen ganz weit weg, wenn alles super läuft." Nun griff er doch noch zur Teetasse. „Und bis vor einem halben Jahr lief noch alles super."

Die Sticks kannten keinerlei Gnade und droschen auf das Drumkit ein als gälte es, einen neuen Weltrekord aufzustellen. Der formlose und chaotische Sound, der dabei entstand, ließ bereits Wände wie Fußboden leicht erzittern und freiwillig hätte sich wohl niemand dieser enormen Geräuschkulisse ausgesetzt. Doch abgesehen vom Erzeuger dieser Akustik befand sich tatsächlich noch jemand im Raum: Kijo saß auf einem

Stuhl in einigen Metern Entfernung und beobachtete die Szenerie stillschweigend.

Seinen einzigen Zuschauer registrierte Shigeki jedoch gar nicht, war er schon viel zu weit abgetaucht in seiner ganz eigenen Welt, bestehend aus Schmerz und Chaos, in welcher die Drums den Soundtrack markierten. Auch war er blind für die langsam einsetzende Erschöpfung seines Körpers, wie er im Moment für ausnahmslos alles blind war. Es hätte eine Bombe neben ihm einschlagen können und es hätte ihn nicht interessiert. Es galt nur dem schnellen, harten Rhythmus zu folgen, das Dröhnen in den Ohren nicht verstummen zu lassen und den Körper in Bewegung zu halten. Nichts davon durfte plötzlich aufhören, nichts...! Es musste weiter gehen, immer weiter, weiter, bis an die Grenzen und darüber hinaus...! Er ignorierte das Ziehen in Armen und Beinen, er ignorierte das Stechen in der Brust. Er ignorierte den Tinnitus, der sich einen Stammplatz in seinem Gehör reserviert hatte. Er musste weiter machen, *er musste*! *Es durfte nicht aufhören!*

Und dennoch: Irgendwann war einfach der Punkt erreicht, da machte ihm die Limitierung seiner physischen Kraft einen Strich durch die Rechnung. Die Schläge auf die Drums wurden lascher, die zeitlichen Abstände zueinander größer. Seine Füße gehorchten ihm nicht mehr und so verstummte als Erstes die Double-Bassdrum. Verzweifelt trieb er seine Hände und Arme weiter an, holte den letzten Funken Energie aus ihnen heraus, ließ sie die Sticks trotzig weiter schlagen. Shigeki wollte nicht wahr haben, dass auch seine Kraft mal ein Ende hatte. Regelrecht verzweifelt starrte er die Hände an, die mit jedem Schlag langsamer wurden, bis auch sie der endgültigen Erschöpfung unterlagen. Die Holzstöcke glitten ihm aus den tauben Fingern und er beugte sich für einige Momente nach vorne, stützte sich mit den Unterarmen auf den Tom-Toms ab und bettete seine Stirn auf selbige. Er rang nach Atem. Sein ganzer Körper fühlte sich taub an. Und es kribbelte überall. Er wollte weiter spielen, er *wollte*...! Aber er konnte nicht. Es fehlte ihm die Kraft.....diese verdammte Kraft...

Bereits nach wenigen Momenten erhob Shigeki seinen Oberkörper aber schon wieder und stand vom Hocker auf. Völ-

lig unsicher auf den Beinen, taumelte er hinter seinem Drumkit
hervor. Er sagte nichts, versuchte statt dessen, seine Atmung
wieder unter Kontrolle zu bekommen. Ein Fuß wurde tapsig
und unbeholfen vor den anderen gesetzt, Schritt für Schritt,
Meter für Meter. Doch auch diese Arbeit empfanden seine Beine als zu anstrengend und so kam er ziemlich schnell ins Straucheln und verlor schließlich die Kontrolle über sein Gleichgewicht. Er fiel – doch er erreichte nicht den Boden. Dies verhin-
derten zwei Arme, die ihn rechtzeitig aufgefangen hatten.

Kijo.

Der Gitarrist hatte den Körper des Anderen fest im Griff
und hievte diesen bis zu dem Stuhl, auf welchem er bis vor wenigen Sekunden selbst noch gesessen hatte. Mühevoll platzierte
er den laschen Körper Shigekis auf die Sitzfläche und sah ihm
in das verschwitzte Gesicht. Es war kein ungewöhnlicher Anblick für Kijo; immer, wenn Shigeki großen psychischen Stress
hatte, tobte er sich bis zur totalen Erschöpfung an seinen
Drums aus.

Nur schwerlich konnte Shigeki seinen Kopf oben behalten;
das Ding, welches mit seinem Hals verwachsen war, fühlte sich
so schwer an und sackte immer wieder nach unten, bis es, mit
Hilfe von Kijos Hand, schließlich gegen die Wand hinter sich
gelehnt wurde. „...muss weiter machen...", erklang ein heiseres
Keuchen aus seinem Mund. Die Augen konnte er kaum offen
halten.

„Ja, aber nicht jetzt", entgegnete Kijos ruhige und bestim-
mende Stimme, während er den Bandleader streng ansah, auch
wenn dieser durch ihn hindurch zu sehen schien; der Blick wies
in Richtung Drumkit.

Shigekis Körper startete den ausweglosen Versuch, sich
wieder zu erheben, wurde jedoch von Kijos Händen sofort daran gehindert. „...ich muss doch...weiter spielen~...", winselte er
kehlig zum Protest und wand unruhig immer wieder seinen
Kopf hin und her. Shigekis Psyche war gerade dabei in Verzweiflung abzudriften. „Ich muss doch spielen...wir müssen
doch proben...! Wir müssen doch.....!" Inzwischen wand sich
nicht nur sein Kopf, sondern sein ganzer Körper. Es war für
Kijo eine Herausforderung geworden, ihn auf dem Stuhl zu be-

halten. „...wenn Shiro wieder kommt, müssen wir doch proben...!" Er begann zu hyperventilieren, bevor er plötzlich wild mit den Armen um sich schlug. Ebenfalls umschlagen tat nun auch sein Bewusstsein. „Ich hab ihm nicht erlaubt, einfach zu gehen!", kreischte er. „Ich hab ihm nicht erlaubt, mich zu verlassen!"

Kijo musste inzwischen vollen Körpereinsatz aufbringen, um seinen Boss an Ort und Stelle zu behalten. Völlig außer Kontrolle geraten schlug dieser inzwischen mit Händen und Füßen um sich und war von dem Gedanken des Aufstehens noch immer nicht abgekommen. Bei dieser entstandenen Rangelei fielen schließlich beide Musiker zu Boden, untermalt von weiterem Kreischen Shigekis. Rasch gelang es Kijo dennoch wieder die Führung zu erlangen, indem er sich auf das Becken des Drummers setzte und energisch dessen Arme zu Boden drückte. „*Hör auf!*", schrie er ihm ins Gesicht. Im Gegensatz zu Shigeki zeugte seine Lautstärke jedoch nicht von Hysterie sondern von Dominanz. Er wusste, dass Shigeki gerade einen Nervenzusammenbruch der Sonderklasse erlitt und er wusste auch, dass er ihn wieder zur Ruhe bringen musste. Würde ihm das nicht gelingen... - weiter wollte er gar nicht denken.

„Er hat gesagt, er schafft es! Er hat gesagt, er lässt mich nicht alleine!!" Shigekis Gesicht war inzwischen von Tränen geflutet, Haarsträhnen klebten ihm an der nassen Haut. Das Zappeln hatte sein Körper immer noch nicht aufgegeben und seine Stimme war unangenehm grell und schrill. Hunderte von Szenen mit Shiro tauchten in rascher aber unsortierter Reihenfolge vor seinem inneren Auge auf, rauschten an ihm vorbei wie im Zeitraffer. Er hätte sie am liebsten alle festgehalten, aber sie waren viel zu schnell. Jagten sich gegenseitig. „*Du hast gesagt, du bleibst bei mir!! Warum bist du nicht bei mir?? Warum??? WARUM???*"

Ein lautes Klatschen.

Ein langsam einsetzendes Kribbeln, dann Brennen.

Shigeki blinzelte, ließ seinen irritierten Blick umherschweifen. Bis er Kijos Gesicht in seinem Blickfeld wiederfand. Dass ihm dieser soeben eine kräftige Backpfeife verpasst hatte, drang nur sehr zögerlich zu seinem Verstand durch. Dafür lag sein Körper nun still auf dem harten Boden und das kehlige Geschrei war verstummt. Wie in einem Traum, in welchem die Szene urplötzlich gewechselt hatte.

Ein glasiges Augenpaar sah Shigeki an. „Ich vermisse Shiro auch, aber durch deine Selbstzerstörung kommt er nicht wieder zurück." Kijos Stimme war nun gar nicht mehr so fest wie noch vor wenigen Momenten.

Shigeki sah ihn nur hilflos von unten an, doch als sein Geist die Bedeutung von Kijos Worten aufgenommen und ausgewertet hatte, begannen die Tränen erneut zu fließen. Die Realität hatte ihn wieder eingeholt. Er weinte nun nicht mehr wie ein amoklaufender Psychopath, sondern wie ein kleines Kind. Hilflos. Nicht verstehend. Nebenbei nahm er war, wie sich der Griff um seine Arme löste und sich mit einem Mal etwas um seinen Oberkörper schlang. Jemand rollte sich mit ihm auf die Seite und drückte ihn an sich. Hielt ihn fest. Shigeki nahm die ihm angebotene Brust an und drückte sich schutzsuchend gegen sie.

So lagen die zwei jungen Männer eine ganze Weile auf dem Fußboden. Bis Shigeki sich irgendwann ausgeweint hatte und ruhiger geworden war. Dann erst standen sie wieder auf und Kijo beschloss wortlos, für sie beide einen starken Kaffee zu kochen.

Während der Gitarrist nun an der Kaffeemaschine zu Gange war, lümmelte Shigeki sich zurück auf den Stuhl und zog die Beine dicht an den Körper. Die tränengespühlten Augen brannten und die Lider fühlten sich erschöpft und schwer an. Es war nicht der erste Weinkrampf, den er seit Shiros Tod erlitten hatte. Er hatte schon viel geweint und nicht immer war jemand da gewesen, um ihn von der eigenen körperlichen Überanstrengung abzuhalten. Aber jeder dieser Anfälle kostete ihm auf ein Neues immense Kraft. Der Schmerz wurde nicht weniger und es stellte sich auch keine Routine ein. Vielmehr fühlte es sich an, als hätte man ihm das Herz aus der Brust gerissen und die nun klaffende Wunde hörte nicht mehr auf zu bluten. Er wusste nicht wohin mit sich, mit seinen Gedanken, mit seinem Schmerz. Er war innerlich so aufgewühlt und.....orientierungslos. Er hatte seinen Weg verloren. Denn sein Weg war

Shiro gewesen. Shiro und die Band. Seit ihrer Kindheit waren sie Freunde gewesen und irgendwann hatte Shigeki den Traum einer eigenen Band entwickelt. Natürlich mit Shiro zusammen. Auch wenn es zur Gründung von FreaX erst einige Jahre später gekommen war und sie davor zeitweilig sogar in verschiedenen Bands gespielt hatten. Doch nie hatten sie sich aus den Augen verloren und nie hatten sie gegeneinander konkurriert gehabt. FreaX war immer ihr gemeinsamer Traum gewesen, den sie stets im Blick behalten und daran gearbeitet hatten. Und sie hatten es geschafft. Sie hatten ihren Traum verwirklicht bekommen. Und diese Verwirklichung hätte noch ganz andere Formen annehmen können. - Aber jetzt? Wo standen sie jetzt...? War Shiros Tod der Preis dafür gewesen...?

Ein Becher mit heißem, dampfenden Kaffee schob sich in Shigekis Blickfeld.

Der Drummer wurde kurzzeitig aus seinen Gedanken gerissen und starrte das Objekt mit dem verlockend duftenden Inhalt zunächst irritiert an, als wüsste er damit nichts anzufangen. Erst nach ein paar Sekunden griff er mit einer Hand danach und brachte ein leise genuscheltes „Danke" hervor.

Kijo hatte sich inzwischen einen zweiten Stuhl organisiert und setzte sich damit neben Shigeki. Ebenfalls einen Kaffeebecher in der Hand haltend und gelegentlich daran schlürfend. Sein Blick war ins Abseits gerichtet.

Shigeki ließ sich mit dem ersten Schluck Zeit. Starrte statt dessen in die dunklen Tiefen seines Bechers. Musste an Shiro denken. Abermals. Denn irgendwie erinnerte ihn so ziemlich alles an seinen besten Freund. Es war nicht nur dessen Bass, der noch immer hier im Proberaum auf einem der Ständer platziert ruhte. Es war auch jede Kleinigkeit, mit der er täglich konfrontiert wurde. In diesem Moment war es der Kaffee. Wie oft hatte er Shiro einen Becher Kaffee vor die Nase gehalten, wenn dieser müde zu den Proben erschienen war oder noch bis tief in die Nacht hinein an irgendeinem Papierkram oder Zeichnungen gearbeitet hatte? An manchen Tagen schien Kaffee sein einziges Nahrungsmittel gewesen zu sein. - Irgendwie bekam Shigeki es nicht in seinen Kopf, dass das nie wieder der Fall sein würde. Dass er ihn nie wieder am Tisch sitzend und seitenweise irgendwelche Anträge ausfüllend erblicken würde, spät Abends, wenn die Anderen nach den Proben schon gegangen waren und er mit Shiro das Organisatorische abarbeitete. Shiro hatte den bürokratischen Teil seiner Arbeit verabscheut, sich jedoch nie darüber beschwert.

„Ich hab keine Ahnung, wie es weiter gehen soll", seufzte Shigeki fast tonlos, während er die Augen schloss und den Kopf tief nach vorne sinken ließ, dass die Haare sein Gesicht verbargen.

Kijo wand den Kopf in seine Richtung. Er schien von dem leisen Geständnis keineswegs überrascht zu sein. „Welche Entscheidung du auch immer triffst: Wir stehen alle hinter dir", versprach er.

Diese Zusicherung ließ Shigeki sein Haupt nun wieder heben und seinen Gesprächspartner in die Augen blicken. Er hätte so gerne etwas Aufmunterndes gesagt, etwas, was sie alle wieder Mut fassen ließ. Er war doch schließlich der Leader! Aber ihm fiel kein einziges Wort des Mutes ein, denn diesen besaß er im Moment einfach nicht. Er hatte das Gefühl, er stünde vor einer unüberwindbaren, weißen Wand. Zu hoch um hinüberzuklettern und zu breit um drumherum zu gehen. Wie sollte er diesen übermächtigen Gegner nur besiegen...bevor er *ihn* besiegte...?

Shigeki wand seinen Blick wieder ab. Er war einsam ohne Shiro. Schrecklich einsam. Auch wenn Kijo sich die größte Mühe gab, ihn zu unterstützen. Aber ohne Shiro fühlte es sich an, als sei eine Hälfte von ihm selbst gestorben. Als sei seine eigene Existenz nicht mehr vollkommen. Und dennoch verlangte die derzeitige Situation eine Entscheidung über den weiteren Verlauf von FreaX. „Ich wüsste zu gerne, was Shiro jetzt getan hätte", murmelte er leise, ohne sich dessen wirklich bewusst zu sein.

Kijos Blick ruhte nach wie vor auf ihm. „Das Selbe wie du."

30. Meeting

Die erste Woche war schrecklich gewesen. In der ersten Woche hatte Katsu täglich mit seiner Trauer und Verzweiflung zu kämpfen gehabt und war immer wieder in Tränen ausgebrochen. Und obwohl Yuki ihm angeboten hatte, ihm mehrere Tage frei zu geben, war Katsu nach seinem einzigen selbst freigenommenen Tag fortan wieder bei der Arbeit erschienen. Er hatte einfach arbeiten wollen. Er konnte nicht zu Hause rumsitzen und Tag ein Tag aus nur trauern. Das hätte ihn lediglich tiefer in ein schwarzes Loch gerissen. Und genau das hatte er mit seiner wieder aufgenommenen Arbeit verhindern wollen. Es war nicht leicht gewesen, denn auch bei der Arbeit war er oftmals unverhofft den Tränen nah, aus heiterem Himmel heraus. Seine Leistungen bei den einzelnen Arbeitsabläufen waren aufgrund dessen etwas beeinträchtigt, es lief nicht immer alles so glatt und zügig, wie man es von ihm gewohnt war. Doch die Kollegen zeigten Verständnis für seine Situation. Zudem erlaubte Katsu sich nicht, sich vom eigenen Schmerz unterkriegen zu lassen. Es fand ein innerer Kampf statt, den er mit sich selbst aufgenommen hatte. Und er strebte als Ziel das Gewinnen an.

Aber auch noch etwas Anderes hatte er sich vorgenommen: Nach tagelanger und reiflicher Überlegung war er zu dem Entschluss gekommen, dass er Shiros Grab besuchen wollte. Das war das Allermindeste, was er ihm schuldete. Von Aki hatte er in Erfahrung bringen können, auf welchem Friedhof sich das Grab seiner Familie befand und an einem, für die Jahreszeit ungewöhnlich kühlen, Tag setzte er sich in den Zug nach Yokohama.*

Katsu hatte nicht die geringsten Vorstellungen davon, wie dieser Ausflug verlaufen würde. Er versuchte während der Fahrt an möglichst nichts zu denken, doch diese Bemühungen waren nur wenige Minuten lang aufrechtzuerhalten. Bald schon herrschte in seinem Kopf wieder der übliche Gedankensalat.

Auf dem Bahnhof in Yokohama angekommen, kaufte er zunächst eine weiße Chrysantheme, dann machte er sich auf den Weg zum Friedhof.

Katsu war aufgeregt. Seit er aus dem Zug ausgestiegen war, hatte das Kribbeln in seinem Bauch massiv zugenommen. Die gelegentlich aufkommende, leichte Übelkeit im Hals quittierte er mit hartem schlucken. Auf gar keinen Fall würde er jetzt einen Rückzieher machen! Dafür war er seinem Ziel schon viel zu nah... Plötzlich fiel ihm wieder ein, dass Shiro ihm damals gesagt hatte, er wolle ihn nicht mehr sehen. Unwillkürlich wurden Katsus Schritte etwas langsamer.

Shiro hatte den Kontakt zwischen ihnen beeinträchtigen wollen, ihn jedoch nie vollständig gekappt...

Katsus Füße waren stehen geblieben, die Schuhspitzen von seinen Augen musternd. Er hatte Shiros Bitte bis auf ein einziges Mal stets Folge geleistet. Hatte seinen Wunsch akzeptiert, ohne ihm deswegen je böse gewesen zu sein. - Was, wenn Shiro auch nicht gewollt hätte, dass er sein Grab besuchen kommt...?

Die aufgekommenen Zweifel hielten jedoch nicht lange an. Katsus Blick wandte sich von den Schuhspitzen ab und richtete sich wieder nach vorne. Es handelte sich um einen öffentlich zugänglichen Friedhof, jeder konnte dorthin und sich jedes dort vorhandene Grab anschauen. Also konnte er das auch! Außerdem sah er diesen Grabbesuch als seine verdammte Pflicht an, Shiro gegenüber seine letzte Ehre zu erweisen, wenn er schon nicht bei der Beerdigung dabei gewesen war. Seine Füße setzten sich wieder in Bewegung.

Irgendwann hatte Katsu den Eingang des Friedhofs erreicht. Vorsichtig und mit seichten Schritten betrat er das Gelände, fast so, als gälte es, die Toten nicht zu wecken. Dabei waren der tatsächliche Grund hierfür Katsus zitternde Beine. Sie fühlten sich an wie Gummi. Auch seine Hände zitterten, was sich selbst an der Chrysantheme widerspiegelte, und sein Mageninhalt spielte Fahrstuhl. Vorsichtig hielt er nach dem Grabstein Ausschau und hatte gleichzeitig Angst, ihn zu sehen. Es schien so irreal, eine vertraute Person auf einem Friedhof zu besuchen, die einem an Lebensalter gerade mal zwei Jahre voraus gewesen war...

Er ging an vielen Gräbern vorbei, las die Namen, warf gelegentlich einen Blick auf die frischen oder weniger frischen Blumen in den hohen, schmalen Vasen. Er kam dem Bereich, in welchem das Grab von Shiros Familie liegen sollte, immer näher und mit jedem Stein, an welchem er vorbei ging, schlug sein Herz schneller... Und schließlich stand er davor: Vor dem Grab der Familie Aotenjo. Shiros Familie.

Katsus Augen fokussierten den hellgrauen, blockförmigen Stein, lasen die drei eingemeißelten, senkrecht verlaufenden Kanji immer und immer wieder.** Er hätte später nicht sagen können, wie lange er einfach nur so dagestanden und gestarrt hatte. Aber es fühlte sich wie eine Ewigkeit an.

Irgendwann konnte er sich endlich aus seiner Starre lösen und kniete sich vor dem Grab nieder. In den hohen Vasen, links und rechts vor dem Stein, steckten bereits frische Blumen – gelbe Gerbera - und er steckte seine weiße Chrysantheme dazu.

Wieder las er den Namen.

Aotenjo.

Auch wenn es der Familienname und nicht Shiros individueller Name war, schien dieser Anblick die unwiderrufliche Realität zu sein, die ihm lautlos ins Gesicht schrie. Die Realität von Shiros Tod. Die Realität, die noch immer - selbst hier - einen Schritt zu weit von Katsus Verständnis entfernt lag. Er kannte den Tod nur als Theorie. Er wusste, dass jedes Lebewesen früher oder später sterben musste und natürlich hatte auch er schon Todesfälle in der eigenen Familie miterlebt. Aber in diesen Fällen hatte es immer Personen betroffen, die ihm mehrere Jahrzehnte an Lebenszeit voraus gewesen waren. Alte Leute. Der Tod von alten Leuten überraschte einfach weitaus weniger. Nicht, dass man ihnen nicht noch mehr Lebenszeit gegönnt hätte, aber mit siebzig, achtzig, neunzig Jahren hatte ein Mensch einfach mehr Zeit gehabt, sein Leben zu entfalten und mit diesem etwas anzufangen. Mehr Zeit als jemand mit – siebenundzwanzig. Diese Siebenundzwanzig kam Katsus eigenem Alter einfach zu nahe. Er war jetzt fünfundzwanzig. Und eines Tages würde er auch siebenundzwanzig sein, sofern nichts dazwischen kam. Dann würde er Shiro eingeholt haben. Und vielleicht würde er ihn irgendwann sogar *über*holt haben... Auch eine Sache, die er sich einfach nicht vorstellen konnte. Er sollte jemandes Alter überholen...? Wie seltsam musste es sich anfühlen, älter zu werden als jemand, den man geliebt hat... Shiro war immer der Ältere von ihnen beiden gewesen, diese Position konnte er ihm doch nicht einfach wegnehmen...

Katsu wusste selbst nicht warum, aber plötzlich streckte er seine rechte Hand aus und fuhr mit der Spitze des Zeigefingers die Kanji des Namens nach. Spürte die eingemeißelten Linien des kalten, harten Gesteins unter seiner Kuppe. Die manifestierten Furchen dreier Zeichen, mit denen er so viel verband.

Wie gerne hätte er Shiro noch ein Mal gesehen, bevor er gestorben war. Noch ein Mal angefasst, noch ein Mal berührt. Und wenn es nur eine einzelne Haarsträhne gewesen wäre, die er ihm aus der Stirn gewischt hätte. Er fragte sich, wer wohl als Letztes die Möglichkeit dazu gehabt hatte. Vielleicht Shigeki...? Schließlich waren sie die besten Freunde gewesen; es wäre nur allzu verständlich, wäre Shigeki der Letzte gewesen, der Shiro lebend zu Gesicht bekommen hätte. Auch stellte Katsu sich die Frage, was Shiros letzte Gedanken gewesen waren. Wem sie galten. Und welcher Natur sie entsprangen. Was mögen seine letzten Worte gewesen sein, als er noch sprechen konnte? Was mögen seine letzten Gefühle gewesen sein, bevor sich sein Körper der Krankheit endgültig ergeben musste? Worauf mochte sein letzter Blick gerichtet gewesen sein, welches Geräusch war das letzte gewesen, welches sein Gehör hatte wahrnehmen können?

Katsus trauriger Blick glitt von den Kanji im Stein zur Chrysantheme in der Vase. Die Krankheit musste Shiro unheimlich hilflos gemacht haben. Hilflos...das schien er sonst nie gewesen zu sein... Er hatte doch immer allen Kraft geben können, hatte sich immer um alles und jeden gekümmert. Katsu schloss die Augen. Er hätte Shiro liebend gerne etwas von dieser Kraft zurückgegeben. Von der Kraft, die Shiro in der Vergangenheit in ihn investiert hatte. Er hätte sich gerne dafür revanchiert. Er hatte es nie getan...und jetzt..... Heiße, lautlose Tränen rannen über sein Gesicht. Katsu wünschte sich in diesem Moment nichts sehnlicher, als Shiro in den Armen zu halten. Zu halten und zu beschützen.

Als er sich nach seinem Friedhofsbesuch wieder auf den Heimweg gemacht und schließlich in seiner Wohnung angekommen war, waren noch keine fünf Minuten vergangen, da klingelte auch schon Katsus Telefon. Er nahm ab ohne zu wissen, wer ihn am anderen Ende der Leitung erwartete. Vielleicht war es Yuki und er sollte kurzfristig im Pizza-Laden für jemanden einspringen. Umso erstaunter war er jedoch, als er registrierte, wer tatsächlich zu ihm sprach.

„Hey Katsu, ich bin's."

Katsu riss die Augen weit auf und presste den Hörer unwillkürlich fester an sein Ohr, als würde er seinen Gesprächspartner dadurch noch besser verstehen können. „Kijo?", fragte er ungläubig und sein Herz fing sofort an schneller zu schlagen. Er hatte schon seit einer Ewigkeit nicht mehr mit Kijo gesprochen.

„Genau der. Sag mal, hast du heute noch Zeit?"

Katsu konnte sich kaum so schnell artikulieren wie er antworten wollte. „Klar, immer! Wo willst du mich haben?" Seine Worte überschlugen sich fast vor Eifer.

„Ich kann in einer Stunde in Yokosuka sein. Kennst du irgendwo bei dir 'nen netten Laden, wo man hingehen könnte?"

Eine Stunde und zwanzig Minuten später hatten es sich Katsu und Kijo in einer Kneipe gemütlich gemacht. Das Lokal war nicht stark besucht und somit mussten sich die beiden das bequeme Sofa in der Sitzecke mit niemanden teilen.

Kijo erkundigte sich, was Katsu in den vergangenen Jahren alles gemacht hatte und er konnte seine Verwunderung nicht verbergen als er erfuhr, dass sein einstiger Kumpel von damals die Musik offenbar an den Nagel gehängt hatte. „Und du hast seit dem nie wieder gespielt?", hakte er mit ungläubiger Stimme nach.

Katsu schüttelte knapp den Kopf. „Zumindest in keiner Band. Klar hab ich mein Baby ab und an noch in den Händen gehalten – ich weiß also noch, wie man einen Bass spielt." Er warf Kijo ein Zwinkern zu. „Aber mit anderen zusammen Musik machen ist bei mir nicht mehr..." Sein Blick wurde bei dieser Erwähnung etwas melancholisch.

Kijo führte den Strohhalm seines Glases an die Lippen und nahm ein paar nachdenkliche Züge. Offenbar hatte sich in den letzten paar Jahren nicht nur bei FreaX eine Menge verändert.

„Und wie sieht's bei euch aus? Ich meine...wegen Shiro..." Katsus Stimme wurde beim zweiten Satz merklich instabil, hatte er doch keinerlei Vorstellungen davon, wie die Band mit dem Verlust ihres Bassisten umging.

Kijos Lippen ließen vom Strohhalm ab, seine Hände behielten das Glas jedoch noch für einige Momente in ihrer Mitte, während sein Blick sich zwischen den Eiswürfeln in der orangefarbenen Flüssigkeit verlor. „Gemischt", kam es schließlich nach einer gefühlten halben Minute aus seinem Mund, ohne dabei aufzusehen. „Jeder von uns geht damit anders um."

Katsu zögerte kurz, bevor er zaghaft seine Gedanken aussprach. „Shigeki...?"

„Ihm geht's nicht gut. Ich glaube, er leidet von uns allen am meisten." Kijos Blick blieb in das Glas gerichtet. Als würde er den Eiswürfeln beim Schmelzen zusehen.

Im Grunde wurden mit dieser Aussage nur Katsus Vermutungen bestätigt. Er hatte nicht wirklich mit etwas anderem gerechnet. Dennoch hatte er diese Frage nicht einfach unter den Tisch fallen lassen wollen, ebenso wenig wie die darauf folgende, obwohl ihm die Antwort hierauf weitaus weniger vorhersehbar erschien: „Und was wird aus FreaX?"

„Sind wir uns selbst noch nicht sicher." Endlich sah Kijo von seinem Getränk wieder auf. „Im Moment pausieren wir offiziell. Was wir aber in Zukunft machen werden, steht derzeitig noch in den Sternen..." Er hob das Glas und trank daraus, den Strohhalm diesmal nicht ansatzweise beachtend. Anschließend schweifte sein Blick über die anwesenden Gäste und versank gedankenverloren in diesem Bild. „Er hatte mich inoffiziell zu seinem Stellvertreter auserwählt...", murmelte er plötzlich leise und abwesend.

Katsu sah ihn fragend an. „Shigeki?"

„Shiro", entgegnete er knapp.

Katsu war irritiert: „Wie meinst du das?"

Kijos Blicke glitten am Körper einer vorbeigehenden Kellnerin abwärts und blieben schließlich auf dem Boden haften. „Er hat mich in den organisatorischen Bereich von FreaX eingelernt mit der Begründung, es wäre von Vorteil, wenn jemand sich mit dieser Arbeit auskennt - für den Fall, dass er einmal ausfällt." Für ein paar Momente schwieg der Gitarrist. „Manchmal frag ich mich, ob Shiro seine Krankheit damals schon erahnt hat."

In diesem Zusammenhang schoss Katsu plötzlich eine Zeile aus einer der E-Mails durch den Kopf, die er von Shiro erhalten hatte: '...*denn mit meinem eigenen Leben habe ich noch Einiges vor - and who knows when it will be over.*' Für ihn stand damit zweifelsohne fest, dass Shiro sehr wohl gewusst haben musste was er da tat, als er begonnen hatte, Kijo seine Arbeiten zu übertragen. Shiro hatte mehr gewusst, als er gesagt hatte. Wahrscheinlich, um niemandem damit zur Last zu fallen. Es war so typisch für ihn.

„Ich war heute auf dem Friedhof", berichtete Katsu plötzlich und lenkte das Thema somit nicht ganz ungewollt in eine etwas andere Richtung. Und damit hatte er auch sofort wieder Kijos uneingeschränkte Aufmerksamkeit auf sich gezogen.

„Ich habe dich auf der Beerdigung nicht gesehen", sprach Kijo und sein Blick war nicht ganz eindeutig zu definieren.

„Ich wusste an dem Tag noch nicht, dass Shiro tot war", antwortete Katsu, während er seinem Gesprächspartner direkt in die Augen sah. „Geschweige denn, dass er krank gewesen war."

In Kijos Miene spielte auf einen Schlag wieder Verwunderung mit rein. „Aber...Aki wusste es doch. Habt ihr nicht miteinander geredet?"

Katsus Blick wurde eindringlicher. „Aki wurde von Shiro schon ziemlich früh darum gebeten, mir nichts von seiner Krankheit zu erzählen. Und an diese Bitte hat sie sich gehalten, bis zum Schluss. Mir hat sie erst letzte Woche von allem erzählt, ich wusste bis dato von überhaupt rein *gar* nichts."

Kijos Blick verweilte für einige Momente in großem Erstaunen, hatte er mit solch einem Hintergrund doch gar nicht gerechnet. Schließlich prüften seine Augen, wie es inzwischen den Eiswürfeln im Glas so erging. „Das muss eine ungeheure Last für Aki gewesen sein..."

Der Freund sprach Katsu damit aus der Seele. Er selbst hatte sich schon mehrfach versucht vorzustellen, was das für eine Dauerbelastung für Aki bedeutet haben musste, ihrem besten Freund ins Gesicht zu blicken und nichts sagen zu dürfen – aber sein Vorstellungsvermögen reichte bis heute nicht dazu aus. Bevor er jedoch zu tief in seinen Gedanken um Aki versank, zwang er sich wieder zurück in die Gegenwart. Und er sah sich Kijo an: Schon kurz nachdem sie das Lokal betreten und ihre Getränke geordert hatten, schien in ihm eine gewisse Abwesenheit eingesetzt zu haben. Zwar sprachen sie miteinander und Katsu hatte auch stets das Gefühl, dass Kijo ihm folgen konnte. Aber hauptsächlich war es doch nur die verbale Kommunikation, die zwischen ihnen funktionierte, denn Kijos Blicke waren meist ganz woanders. In ganz anderen Welten, in Welten, die nur Kijo selbst erfassen konnte, weil es sich dabei um seine eigenen Gedanken handelte. Gedanken, die Katsu nicht erahnen konnte, geschweige denn kannte. „Und wie geht's *dir*?", wollte er daher nun wissen.

Kijo, der in der Zwischenzeit damit begonnen hatte, auf seinem Strohhalm herumzukauen, sah Katsu für wenige Momente aus den Augenwinkeln an, bevor er den Blick wieder abwandte. Zunächst schien es so, als wollte er dem Anderen keine Antwort darauf geben. Bis schließlich doch noch ein unerwartetes und genuscheltes „Und selber?" über seine Lippen kam.

„Ich hab dich zuerst gefragt." Katsu ließ sich nicht so leicht abschütteln. Er wusste, dass Kijo ihm auswich. Dennoch wollte er wissen, wie es um ihn stand.

Und Kijo ahnte wohl, dass Katsu wieder seinen Sturkopf durchsetzen würde, denn als er ihn nun abermals ansah, offenbarten seine Augen eine große Unsicherheit. „Ich weiß nicht, wo mir der Kopf steht", sprach er so leise, dass seine Worte von der Geräuschkulisse um sie herum fast geschluckt wurden.

Doch Katsu hatte sie verstanden.

Verlegen senkte Kijo wieder den Blick, ließ das Gespräch jedoch nicht abreißen. „Ich weiß, dass das egoistisch klingt, aber..." Er seufzte. Schaute hilfesuchend die orangefarbene Flüssigkeit in seinem Glas an. Die schmelzenden Eiswürfel, die mit der Zeit immer kleiner wurden. „...ich weiß nicht, was mir mehr weh tut: Shiros Tod oder...der möglicherweise bevorstehende von FreaX."

Die Gegenüberstellung dieser beiden Punkte verursachte selbst in Katsus Magengegend für einen Moment lang ein dumpfes Gefühl. Er realisierte wieder, wie wichtig die Band für Kijo war...wie sie auch für Shiro gewesen war. Und mit einem guten Freund auch noch die gemeinsame Band, an und mit der man gearbeitet und in die man unendlich Energie hineingesteckt hatte, zu verlieren, war gleich ein doppelter Faustschlag.

Kijo fing an, mit dem angekauten Strohhalm seinen Drink umzurühren. „Ich...ich war in so einer Situation vorher noch nie...!", gestand er, jedoch in einer Tonlage, als wollte er sich für diese Tatsache entschuldigen.

„Das war von uns wohl noch keiner", erwiderte Katsu und bemühte sich, diesen Satz irgendwie tröstlich klingen zu lassen.

„Doch...Junichi", widersprach ihm Kijo. Die Eiswürfel waren inzwischen nur noch kleine, unförmige Eisklumpen.

Katsu sah ihn überrascht an. „Wann?"

„Junichi hat als Jugendlicher seinen Vater verloren. Er war damals der Einzige gewesen, der Junichi bei seinem Traum, Musiker zu werden, unterstützt hatte." Kijo nahm einen Schluck durch den Strohhalm. „Jun war damals völlig verzweifelt. Vom Rest seiner Familie hatte er nicht viel zu erwarten gehabt, die hatten nur Hohn und Spott für ihn und seine Gitarre übrig." Und wieder wurden die Eisklumpen, allmählich zu Eisklümpchen mutierend, umgerührt. „Irgendwie hatte er es dann doch noch gepackt und war schließlich bei uns gelandet."

Im Gegensatz zu Kijo und auch Aki hatte Katsu nichts von Junichis Vergangenheit gewusst, weshalb seine Gesichtszüge beim Zuhören von Überraschung gezeichnet waren.

„Weißt du...jeder von uns hatte in seinem Leben schon mal zu kämpfen gehabt und irgendwie führten uns diese Wege alle zueinander und daraus entstand FreaX." Kijo machte eine kurze Pause, bevor er weiter sprach. „Und das soll nun alles vorbei sein...?"

Während Kijo diese Sätze aussprach glaubte Katsu, in ihm Shiro wiederzuerkennen. Der eigensinnige Paradiesvogel von FreaX machte sich um die Band die gleichen Sorgen, die sich Shiro an seiner Stelle auch gemacht hätte. Kein Wunder, dass Shiro ihn insgeheim als seinen Nachfolger auserkoren hatte. „Vielleicht ist es mit FreaX ja noch gar nicht vorbei", versuchte Katsu ihm Mut zu machen.

Kijo schien seine Zweifel zu haben. Er schwieg wieder eine Weile, wand sich seinem Glas zu, schwenkte den restlichen Inhalt selbiges und nahm die letzten Schlucke in einem Zug. Erst als er das Glas vor sich auf dem Tisch abstellte, sah er Katsu wieder an. „Und selber?", wiederholte er seine Frage von vorhin.

Das typische schiefe Lächeln tauchte auf seinem Gesicht auf. „Was glaubst du? Nicht besser als euch... Nur anders", gab Katsu kleinlaut zu und senkte den Blick. Er konnte den Augenkontakt bei dieser Antwort nicht aufrecht erhalten. Dafür waren ihm seine geheimsten Gefühle zu peinlich.

Doch eben diese geheimen Gefühle ließen sich nicht vor jedem verbergen. „Du hast ihn auch nach eurer Trennung noch geliebt, oder?" Kijos Stimme war gedämpft.

Katsu behielt den Blick gesenkt, nickte nur. Seine vorgefallenen Haare und die schummrige Beleuchtung des Lokals sorgten dafür, dass die dezent einsetzende Gesichtsröte unentdeckt blieb. „Ich konnte ihn nicht vergessen", gestand er.

„Shiro hat alles dafür getan, dass man ihn nicht vergisst", entgegnete Kijo. „Und das vermutlich, ohne es zu wissen." Er legte ungefragt einen Arm um Katsus Schultern. „Lass uns mal wieder öfter treffen." Den letzten Satz sprach er, entgegen den vorangegangenen, auf eine unbefangene und lockere Art aus, als seien sie zwei ehemalige Arbeitskollegen, die sich nun nach langer Zeit zum ersten Mal wieder sahen.

Dies zauberte ein kleines Lächeln auf Katsus Lippen. Er musste unwillkürlich an Seiji denken, den er nach so vielen Jahren – scheinbar zufällig - auf der Straße wiedergetroffen hatte. Und auch, wenn sein letzter Kontakt zu Kijo bei weitem nicht so lange her war, fühlte es sich doch zweifelsohne gut an, solche Bekanntschaften wieder aufleben zu lassen. Es war, als würde man eine Kerze, die im Sturm erloschen war, wieder neu entzünden.

Die Nacht war bereits über Yokosuka hereingebrochen, als Katsu von seinem Treffen mit Kijo wieder heim kam. Doch an Schlaf war nicht zu denken. Denn obwohl er heute einen ziemlich ungewöhnlichen Tag hinter sich hatte, der ihm durchaus einiges an Kraft abverlangt hatte, war Katsu im Moment kein bisschen müde. Ganz im Gegenteil: Er spürte förmlich neue Energien in sich auflodern und diese Energien wollten heraus. Irgendetwas schien in ihm wieder erweckt worden zu sein und dieser Prozess musste mit den letzten paar Tagen in Verbindung stehen.

Als er sich in den Wohn- und Schlafbereich begab, konnte er dort nicht lange still sitzen. Irgendetwas zog ihn wie magisch zu seinem Bass und so griff er nach dem Instrument und befreite es aus der dauerzugemüllten Ecke seines Raumes. Es war das erste Mal seit langem, dass er Lust zum Spielen verspürte. Obwohl er gegenüber Kijo behauptet hatte, seinen Bass gelegentlich zu benutzen, hatten all diese Male unter dem Stern der Halbherzigkeit gestanden. Um die Saiten nicht einrosten zu lassen, wie er es manchmal scherzhaft ausdrückte. Doch jetzt war alles anders. Jetzt wollte er sie wieder spüren – die Liaison, die ihn einst mit diesem Instrument verband. Er sehnte sich nach dem Gefühl der dicken Saiten unter seinen Fingerkuppen, nach dem Gefühl des harten, glatten Korpus an seinem eigenen Körper und nach dem Sound, welchen er dem lila lackierten Gebilde entlocken konnte. Sanft strichen seine Finger über die Flächen und Kanten des Basses, bevor er ihn sich auf dem Schoß positionierte und sogleich ein paar Riffs zur Probe anschlug. Wie erwartet, klang der Sound eines nicht eingestöpselten E-Basses natürlich ernüchternd, weshalb Katsu kurz darauf abermals aufsprang und den Verstärker aus seiner Rumpelkammer zur Unterstützung heranzog. Es waren nur wenige Handgriffe von Nöten, dann war sein Baby einsatzbereit. Und die Ruhe der Nachbarn passé.

Es war das erste Mal seit langem, dass er den Bass mit Leidenschaft spielte. Und ganz unverhofft kamen Katsu plötzlich

Melodienfetzen in den Sinn, die er sogleich auf die vier Saiten zu übertragen versuchte. Für einen Außenstehenden hätte es den Eindruck erweckt, als ob dieser Junge seinen Bass nie beiseite gelegt hätte.

Weil Katsu in der Zeit, in der er nun spielte und die einsetzenden Beschwerden der Nachbarn nicht vernehmen konnte, von immer mehr Ideen heimgesucht wurde, schnappte er sich schließlich einen Notizblock und schrieb auf diesen, mit der unleserlichsten Sauklaue die er besaß, seine geistigen Ergüsse nieder. Mit Mühe ließ sich für fremde Augen aus diesen Aufzeichnungen der Aufbau eines Liedes erkennen. Und der vorläufige Titel lautete 'unfinished'.

* In Japan sind Einzelgräber eher untypisch; für gewöhnlich repräsentiert ein Grabstein eine ganze Familie, weshalb auch nur der Familienname vertreten ist.

** Kanji ist die japanische Bezeichnung chinesischer Schriftzeichen, die in der japanischen Schrift verwendet werden.

31. Just like heaven

Seine Finger drehten und wendeten die CD-Hülle immer und immer wieder, fast so wie jemand, der nicht wusste, wie man sie öffnet. Seine Augen fielen auf das nur aus einem weißen Stück Papier bestehende und provisorisch beschriftete Cover, jedes Mal, wenn diese Seite nach oben zeigte. Seit zwanzig Minuten tat er das nun schon.

Ununterbrochen.

Katsu konnte irgendwie noch immer nicht ganz begreifen, was er hier in Händen hielt: Es war die Demo-CD von den Great Pretenders. Shiros alte Band.

Kijo hatte sie ihm am vorherigen Abend während ihres Treffens gegeben. Zuerst hatte Katsu sie nicht nehmen wollen; schließlich handelte es sich hierbei um ein Stück aus Shiros Vergangenheit und er glaubte, die CD sei bei Shiros Eltern oder Shigeki besser aufgehoben. Doch Kijo hatte ihm versichert, dass Shigeki sie ihm überlassen wollte. Eine Antwort auf Katsus Frage „Warum" hatte Kijo ihm jedoch nicht geben können.

Fünfundzwanzig Minuten.

Aus irgendeinem ihm selbst nicht bekannten Grund brachte er es nicht zustande, die CD in seinen Player einzulegen und abzuspielen. Wollte er das überhaupt? Er wusste ja, was sich darauf befand, hatte er sie sich vor Jahren doch schon bei Shiro angehört, nachdem er in dessen CD-Sammlung zufällig über sie gestolpert war. Und daher wusste er auch, dass sich unter den Aufnahmen eine befand, in welcher Shiro den Background-Gesang übernommen hatte. Er besaß somit ein Zeugnis von Shiros Stimme. Eine Stimme, die nie wieder in ihrer lebendigen Form erklingen würde.

Nach fast einer halben Stunde konnte Katsu erstmals seinen Blick von der CD lösen. Stattdessen sah er nun zum Fenster seines Zimmers hinaus, an welchem er es sich auf einem Stuhl gemütlich gemacht hatte.

Es war Abend und bereits dunkel, die bunten Lichter der Stadt markierten ihre Position. Er hatte heute unerwarteterweise sehr früh Feierabend bekommen und schon auf dem Heimweg hatte er an die CD denken müssen. Kaum zu Hause angekommen, hatte er nach ihr gegriffen und seit dem saß er hier.

Es war seltsam, etwas zu haben, was einmal Shiro gehört hatte. Während ihrer Freundschaft hatten sie sich nur sehr selten irgendwelche Geschenke gemacht, die materieller Art waren. Somit besaß Katsu generell kaum etwas von ihm. Eine CD von Joe Satriani hatte er von Shiro geschenkt bekommen und ein Mal hatte er ihm mit einem Satz neuer Saiten für seinen Bass ausgeholfen. Damit hatte es sich dann aber auch schon. Sie waren beide keine Anhänger davon gewesen, sich ständig zu jedem noch so kleinsten Anlass gegenseitig mit Geschenken zu überhäufen. Umso eigenartiger fühlte es sich nun an, im Nachhinein etwas von Shiro erhalten zu haben. Nachdem Dieser gestorben war.

Katsu wandte seinen Blick von der Außenwelt ab und warf ihn erneut auf das simple Cover mit der schwarzen Aufschrift. War es wirklich richtig, diese CD zu besitzen? Seine Gedanken schweiften zu dem Tag zurück, an dem sie ihm das erste Mal in die Hände gefallen war. Als er bei Shiro gewesen war und sie sich über ihre ersten Banderfahrungen ausgetauscht hatten. Alte Fotos durchwühlt und Erinnerungen wieder aufleben ließen. Doch es sollte nicht nur bei dem einen Tag bleiben. Geistig ging er nun jede Szene durch, die in der Vergangenheit irgendetwas mit Shiro zu tun gehabt hatte.

...die Sommerabende, die sie gemeinsam im Park in Hodogaya unter der alten Eiche genossen hatten...

...als Shiro ihm versucht hatte zu erklären, dass er in der Lage sei, die Töne von Fledermäusen zu hören...

...der ausufernde Streit zwischen ihnen, nach welchem er quer durch Yokohama geirrt und somit das erste Mal auf den Regenbogenbaum gestoßen war...

...die Tage, an denen er wegen Dauerstress in den Bands unter schlechter Laune litt und Shiro ihn stets versucht hatte aufzumuntern...

...das erste Mal, als Shiro ihn mit ins MAVERICK genommen hatte...

...das erste Mal, als Shiro ihn mit zu den Bandproben von FreaX genommen hatte...

...der erste Sex...

...der erste Kuss...

...der letzte Kuss...

Katsu konnte sich noch sehr genau an den letzten Kuss erinnern. An den Ersten und an den Letzten. Die Erinnerung an diese beiden Küsse waren ihm noch stärker im Gedächtnis als alle anderen Küsse, die sie darüber hinaus miteinander ausgetauscht hatten. Fast so, als stellten diese beiden Küsse klare Markierungen dar. Markierungen für eine ganz besondere Zeitspanne. Eine Zeitspanne, für die Katsu bis zum heutigen Tag noch immer keinen Namen gefunden hatte. Jeder hätte diese Zeit zwischen ihm und Shiro als „Beziehung" bezeichnet und sicherlich war es auch eine Art von Beziehung gewesen. Aber Katsu wehrte sich strikt dagegen, diesen Begriff zu verwenden. Er klang ihm zu gefestigt, zu manifestiert. Und er mochte sich nicht in manifestierten Zuständen befinden. Das engte ihn mental ein, glaubte er. Einzige Ausnahme hierbei waren Freundschaften. Diese bezogen für ihn den Stellenwert, den Liebesbeziehungen für andere Menschen hatten. Und wieder erschloss sich daraus ein Gedanke, den er in der Vergangenheit schon einmal gehabt hatte: Wodurch unterschied sich eine Liebesbeziehung von einer guten Freundschaft?

Katsu legte die CD beiseite und stützte sich mit den Unterarmen auf der Fensterbank ab, während er die Nacht auf der anderen Seite der Glasscheibe beobachtete. Sein Blick glitt dabei ziellos umher, bis er an einer herzförmigen Leuchtreklame hängen blieb.

Er hatte Shiro nie gesagt gehabt, dass er ihn liebte. Lediglich ein Mal hätte er es fast getan, und das auch mehr unfreiwillig als gewollt: Als sie miteinander Sex gehabt hatten, hatten ihn die Hormone mal wieder in den Wahnsinn getrieben. Und dabei wäre es ihm beinahe herausgerutscht, das klischeebehaftete und bei Pärchen doch so beliebte „Ich liebe dich". Er war haarscharf davor gewesen, Shiro diese Beichte entgegenzukeuchen. Aber er hatte sich dann doch noch irgendwie zurückhalten können und seinem Gestöhne keine Worte beigemischt. Somit hatte Shiro diese Worte auch nie von ihm zu hören bekommen. Und dabei hatte er ihn geliebt. Nein. Er liebte ihn noch immer.

In diese Erinnerungen und Gedanken vertieft, driftete Katsu schließlich unbemerkt in den Schlaf hinüber.

Der Junge trat ungeduldig von einem Bein aufs andere, während sein nervöser Blick alle paar Sekunden die Anzeigetafel passierte. Es geschah selten, dass ein Zug Verspätung hatte. Und wenn er sich die stetig zunehmende Anzahl von Menschen um sich herum so ansah, konnte er sich das bevorstehende Gruppenkuscheln im Zug schon lebhaft vorstellen. Katsu war genervt.

Der Grad der Genervtheit nahm jedoch noch zu, als endlich die ersehnte Bahn einfuhr. „Ein Kurzzug?", murmelte Katsu ungläubig. Hier standen inzwischen so viele Leute auf dem Bahnsteig und die schickten tatsächlich nur einen Kurzzug? Doch alles Murren nützte nichts, er wollte mit und so begab er sich, wie alle anderen Menschen auch, in das fahrbare Gefährt.

Zu seiner Überraschung stellte er im Inneren des Wagons fest, dass es gar nicht so voll geworden war, wie er befürchtet hatte. Es gab kein Drängeln und kein Quetschen und einige Sitzplätze waren sogar noch frei. Dennoch blieb Katsu stehen.

Während der Fahrt besah er sich die Landschaft. Sie war ihm gut vertraut, aber irgendwas war heute anders. Es fiel ihm zunächst gar nicht auf. Doch dann bemerkte er vereinzelte Gebäude, die irgendwie nicht ins Stadtbild passten: Es waren prunkvolle Pagoden, große und kleine. Die Dächer strahlten mit ihren Farben und ihrem Dachschmuck. Anfangs tauchten sie nur sehr vereinzelt auf, doch schon nach kurzer Zeit nahm ihre Anzahl zu und es wurden immer mehr. Katsu wunderte sich stark. Waren irgendwelche Filmarbeiten zugange und die Pagoden waren nur aufwendige Attrappen? Aber wie konnte man Diese mitten in der Stadt platzieren, als stünden sie schon ewig dort? Es war solch ein surreales Bild, als seien zwei Welten ineinandergewachsen.

„Sieht beeindruckend aus, was?"

Katsu stockte. Er kannte diese Stimme. Es war Shiros Stimme. Aber wie konnte das sein? Shiro war doch tot?! Nach dem ersten zögerlichen Moment wand Katsu seinen Kopf nun ruckartig in die Richtung, aus der er die Stimme vernommen hatte.

Nur ein paar Schritte von ihm entfernt stand Shiro und lächelte.

Katsu hielt den Atem an. *Wo war er hier?*

Shiro setzte sich langsam in Bewegung und trat auf Katsu zu. Als er direkt neben ihm zum stehen kam, neigte er den Kopf abwärts und berührte mit seiner Stirn in tiefer Demut die Schulter Katsus.

Für Katsu hatte es den Anschein, als würde Shiro ihn stumm nach Erlaubnis fragen, ob er ihm näher kommen dürfte. Er musste gar nicht erst überlegen und legte Shiro sofort eine Hand in den Nacken. Natürlich durfte er ihm näher kommen! Nie könnte er ihm so etwas verwehren... Es war ein unbeschreibliches Glücksgefühl, welches sich daraufhin in Katsu ausbreitete. Es fühlte sich so gut an, ihn nach so langer Zeit wieder berühren zu können...!

Sie standen einfach so da, ohne dass jemand ein Wort sprach. Und doch war die Botschaft, die in der Luft hing, unmissverständlich: Verzeihung.

Irgendwann, das Gefühl von Raum und Zeit schien für Katsu aufgehoben zu sein, hob Shiro seinen Kopf und sah ihn wieder lächelnd an.

Dabei fiel Katsu nun erst so richtig auf, wie unheimlich glücklich sein Gegenüber aussah. Er schien regelrecht von innen heraus zu strahlen! Katsu konnte sich nicht daran erinnern, ihn jemals so glücklich gesehen zu haben.

„Komm, ich zeig dir was." Und mit diesen Worten ergriff Shiro Katsus Hand und führte ihn mit sich.

Sie waren nicht mehr im Zug. Seit wann, wusste Katsu nicht. Er hatte den Wechsel der Location nicht bewusst mitbekommen. Wie in einem Traum, wo man sich plötzlich von hier auf jetzt in einer ganz anderen Szene wiederfand. Nun jedenfalls gingen sie einen Weg entlang, der auf ein kleines, sechzehneckiges Häuschen zusteuerte. Es erinnerte irgendwie an ein Gartenhäuschen und Katsu wunderte sich, was Shiro ihm da nur zeigen wollte. Doch der Schein sollte trügen: Denn kaum waren beide Jungen durch das kleine Türchen getreten, fanden sie sich in einem riesigen, zweistöckigen Raum wieder. Meterhohe Wandregale und jedes einzelne davon war voll mit Büchern – Katsu fühlte sich wie in einer großen Bibliothek. Überall wuselten Menschen herum, nahmen sich Bücher aus den Regalen, schlugen etwas nach, manche machten sich Notizen.

Shiro, der Katsu noch immer an der Hand hielt, führte ihn eine Wendeltreppe hinab, wodurch sie in die untere Etage gelangten.

Katsu war überwältigt vom Innenleben des vermeintlichen Gartenhäuschens. Mit großen Augen sah er sich um, während er sich von Shiro bedingungslos leiten ließ. Es kam ihm vor wie ein fantastischer Film, aber es fühlte sich realer an. Generell fühlte sich alles sehr real an. Die Geräusche, die er vernahm, waren nicht besonders laut, aber er schien plötzlich Frequenzen wahrnehmen zu können, die sein Gehör zuvor nie verarbeiten konnte. Somit fühlte sich das Hören umfangreicher an als sonst, regelrecht dimensionsreicher. Auch sein Sehsinn funktionierte ungewöhnlich gut, besser als er es je erlebt hatte. Als wären seine Augen im Stande, mehr als die gewöhnlichen hundert Prozent Sehkraft aufzubringen.

Noch während Katsu über das Ausmaß seiner Wahrnehmung staunte, hielt Shiro plötzlich an.

Sie standen vor einem gewaltig großen, aufgeschlagenen Buch, welches von einer Art Podest getragen wurde. Katsus Staunen nahm kein Ende: Noch nie in seinem Leben hatte er ein solch großes Buch gesehen. Die Anzahl der Seiten schien unendlich zu sein!

Shiro hielt seinen Zeigefinger dicht über eine bestimmte Passage auf einer der aufgeschlagenen Seiten, ohne dass die Kuppe das Papier berührte. Seine andere Hand umschloss nach wie vor Katsus Hand.

Katsu beugte sich ein Stück nach vorn und begann zu lesen. Seine Augen weiteten sich...................

Mit einem lauten Keuchen riss Katsu die Augen auf! Fast wäre er vom Stuhl gefallen, so heftig ging der Ruck des Aufwachens durch seinen Körper. Orientierungslos huschte sein Blick durch den dunklen Raum, dessen Einrichtung er nur schemenhaft erkennen konnte. Sein Herz raste und sein Körper war schweißnass; es brauchte einige Momente, bis er begriff, dass er sich in seinem eigenen Zimmer befand. Doch die wiedergefundene Orientierung ließ ihn nicht zur Ruhe kommen. Die soeben erlebten Bilder, die *Gefühle* aus diesem Traum, der noch zum greifen nah in der Luft zu hängen schien, hallten mit jedem Pulsschlag in ihm wider.

Heiße Tränen rannen ihm über das Gesicht.

32. hunch

Es klang einfach nicht gut. Egal, in welcher Reihenfolge er seine Finger die Tasten herunterdrücken ließ und was für unterschiedliche Melodien daraus resultierten, es klang einfach nicht gut. Resigniert ließ Shigeki die Schultern hängen und griff nach dem Blatt Papier, das an der Notenblatthalterung des Flügels lehnte. Immer wieder las er den einzigen Satz, der mit Bleistift und in einer flüchtigen Handschrift darauf niedergeschrieben stand:

'*A desperate scream from a voiceless angel*'.

Es war eine Notiz von Shiro. Irgendeine Idee, die er einmal gehabt haben musste und spontan vermerkt hatte. Vermutlich zu einem Lied. Doch es existierten keine weiteren Hinweise darauf, was genau Shiro mit dieser einzelnen Textzeile geplant haben könnte. Keine einzige Note war auf dem Blatt notiert worden, kein Akkord - rein gar nichts.

Shigeki hatte den Zettel inmitten eines Stapels aus etlichen Papieren gefunden, der auf Shiros Schreibtisch gelegen hatte, als dessen Eltern mit seiner Hilfe die Wohnung des verstorbenen Sohnes und Freundes ausgeräumt hatten. Diverse Unterlagen, die Shiro im Rahmen der Band bearbeitet hatte, hatten sie ihm bereits vor Ort überlassen. Aber auch eine ganze Reihe an Zeichnungen, fertige wie unfertige, durfte Shigeki wie selbstverständlich behalten. Letztere hatte er jedoch bis heute kaum angerührt. Nicht aufgrund der Menge oder des Zeitmangels. Er brachte es einfach noch nicht über sich, diese ganzen Arbeiten, in denen Shiro ebenso viel Herzblut wie in die Musik gesteckt hatte, näher zu betrachten. Im Moment vermied er es sogar, die Cover-Zeichnungen ihrer CDs anzusehen. Es war einfach zu schmerzhaft für ihn.

Und doch saß er bereits seit Stunden hier im Proberaum am Flügel und überlegte sich, was Shiro mit dieser einen Zeile nur vorgehabt haben könnte. Denn obwohl die einzelnen Buchstaben so lieblos dahingeschmiert erschienen – und er kannte Shiros Handschrift gut genug um daraus lesen zu können, in welchem Zustand er sich zum jeweiligen Zeitpunkt befunden hatte – wollte er diese Notiz nicht einfach untergehen lassen. Er wollte sie davor bewahren, wieder in irgendeinem Stapel abtauchen zu müssen und womöglich noch vergessen zu werden. Nein, er wollte dieser Zeile seine Aufmerksamkeit schenken, ihr eine Chance geben. Eine Chance der Ausarbeitung, des Weiterlebens. Warum ihm so viel daran lag? Shigeki wusste es selbst nicht so genau, aber irgendwie fühlte er sich zu dieser Zeile hingezogen. Irgendwie fühlte er sich...wie ein Engel ohne Stimme aber voller Verzweiflung. Diese Worte schienen seinen aktuellen Gemütszustand widerzuspiegeln.

„Was hast du denn damit noch vor?", erklang plötzlich eine vertraute Stimme hinter ihm, während sich im selben Moment eine Hand auf seine Schulter niederlegte. Shigeki wand sich um und sah in das friedfertige Gesicht Kijos. Richtig, sie waren ja zu zweit in den Proberaum gekommen. Kijo hatte irgendwelchen Papierkram erledigen wollen, wovon sich Teile im Proberaum befanden, und er selbst war hierher gekommen um zu spielen...

Shigeki senkte den Blick abermals auf das Blatt Papier. „Ich weiß nicht", begann er zögerlich, „ich dachte, ich kann noch was retten..." Doch seine Augen verrieten zunehmende Zweifel und seine Stimme glich sich diesem Zustand an. Schließlich ließ er den Kopf noch tiefer sinken, während er ihn langsam schüttelte. „Aber es funktioniert einfach nicht mehr..." Seine Worte waren kaum mehr als ein Flüstern. Er hatte das Gefühl, so wie die Ideen seinen Geist verließen, verließ nun auch die Energie seinen Körper. Seine Glieder fühlten sich träge und schwer an und das Halten des Zettels zwischen seinen Fingern kam ihm von Sekunde zu Sekunde kräftezehrender vor. Daher erschien ihm inmitten dieser emotionalen Tristesse das aufmunternde Kraulen seiner Schulter durch Kijos Hand schon fast surreal. Er wollte etwas sagen. Doch er zögerte. Starrte noch einige Sekunden lang das weiße Blatt Papier an, bevor er sich zu einem erneuten Blickkontakt mit dem Gitarristen durchringen konnte. „Warum machst du eigentlich nicht was eigenes?", sprach Shigeki endlich seine Gedanken aus. „Genügend Potential hast du doch."

Der Angesprochene schien von diesem Vorschlag noch nicht einmal wirklich überrascht zu sein. Er erwiderte den Blick mit gelassener Miene. „Weil mir an FreaX genauso viel liegt wie dir." Seine Antwort kam ohne zögern und ohne blinzeln aus.

Shigekis Blick war nachdenklich und verließ Kijos Gesicht wieder, glitt jedoch nicht zum wiederholten Male auf den Zettel zurück, sondern verlor sich irgendwo auf dem Boden. „Aber vielleicht *sollte* jeder von uns erst einmal seinen eigenen Weg gehen..." Die Lautstärke und Tonlage seiner Stimme konnte leicht den Verdacht erwecken, er spräche mit sich selbst.

Nun geriet die kraulende Hand ins Stocken. „Soll das heißen,...du willst uns loswerden?" In Kijos Stimme lag auf einmal Unsicherheit und Irritation.

Shigeki seufzte leise. „Ich will keinen von euch loswerden, aber ich...", er sah ihn wieder an, „ich kann im Moment einfach nicht mehr an FreaX arbeiten." Seine Augen waren entschuldigend und verzweifelt zugleich. „Es geht einfach nicht, ich habe derzeitig keine Kraft mehr für die Band. Mein Kopf ist so leer und taub – ich krieg' nichts mehr zustande, was ich euch für eine gemeinsame Arbeit noch vorlegen könnte."

Diese Beichte schien Kijo sichtlich mitzunehmen und er ließ sich auf der schmalen Bank neben Shigeki nieder. Schwieg zunächst, während er vor sich auf den Flügel starrte.

Shigeki beobachtete ihn vorsichtig von der Seite. „Ich habe es wirklich versucht...bitte glaube mir das...", sprach er im Flüsterton. Als er darauf jedoch keinerlei Reaktionen erhielt, wuchs seine Unsicherheit rasch an. „Du hast doch gesagt, ihr steht hinter mir, egal wofür ich mich entscheide..." Seine Stimme glich inzwischen der eines schüchternen Kindes. Es irritierte ihn zunehmend, dass Kijo nicht auf seine Worte reagierte und statt dessen eine 1A Statue abgab.

Schließlich fand das Leben aber doch noch in den Gitarristen zurück und nun war zum ersten Mal er es, der den Kopf niedergeschlagen senkte. „Natürlich habe ich das gesagt", erwiderte er Shigekis Worte. „Trotzdem hatte ich noch Hoffnungen gehabt, dass du das Ruder herumgerissen bekommst und wir weiter machen..." Kijo klang in keinster Weise vorwurfsvoll – nur traurig.

Shigekis Blick glitt nun von Kijo hinüber zu den Tasten. „Tut mir Leid", brachte er noch hauchend über die Lippen, bevor ihm der Kloß im Hals die Sprache endgültig verwehrte. Er wusste, was für eine Verantwortung er mit dieser Entscheidung, FreaX zumindest zeitweilig auf Eis zu legen, einging: Der bisherige Schutz der Band war für sie fortan nicht mehr gegeben und jeder von ihnen müsste wieder von Neuem anfangen zu lernen, auf eigenen Füßen zu stehen. Das war ein massiver Umbruch - nach jahrelangen, gemeinsamen Kämpfen, die Ziele der Gruppe durchzusetzen.

Shigeki legte einen Arm um die Schultern des Freundes, woraufhin Kijo seinen Kopf auf dessen Schulter sinken ließ.

Katsu saß im Schneidersitz auf der Couch in Akis Wohnung. In den Händen hielt er einen Becher Kaffee. Und diesen Kaffee starrte er bereits seit einer Viertelstunde lang an, ohne auch nur ein Mal davon aufzusehen. Katsu versuchte, Aki seinen Traum von letzter Nacht zu erzählen. Drei Anläufe hatte er schon gemacht und jedes Mal dann doch wieder abgebrochen. Es gelang ihm einfach nicht, die richtigen Worte zu finden um das zu beschreiben, was er erlebt, was er empfunden hatte. Erschwerend kam noch hinzu, dass er das Gefühl hatte, sich nicht mehr an alles lückenlos erinnern zu können.

Aki saß dabei die ganze Zeit geduldig neben ihm.

Irgendwann drehte Katsu seinen Kopf zur Seite und sah die Freundin an. „Glaubst du mir eigentlich?" In seiner Stimme lag Unsicherheit.

Aki, die ihren Kopf zuletzt in der Hand gestützt hielt, hob diesen nun und blickte ihn an. „Das einzige, was du mir bisher erzählt hast, ist, dass du in einen Zug eingestiegen bist und Shiro auftauchte. Was sollte ich dir an so einem Traum nicht glauben?"

Akis Worte bestätigten Katsus Vermutung: Sie hielt sein nächtliches Erlebnis für einen bloßen Traum. Aber da war noch mehr...! Er spürte das. Es war kein einfacher Traum gewesen, in welchem das Gehirn das Tagesgeschehen verarbeitet oder seinen Wunsch, Shiro würde noch leben, simuliert hatte. Da war noch mehr...er konnte es nur nicht definieren. Zögerlich wand er sein Gesicht wieder ab.

Aki schien zu ahnen, dass Katsu sich eine andere Antwort erwünscht hatte, denn sie legte ihm eine Hand auf die Schulter und beugte sich ihm ein Stück entgegen. „Hey...", sprach sie sanft, „auch wenn ich nicht weiß, was du mir sagen möchtest, steh ich trotzdem hinter dir."

Katsu wusste das und war ihr dafür sehr dankbar. Auch wenn er das nicht sagte und statt dessen wieder nur in die unergründlichen Tiefen seines Bechers starrte.

„Hast du Nougat-Croissants?", hörte er sich nach einiger Zeit des Schweigens plötzlich selbst fragen. Er wusste nicht, warum ihm diese Frage in den Sinn kam; ihm war einfach danach.

Aki blinzelte etwas perplex; mit solch einem Themenwechsel hatte sie nicht gerechnet. „Uhm...nein", erwiderte sie nach der ersten Irritation. „Aber ich kann welche kaufen, wenn du möchtest." Sie stand bereits auf.

„Das wäre jetzt schön", nuschelte er und seine Stimme hatte etwas Abwesendes.

Daraufhin ging Aki in den Flur, zog sich ihre Schuhe an und nahm eine dünne Jacke vom Garderobenhaken. „Dann bis gleich", sagte sie, als sie ihre eigene Wohnung verließ.

Katsu saß nach wie vor auf dem Sofa, hatte ihr nicht hinterhergeschaut, als sie gegangen war und auch nichts auf ihre Worte erwidert. Er wusste, dass Aki im Moment alles in ihrer Macht Stehende tat, um ihm in seiner Situation, Shiros Tod zu verarbeiten, zu helfen. Und doch war er gerade froh darüber, einen Moment der Ruhe zu haben und sich in ihrer statt in der eigenen Wohnung zu befinden. Er musste nachdenken, über seinen Traum, über seine Gefühle und darüber, wie er Aki all das nahebringen konnte. Wenigstens ein Stück. Wäre er jetzt in seinen eigenen vier Wänden, würde er sich in dieser Situation schnell von selbigen erdrückt fühlen. Aber Wohnungen von Freunden hatten eine andere Wirkung auf ihn. Seine Gedanken schienen sich in ihnen freier bewegen zu können.

Was war das nun eigentlich gewesen? Dieser Traum... -
Katsu schüttelte den Kopf. Irgendetwas in ihm drin weigerte
sich zunehmend, dieses Erlebnis als Traum zu bezeichnen. Es
war vielmehr wie ein real wahrgenommenes Ereignis gewesen...fast schon *zu* real weil so fantastisch. Er hatte sich in seinem ganzen Leben nie mit Religion, Esoterik oder spirituellen
Dingen beschäftigt, geschweige denn, dass es ihn überhaupt interessiert hätte. Doch nun begann er, diese Punkte zu überdenken. Natürlich fragte er sich nicht zum ersten Mal, was nach
dem Tod eines Menschen kam. Aber die Möglichkeiten waren
für ihn gedanklich bisher genauso ungreifbar gewesen, wie für
viele andere Menschen auch. Bis jetzt. Denn die letzte Nacht
schien ihm eine Möglichkeit aufgezeigt zu haben. Es ärgerte
ihn nur, dass er sich nicht mehr an alles erinnern konnte...! Katsu schloss die Augen. Da war die Zugverspätung, die Pagoden,
Shiro tauchte auf...sie waren irgendwohin gegangen......aber
dann verblasste alles. Ein Teil war in seiner Erinnerung einfach
nicht mehr abrufbar. Als hätte man ihn sprichwörtlich ausra-
diert.

Katsu murrte unzufrieden und nahm einen Schluck Kaffee.

Es hatte sich gut angefühlt, Shiro in dieser Traumebene begegnet zu sein...wo oder was immer das nun auch gewesen war.
Es war ein tiefergreifendes Gefühl gewesen, ihn nach den Jahren der Trennung und des Streites wieder so nah gespürt zu haben. Und das ohne Groll und ohne Vorwurf... Es waren keinerlei negativer Gefühle vorhanden gewesen. In diesen Momenten, wo er ihn vor sich stehen gehabt hatte, wo Shiro seine
Hand gegriffen hatte, hatte er nur Positives empfunden......hatte
er Liebe empfunden...

Katsu blickte auf.

Er konnte es nicht mehr leugnen, es war tatsächlich Liebe
gewesen. Auch wenn er dieses Wort nicht oft verwendete, auch
wenn er es oft als unbrauchbar empfand weil es ihm zu kli-
scheehaft erschien, war sein Empfinden letzte Nacht Liebe gewesen. Liebe in einer Intensität, wie er sie bisher nicht gekannt
hatte.

33. Thorax without a heart

Schweigend saßen sie – Kijo, Kiri und Junichi – an der Bar des MAVERICK und hielten ihr jeweiliges Glas in der Hand, drehten es auf dem Tresen oder tranken daraus. Der Trubel um sie herum schien sie nicht zu erreichen; als würde eine unsichtbare Kuppel die Drei vor all dem abschirmen. Lange Zeit sagte niemand von ihnen auch nur ein Wort. Bis Kijo diesen Zustand brach.

„Vielleicht sollten wir ohne ihn weitermachen."

Kiri wand seinen Kopf ansatzweise in Kijos Richtung, jedoch nicht weit genug, um ihn ansehen zu können. „Du meinst...nur wir drei?"

Kijo hielt sich sein Glas vor das Gesicht und besah sich die goldbraune Flüssigkeit. Doch als er gerade etwas auf Kiris Frage erwidern wollte, wurde er von Junichi geschnitten.

„Das wäre nicht das Selbe." Junichi verzog keine Miene und starrte unentwegt vor sich auf die Tresenfläche.

Kijo sah aus den Augenwinkeln in seine Richtung. „Natürlich wäre es nicht mehr das Selbe, aber es wäre eine Alternative." Er schwieg für einen Moment. „Es wird nie mehr das Selbe sein können ohne Shiro."

Daraufhin setzte wieder allgemeines Schweigen ein.

Kijo beäugte seinen Whiskey mit einer Aufmerksamkeit, als suche er die Antwort auf all ihre Probleme in diesem Liquid.

„...vielleicht braucht Shigeki nur einfach noch etwas mehr Zeit und wir könnten dann zusammen weiter machen", erklang irgendwann Kiris Stimme beinahe zaghaft.

Ein minimales Zucken machte sich in Kijos Mundwinkel bemerkbar. „Shigeki ist derzeitig am Boden zerstört; ich glaube nicht, dass er sich so schnell wieder erholt."

Junichi sah an Kiri vorbei zu Kijo hinüber. „Das ist ja wohl auch kein Wunder; die Zwei waren beste Freunde."

Kijo erwiderte den Blick. Er glaubte, in Junichis Stimme einen bissigen Unterton vernommen zu haben. „Ich hab auch nichts anderes behauptet." Seine Augen fixierten ihn.

Kiri, der sich zwischen den beiden befand, sah von einem zum anderen. Irgendwie hatte er das Gefühl, es würden gerade Spannungen entstehen. Darum versuchte er, die Situation zu entschärfen. „Wir könnten auch was komplett Neues aufbauen, mit anderen zusammen."

Doch seine Bemühungen erzielten bei Junichi ein komplett gegenteiliges Ergebnis. „Glaubt ihr, ihr könnt Shiro und Shigeki einfach so ersetzen?" Nun war seine Stimme nicht nur von einem bissigen Unterton geprägt; er klang regelrecht wütend.

Dadurch richteten sich nun zwei Augenpaare auf ihn.

„Was regst du dich so auf?", wollte Kijo wissen. „Hier will niemand irgendwen ersetzen. Wir suchen nur nach einem Weg, wie es für uns weitergehen kann."

Junichi wand den Blick von ihnen ab und betrachtete sich wiederholt den Tresen. „FreaX ist tot, genauso wie Shiro..."

Kijos Augen blieben an dem Freund und Kollegen haften. „Und was heißt das für dich?" Er zwang sich selbst zur Ruhe denn ein Streit würde im Moment für niemanden von ihnen von Nutzen sein.

Junichi saß ganz ruhig da. Rührte sich kein Stück. Auf seine Antwort ließ er einige Momente lang warten. „Das heißt für mich, dass wir uns zu Herzen nehmen sollten, was Shigeki gesagt hat: Dass jeder von uns was eigenes machen sollte."

Für Kijo waren diese Worte wie ein mächtiger Faustschlag in die Magengrube. Er bemühte sich mit allen Mitteln, den Rest von FreaX zusammenzuhalten, und dann erhielt er eine so vernichtende Resonanz. In diesem Moment begriff er, dass sie in unterschiedliche Richtungen dachten.

Auch Kiris Augen hatten sich etwas geweitet, als er die Worte Junichis vernahm. Zuvor war er noch davon überzeugt gewesen, dass sie einen gemeinsamen Weg finden würden. Doch die Ansicht des sonst so zurückhaltenden Gitarristen hatte etwas so vernichtendes, dass er den angestrebten gemeinsamen Weg vor sich hinsiechen sah.

„Du willst FreaX also wirklich im Stich lassen?", hakte Kijo noch einmal nach. Seine Stimme war angespannt.

„FreaX besteht nur noch aus uns dreien!", platzte es unerwartet aus Junichi heraus. „Und auch wenn du von Shiro den Papierkram vererbt bekommen haben magst, waren Shigeki und Shiro stets der Antrieb gewesen für alles, was wir gemacht haben!" Seine Lautstärke hatte einen Pegel erreicht der bewirkte, dass sich vereinzelte Gäste nach ihm umsahen. „Wir drei waren stets die untere Ebene, aber ohne Antrieb ist diese nutzlos! *Wir* sind nutzlos!" Junichi ließ sich von seinem Barhocker gleiten, trank den Inhalt seines Glases in einem Zug aus und stapfte aus der Kneipe, ohne seinen Kollegen auch nur noch eines Blickes zu würdigen.

Kijo und Kiri sahen ihm fassungslos hinterher.

Kijo wand sich kurz darauf wieder dem Tresen zu und stützte sich verzweifelt stöhnend den Kopf. Die Dinge schienen aus dem Ruder zu laufen. Mehr, als er es je für möglich gehalten hatte. Er hatte immer geglaubt, Junichi zu kennen. Er hatte immer geglaubt, sie würden beide am selben Strang ziehen. Doch dem war nun wohl doch nicht so. Frustriert griff er zum Glas und trank seinen Whiskey.

Kiri warf ihm einen verzweifelten Blick zu. Ihm war deutlich anzusehen, wie hilflos er sich gerade fühlte. Er hätte gerne etwas gesagt, doch er wusste nicht was. Angst stieg in ihm auf, Angst davor, es löse sich alles vor seinen Augen auf und er stünde nur daneben und könne nichts tun. Es nicht verhindern. Und schließlich alleine zurückbleiben. Plötzlich wurde ihm bewusst, welche Position er bei FreaX stets gehabt hatte: Die des Solisten. Zwischen Shigeki und Shiro hatte immer eine enge Verbindung bestanden, eine solche gab es – mehr oder weniger – auch zwischen Kijo und Junichi. Nur er selbst hatte zu niemandem in der Band je die Beziehung gehabt, welche die Anderen untereinander teilten. Er war quasi das berühmte fünfte Rad am Wagen.

Kiri wurde aus seinen Gedanken gerissen als er registrierte, dass Kijo aufstand und Geld auf den Tresen legte. Seine Bezahlung, vielleicht auch die für Junichi. „Wo gehst du hin?", fragte er sogleich, fast schon ein wenig panisch.

„Ich brauch 'ne Auszeit", murrte Kijo und verließ nun ebenfalls das MAVERICK. Wie zuvor schon Junichi schaute auch er sich nicht um.

Kiri blieb allein zurück. Allein in der Kneipe, in der sich FreaX einst gegründet hatten.

Sie hatten noch so viel vorgehabt... Dieser Gedanke ging Shigeki immer wieder durch den Kopf, während er sich die Ansammlung von CDs, Demos und Schriftstücken besah, die ihre bisherigen und geplanten Veröffentlichungen umfassten und auf dem großen Tisch in seinem Wohnzimmer verteilt lagen: Die 'VAGABOND'-Single, deren Fertigstellung so viel Zeit in Anspruch genommen hatte...ihr Debüt-Album 'Xclamation' mit dem von Shiro so aufwendig gezeichneten Cover...das Demo zu 'Violet Violence', eine der ersten Aufnahmen, die er mit Shiro für FreaX gemacht hatte...die 'ClimaX'-Single, deren Cover nur haarscharf an einer Zensur vorbeigeschrammt war... Sie hatten noch so viel vorgehabt...

Es hatte bereits Pläne für das dritte Album gegeben. Sie hatten schon bestimmt ein Dutzend Demos dafür aufgenommen gehabt... Sie hatten so viele Ideen gehabt, er und Shiro, beinahe noch mehr als für das Vorgängeralbum. Fast täglich hatten sie im Proberaum oder im Studio gesessen, über Songs geredet und die verschiedensten Dinge ausprobiert... Sie hatten vor Ideen nur so gesprüht und die Möglichkeiten schienen unendlich!

...und dann wurde Shiro krank...

Er verspürte immer noch einen Stich im Herzen, wenn er an den Moment zurückdachte, als Shiro ihm seine Diagnose beichtete. Es war ihm nicht leicht gefallen, das hatte er ihm angesehen, und wahrscheinlich hätte er ihm am liebsten alles verschwiegen. Um ihn nicht zu beunruhigen. Es wäre so typisch Shiro gewesen...

Tränen stiegen ihm auf.

Er berührte mit den Fingerspitzen ein etwas angeknicktes Blatt Papier, auf welchem Shiro eine Akkordfolge und zwei kurze Textzeilen niedergeschrieben hatte; ein Teil eines nie entstandenen Songs.

Sie hatten noch so viel vorgehabt...

Bei der Beerdigung hatte er kein einziges Mal die Urne ansehen können. Die Vorstellung, dass darin Shiros Asche lag, war ihm zutiefst zuwider gewesen. Auch das Grab hatte er seither kein weiteres Mal besucht. Es erschien ihm sinnlos, das Grab besuchen zu wollen. Shiro würde davon auch nicht wieder lebendig werden. Fernseher und Zeitungen waren seither auch tabu für ihn geworden – er ertrug es einfach nicht, Fotos oder gar Aufnahmen von Shiro zu sehen. Er war sich sicher, dass die Presse eh nur das jüngste Bildmaterial verwenden würde und auf diesem sah man Shiro seine Krankheit schon deutlich an. Shigeki hatte Shiro bis zu seinem Tod regelmäßig gesehen, er wusste, wie dessen Krankheit aussah! Seine Erinnerungen schweiften zu dem Tag, als er Shiro das letzte Mal gesehen hatte; im Krankenhaus, einen Tag bevor er starb. Er hatte so schwach und zerbrechlich ausgesehen, sein Gesicht war so erschreckend gealtert... Shiro war nur 27 Jahre alt geworden, doch seine Augen sahen in den letzten Tagen seines Lebens aus wie die eines alten Mannes. Und dennoch: Am letzten Tag, als er ihn im Krankenhaus besucht hatte, hatte Shiro ein seltsames aber weiches Lächeln auf den Lippen gehabt. Die ganze Zeit, in der er bei ihm war. Es war nicht zu vergleichen mit Euphorie oder neu aufkeimender Lebensfreude; es wirkte eher etwas abwesend...zufrieden. Kurz bevor Shigeki am nächsten Tag ins Krankenhaus wollte, erhielt er den Anruf, dass Shiro gestorben war. Im Nachhinein war Shigeki sich sicher, dass Shiro an dem Tag gewusst hatte, dass sie sich zum letzten Mal sehen würden.

Tränen liefen ihm über die Wangen.

Verdammt, sie hatten noch so viel vorgehabt!

Er schlug die Hände vors Gesicht, aber dort blieben sie nicht lange; sie fuhren hoch und die Finger glitten in die Haare, wo sie sich anschließend fest verankerten. Zunächst weinte er gepresst, doch schon nach wenigen Schluchzern wurden selbige immer lauter und klangvoller. Die Atmung ging schneller, kam stoßweise und er war auf gutem Wege zu hyperventilieren. Schließlich wurde aus dem Weinen Schreien. Er schrie seine Verzweiflung aus tiefster Seele hinaus, ungeachtet dessen, ob ihn irgendjemand hörte. Er schrie und schrie und spürte, wie seine Kopfhaut kribbelte. Es war nicht fair, es war absolut nicht fair! Warum musste das jetzt passiert sein, warum nicht erst in zwanzig oder dreißig Jahren?! Warum gerade jetzt, wo sie an der Spitze ihres bisherigen Erfolges standen und es vielleicht sogar noch höher hinaus geschafft hätten? *Warum jetzt?* Sie hatten ihren Traum erreicht – aber das hieß doch nicht, dass deswegen gleich alles vorbei sein musste! Sie hatten so lange darauf hingearbeitet und letztenendes nur so wenig davon gehabt! *Das war absolut nicht fair!!*

Der Schwindel brach über Shigeki ein und sein Körper verlor die Orientierung. Hatte er bis eben noch auf dem Sofa gesessen, kippte er nun zunächst zur Seite, um im Anschluss daran gänzlich vom Sitzpolster gen Boden zu rutschen. Er sah nichts mehr, egal ob er die Augen offen oder geschlossen hatte. Er spürte nur noch das schwindelige, taube Gefühl, welches seinen ganzen Körper eingenommen hatte – und das imaginär klaffende Loch in seiner Brust, in welcher einmal sein Herz geschlagen hatte. Dieses musste ihm irgendjemand herausgerissen haben, an dem Tag, als Shiro gestorben war. Er fühlte sich mit dieser Wunde nicht mehr ganz, nicht mehr lebensfähig. Etwas Elementares fehlte ihm und ohne dieses konnte er nicht weiter machen. Nicht mehr vorangehen. Nicht mehr essen, nicht mehr atmen.

Am Rande seines Wahns nahm er wahr, wie seine Hände krampften. Er hatte sie nicht mehr unter Kontrolle. Sein Körper lag zusammengekauert auf dem Boden, während seine Finger grotesk versteift seinen Kopf hielten. Dieser würde nämlich jeden Moment explodieren, da war sich Shigeki sicher. Bevor dies jedoch geschah, legte sich die Decke der Bewusstlosigkeit über ihn.

34. Pictures of you

Es war ein warmer, sonniger Tag, der Frühling war vorangeschritten und Katsu ging durch eine ruhige Wohngegend spazieren. Seit Shiros Tod ging er in seiner Freizeit sehr oft spazieren, meistens alleine. Der Stress seines Arbeitsalltags fiel dabei
immer schnell von ihm ab und er hatte das Gefühl, seine Gedanken könnten besser fließen, wenn er sich bewegte.

Seit dem einen Mal vor ein paar Tagen, als er versucht hatte, Aki seinen Traum zu beschreiben, hatte er es kein weiteres
Mal probiert. Es war ihm nicht ansatzweise gelungen, der
Freundin das näher zu bringen, was er erlebt hatte, so war zumindest sein Eindruck. Daher hatte er beschlossen, das Thema
zwischen ihnen erst einmal ruhen zu lassen. So lange, bis er
vielleicht bessere Worte oder Umschreibungen gefunden hatte
um das zu dokumentieren, was ihn in dieser einen Nacht so tief
berührt hatte. Kurz hatte er noch mit dem Gedanken gespielt
gehabt, Kijo von alledem zu erzählen. Doch diesen Plan hatte
er auch schnell wieder verworfen; warum sollten ihm die Worte
bei Kijo leichter über die Lippen kommen als bei Aki?

Katsu legte während des Gehens den Kopf in den Nacken
und sah in den blauen Himmel, an welchem vereinzelte Schlei-
erwolken vorüberzogen. Er hatte immer geglaubt, er sei der
Einzige, der verletzt und enttäuscht werden könnte. Wie naiv
dieser Gedanke doch war. Denn inzwischen ahnte er, dass er
selbst in der Vergangenheit auch verletzt und enttäuscht hatte.
Er war nicht nur das Opfer, als welches er sich lange Zeit empfand – er war ebenso auch der Täter. Seine Gedanken schweiften unmittelbar zu dem ausufernsten Streit, den er mit Shiro gehabt hatte. Es war der Tag gewesen, als trial'n'error ihn gefeuert
hatten. Als er Shiro davon erzählt hatte, hatte dieser mit einem
Faustschlag geantwortet. Aber es war auch noch eine andere
Reaktion von ihm gekommen: Er hatte geweint. Es war das
erste und auch einzige Mal gewesen, dass er Shiro weinen gesehen hatte. Und das war nun wirklich nichts, worauf er stolz

war. Denn der Anblick hatte seine Seele zum bluten gebracht und auch heute tat es noch weh, an dieses Bild zurückzudenken. Er hatte nie verstanden, weshalb Shiro in dem Moment so extrem reagiert hatte. Wieso er ihm nicht einfach nur an den Kopf geworfen hat, dass er an dem Rausschmiss selbst Schuld sei und es darauf beließ. Statt dessen hatte Shiro ihn behandelt, als hätte er ihn angegriffen oder beleidigt. Etwas an dieser Szene musste ihn persönlich getroffen haben, aber Katsu konnte sich nicht erklären was.

Ein Rascheln erregte seine Aufmerksamkeit. Er blickte hinab auf den Gehweg und entdeckte ein Blatt Papier unter seinem Schuh. Neugierig trat er von dem Papier herunter und hob es auf. Es war ein handgeschriebener und kopierter Flyer, auf welchem jemand verkündete, dass er noch einen Gitarristen für eine Bandgründung suchte. Katsu sah von den Kanji auf, ohne den Kopf zu bewegen, und ließ seinen Blick flüchtig über die vertraute Gegend schweifen. Es war ungewöhnlich, in diesem Wohnviertel überhaupt auf irgendeine Art von Werbung zu treffen. Normalerweise stieß man in der Stadt auf solche und zahlreiche andere Flyer. Seine Augen musterten erneut den Aufruf. Der Schrift nach zu urteilen schien sein Verfasser noch recht jung zu sein, vermutlich gerade mal im Teenager-Alter. Katsu musste grinsen. Wahrscheinlich verbarg sich hinter dem Autor ein Jungspund, der sich in den Kopf gesetzt hatte, Rockmusiker zu werden. Blutig und unerfahren. Es erinnerte ihn so massiv an ihn selbst und das Grinsen wurde immer breiter. Aber gleichzeitig schlich sich auch etwas Wehmut bei ihm ein denn es hielt ihm vor Augen, dass er selbst schon lange nicht mehr mit anderen zusammen gespielt hatte. Er stand vom Bandleben schon eine ganze Weile lang abseits. Und er konnte nicht leugnen, es zu vermissen. Katsus Gedanken drifteten zu seinem Treffen mit Kijo und seiner anschließenden Solo-Jamsession bei sich zu Hause. Er würde gerne mal wieder gemeinsam mit anderen spielen. Einfach nur so, aus Spaß...

Aber dafür fehlte ihm im Moment die Zeit. Das redete er sich zumindest ein. Er hatte eine verantwortungsvolle Position inne, die stetige Achtsamkeit forderte. Er hatte ein Team hinter sich, welches sich auf ihn verließ. Und er hatte zum ersten Mal in seinem Leben ein konstantes Einkommen. Auch wenn er mit seinen langen, roten und oft zerzausten Haaren noch immer so wild aussah wie zu Bandzeiten, glaubte er, endlich einen akzeptablen Platz in der Gesellschaft gefunden zu haben.

Als Katsu an einem Baum vorbeikam, stach er einen niedrig hängenden, dünnen Ast behutsam durch das obere Viertel des Flyers und wünschte dem Verfasser viel Glück. Das Blatt Papier schwang sanft im lauen Frühlingswind.

Seine Finger fassten auf dem Griffbrett immer wieder die selbe Akkordfolge, während die andere Hand die Saiten im konstanten Rhythmus anschlug. Eine sich stets wiederholende Melodie schwebte durch den Raum, neben der kein anderer Ton in der gemütlichen zwei-Zimmer-Wohnung erklang. - Bis die Melodie mittendrin plötzlich abbrach und die Hand, die eben noch die Saiten der Akustikgitarre zum schwingen gebracht hatte, dumpf und flach gegen das Schlagbrett schlug.

Junichi starrte vor sich auf den geschwungenen Korpus seines Instruments. Was tat er hier eigentlich? Es hatte doch keinen Zweck mehr zu spielen. Er sollte dieses Ding in seinen Händen verbannen! Frustriert stand er von seinem Bett, auf welchem er bis eben gesessen und gespielt hatte, auf und stellte die Gitarre lieblos gegen einen Schrank. Anschließend begab er sich in die Küche und kochte Wasser auf, um sich einen Tee zu machen.

Seit er sich mit Kijo und Kiri im MAVERICK getroffen hatte, waren zwei Tage vergangen. Zwei Tage, in denen er mit keinem von beiden geredet hatte. Zwar hatte er heute früh eine SMS von Kiri erhalten, ob alles okay sei. Doch darauf hatte er bisher noch nicht geantwortet. Er wollte seine Ruhe haben um sich darüber klar zu werden, was er eigentlich wirklich wollte.

Der Wasserkocher schaltete sich aus und Junichi erwachte aus seiner Denkstarre. Als er den Kocher nahm und das Wasser in die Kanne gießen wollte, stellte er fest, dass er noch gar keinen Tee in das Sieb gefüllt hatte. Leise seufzend stellte er den Kocher vorerst wieder ab und griff nach einer kleinen Teedose, in welchem er grünen Tee lagerte. Nachdem er das Sieb mit drei gehäuften Löffeln gefüllt hatte, goss er das heiße Wasser über die zerbröselten Blattstückchen. Gebannt beobachteten seine Augen den daraufhin aufsteigenden Dampf. Wie sich die tausenden und abertausenden winzigen Wassertröpfchen der Schwerkraft widersetzten und hoch hinaufstiegen...als ob sich Etwas endgültig auflöste, um zu etwas Neuem zu werden. Junichi fühlte sich ähnlich. Und auch wenn sein Körper nicht so leicht den Aggregatzustand wechseln konnte, spürte er die unaufhaltsame Veränderung, die ihn schon längst ergriffen hatte. Er würde in Zukunft nicht mehr der Gitarrist von FreaX sein können. Zwar hatte es bis heute kein offizielles Statement bezüglich einer Bandauflösung gegeben, doch für Junichi war die Band bereits zerbrochen. Sie war es seit Shiros Tod, denn von dort an war es nur noch eine Frage der Zeit gewesen, bis Shigeki sich zurückzog. Es war eine nachvollziehbare Entwicklung und er machte Shigeki keinerlei Vorwürfe dafür. Für ihn stand außer Frage, dass FreaX ohne diese beiden Personen nicht weiter existieren konnte. Er verstand nur nicht, warum Kijo und Kiri dies offenbar nicht sehen wollten. Warum sie auf biegen und brechen versuchten, das sinkende Schiff vor dem Untergang zu bewahren. Warum sie die Augen verschlossen vor einer Wahrheit, die für ihn schon so offensichtlich war. Warum sie nicht losließen und sich stattdessen weiterquälten.

Junichi blinzelte. Er hatte vergessen auf die Uhr zu schauen. Ob der Tee schon lange genug gezogen hatte? Er wollte ihn stark haben, darum beschloss er, noch ein paar Minuten länger zu warten. Der Dampf kräuselte sich gelegentlich.

Kiri war der Jüngste von ihnen allen, zudem war er der Band auch als Letzter beigetreten. Dass er sich den Bruch der Band nicht eingestehen und langmöglichst weitermachen wollte, dafür konnte Junichi noch irgendwie Verständnis aufbringen. Aber von Kijo hatte er mehr Realitätsbewusstsein erwartet. Generell hatte er von Kijo in der Vergangenheit so einiges erwartet gehabt, was schlussendlich nie eintraf... Seine Gedanken drifteten zu der Zeit zurück, als er sich sein Tattoo hatte stechen lassen. Anstatt ihm beizustehen, hatte Kijo sich selbst auch eins stechen lassen und so getan, als wäre es das Normalste der Welt. Auf seinen Kummer war er erst viel später eingegangen. Auch in der darauffolgenden Zeit hatte er gelegentlich das Gefühl gehabt, Kijo würde manchmal auf ganz anderen Wolken schweben als er selbst...als würden sich ihre Wellenlängen langsam voneinander entfernen. Als er zuletzt mit ihm und Kiri im MAVERICK gesessen hatte, hatte er zum Schluss das Empfinden, Kijo sei ihm fremd geworden. Auf solch unterschiedlichen Positionen bewegten sie sich inzwischen.

Junichi griff nach dem Sieb und nahm es endlich aus der Kanne. Er legte es auf einen kleinen Teller neben der Spüle, damit es abtropfen konnte. Anschließend holte er eine Tasse aus dünnem Porzellan aus dem Küchenschrank und begab sich mit Kanne und Tasse in sein Wohnzimmer, wo er letztere mit dem Inhalt ersterer befüllte. Der herbe und zugleich belebende Duft des grünen Tees stieg ihm in die Nase.

Herb und belebend...wie ein nötiger Neuanfang, vor dem er sich stehen sah. Das hieß, eigentlich sah er sich vor nichts stehen. Er hatte kein Ziel vor Augen, nur aufsteigenden Nebel, der ihn von allem abgrenzte, was bisher war. Er wusste nicht, wohin er gehen sollte, aber er wusste, dass es auf dem jetzigen Weg für ihn nicht mehr weiterging. Ein Richtungswechsel war von Nöten. Und diesen würde er alleine vollziehen müssen. Getanes hinter sich lassen, neues erschaffen.

Er führte den dünnen Porzellanrand an seine Lippen und trank.

Gleichmäßig und schnell rührte der Löffel in der hellgelben Masse herum. Während Aki dieses Schauspiel, angetrieben von ihrer eigenen Hand, beobachtete, fragte sie sich, warum manche Leute einen elektrischen Mixer benutzten, wenn es manuell genauso gut funktionierte. Als der Teig eine cremige Konsistenz erreicht hatte, füllte sie ihn in eine Kuchenform, welche sie daraufhin in den vorgeheizten Ofen beförderte. Sie hatte dieses Rezept kürzlich im Internet gefunden und auch wenn Akis Qualitäten mehr in der Handarbeit lagen denn im Kochen und Backen, probierte sie dennoch gelegentlich gerne neue Rezepte aus. Das angerichtete Chaos aus benutztem Geschirr und offenen Tüten ließ sie in ihrer kleinen Küche erst einmal bestehen, während sie sich im angrenzenden Wohnzimmer auf die Couch begab. Jetzt machte sich die Anstrengung vom Rühren in ihrem Arm doch langsam bemerkbar. Trotzdem würde sie sich keinen Mixer zulegen - sie würde ihn eh nur alle Jubeljahre benutzen.

Als sie auf der Couch saß und ihre Blicke durch das Zimmer gleiten ließ, streiften diese ein kleines Poster der L.A. Guns. Es hing dicht neben dem Rücheneingang und stammte aus der frühen Anfangszeit der Band. Shiro hatte es ihr mal besorgt. Wie er an das seltene Stück herangekommen war, hatte sie nie erfahren. Ihre Augen waren auf das Poster gerichtet, doch innerlich sah sie Shiro. Sie erinnerte sich an den Moment, in welchem er ihr das Poster völlig unerwartet überreicht hatte. Sie war damals ziemlich baff gewesen, während Shiro zufrieden ausgesehen hatte.

Ein kleines Lächeln umspielte Akis Lippen, als sie an diese Szene zurückdachte. Dann stand sie wieder auf und ging auf das Schränkchen zu, welches an der Wand unter dem Poster stand. Sie öffnete mehrere Schubladen und durchwühlte sie, bis sie auf ein Bündel Fotos stieß. Diese wurden mit einem Band zusammengehalten. Aki nahm das Bündel heraus und setzte sich damit wieder auf die Couch. Ihre Finger streiften das Band ab, bevor sie die einzelnen Bilder durchging. Sie hatten verschiedene Formate, stammten von verschiedenen Kameras und manche Bilder waren ausgedruckte Fotodateien. Es war selten geworden, einen Haufen Fotos in der Hand zu halten, das wurde Aki in diesem Moment bewusst. Heutzutage besah man sich Fotos zumeist auf dem Handy, PC, Laptop oder ähnlichen technischen Spielgeräten.

Viele der Bilder zeigten Katsu und sie, aber es waren auch welche mit FreaX dabei; Shiro war auf Diesen mit Abstand am häufigsten vertreten. Manches waren Schnappschüsse, auf anderen wurde in der Gruppe posiert, wieder andere zeigten die Band beim Soundcheck oder auf Konzerten. Ein Foto präsentierte Shiro und Aki lachend, beide je eine Zigarette zwischen den Fingern haltend. Auf einem Anderen saß Shiro bei sich zu Hause vor seinem Keyboard und trug ein „No more Mr. Nice Guy"-Shirt von Alice Cooper. Eines zeigte ihn und Katsu, wie Katsu seinen Bass auf dem Schoß hatte und Shiro ihm offenbar einen Griff erklärte, ein anderes, wie die beiden sich im Park in

Hodogaya den Sonnenuntergang ansahen. Aki hatte dieses Bild selbst geschossen. Es war im Sommer 2007 gewesen und sie konnte sich noch gut an die Zeit erinnern. Die Atmosphäre am damaligen Abend war sehr friedfertig.

Dann rutschte ihr ein Selbstportrait von Shiro in die Hände. Es war von schräg oben aufgenommen worden, während er lässig auf seinem Bürosessel saß. Er sah den Betrachter direkt an, wobei ihm eine seiner blonden Strähnen ins Auge fiel. Sein Blick war typisch für ihn: Ernst, aber nicht emotionslos. Seine Gesichtszüge waren weich und Aki glaubte, in seinen Augen ein kleines bisschen offenbarte Verletzlichkeit erkennen zu können. Über das ganze Bild war ein blauer Filter gelegt worden; Blau war Shiros Lieblingsfarbe gewesen. Sie betrachtete das Foto länger als die anderen. Dieses Bild war das ehrlichste, welches Aki von ihm kannte.

35. forgotten feelings

Es war ein Montag-Nachmittag und im Pizzaladen war nicht viel los. Katsu stand am Ofen und beförderte gerade zwei Pizzen in ihre Kartons, während Rinji hinter der anderen Seite der Arbeitsfläche stand und darauf wartete, seine Tour austragen zu können. Da trat Yuki durch die Ladentür.

Katsu sah einen kurzen Moment lang von den belegten Teigfladen auf zu seiner Kollegin. „Fünf Minuten zu spät", grinste er, bevor er den Blick wieder auf die Ware richtete. Als er damals hier im Laden zu arbeiten angefangen hatte, war er es gewesen, der sich gelegentlich verspätet hatte, während Yuki stets pünktlich auf die Minute war – manchmal sogar überpünktlich.

Yuki trat vom Eingangs- in den Arbeitsbereich über und schenkte ihm ein süffisantes Lächeln. „Ich glaube nicht, dass das im Moment ins Gewicht fällt", erwiderte sie. „Hier steppt ja nun nicht gerade der Bär." Dann blieb sie dicht neben ihm am Ofen stehen. „Sag mal, spielst du noch Bass?"

Katsu zog überrascht eine Augenbraue in die Höhe als er die Frage vernahm. „Nur noch privat. Wieso?" Seine Hände schlossen beide Pizzakartons, legten sie übereinander und reichten Rinji die heiße Ware, welcher sich damit sofort auf den Weg machte.

„Die Band eines Freundes von mir hat kommenden Samstag einen Auftritt. Jetzt ist ihnen aber ihr Bassist kurzfristig ausgefallen", erklärte Yuki.

In Katsus Bauch setzte ein merkwürdiges Kribbeln ein. Fragte Yuki ihn gerade ernsthaft, ob er bei einem Auftritt den Bass übernehmen könnte?

„Die Musik liegt irgendwo zwischen Hardrock, Punk und Metal und alle Mitglieder spielen schon seit Jahren zusammen. Also keine blutigen Anfänger", schickte Yuki als Erklärung hinterher.

Katsu stand da, starrte auf die leere Arbeitsfläche vor sich und sagte kein Wort. Äußerlich betrachtet wirkte er gerade wie eingefroren.

Dies irritierte Yuki nach einigen Momenten. „Hey...hast du mir zugehört?", fragte sie und knuffte ihn mit dem Ellenbogen sanft in die Seite.

Daraufhin sah er sie endlich an. „Ich soll in 'ner Band spielen?", fragte er leise mit einem Blick, als hätte er die erhaltenen Informationen nicht ganz verstanden.

„Ja", bestätigte sie, „wenn du Zeit und Lust hast." Sie sah ihn prüfend an. „Das hast du doch früher auch getan." Ihr war anzusehen, dass sie nicht verstand, wo Katsus Problem lag.

„Ja, aber...ich hab das schon lange nicht mehr gemacht", kam es zögerlich aus seinem Mund.

„Bass gespielt?"

„In einer Band gespielt."

„Du kannst es dir ja noch etwas überlegen", schlug Yuki vor und ging am Ofen vorbei. „Sagen wir, bis morgen Vormittag um 11:00 Uhr." Dann verschwand sie im Personalbereich um sich umzuziehen.

Katsu blieb am Ofen allein zurück. Sein Blick drückte Unentschlossenheit aus.

„Und was ist jetzt dein Problem?" Kijo hatte seine elektrische Mockingbird im Naturholzlook auf dem Schoß und zupfte an der nicht angeschlossenen Gitarre verträumt herum.

Katsu saß ihm gegenüber an einem kleinen Couchtisch in Kijos Wohnung. Sein Blick musterte die helle Tischfläche. „Ich weiß nicht, ob es richtig wäre, das Angebot anzunehmen", druckste er herum.

Kijo drehte an einem Wirbel die damit verbundene Saite fester, zupfte sie testweise, drehte nochmal ein kleines Stück, zupfte wieder. „Na, in erster Linie geht es ja um einen Aushilfsjob, so wie du mir das erklärt hast. Du sollst ja nicht sofort der Band beitreten."

„Nein, das nicht, aber..." Katsu wand den Kopf zur Seite. Es fiel ihm schwer, den inneren Zwist zwischen Herz und Verstand in Worte zu packen. „Ich bin gerade an einem Punkt angekommen, an dem ich dachte, ich lass die Musik endgültig hinter mir. Ich hab 'nen guten Job, ich hab tolle Kollegen, alles ist prima. - Und dann kommt so ein Angebot dazwischen und wirft mich wieder aus der Bahn..."

Kijo sah ihn an und grinste.

Als Katsu nach mehreren Momenten keine Antwort erhalten hatte, wand er ihm sein Gesicht zu und erblickte das Grinsen. „Was ist?", fragte er irritiert.

Und das Grinsen auf Kijos Lippen wurde größer. „Glaubst du wirklich, du könntest die Musik hinter dir lassen...?" Seine Stimme war eindringlich, aber warm und leise.

Katsus Augenbrauen zuckten. Er verstand nicht, was sein Gegenüber meinte.

Kijo schien dies zunehmend zu amüsieren. Er legte seinen Arm lässig über die Kante der Mockingbird. „Katsu, du bist Vollblutmusiker. Du kannst die Musik gar nicht „hinter dir" lassen, so sehr du es auch versuchen würdest."

Katsus Blick war nur in der Lage einen kleinen Teil der Irritation wiederzugeben, welche gerade durch seinen ganzen Körper flutete. Was fiel Kijo ein, ihn einfach so von seinen mühselig erkämpften Ansichten wieder herunterzuschubsen? War es vielleicht sogar ein Fehler gewesen, mit diesem Anliegen ausgerechnet zu ihm zu kommen?

„Mal davon ab: Wie kommst du eigentlich auf die Idee, neben deinem Job als Pizzaboy nicht auch noch spielen zu können?", fragte Kijo weiter. „Als wir mit FreaX anfingen, hatte jeder von uns noch 'nen Job nebenher laufen, sonst hätten wir uns gar nicht finanziert bekommen."

Katsu blieb stumm. Zum einen, weil ihm kein Gegenargument einfiel. Und zum anderen, weil er tief im Inneren wusste, dass Kijo Recht hatte. Der Pizzajob war kein Grund, mit der Musik aufzuhören, er hatte ihn lediglich als Grund vorgeschoben. Seine Finger griffen verzweifelt in die rote Haarpracht um den Kopf zu halten, der ihm nun immer mehr brummte. „Jedes Mal, wenn ich in einer Band gespielt habe, endete es in einem Desaster", nuschelte er. Dann fiel ihm Blue Sky Complex ein und er korrigierte sich: „Fast jedes Mal."

Wieder war Kijo an einem Wirbel zugange. „Man erwischt nicht jedes Mal die Bestbesetzung; manchmal muss man viel ausprobieren, bis man das Richtige gefunden hat." Abermals wurde eine Saite testweise angeschlagen. „Ich hatte drei Fehlstarts, bevor ich mit FreaX richtig losgelegt habe."

Katsu hob den Blick und sah ihn wieder an. Es gab Leute, bei denen konnte er sich ein Versagen einfach nicht vorstellen. Kijo gehörte mit zu diesen Leuten. Aber wahrscheinlich war das auch wieder nur eine Verzweiflungstat des Gehirns, sich an Idealen festzuklammern um ihnen nachzueifern...und irgendwann frustriert festzustellen, dass nicht alles so rund läuft, wie man es gerne hätte. Er musterte Kijo: Vom ersten Tag an, seit er ihm begegnet war, waren ihm zwei Seiten an ihm aufgefallen, eine extrovertiert-verrückte und eine introvertiert-wissende. So viel Spaß man mit ihm auch haben konnte und so verrückt seine Ideen auch manchmal waren, schien er geistig immer eine Stufe höher als andere zu stehen. Als wenn er im Inneren eine große Weisheit mit sich tragen würde. Diese zwei Seiten hatte er noch immer, sie schienen mit der Zeit jedoch auch gereift zu sein. Katsus Blick streifte dabei unwillkürlich die langen Haare. Sie waren, ähnlich wie bei ihm, weit über schulterlang und bunt gefärbt. Bewegte sich der Farbton zu Beginn ihrer Bekanntschaft noch hauptsächlich in den Tönen Lila und Rosa, waren mit den Jahren immer mehr Farben hinzugekommen, die von Blond über Orange bis hin zu einem tiefen Mahagoni reichten. Es war ein friedliches Chaos aus bunten Farben und Katsu fragte sich, ob Kijo sich tatsächlich die Mühe machte, bei jedem Färbevorgang jede Strähne in ihrer jeweiligen Farbe nachzufärben oder ob er einfach gnadenlos jedes Mal mit einem anderen Ton überfärbte. Das ineinander Überlaufen der Farben erinnerte ihn inzwischen an das Herbstlaub der Scharlach-Eiche.

„Schau dir die Jungs doch einfach erst mal an", schlug Kijo vor und lächelte ihm aufmunternd zu. „Wenn du bei der ersten Begegnung schon ein schlechtes Gefühl hast, kannst du es ja immer noch sein lassen."

Katsu erwiderte den Blick, versuchte auch zu lächeln. Doch es reichte gerade mal für ein unsicheres Zucken des Mundwinkels.

Am nächsten Tag, einem Dienstag, war Vormittags im Pizzashop nicht viel mehr los als am Tag zuvor. Trotzdem war Katsu eine halbe Stunde vor Schichtbeginn gekommen und hatte den Laden somit zunächst für sich allein. Aufgeregt und mit zitternden Händen, als sei heute sein erster Tag, bereitete er seinen Arbeitsplatz vor und kontrollierte drei Mal die Vorräte, bevor Yuki um kurz vor 11:00 Uhr mit einem der Pizzabäcker den Laden betrat. Nach einer kurzen Begrüßung erkundigte sie sich auch schon nach Katsus Entscheidung. Dieser teilte ihr mit, dass er bereit wäre, bei ihren Musikerfreunden einmal vorzuspielen. Jedoch gelang es ihm nicht, das Zittern in seiner Stimme vollständig zu unterdrücken.

Yuki störte dies nicht, sie grinste nur, zückte ihr Handy und informierte ihre Freunde.

Noch nie hatte er vor einer Probe solch ein Herzklopfen gehabt wie heute. Den Griff seiner Basstasche fest umklammernd, ging Katsu den Flur entlang, der ihn zum angegebenen Proberaum führen sollte. Mit jedem Meter, dem er der Tür des Proberaums näher kam, schien auch sein Herzschlag einen Vierteltakt zuzunehmen und wenige Schritte vor seinem eigentlichen Ziel machte er auf einmal halt. Für einen Moment schloss er die Augen und versuchte, ruhig durchzuatmen. Er konnte nun nicht mehr zurück. Jetzt einfach abzuhauen wäre nicht nur verdammt unprofessionell, sondern auch verdammt rücksichtslos. Er hatte Zeit gehabt, es sich zu überlegen und er hatte sich dafür entschieden. Plötzlich schoss ihm wieder der seltsame Kauz durch den Kopf, den er damals in der Kneipe getroffen hatte, und das, was dieser ihm gesagt hatte: Never say can't.

Katsu öffnete die Augen. Diesmal war sein Blick entschlossener. Er überwand die letzten paar Meter, streckte seine Hand aus und öffnete die Tür.

Im Raum saßen vier Leute über ein Blatt Papier gebeugt. Als sie das Geräusch der sich öffnenden Tür vernahmen, drehten sie, erstaunlich synchron, allesamt ihre Köpfe in diese Richtung.

Katsu stand in der Tür und sah sich den Blicken von acht Augen konfrontiert. Sein Mund war staubtrocken. „Hey...ich bin der Kollege von Yuki", begann er zunächst etwas zögerlich.

Das einzige Mädchen des Quartetts war die Erste, die sich aus der Gruppe löste und auf Katsu zuging. „Hallo, ich bin Momoko", begrüßte sie ihn mit einem freundlichen Lächeln. „Du heißt Katsu, richtig?"

Katsu nickte.

Es wurde sich nicht mit unnötigem Smalltalk aufgehalten: Man stellte ihm kurz die drei übrigen Mitglieder vor, dann sollte er auch schon seinen Bass anschließen und stimmen, während Momoko ihn über die ersten Songs aufklärte. Katsu hielt sich zunächst zurück, sagte nur wenig, hörte jedoch aufmerksam zu. Auch wurde ihm schnell bewusst, wie auffällig er gerade in dieser Truppe aussehen musste mit seiner Mähne. Die anderen Jungs hatten eine völlig unauffällige, legere Optik; man hätte sie locker für Studenten oder Aushilfsjobber halten können. Und selbst Momoko sah unscheinbar aus; der hellbraune Pagenschnitt schien der einzige Blickfang an ihr zu sein.

Als sie ihm jedoch kurz darauf einige Songs zur Probe vorspielten, war das Thema Optik schlagartig vergessen – denn diese Band rockte! Sich von ihrem unspektakulären Aussehen hinters Licht führen zu lassen, war ein Fehler gewesen. Das begriff Katsu schnell. Besonders beeindruckt war er von Momokos Stimmumfang, der sich von hohen schrillen Tönen bis in, für Frauen ungewöhnlich, bassartige Tiefen bewegte.

Nach den ersten Probeläufen sollte Katsu mit ihnen zusammenspielen. Das tat er – und er hatte sofort einen Zugang zu der Musik. Als spielte er schon monatelang mit ihnen, integrierte er seinen Bass gekonnt in den Songs der Band, die sich Psychosis nannte. Er war selbst überrascht darüber, freute sich aber zugleich auch. Den Anderen schien es ähnlich zu gehen, denn einer der Gitarristen nickte ihm während des Spiels anerkennend zu.

Als die Proben am späten Abend vorbei waren, verließ Katsu den Raum hungrig und müde, aber sehr zufrieden. Obwohl er die Vier bis vor wenigen Stunden noch gar nicht gekannt hatte, hatte sich binnen kürzester Zeit ein wohliges Gefühl in ihm breit gemacht. Beinahe fühlte er sich an die Ära bei Blue Sky Complex zurückerinnert, nur ohne Kajal und blonder Haare.

Auf dem Heimweg kaufte er sich noch eine Portion Soba, die er bei gemäßigtem Schritt aß, während er durch die beleuchteten Straßen ging. Zu Hause angekommen, hatte die Erschöpfung nochmals zugenommen und er lehnte seinen Bass in der Tasche an einen Schrank, bevor er sich mit dem Rücken auf das gegenüberstehende Bett fallen ließ. Arme und Beine waren ausgestreckt und die Augen geschlossen. Fast wäre er in dieser Position eingeschlafen. Doch er blinzelte nochmal, sah die Decke über sich im künstlichen Licht.

Was war das heute nur gewesen...? Es war seine erste Probe seit...langer Zeit. Er konnte sich gerade nicht daran erinnern, wann seine Letzte stattgefunden hatte, bevor er den heutigen Schritt gewagt hatte. Und er fragte sich, wie viel er künftig noch wagen würde. Das Konzert fand Samstag statt, somit hatten sie noch dreieinhalb Tage Zeit zu proben. Dann das Konzert...und dann? Er war ja nur Aushilfe. Der eigentliche Basser von Psychosis würde sicher irgendwann wieder zurück kommen und dann wäre er nicht mehr von Nöten.

Träge wand er seinen Kopf zur Seite, sodass sein Blick auf den eingepackten Bass fiel. Es hatte sich gut angefühlt, ihn wieder in den Reihen einer Gruppe zu spielen. Mit anderen gemeinsam zu spielen. Er hatte dieses Gefühl schon fast vergessen gehabt. Und wenn er ehrlich zu sich selbst war, wollte er dieses Gefühl in wenigen Tagen nicht schon wieder hergeben müssen. Bei der Überlegung, wie er dies verhindern könnte, schlief er ein.

Die nächsten Tage waren für Katsu so ausgefüllt wie er es schon lange nicht mehr gewohnt war: Er hatte mit Yuki den Dienst getauscht, sodass er bis zum Konzert immer die Schicht von Vormittags bis Nachmittags hatte und anschließend bis in die Nacht hinein mit Psychosis probte. Wenn er dann nach Hause kam, schlief er jedes Mal sofort ein.

Auch wurde ihm bewusst, dass er diesen Rhythmus, bestehend aus Bandleben und parallel dazu arbeiten außerhalb der Band, das erste Mal in seinem Leben so intensiv erlebte, wohingegen er dies bei anderen schon Jahre zuvor beobachten konnte. Während es für seine Freunde und früheren Kollegen alltäglich war, regelmäßig neben den Bandaktivitäten noch zu jobben, bis die jeweilige Band Erfolg erlangt hatte und genügend Geld abwarf, hatte er sich in der Vergangenheit meist nur auf die Band konzentriert gehabt und höchstens nebenher gejobbt – und das auch nie lange. Irgendetwas in ihm hatte begonnen, sich zu verändern.

Und dann war er da, der große Tag: Das Livehouse, in welchem das Konzert stattfand, war ausverkauft und die Fans hatten schon weit vor dem Einlass eine Schlange gebildet.

Katsu befand sich mit Momoko und den Jungs im Backstagebereich und stimmte nervös seinen Bass. Er hatte nicht mit so viel Andrang gerechnet. Dadurch, dass er sich in den letzten drei Jahren zunehmend von jeglichen Bandaktivitäten zurückgezogen hatte, hatte er auch die Entwicklung der Indie-Szene, von der er bis dato selbst Teil war, nicht mehr mitverfolgt. So hatte er auch noch nie etwas von Psychosis gehört gehabt und kannte ihren Bekanntheitsgrad nicht. Hätte Yuki nicht den Kontakt vermittelt, wüsste er heute wahrscheinlich noch nicht mal von ihrer Existenz!

Katsu warf einen unsicheren Blick auf die Uhr: noch fünfzehn Minuten.

Bei dem Gedanken, gleich auf die Bühne zu treten, wurde ihm schlecht. Er hatte keinerlei Sicherheit, denn so gut er sich auch mit den Vieren verstand, waren sie ihm noch immer fremd. Er war die Aushilfe, er war der Typ, der nicht so recht ins Bild passte. Was, wenn die Fans von Psychosis nichts mit ihm zu tun haben wollten? Wenn er ihnen nicht gut genug war? Sein Herzrasen war schlimmer als am Tag der ersten Probe.

Als hätte sie seine Gedanken gelesen, trat Momoko plötzlich zu ihm, legte ihm beruhigend eine Hand auf die Schulter und lächelte aufmunternd. Ihre hellbraunen Haare waren einer knallroten Perücke gewichen, die jedoch den gleichen Schnitt präsentierte wie ihr Echthaar, was Katsu innerlich die Frage stellen ließ, warum sie nicht einfach färbte.

„Mach dir keine Sorgen. Du packst das!" Sie nickte ihm kurz zu, drückte sanft seine Schulter und verließ ihn dann auch schon wieder.

Katsu sah ihr einen Moment lang hilflos nach. Sie wirkte so ausgeglichen und relaxed. Als gäbe es für sie nichts Normaleres als auf eine Bühne zu treten. Er wand seinen Blick zu den drei Anderen um: Die beiden Gitarristen saßen an einem Tisch und gingen ein letztes Mal ihre Abläufe durch, während der Drummer gut zwei Meter von ihnen entfernt stand und die letzten paar Schlucke eines Dosengetränks zu sich nahm.

Katsu schloss die Augen. Wieder eine Situation, in der es keine Fluchtmöglichkeiten gab. In der er sich seinen Ängsten stellen musste. Never say can't.....

Und dann war der Moment gekommen: Psychosis traten auf die Bühne, zu fünft, angeführt von Momoko. Jeder nahm sofort seine Postion ein und nach ein paar Taktschlägen des Drummers legten sie auch schon mit der ersten Nummer los. Es war ein fetziger Song, bei dem Momoko schon zu Anfang, noch bevor ihr Gesang einsetzte, den Kopf wild hin und her warf. Die Perücke hielt.

Entgegen seiner Befürchtungen befand sich Katsu vom ersten Ton an im Fluss des Spiels. Als er das merkte, hörte er sofort auf zu denken und gab sich voll und ganz der Musik hin. Sein Bass spielte sich daraufhin federleicht, beinahe wie von selbst. Er musste lächeln. All seine angestauten Zweifel und Ängste waren plötzlich wie weggeblasen. Er spürte die Musik und er spürte seine Verbundenheit mit ihr. *Das* war das Gefühl, welches er so lange vermisst hatte. Und dieses Gefühl war so unverschämt gut! Seine Erinnerungen an frühere Auftritte kehrten wieder zurück und ihm wurde mit einem Schlag klar, warum er sich damals entschieden hatte, Musiker zu werden: Es war dieses Gefühl gewesen!

36. weak end

Das bauchige Glas mit der dunkelroten Flüssigkeit wurde sanft von der Hand gehalten, während der kristallklare Stiel samt Fuß hilflos und ohne etwas an dieser Situation ändern zu können in der Luft hing. Hin und wieder bewegte sich die Flüssigkeit, immer dann, wenn ihr gläsernes Gefängnis von der Hand geschwenkt wurde. Es waren inkonstante Bewegungen, sie folgten keinem Muster. Und manchmal...manchmal wurde der Flüssigkeit ein Stück ihrer selbst genommen, immer dann, wenn sich ein räuberisches Lippenpaar an den Rand des Glases begab.

Dieses Lippenpaar hatte schon viel verschlungen. In den vergangenen paar Stunden war es für die Vernichtung des Inhaltes von fast zwei Flaschen Rotwein verantwortlich gewesen und es kannte keine Gnade. Hatte es erst einmal ein Ziel anvisiert, gab es für jenes kein Entrinnen mehr. Und seine Raubzüge sollten nicht so schnell enden.

Shigeki hob das Glas und nahm zwei Schlucke. Einen Letzten ließ er im Behältnis zurück. Anschließend schweifte sein Blick durch das schummerige Halbdunkel seines Wohnzimmers – wie schon seit Anbeginn seines Trinkmarathons. Welche Zeitspanne Dieser umfasste? Er wusste es nicht. Aber es war ihm auch egal denn zählen tat nur die Zunahme seiner Betäubung, die er mit dem Alkohol entstehen ließ. Sie regelrecht heranzüchtete. Bis sie ihn irgendwann ganz verschlang. Er hoffte darauf. Es war inzwischen sein einziges Ziel geworden, welches er sich gesetzt hatte. Totale Betäubung zu erreichen, von ihr umarmt und im selben Moment vernichtet zu werden. Shigeki schloss die Augen.

Vor seinem inneren Auge wechselten Bilder in rascher Folge. Es waren schöne Bilder – erfolgreiche Gigs mit FreaX, Proben, Privates -, doch er wollte sie nicht sehen und so öffnete er seine Augen wieder. Shigeki wollte vergessen. Alles vergessen was war und den Schmerz somit von sich stoßen. Was dann noch geblieben wäre, wäre eine leblose Hülle gewesen, denn außer Schmerz empfand er nichts mehr. Und wofür war eine Hülle noch gut...?

Sein Blick fiel auf das Glas in seiner Hand. Ein weiterer Schluck wartete dort auf ihn. Ein weiterer Schluck im Kampf gegen die Klarheit, für den Sieg der Betäubung. Doch sein Arm bewegte sich nicht. Nichts an ihm bewegte sich mit einmal mehr, als sei sein Körper augenblicklich eingefroren. Hatte der Kampf schon geendet? Schneller als er dachte...?

....nein, das Gefühl war immer noch da...das Gefühl von Traurigkeit und Leere... Er spürte es noch immer in sich wabern, wie es sich in jeder Faser seines Körpers breitgemacht hatte und so lange er das spürte, war der Kampf noch nicht vorbei. Somit setzte wieder Regung in seinem Arm ein, er hob das Glas und führte es zu seinen Lippen, damit auch der letzte Schluck endlich in ihn gelangte.

…
…

...wieso hatte sein Engel ihn verlassen?

Shiro war sein geistiges Gegenstück gewesen, warum hatte man ihm dieses einfach genommen? Eine Krankheit namens „Krebs" gestreut und ihn damit ausgelöscht? Warum, gottverdammt...warum...?

Seine freie Hand griff nach der geöffneten Weinflasche und füllte den restlichen Inhalt mit grobmotorischen Bewegungen in das Glas. Anschließend platzierte er sie wieder auf den Boden zurück, stellte sich dabei aber etwas ungeschickt an, was ihren Sturz zu Folge hatte.

Shigeki schenkte diesem kleinen Drama keinerlei Beachtung.

Sie waren beide fast gleich alt gewesen, lächerliche eineinhalb Jahre hatten zwischen ihm und Shiro gelegen. Wieso hatte es dann Shiro erwischt und nicht ihn? Aber...vielleicht kam das ja noch... Vielleicht würde er mit 27 auch an Krebs sterben. Ein bisschen Zeit dafür blieb ihm noch. Bis dahin musste er sich weiter betäuben. Sich in Sphären verlieren, in denen ihn keiner wiederfand......nicht einmal er sich selbst......

Shigeki erhob sich vom Sofa, auf welchem er die ganze Zeit gesessen hatte, und ging schlurfenden Schrittes auf das ihm gegenüberliegende Fenster zu. Das Glas in seiner Hand in Begleitung. Es musste wohl schon die Morgendämmerung sein, die er durch die Scheibe beobachten konnte. Dabei konnte er sich nicht einmal mehr an den letzten Tag erinnern. Geschweige denn an den Tag davor. Wozu auch? Seine Zeit bestand nur noch aus Trinken und Schlafen; warum war es dafür wichtig, ob es Tag war oder Nacht?

Shigeki lehnte sich mit einem erhobenen Arm gegen die Scheibe und schmiegte seine Stirn an selbigen. Sein Gesicht war dem Fensterglas nun so nahe, dass sich sein Atem auf eben diesem niederschlug. Bald schon wurde die Sicht dadurch unklar. Er sah die anderen Häuser nur noch als Form- und Farbmuster.

Diese Stadt...in dieser Stadt war er aufgewachsen. Zusammen mit Shiro. Er hatte immer hier gelebt, er hatte immer einen Grund gehabt, hier zu leben. Während andere Bands nach ihrem kommerziellen Durchbruch oft nach Tokyo zogen, war das für ihn nie eine Option gewesen. Alle aus der Band lebten in Yokohama und er hatte sich hier stets wohl gefühlt. Warum also diesen Zustand ändern?

Doch er hatte sich geändert, dieser Zustand... Völlig ungefragt. Ohne die Band, ohne Shiro war diese Stadt nicht mehr das, was sie einmal für Shigeki gewesen war. Sie bedeutete ihm nichts mehr. Es war nur noch ein Ort von vielen.

Mit einem Mal fühlte er sich beobachtet. Shigeki hielt den Atem an. War hier noch jemand im Raum...? Aber wer sollte das sein? Er hatte niemanden hereingelassen und es besaß auch niemand einen Schlüssel zu seiner Wohnung. Nach einigen reglosen Sekunden hob er schließlich den Kopf und sah sich um.

Kein Mensch stand im Raum.

Aber das Gefühl der Blicke, die auf ihm ruhten, blieb. Es kam von dem Regal, welches sich unmittelbar neben ihm befand. Shigekis Augen musterten den Einrichtungsgegenstand und blieben plötzlich an einem Bild hängen. Es war eingerahmt. Und es zeigte Shiro und ihn.

Shiro war auf der linken Seite der Aufnahme mehr im Vordergrund, er hatte die Kamera gehalten, während die Distanz der Linse zu Shigeki etwas größer gewesen war. Shiro lachte, unverkrampft und frei, wohingegen man in Shigekis grinsendem Gesicht Verlegenheit erkennen konnte. Es war ein spontaner Schnappschuss gewesen, doch Shigeki hatte das Bild immer sehr gemocht.

Er griff in das Regal und nahm das eingerahmte Foto in die Hand. Shiro sah auf diesem Bild noch so lebendig aus...das Gegenteil seines jetzigen Zustandes... Es tat weh diesen Vergleich zu ziehen und doch tat er es jedes Mal, wenn er ein Bild von Shiro sah. Auch jetzt spürte er wieder, wie sein Herz sich verkrampfte; die Betäubung war noch zu schwach um allumfassend zu wirken. Seine Hand begann zu zittern. Seine Augen füllten sich mit Tränen und seine Sicht wurde noch verschwommener, als sie es ohnehin schon war. Plötzlich hob er das Weinglas, hielt es schräg über das Bild und ergoss die blutrote Flüssigkeit über eben jenes. Der Rahmen bot keine ernstzunehmende Grenze und so überwand der Wein diesen rasch, um in die Tiefe zu stürzen. Als das Trinkbehältnis schließlich geleert war und ein Großteil des narkotisierenden Liquids sein Ende auf dem Fußboden gefunden hatte, blieb ein kleiner Rest als rötlicher Schleier auf dem Glas des Bildes zurück.

Shiro lachte noch genauso frei wie vorher.

„Hör auf, glücklich zu sein, du Wichser!", kreischte Shigeki plötzlich hysterisch und schlug das Bild mehrere Male gegen das Regal, bis das Glas splitterte. Im selben Moment fühlte es sich an, als würde auch seine Seele zersplittern und seine Beine gaben nach; er brach zusammen. Das Bild glitt ihm dabei aus der Hand.

Bebend und wimmernd lag er da, das Gesicht nach unten gerichtet. Der Wein, der sein vermeintliches Ende auf dem Fußboden gefunden hatte, witterte nochmals eine Chance und sog sich zielsicher in die Fasern von Shigekis Kleidung. Shigeki selbst spürte dies jedoch nicht mehr; er nahm nur noch den Schwindel war, der seinen Kopf eingenommen hatte. Der Schwindel, resultierend aus seiner Trauer und seinem Schmerz, der ihn wie einen Strudel packte und gnadenlos den Abfluss mit hinunterriss. Er konnte nicht entkommen und er wollte es auch gar nicht mehr. Er wollte sich nicht mehr aufbäumen und kämpfen; er wollte nur noch davongetragen werden und so ließ er den Strudel gewähren.

Shigeki drehte seinen Kopf langsam zur Seite. Sein glasiger Blick fiel auf eine lange Scherbe. Wie in Zeitlupe streckte er eine Hand nach ihr aus und griff sie mit fahlen Fingern. Ihre Flächen waren so unscheinbar glatt, während ihre Kanten eine vernichtende Schärfe darboten. Zwei Gesichter. Augenblicklich schien diese Scherbe ihm alle Möglichkeiten zu offenbaren. Sie war die Antwort auf alle Fragen, die gestellten und die ungestellten. Er musste sie nur benutzen und der Abfluss würde ihn in eine andere Welt befördern. In eine Welt, in der es für ihn weiter ging, denn hier drehte er sich nur im Kreis und trat auf der Stelle.

Träge drehte er seinen erschlafften Körper auf die Seite. Mit beinahe dem gleichen Kraftaufwand zog er seinen anderen Arm auf dem Boden in Augenhöhe; seine Glieder waren schwer wie Blei. Und obwohl er seine leere Hand nun direkt vor sich sah, erkannte er sie nur schemenhaft. Doch das würde reichen. Er setzte die Kante der Scherbe auf die Innenseite seines Handgelenks an. Übte langsam aber stetig mehr und mehr Druck auf die dünne und blasse Haut aus. Der rote Saft begann zu fließen.

Seine Gedanken galten Shiro.

Das Freizeichen ertönte bereits schon zum zwölften Mal. Aber noch immer nahm keiner ab. Nicht einmal die Mailbox sprang an. Leise seufzend nahm Kijo das Handy von seinem Ohr und trennte mit einem Tastendruck die aufgebaute Verbindung.

Seit Tagen versuchte er nun schon, Shigeki zu erreichen. Ohne Erfolg. Auch andere gemeinsame Freunde und Bekannte hatte er bereits nach Shigekis möglichem Aufenthaltsort ausgefragt, doch niemand wusste etwas. Keiner schien gegenwärtig mit ihm in Kontakt zu stehen. Als sei er verschwunden.

Kijo gefiel das nicht.

37. self-reflection

Eine unheimlich mitteilungsbedürftige Gitarre schickte ihren Sound quer durch das Zimmer, während geduldige Drums und ein ausgeglichener Bass ihr die nötige Basis boten. Die Gitarre schien ganze Geschichten zeitloser Natur zu erzählen und doch nie müde zu werden.

Ihr Zuhörer saß derweil auf dem Fußboden des Zimmers, mit dem Rücken ans Bett und den Blick ins Nichts gerichtet. Zwischen den Fingerspitzen hielt er eine Hülle, welche das zu Hause der CD darbot, die gegenwärtig von seinem Player gespielt wurde: Es war das „Professor Satchafunkilus and the Musterion of Rock"-Album von Joe Satriani.

So ruhig und bewegungslos wie Katsu auch gerade dasaß, so turbulent ging es doch in seinem Kopf zu. Bilder, Worte, Gefühle. Und schließlich kam er zu einer Erkenntnis, um die er sich bisher immer zu winden gewusst hatte, ihr nun jedoch nicht mehr aus dem Weg gehen konnte: Kijo hatte Recht gehabt. Er hatte Recht gehabt mit der Aussage, er sei Vollblutmusiker. Das hatte er spätestens während des Auftritts mit Psychosis gemerkt. Er hatte es nur nicht wahrhaben wollen. Denn das bedeutete, seine Selbstanschauung erneut überdenken zu müssen...und es bedeutete auch, ehrlich zu sich selbst sein zu müssen. Und genau der Punkt hatte Katsu schon in der Vergangenheit oftmals in die Verzweiflung getrieben.

Aber war er inzwischen nicht älter und damit auch reifer geworden? Wollte er sich selbst nicht endlich mal die Chance gewähren, über alte Probleme hinauszuwachsen und neues Terrain zu erreichen? Wenn man den kranken Ast eines Baumes absägte, wuchs die äußere Schicht des Stammes wulstartig über die Schnittstelle und schottete diese ab, bevor es galt, die Energie wieder in das Wachstum gen Himmel zu richten. War es nicht langsam an der Zeit gekommen, auch seine alten Ängste von sich abzuschotten und den Weg nach vorne einzuschlagen?

Katsu legte die Hülle beiseite und stand auf, ging auf die gegenüberliegende Wand zu und griff nach seinem Bass, der an selbiger lehnte. Er hielt ihn vor sich in die Höhe und musterte ihn, vom Kopf über den Hals bis zum eigenwillig geformten Korpus. Er hatte sich seinen Liebling damals doch nicht mühselig zusammengespart, damit er heute in seiner Bude verstaubte! Aber genau dieses Schicksal drohte ihm, wenn Katsu sich gegen die Musik entschied...

Ihm kam das erste Treffen mit Kijo nach Shiros Tod in den Sinn und er erinnerte sich daran, wie er sich anschließend zu Hause seinen Bass geschnappt und die ganze Nacht durchgespielt hatte. Das Gefühl, das in besagter Nacht durch ihn hindurch geströmt war, war absolute Verbundenheit gewesen... Verbundenheit zu seinem Bass, Verbundenheit zur Musik, sie nicht einfach bloß zu hören sondern zu kreieren...

Plötzlich durchfuhr es ihn wie einen Blitz! Was waren eigentlich die ganze Zeit seine Zweifel? Dass er wieder aus irgendeiner Band rausflog? Dann würde er sich die Nächste suchen! Es gab schließlich genügend da draußen. Und das Zusammenspiel mit Psychosis hatte ihm gezeigt, dass es sehr wohl noch Bands gab, mit denen er harmonierte. So harmonierte, wie er es sich immer gewünscht hatte. Er würde vielleicht etwas länger suchen müssen als andere, um wieder in einer zu ihm passenden Gruppe integriert zu sein, aber diese Tatsache alleine konnte ihn doch nicht von der Musik abhalten wollen...?!

Überrascht über seine eigenen Gedanken ging Katsu, noch immer mit dem Bass in der Hand, zurück zu seinem Bett und setzte sich diesmal darauf. Er wusste nicht was es war, aber mit einem Mal kamen ihm seine Gründe, warum er die Musik von sich stoßen wollte, geradezu absurd vor. Würde Shiro noch leben, hätte er ihm wahrscheinlich das Gleiche gesagt.

…....oder tat er das hiermit vielleicht sogar gerade?

Er musste wieder an seinen Traum denken. An diesen seltsamen Traum, der so gewaltig intensiv gewesen war. Er wusste ihn noch immer nicht so recht zu deuten und es fehlte ihm in seiner Erinnerung nach wie vor ein Teil, aber irgendwie fühlte er sich seit diesem Erlebnis mit Shiro wieder verbundener.

Nicht, dass er sich je von ihm wirklich getrennt gefühlt hatte. Denn wenn er so zurückblickte fiel ihm auf, dass eine knallharte Trennung zwischen ihnen nie statt gefunden hatte. Shiro hatte ihn zwar darum gebeten gehabt, sich nicht mehr miteinander zu treffen, aber die Kommunikation untereinander war nie gekappt worden. Sie war nur ausgedünnt worden. Selbst wenn sie monatelang nicht miteinander geschrieben hatten – wenn dann mal wieder ein oder zwei E-Mails ausgetauscht wurden, hatten sie stets Inhalt. Sie hatten sich also immer noch etwas zu sagen gehabt.

Katsu hatte mehrmals versucht, sich Shiro aus dem Kopf zu schlagen; bei dieser Erinnerung tauchte kurz das Bild seiner Bekanntschaft aus dem 'Vanishing Vision' vor seinen Augen auf. Aber diese Versuche waren früher oder später immer gescheitert. Er hatte es nie lange geschafft, sich von ihm abzulenken. Irgendetwas erinnerte ihn dann doch wieder an Shiro, immer dann, wenn er gerade geglaubt hatte, über ihn hinweg gekommen zu sein. Als Letztes war es die Mitteilung von Aki über seinen Tod gewesen.

Ihre Verbindung schien wie ein reißfestes Gummiband zu sein: Es ließ sich enorm weit dehnen, aber irgendwann schnellte es auch wieder zu seiner Ausgangsposition zurück. Es war nicht zu durchtrennen. Egal welches Werkzeug man anwendete.

Katsus Blick glitt wieder über den lila Bass-Korpus, der auf seinem Schoß gebettet lag. Shiro war damals so beeindruckt von dem Instrument gewesen... Allein diese Erinnerung reichte aus, um seine wiedergefundene Bereitschaft zu spielen zu untermauern. Natürlich würde er spielen, und wie! Als hätte jemand in ihm einen Schalter umgelegt, spürte er mit der Entschlossenheit auch neue Energie durch sich hindurchströmen. Die Zeit des Wachstums war gekommen.

Mit einer fast überschwänglichen Bewegung stand er vom Bett auf, legte den Bass ab und griff nach seinem auf dem Boden liegendes Handy. Schnell war das Adressbuch ausgewählt, in welchem er nun nach Momokos Nummer suchte.

Frustriert warf Kijo das Handy aufs Sofa. Leise fluchend griff er sich mit beiden Händen an den Kopf, vergrub seine Finger in den Haaren und ging Kreise im Wohnzimmer. Langsam begann er sich zu fragen, ob sich alle Welt von ihm abwenden wollte. Nicht genug damit, dass Shigeki spurlos verschwunden zu sein schien: Junichi erreichte er nun auch nicht mehr. Selbst ein Anruf bei Kiri hatte ihm nicht weiter geholfen, denn der Sänger war genauso ratlos wie er. Was war hier nur los...?

Bis vor einiger Zeit schien sich immer alles irgendwie gefügt zu haben, die Probleme schienen überwindbar und jeder zog am selben Strang, um das bestmögliche Ergebnis für alle zu erzielen. Und dann kam Shiros Krankheit...und alles änderte sich... Zuerst waren nur vereinzelte Dinge ins Stocken geraten, doch es hatte die Überzeugung vorgeherrscht, diese Dinge nachholen zu können, wenn sich alles wieder eingependelt hatte. Aber dazu war es nie gekommen. Es hatte sich nichts mehr eingependelt gehabt. Ganz im Gegenteil; sie waren alle mehr und mehr aus dem Takt geraten.

Kijo blieb stehen. Die Hände noch immer am Kopf. Sollte Junichi vielleicht doch Recht gehabt haben...? War durch Shiros Tod die ganze Band mitgestorben? War er die ganze Zeit blind gewesen und hatte nicht gesehen, in welche Richtung sich alles entwickelte? Er hatte immer wieder versucht, noch irgendetwas aus der Band – oder ihren Überresten – zu machen. Aber genau das waren sie halt eben nur noch: Überreste. Die Überreste eines Bootes, welches an scharfkantigen Felsen zerschellt war und dessen einzelne Fragmente von den Wellen an den Strand gespült worden waren.

Plötzlich wurde ihm bewusst, dass er der Einzige war, der sich auch nach Shiros Tod noch um ein Aufrechterhalten von FreaX bemüht hatte. Dass Shigeki aus emotionalen Gründen schnell ausgeschieden war, konnte er ihm nicht verübeln. Dass Junichi Zweifel hatte, war ihm auch nicht auffällig erschienen, denn zu zweifeln war für ihn nichts ungewöhnliches. Und dass Kiri sich nicht mit dem gleichen Feuereifer an den Wiederbelebungsversuchen der Band beteiligte, hatte er ebenfalls dessen

Charakter zugeschrieben. Er hatte für jeden eine Entschuldigung parat – um nicht sehen zu müssen, was sie längst sahen.

Kijo sank das Herz bis in den Keller. Er hatte die ganze Zeit Selbstbetrug an sich vorgenommen.

Fassungslos über diese Erkenntnis, ließen seine Hände endlich den Kopf los, während er noch minutenlang dastand und den Boden zu seinen Füßen anstarrte. Sein Atem ging flach. Ein Außenstehender hätte ihn in diesen Momenten für eine perfekte Statue halten können. Erst als er sich wieder langsam in Bewegung setzte, wurde diese Illusion gebrochen. Kijo ging in die Ecke des Wohnzimmers, in welcher ein Spiegel über einer Kommode hing. Der goldlackierte, hölzerne Rahmen stach in diesem Raum deutlich hervor. (Manch einer war schon der Meinung gewesen, er würde hier nicht hinpassen.) Er hatte ihn irgendwann mal vom Sperrmüll gerettet. Unzählige Male hatte Kijo sich schon in diesem Spiegel betrachtet. Doch als er nun hineinsah, hatte er das Gefühl, die Farbe fiel von ihm ab. Seine Haut schien leichenfahl zu sein, seine Haare stumpf und blass. Er wusste nicht, ob es sich um eine Illusion handelte oder ob er tatsächlich so aussah. Doch der Farbverlust seines Spiegelbildes machte ihm Eines klar: Er war ein gescheiterter Krieger. Er hatte in der Schlacht um alles, was ihm wichtig war, seine ganze Kraft eingesetzt – und den Kampf doch verloren. Sein Einsatz hatte nicht ausgereicht, der Gegner war zu übermächtig gewesen. Wem er da in die Augen sah war sein eigenes Versagen. Sein Spiegelbild.

Zu der bisherigen Enttäuschung mischte sich nun auch noch Wut und diese beiden Gesellen vereint ergaben stets eine hochexplosive Angelegenheit. Kijo spürte es in sich brodeln, spürte es in sich kochen und noch ehe er sich versah, erhob er die Faust gegen sich selbst und jagte sie in sein Spiegelbild!

Ein Laut, dem eines Brunftschreis gleichkommend, vermischte sich mit dem Geräusch zerbrechenden Glases.

„Wie lange ist er schon bewusstlos?", wollte ein Arzt wissen und überflog gleichzeitig die vom Rettungssanitäter erhaltenen, ausgefüllten Zettel.

„Wissen wir nicht", erwiderte eine Assistentin, „als wir eintrafen, war er bereits nicht mehr ansprechbar." Sie lief neben der Trage her und warf immer wieder einen Blick in das blasse Gesicht des Patienten, welches mit einer Sauerstoffmaske ausgestattet war.

Zwei weitere Sanitäter schoben die Trage zügig durch die Krankenhausgänge Richtung Notaufnahme.

„Er scheint schon viel Blut verloren zu haben...", murmelte der Arzt, noch immer die Aufzeichnungen durchgehend. „Wir brauchen Blutkonserven! Gruppe B!", wies er im nächsten Moment laut und deutlich die beiden schiebenden Sanitäter an.

Einer von ihnen ließ daraufhin sofort von der Trage ab und organisierte die verlangten Konserven.

Als der Trupp mit dem Patienten kurz darauf den Bereich der Notaufnahme erreichte, war die Rettungsassistentin die Einzige, die vor eben diesem zurückblieb. Einen Moment lang sah sie den Ärzten und der Trage nach, die hinter breiten Schwingtüren verschwanden. Irgendwie war ihr der Patient bekannt vorgekommen. Diesen jungen dürren, blonden Mann hatte sie schon mal irgendwo gesehen.

38. Changing lines

„Hast du auf Mode für Sumo-Ringer umgeschult?", war das Erste, was Katsu über die Lippen kam als er die Schneiderei betrat und die meterlangen Stoffbahnen auf dem Boden erblickte.

Aki, die am Anfang – oder Ende – der Bahnen hockte, mit Maßband, Kreiden und Stiften bewaffnet und immer wieder Angaben auf einem Stück Papier notierte, gab zunächst nur einen verneinenden Laut von sich. „Kostüme für 'ne Mädchenband", kam dann die Erklärung einige Momente später hinterher. „Vier Mädchen, vier Mal das gleiche Kostüm, aber jedes etwas abgeändert."

Katsu hatte sich derweil zur alten Couch begeben und ließ sich in die Polster fallen. „Also Uniformen. Wie einfallsreich...", nuschelte er mit ironischem Unterton.

„Ich weiß, was du meinst", erwiderte Aki und markierte eine Stelle des Stoffs mit einem dicken Kreidestrich. Sie war selbst kein Fan uniformierter Pop-Bands. „Was gibt's Neues?", wechselte sie dann schnell das Thema, bevor sie beide Gefahr liefen, weiter über Akis aktuellen Auftrag herzuziehen. Negative Stimmung war kontraproduktiv für ihre Arbeit.

„Kennst du 'ne Band, die gerade 'nen Basser sucht?", kam es aus der Richtung der Couch.

Aki stutzte einen Moment lang, bevor sie ihren über den Stoff gebeugten Oberkörper erhob und in Katsus Richtung wand. Die Überraschung stand ihr ins Gesicht geschrieben. „Hab ich mich da jetzt verhört?", fragte sie etwas ungläubig nach.

Katsu erwiderte den Blick mit einem leicht verlegenen Lächeln.

Dies war Aki Antwort genug. Auch sie musste nun lächeln. „Wie kommt's zu diesem Sinneswandel?" Sie beugte sich wieder über ihre Arbeit und legte das Maßband an einen kleinen

Teil des Stoffes an, während sie gespannt Katsus Erklärung lauschte.

„Ach...eins kam zum anderen", begann er zögerlich. „Ich denke, ausschlaggebend war der Gig mit Psychosis. Aber Kijo war auch nicht ganz unschuldig." Und Shiro auch nicht, fügte er in Gedanken hinzu.

„Und warum bleibst du dann nicht bei Psychosis?" Aki markierte wieder eine Stelle des Stoffs mit Kreide und sah sich dann suchend nach einer Schere um.

„Bügelbrett", sagte Katsu nur als er erkannte, wonach die Freundin Ausschau hielt. Noch immer legte sie die Schere meist auf dem Bügelbrett ab, was sie selbst nur nach wie vor nicht wahrzunehmen schien.

Aki warf einen Blick zum besagten Bügelbrett, welches sich knappe drei Meter von ihr entfernt befand, stand auf und nahm sich die Schere. „Danke." Dann fuhr sie in ihrer Arbeit fort.

„Psychosis haben schon 'nen Basser. Ich war ja nur die Krankenvertretung", erklärte Katsu dann. „Und zwei Basser wären ihnen zu exotisch." Wobei er dies mehr als Witz meinte, da eine Band normalerweise wirklich nur über einen Bassisten verfügte. Zwei Stück wären schon eine Ausnahmesituation.

„Keine Experimentierfreude, die jungen Leute heute", feixte Aki, während sie mehrere Schnitte am Stoff vollzog. „Aber schade. Scheinst dich ja bei ihnen wohlgefühlt zu haben", fügte sie dann im ernsteren Ton hinzu.

„Hab ich auch..." Katsu legte den Kopf nach hinten auf die Lehne und schloss die Augen. Er bedauerte es tatsächlich, kein langfristiges Mitglied von Psychosis sein zu können. Selbst Momoko schien es Leid zu tun, zumindest war das sein Eindruck gewesen. Allerdings hatte sie ihm auch versprochen, sie würden sich als allererstes an ihn wenden, wenn sie wieder einmal ohne Bassisten dastünden. Diese Geste war zwar nett gemeint, aber so lange wollte Katsu nicht warten. Auch hatte Momoko ihm keine befreundete Band nennen können, die gegenwärtig die Position des Bassisten zu vergeben hatte. Es galt also wieder bei Null anzufangen.

„Was macht eigentlich Kijo im Moment?" Durch die eingetretene Stille erschien Akis Stimme nun fast schon laut.

Katsu blinzelte. „Hm? Keine Ahnung, wieso?"

Aki riss den Stoff an einer angeschnittenen Stelle auseinander. Aufgrund der Konstruktion Selbiges ging ein Reißen
schneller vonstatten als die Strecke mit der Schere zurückzule-
gen. „Hab schon lange nichts mehr von ihm gehört."

Das brachte Katsu nun zum grübeln. Er hatte ihn zwar zuletzt erst kurz vor dem Gig getroffen und der lag noch keine
zwei Wochen zurück. Aber bei dem Treffen hatten sie ausschließlich über ihn geredet. Er wusste tatsächlich nicht, womit
Kijo aktuell beschäftigt war. Auch wie es momentan um FreaX
stand, war ihm unbekannt, da er zu den anderen schon länger
keinen Kontakt mehr hatte. Ob Kijo jemanden kannte, der
einen Basser brauchte...? Er griff sich zögerlich in die Hosentasche, nur um festzustellen, dass er sein Handy wieder einmal
nicht eingesteckt hatte. Manche Dinge änderten sich wohl nie.
„Kann ich mal dein Telefon benutzen?", fragte er Aki und stand
im selben Moment auch schon auf.

„Klar!"

Katsu ging zu ihrem Schreibtisch, griff sich das Notizbuch
neben dem Schnurtelefon – Aki stand aus irgendwelchen Gründen mit schnurlosen Telefonen auf Kriegsfuß –, suchte Kijos
Nummer heraus und wählte diese. Er musste nicht einmal das
dritte Freizeichen abwarten, da hörte er schon ein leises
Knacken in der Leitung und im Anschluss daran Kijos erwartungsvoll in die Länge gezogenes „Jaaa?"

„Hey, ich bin's, Katsu. Sag mal, hast du Zeit?"

Er war schon eine ganze Weile nicht mehr in Yokohama
gewesen, stellte Katsu fest, als er aus dem Zug stieg und den
Bahnsteig betrat. Ein feiner Hauch von Nostalgie berührte ihn.

In dem Getümmel hielt er Ausschau nach Kijo und er erblickte ihn auch ziemlich schnell. Als sie aufeinander zukamen
erschrak Katsu jedoch plötzlich, denn Kijos rechte Hand zierte
ein blutbefleckter Verband. Kijos Gesicht hingegen präsentierte
sein altbekanntes Grinsen.

„Was hast du mit deiner Hand gemacht?", wollte Katsu nach der ersten Begrüßung sofort wissen.

Der Angesprochene machte mit eben Dieser nur eine wegwerfende Bewegung. „Sieht schlimmer aus als es ist", versicherte er, ohne sein Grinsen verblassen zu lassen.

Katsu beäugte den Verband noch einen Moment lang kritisch; irgendwie zweifelte er an Kijos Behauptung. Er kannte ihn jedoch gut genug um zu wissen, dass er nur redete wenn er wollte und bohrende Fragen daher zwecklos waren. Somit akzeptierte er dessen Aussage und begab sich mit ihm zum Bahnhofsausgang, von wo aus sie das nächste Café ansteuerten.

„Ich muss dir übrigens noch danken", begann Katsu, kaum dass sie es sich auf den Sitzpolstern gemütlich gemacht hatten.

Kijo sah ihn neugierig an. „Wofür denn?"

„Dafür, dass du mir letztens den Kopf gewaschen hast", erklärte er. „Der Gig mit Psychosis war großartig gewesen." Sein Lächeln nahm Züge der Verlegenheit an. Es war ihm fast schon unangenehm, dass er zu etwas überredet werden musste, das sich schlussendlich als etwas Positives präsentiert hatte.

Kijo grinste nur zufrieden. „Gern geschehen."

Kurz darauf wurden auch schon ihre Bestellungen serviert; Katsu erhielt eine Tasse Kaffee, während sich vor Kijo ein hohes Glas mit Eis, Sahne und Milchkaffee aufbaute.

„Wie läuft das eigentlich momentan bei euch so?", fragte Katsu, während er die beigelegten Zuckerwürfel in der schwarzen Flüssigkeit seiner Tasse versinken ließ.

„Wie meinen?", hakte Kijo nach, der sich offensichtlich nicht sicher war, auf wen Katsu sich in seiner Frage bezog.

„Na mit FreaX."

Kijo hob kurz eine Augenbraue und senkte den Blick, während ein bitteres Zucken in seinem Mundwinkel aufflackerte. „FreaX ist Geschichte." Seine Stimme war kaum mehr als ein leises Murren.

Katsu beugte sich daraufhin ein Stück nach vorn in dem Glauben, sich verhört zu haben. „Was hast du gesagt?"

Kijo hob nun wieder den Blick, griff nach dem langstieligen Löffel und köpfte die Sahnehaube seines Kaffeeeisbechers.

„FreaX ist Geschichte", wiederholte er. „Die Band gibt es nicht mehr."

Katsu sank das Herz ein Stück weit in die Hose. Sekundenlang starrte er sein Gegenüber nur wortlos an.

Kijo erkannte den Schock im Gesicht des Anderen, hielt sich mit weiteren Erklärungen zunächst aber noch zurück, während er sich gemächlich einen Löffel Sahne nach dem anderen in den Mund schob.

„Ernsthaft?", kam es schließlich über Katsus trockene Lippen. „Ihr habt echt aufgegeben?"

Kijos Blick wechselte von Katsu auf den Becher vor sich. Es war offensichtlich, dass FreaX gegenwärtig nicht gerade sein Lieblingsthema war. „Es ging einfach nicht mehr." Er hätte zahlreiche Begründungen und Erklärungen folgen lassen können, aber er beschränkte sich auf diese fünf Worte.

„Wow...", machte Katsu, da ihm in dem Moment keine andere Reaktion einfiel, und griff nach seiner Tasse. Er nahm einen großen Schluck – und spie ihn beinahe wieder aus! Verflucht, war der noch heiß! Nur mit Mühe behielt er ihn bei sich und schluckte ihn schließlich doch noch runter.

Ein amüsiertes Grinsen wechselte den zuvor leicht resignierten Gesichtsausdruck Kijos ab und er hielt ihm seinen Löffel mit einer Portion Eis hin.

Katsu nahm Diesen sofort an und kühlte sich mit der Süßigkeit den angebrühten Mundraum.

„'tschuldigung, ich wollte dich damit nicht erschrecken." Der ehemalige Gitarrist von FreaX hatte nun doch ein etwas schlechtes Gewissen.

Katsu lutschte noch einige Momente auf dem Löffel herum, bevor er ihn wieder aus dem Mund nahm. „Hast du nicht", entgegnete er dann und gab ihm das Besteck zurück. „Es ist nur...befremdlich, sich vorzustellen, dass es FreaX tatsächlich nicht mehr geben soll."

Kijo musterte ihn. „Hast du geglaubt, ohne Shiro könnte es weiter gehen?" Seine Frage klang ehrlich und in keinster Weise abfällig.

Katsus Blicke wanderten über die helle Tischfläche. Diese Frage, so simpel sie auch war, war nicht leicht zu beantworten.

FreaX und Shiro schienen immer so unumstößlich zusammen gehört zu haben. Eigentlich hätte es ihn nicht wundern dürfen, dass sich FreaX nach Shiros Tod aufgelöst hat. Dennoch symbolisierte diese Band für ihn auch immer irgendwie eine Art Hoffnungsschimmer am Horizont...die Hoffnung darauf, dass alles irgendwann gut werden würde. Als er sich seine eigenen Gedanken darüber durch den Kopf gehen ließ, kamen sie ihm mit einem mal unheimlich naiv vor. Schließlich sah Katsu Kijo wieder an. „Ich habe es nicht geglaubt, aber gehofft."

Kijo nickte daraufhin. „Ich auch." Der Löffel, den er eben noch in den Becher eintauchen lassen wollte, hing nun ruhend in der Luft. Sein Blick wurde melancholisch.

Katsus Blick hingegen verfing sich wieder an dem blutigen Verband der Hand. „Hat das was damit zu tun?", fragte er spontan und machte eine angedeutete Kopfbewegung.

Daraufhin sah Kijo ihm nun direkt in die Augen. „Ich habe mir nichts aufgeschlitzt, wenn es dich beruhigt", antwortete er mit fester Stimme, wenn auch ausweichend.

Katsu fühlte sich bei dieser Aussage in seinen Gedanken ertappt, war gleichzeitig aber auch beruhigt, da er Kijos Worten glaubte. Er nahm einen weiteren Schluck Kaffee, der in der Zwischenzeit eine trinkbare Temperatur erreicht hatte. Plötzlich schüttelte er den Kopf, während sich gleichzeitig ein fast fassungsloses Lächeln auf seinem Gesicht ausbreitete. „Man...da hab ich mich eigentlich aus ganz anderen Gründen mit dir treffen wollen, und dann kommt so etwas bei raus..."

Kijo blinzelte. „Was war denn dein ursprüngliches Anliegen?"

„Ich will wieder Bass spielen und bin auf der Suche nach einer Band."

„Und dabei dachtest du an FreaX?"

Katsus Augen weiteten sich vor Schreck. „Nein! Ehrlich! Ich wäre nie auf die Idee gekommen, mich bei euch einmischen und Shiro ersetzen zu wollen!", versicherte Katsu hastig. Es schockte ihn sichtlich, dass Kijo dieser vermeintlichen Annahme war. „Ich dachte nur, vielleicht kennst du jemanden oder weißt von wem, der gerade 'nen Bassisten sucht."

Kijo schmunzelte. „Ach, so schlecht spielst du doch gar nicht. Ein paar Proben und du hättest bei uns mitmischen können." Dann nahm sein Gesicht wieder einen neutralen Ausdruck an. „Aber tut mir Leid: Ich weiß gegenwärtig von keinem freien Posten."

Katsus Herz wechselte für ein paar Schläge in einen härteren Takt, als er Kijos erste zwei Sätze vernahm. Meinte er das ernst? Wäre das tatsächlich eine Option für ihn gewesen? Katsu konnte es sich nicht vorstellen und redete sich streng ein, dass das nur ein Scherz gewesen sein konnte. Bei den darauffolgenden Worten hingegen verspürte er leichte Enttäuschung. Er war wirklich davon ausgegangen, Kijo könnte ihm weiterhelfen und zumindest ein paar Namen nennen. „Hm, schade...", nuschelte er. Um das darauffolgende Schweigen zu überbrücken, griff er wieder zur Tasse und nahm ein paar Schlucke.

Auch Kijo löffelte weiter aus seinem Becher, dessen Inhalt inzwischen nicht mehr viel von der ursprünglichen Ästhetik vorzuweisen hatte.

„Was machen die anderen eigentlich?", fragte Katsu schließlich.

Kijo ließ zunächst nur ein leises Brummen verlauten und schob sich den nächsten Löffel Eismatsch in den Mund. Erst als er Diesen wieder frei hatte, begann er zu reden: „Kiri hat seine Liebe zum Songwriting entdeckt und schreibt für ein paar Bands die Texte. Jun wurde vom Erdboden verschluckt – keine Ahnung, was mit dem los ist. Ich erreiche ihn nicht mehr." Er machte eine kleine Pause. „Und Shigeki liegt im Krankenhaus. Offenbar hat er versucht, sich die Pulsadern aufzuschneiden." So ernst diese Aussage auch war, sprach Kijo die Worte in solch einem neutralem Ton, als befände sich eine große Distanz zwischen ihm und Shigeki.

Katsus Augen weiteten sich abermals. Sein Mund wurde schlagartig staubtrocken, seine Handflächen feucht. „Das nicht dein Ernst...?!", stieß er irgendwann keuchend hervor. Die Behauptung über Shigeki schien ihm zu abstrakt.

Wieder zuckte Kijos Mundwinkel. „Glaubst du, mit so etwas mache ich Witze?"

Hastig schüttelte Katsu den Kopf. „Nein! Neinneinnein! So meinte ich das nicht!" Seine Stimme barg Verzweiflung; wollte er bei solch einem Thema Missverständnisse doch vermeiden. „Es fällt mir nur schwer, mir das bei Shigeki vorzustellen." Er konnte sich noch lebhaft an sein erstes Aufeinandertreffen mit Shigeki erinnern: Shiro hatte ihn damals mit zu den Proben genommen und Shigeki hatte auf ihn so positiv gewirkt, so fürsorglich. Als würde er sich stets jedermanns Sorgen annehmen. ...aber vielleicht war genau das das Problem: Dass sich niemand um *seine* Sorgen kümmerte. „War es wegen FreaX?", hakte er nach.

„Keine Ahnung, ich konnte ihn noch nicht sprechen", erwiderte Kijo. „Er will im Moment niemanden sehen." Er war mit seinem Löffel bereits auf dem Boden des Bechers angekommen. „Ich hab's von Kiri erfahren, der es wiederum selbst mehr durch Zufall mitbekommen hat."

Shigekis vermeintlicher Selbstmordversuch hatte Katsu nun vollkommen aus der Bahn geworfen, noch mehr als das Aus von FreaX. Er empfand Mitleid für ihn, obwohl sie sich nie allzu nahe gestanden hatten.

Kijo beobachtete ihn. „Sind wirklich nicht die News, die du erwartet hast, hm?"

Katsu erwiderte den Blick. „Wann *erwartet* man schon solche Neuigkeiten?" Er nahm den letzten Schluck seines Kaffees und als er die Tasse zurück auf den Untersetzer platzierte, war er am überlegen, ob sie gleich schon zahlen sollten; Kijo war mit seiner Portion ja auch schon fast fertig. Würden sie dann einfach gehen, sich voneinander verabschieden und Katsu stieg wieder in den Zug nach Yokosuka? Mit einem Kopf voller Informationen und einem Herz voller Emotionen, mit denen er kaum umzugehen wusste?

„Was ist mit dir?", fragte Katsu plötzlich in die wieder eingetretene Stille hinein. „Was machst du gegenwärtig?" Sie hatten über alles geredet – nur nicht über Kijo.

Dieser blickte daraufhin nicht in Katsus Gesicht, sondern in den inzwischen leeren Eisbecher. „Nichts", sagte er dann schließlich nach weiteren Momenten des Schweigens.

Katsu legte den Kopf etwas schief und sah ihn fragend an. „Wie, nichts?"

Kijos Blick fand nun doch noch zu Katsus Augen. Seine Züge waren ernst. „Mir geht's jetzt wie dir früher: Ich habe kein Ziel."

39. Listen to your heart

Die Arme vor der Brust verschränkt saß Kijo auf einem Stuhl im Krankenzimmer, die Füße auf einem zweiten, ihm gegenüberstehenden Stuhl gestemmt. Den Blick auf die angewinkelten Knie gerichtet. Er schwieg, schon eine ganze Weile. So wie er gerade dasaß erinnerte er mehr an ein trotziges, kleines Kind denn an einen erwachsenen, jungen Mann, den man aufsuchte um sich Rat zu holen.

Die Stimmung im Raum knisterte vor Anspannung, denn auch die zweite anwesende Person, der Patient im Bett links neben ihm, sprach lange Zeit kein Wort. Es war Shigeki. Er lag mehr als dass er saß und seine Augen fixierten mit Vorliebe die gegenüberliegende Wand.

Eine ganze Weile ging das so. Bis Kijos Stimme irgendwann die Stille durchbrach.

„Ich würde dir am liebsten eine reinhauen." Seine Tonlage war ein tiefes Grummeln.

Shigekis Blick war sofort auf den Besucher gerichtet, kaum dabei den Kopf bewegend.

„Und noch eine und noch eine und noch eine... Bis du irgendwann am Boden liegst und nicht mehr hoch kommst", führte er seine Gewaltfantasien weiter aus.

„Und was versprichst du dir davon für eine Wirkung?", fragte Shigeki ruhig aber leicht heiser.

Kijos Arme verschränkten sich noch ein bisschen mehr. „Meine Wut auf dich rauszulassen." Er hatte ihn, bis auf den Moment, als er das Zimmer betreten hatte, noch kein einziges Mal angesehen.

Shigeki schwieg wieder.

Kijo auch, aber diesmal nicht lange. „Du hattest mich mal gefragt gehabt, was Shiro jetzt wohl tun würde." Nun wand er doch noch seinen Kopf zur Seite und warf Shigeki einen kurzen, bitteren Blick zu. „Das hier jedenfalls nicht." Und der Kopf ging wieder in seine Ausgangsposition zurück.

Shigeki schluckte. „Nur dass ich nicht Shiro bin." Seine Stimme wurde immer heiserer.

Doch trotz des fortschreitenden Stimmverlustes reichten diese wenigen Worte aus, um Kijo schlagartig in Rage zu versetzen. Er sprang von seinem Stuhl und bäumte sich vor dem Krankenbett auf. „Das ist keine Entschuldigung!!" Sein Schreien enthielt leicht schiefe Töne.

„Aber eine Tatsache!"

Kijo zuckte leicht zusammen, als er die unerwartet laute Gegenwehr erhielt. Er hatte ihm solch eine Reaktion in diesem Moment nicht zugetraut.

Shigeki, der ihm kurz einen wütenden Blick zugeworfen hatte, wand selbigen wieder ab und sein Gesicht entspannte sich. „Es geht hier doch gar nicht um mich", sprach er dann leise weiter.

Kijo glaubte, sich verhört zu haben. Sein Blick wurde immer fassungsloser. „Du liegst hier im Krankenhaus, nachdem du dir die Pulsadern aufgeritzt hast, und dann behauptest du, es ginge nicht um dich?" Seine Stimme war vor Empörung kurz vorm kippen.

Ein kleines Lächeln, nicht klar zu deuten, schlich sich auf Shigekis Lippen. „Es geht nicht um mich", wiederholte er, „es geht um FreaX."

Kijo, der noch vor Beendigung des Satzes etwas einwerfen wollte, blieb plötzlich stumm. Eine leichte Ahnung des ertappt worden seins meldete sich in seinem tiefsten Inneren.

„Es ging dir die ganze Zeit um FreaX. Mehr, als uns anderen", führte Shigeki seine Analyse fort. Er drehte wieder seinen Kopf ein Stück in Kijos Richtung, nicht nur, um seine Reaktion zu erfahren, sondern auch um direkten Kontakt zu festigen. „Du hast noch an FreaX festgehalten, als wir alle schon das sinkende Schiff am verlassen waren. Du warst der Einzige, der geblieben ist."

Kijos Blick spiegelte Unglaube und blanken Schock wieder. Er konnte es nicht fassen, dass die Erkenntnisse, die er über sich selbst erst kürzlich erlangt hatte, für andere schon viel länger offensichtlich gewesen zu sein schienen.

Eine Weile lang sahen sie sich gegenseitig nur an: Kijo verblüfft, Shigeki wissend.

„Lass FreaX los", sagte Shigeki dann irgendwann leise.

„Du kannst Shiro doch auch nicht loslassen", konterte Kijo.

„Nein und ich bin auch alles andere als stolz darauf, dass ich hier liege. Aber gerade *weil* ich weiß, wohin das führen kann, möchte ich, dass du diesen Weg nicht auch gehst." In Shigekis Blick lag Aufrichtigkeit.

Dieser Aufrichtigkeit konnte Kijo nicht standhalten. Er senkte den Blick.

„Ich hatte dir mal gesagt, dass ich der Meinung bin, jeder von uns sollte seinen eigenen Weg gehen. Erinnerst du dich noch?", wollte Shigeki wissen.

„Ja", antwortete Kijo nach einigem Zögern. „Aber ich bin kein Solist, das weißt du. Ich brauche andere kreative Köpfe um mich herum um meine eigene Kreativität auszuweiten. Nur so kann ich ihr jegliches Potential entlocken."

„Kijo, wir sind nicht die einzig kreativen Menschen", versuchte Shigeki ihm klar zu machen. „Du bist nicht menschenscheu, also warum fällt es dir so schwer, dich mit anderen zusammenzutun und was Neues aufzuziehen?"

Kijo starrte weiterhin auf die weiße Bettdecke, die den Körper seines ehemaligen Bandkollegen umgab. Er antwortete nicht, blieb stumm. So lange, bis ihn ein Satz von Shigeki wie ein Pfeil traf und durchbohrte:

„Warum machst du nichts mit Katsu?"

Sie saßen sich im Schneidersitz gegenüber. Katsu in seinem geliebten, übergroßen Ringelstrickpulli, Shiro in ungewöhnlich viel Weiß: Seinen Körper zierte eine weiße Jeanshose sowie eine weiße Jeansjacke, darunter ein dunkles T-Shirt. Katsu konnte sich nicht erinnern, jemals so viel Weiß an ihm gesehen zu haben.

Die Atmosphäre war ruhig und friedvoll. Der Ort schien raum- und zeitlos. Um sie herum waberte eine grenzenlose Masse aus changierenden Regenbogenfarben, die nie konstant blieb.

Er hatte ihn vermisst. Es tat so gut, ihn wieder zu sehen. Katsu spürte Freude.

Shiro schien auch glücklich zu sein und vor allem sehr entspannt und ausgeglichen. Dennoch machte er den Eindruck, irgendwie aktiv zu sein, zu arbeiten. Und wenn seine Arbeit darin bestand, hier mit Katsu zu sitzen. „Du kennst den Weg", war das Erste, was er sagte.

Katsu blinzelte irritiert. Er versuchte eine Verbindung zwischen diesem Satz und etwas zuvor Gesagtem herzustellen...doch es gab nichts zuvor Gesagtes.

Shiro erkannte die Verwirrtheit seines Gegenübers. „Du bist schon auf dem richtigen Weg. Du musst ihn nur weiter gehen. Dann erlangst du, wonach du dich sehnst."

Katsu spürte, dass Shiro mit seinen Worten Recht hatte, dennoch konnte er ihm gedanklich nicht folgen. Es fühlte sich an, als sei Shiro ihm geistig drei Schritte voraus. Und trotzdem lächelte der Blonde ihn an, mit so viel Verständnis in den Augen, wie er es nie erwartet hätte.

Plötzlich war die räumliche Distanz zwischen ihnen aufgehoben und sie lagen sich in den Armen. Katsu hatte Shiros blonde Haare direkt vor dem Gesicht, er konnte sie ganz genau sehen, fühlen... Seine Arme schlangen sich um den Körper in Weiß und er sog dieses Empfinden, Shiros Körper zu spüren, regelrecht in sich auf. Er wollte ihn so intensiv wie möglich wahrnehmen und von der Erinnerung daran so lange wie möglich zehren.

„Hör auf dein Herz."
Die blonden Haare......

Stöhnend und ächzend hob er den Tisch auf seiner Seite an und trug ihn über die Türschwelle. Während Katsu sichtlich Mühe hatte, das massive und schwere Möbelstück in den Händen zu halten, schien sich der Kraftaufwand von Aki, die auf der anderen Seite stand und somit rückwärts ging, noch im Mittelmaß zu befinden, denn sie gab keinen einzigen Laut der Anstrengung von sich.

„Wo soll das Ding hin?", keuchte Katsu und hoffte im selben Moment, sie müssten den Tisch nicht noch quer durch die

Werkstatt tragen. Seine Hoffnungen wurden jedoch schon im nächsten Moment zerschlagen, als Aki eine Kopfbewegung zu einer der Seitenwände machte.

„Nach hinten in die Ecke, aber nicht ganz ran!"

Katsu fragte sich, woher Aki all diese Kraft nahm. Ihm war schon früher aufgefallen, dass sie über auffallend viel Muskelkraft verfügte und wenn es darum ging, schwere Gegenstände zu bewegen, hatte sie bereits dem einen oder anderen Mann Konkurrenz machen können. Ob sie heimlich trainierte...?

„Und runter", lautete Akis Anweisung, als sie an besagter Wand angekommen waren.

Dieser Aufforderung kam Katsu nur allzu gerne nach. Nach Luft schnappend, als hätte er an einen Marathonlauf teilgenommen, stützte er sich mit den Unterarmen auf der Tischfläche ab.

„Noch ein bisschen mehr zu mir rüber...und ein Stückchen näher zur Wand", gab Aki die letzten Anweisungen, bevor sie mit der Positionierung ihrer neuen Errungenschaft zufrieden war. Sie löste sich von ihrer Seite und stellte sich nun frontal vor das Möbel, die Hände in die Hüften gestemmt. Stolz glitt ihr Blick über jeden Zentimeter des alten Tisches aus rotbraunem, massiven Holz, dessen Arbeitsfläche eine alte Nähmaschine integriert hatte.

„Wofür brauchst du die hier eigentlich?", wollte Katsu wissen, noch immer leicht außer Atem. „Du hast doch schon drei Maschinen."

„Das hier ist doch etwas ganz anderes: Das ist eine Alte aus Europa. Die findest du nicht mal eben an jeder Ecke", klärte Aki ihn auf und fuhr mit den Fingerspitzen über die glatte Tischfläche.

„Aha", machte Katsu nur, wenig beeindruckt von der Herkunft. „Und kann die auch was oder ist die nur Deko?"

„Sie wurde mir als funktionstüchtig verkauft", antwortete Aki, „aber wir können sie ja gleich mal testen." Damit schnappte sie sich einen Stuhl sowie einen Kasten voller Garnrollen und begann, das richtige Garn für die Maschine auszusuchen.

Auch Katsu griff sich einen Stuhl und ließ seinen erschöpften Körper darauf nieder. Während Aki das Garn in die Maschine einbrachte, ließ Katsu seinen Blick durch den Raum schweifen. Seit sieben Jahren hatte seine beste Freundin nun schon die Schneiderei. Sie war damals 22, als sie sie eröffnete, und er gerade mal 18. Durch einen Bekannten hatte sie eine günstige Miete rausschlagen können für den doch verhältnismäßig großen Laden. Und bei dem Einzug hatte er mit ein paar Jungs von Blue Sky Complex mitgeholfen. Sieben Jahre war das her... Und was war in diesen sieben Jahren alles geschehen? Während Aki konstant immer mit der Schneiderei zu tun gehabt hatte, schien ihn sein eigener Lebenslauf kreuz und quer geführt zu haben. Von einer Band in die nächste, zwischendrin immer mal wieder arbeitslos und zeitweilig am äußersten Existenzminimum kratzend. Zwar hatte Aki auch ihre finanziellen Durststrecken gehabt, doch auf Katsu machte es stets den Eindruck, dass sie in solchen Momenten immer wusste, was zu tun war. Wohingegen er sich mehr als ein Mal von ihr hatte durchfüttern lassen.

Es war schon seltsam, wie sich das Leben ändern konnte. Er hatte nie damit gerechnet gehabt, irgendwann mal auf jemanden wie Shiro zu treffen, zu dem er eine solch seltsam vertraute Bindung hatte. Er hatte auch nie damit gerechnet gehabt, den Tod eines solchen Menschen in so jungen Jahren zu erfahren. Und am wenigsten hatte er erwartet, durch solch eine schmerzhafte Erfahrung geistig zu wachsen. Doch all das war geschehen (oder passierte vielleicht immer noch; bei Letzterem war sich Katsu nicht ganz sicher). Er war jetzt 25 und er fragte sich, wenn schon die Vergangenheit solch unerwartete Dinge für ihn bereit gehalten hatte, was ihn künftig wohl noch erwarten würde.

„Ich hab letzte Nacht wieder von ihm geträumt", sprach Katsu auf einmal.

Aki hob den Kopf und sah ihn an.

40. Outro

Es war Ende August und einer der heißesten Tage des Jahres. Der Geruch von Pizza hing in Katsus Klamotten, seinen Haaren und an seiner Haut; das änderte sich auch kaum, als er sich am Ende seiner Schicht das Arbeitsshirt aus- und sein Freizeitshirt anzog. Wenn man stundenlang am Ofen stand und dazu noch stark schwitzte, roch man einfach irgendwann selbst wie die Ware. Katsu störte das schon gar nicht mehr, er hatte sich daran gewöhnt. Auch wenn er es an Tagen wie diesen etwas bedauerte, dass sie keine Duschmöglichkeiten vor Ort hatten.

Er verabschiedete sich von Yuki und den anderen Kollegen und trat von der stickigen Hitze im Laden in die schwüle Hitze auf der Straße. Dort wartete Kijo bereits auf ihn.

„Riechst lecker", meinte er mit einem schelmischen Grinsen auf den Lippen.

Das Grinsen übertrug sich sofort auf Katsu. „Wie viel zahlst denn?", fragte er neckisch.

„Hmmm...nimmst du's auch in Naturalien?"

Daraufhin kassierte Kijo einen sanften Stoß gegen den Oberarm und er und Katsu setzten sich, immer noch grinsend, langsam in Bewegung.

Nach der Aussprache, die Kijo vor ein paar Monaten mit Shigeki im Krankenhaus gehabt hatte, hatte er sich zunächst tagelang zurückgezogen, bevor er sich schließlich doch dazu überwinden konnte, wieder Kontakt mit Katsu aufzunehmen. Dieser war von seiner Idee, ein gemeinsames Projekt zu starten, begeistert gewesen, aber nicht überrascht; sein Traum hatte ihm ja schon gewissermaßen die Richtung gewiesen. Hinzu kamen noch mehrere Gespräche mit Aki, die es ebenfalls naheliegend fand, dass Katsu und Kijo sich in dieser Situation zusammentaten.

Der ehemalige Proberaum von FreaX konnte von den beiden genutzt werden, auch wenn das für Katsu stets eine etwas längere Anreise bedeutete. Doch die nahm er gern in Kauf. Außerdem war es für ihn eine Ehre, die Räumlichkeiten, in denen FreaX jahrelang geübt hatten, nun für gleiche Zwecke selbst nutzen zu dürfen. An manchen Tagen hatte er sogar das Gefühl, der alte Zeitgeist der Band sei noch anwesend.

Für Kijo war die Situation eine völlig andere: Als einziger von FreaX übrig geblieben zu sein und am selben Ort weiterzumachen, hatte ihn zunächst irritiert, gar verunsichert. Doch er hatte schnell begriffen, dass die Arbeit mit Katsu keine Fortsetzung von FreaX war, sondern ein völlig neues Kapitel in seinem Leben. Und ab dem Punkt seiner Erkenntnis genoss er es.

Das Einzige, was die Zwei noch nicht hatten, war ein Name für ihr neues Projekt.

„Mir ist gestern Abend noch 'n Riff eingefallen, den muss ich dir nachher gleich mal zeigen", meinte Katsu, während sie zum nächstgelegenen Bahnhof gingen, um nach Yokohama zu fahren.

„Vielleicht können wir den bei 'Dice love you' verwenden", überlegte Kijo laut und sprach damit einen halbfertigen Song an.

„Hmm, ne, passt da nicht rein. Aber zeigen will ich ihn dir trotzdem – irgendwas müssen wir damit machen, der ist zu gut für die Schublade!"

Kijo schmunzelte. „Na, dann bin ich mal gespannt."

Während die zwei jungen Männer ihres Weges gingen, flog plötzlich ein kleiner blauer Schmetterling an Katsus Kopf vorbei. Das Tier war seinem Ohr für einen Moment so nahe gekommen, dass er dessen Flügelschlag hören konnte.

„Time may change my life
but my heart remains the same to you."
X - „Say anything", 1991

„...denn es gibt keine Opfer, nur die Lektionen der Liebe. "
Alexander Koslowski, Film „Therapie", 2011